आप भी
अमीर
बन सकते हैं

आप भी अमीर बन सकते हैं

सुपर अमीर बनने के लिए अपने अवचेतन मन की शक्ति का प्रयोग करें!

जोसेफ मर्फी

प्रकाशक

प्रभात पेपरबैक्स

4/19 आसफ अली रोड, नई दिल्ली-110002

फोन : 23289777 • हेल्पलाइन नं. : 7827007777

इ-मेल : prabhatbooks@gmail.com ❖ वेब ठिकाना : www.prabhatbooks.com

संस्करण

प्रथम, 2019

अनुवाद

राजेंद्र कुमार राज

मूल्य

दो सौ पचास रुपए

अ.मा.पु.स. 978-93-5322-536-0

मुद्रक

आर-टेक ऑफसेट प्रिंटर्स, दिल्ली

★

AAP BHI AMEER BAN SAKTE HAIN

by Joseph Murphy

(Hindi translation of 'THINK YOURSELF RICH')

Published by **PRABHAT PAPERBACKS**

4/19 Asaf Ali Road, New Delhi-110002

by arrangement with Penguin Random House, New York (USA)

ISBN 978-93-5322-536-0

₹250.00

यह पुस्तक कैसे आपको धनवान् बना सकती है?

क्या आपने ये सवाल कभी अपने आप से पूछे हैं?

- ऐसा क्यों है कि एक व्यक्ति बहुत धनवान् है, बहुत अमीर है और दूसरा गरीब है?
- क्यों एक व्यक्ति व्यापार में सफल हो जाता है और दूसरा व्यक्ति उसी व्यापार में असफल रहता है?
- ऐसा क्यों है कि एक व्यक्ति धन के लिए प्रार्थना करता है तो उसे कोई फल नहीं मिलता और उसी परिवार का दूसरा व्यक्ति प्रार्थना करता है तो उसे तुरंत फल प्राप्त हो जाता है?
- ऐसा क्यों होता है कि एक व्यक्ति धन और सफलता को प्राप्त करने के सभी नुस्खों का प्रयोग करने के बावजूद निर्धन बना रहता है और दूसरा व्यक्ति उन्हीं नुस्खों का प्रयोग करके आश्चर्यजनक सफलता प्राप्त करता है?
- क्यों एक व्यक्ति अपना घर बेचने के लिए साल भर लगा रहता है और उसका पड़ोसी अपना घर कुछ ही दिनों में बेचने में सफल हो जाता है?
- क्यों एक कर्मचारी एक क्षेत्र में कंपनी का माल बेचने में बहुत सफल रहता है और दूसरा व्यक्ति उसी क्षेत्र में कंपनी सेल में असफल रहता है?
- ऐसा क्यों होता है कि एक व्यक्ति अपने व्यावसायिक जीवन में उन्नति करता जाता है, जबकि दूसरा व्यक्ति उसी योग्यता को लेकर आगे बढ़ने के लिए जूझता रहता है, किंतु उसके हाथ पल्ले कुछ नहीं पड़ता?
- ऐसा क्यों है कि एक व्यक्ति के पास अपने लक्ष्य को प्राप्त करने के लिए आवश्यक पूँजी होती है और एक दूसरा व्यक्ति बड़ी मुश्किल से रोजी-रोटी का जुगाड़ कर पाता है?
- ऐसा क्यों होता है कि इतने बड़े पैमाने पर धार्मिक, दयालु एवं सज्जन

लोग आर्थिक दबाव में रहते हैं और दूसरे धार्मिक लोगों के पास अपनी आवश्यकतानुसार प्रचुर धन रहता है, जिसे वे अपने विवेकानुसार उत्तम कार्यों में लगाते हैं?

- ऐसा क्यों होता है कि अनेक धर्म-विरोधी और नास्तिक लोग अपने जीवन में स्वस्थ, सफल, खुशहाल और धन-संपदा से संपन्न होते हैं; जबकि अनेक दयालु, धार्मिक, नैतिक और सज्जन लोग अपने जीवन में बीमारियों, अभावों एवं निर्धनता में डूबे रहते हैं?
- ऐसा क्यों है कि कुछ लोग देते हैं और बदले में उन्हें कुछ नहीं मिलता, जबकि कुछ लोगों को उनके देने पर भरपूर सफलता मिलती है?
- ऐसा क्यों होता है कि एक व्यक्ति के पास बहुत सुंदर और शानदार घर है, जबकि अनेक लोग टूटे-फूटे घरों में या गंदी बस्तियों में जीवन-यापन करते हैं?
- ऐसा क्यों है कि एक अमीर आदमी और अमीर होता जाता है तथा गरीब और गरीबी में डूबता जाता है?
- क्यों एक व्यक्ति हँसी-खुशी वैवाहिक जीवन व्यतीत करता है और दूसरा व्यक्ति एकाकी एवं निराशा से भरा जीवन बिताने के लिए मजबूर रहता है?
- ऐसा क्यों है कि एक व्यक्ति का विश्वास उसे धनी बना देता है और दूसरे व्यक्ति का विश्वास एवं धारणा उसे गरीबी व बीमारियों के चंगुल में धकेलकर उसके जीवन को असफल बना देती है?

इस पुस्तक में इन सभी प्रश्नों का उत्तर बहुत ही व्यावहारिक और सरल रूप में पूरी स्पष्टता से दिया गया है। यह उन लोगों के लिए दिया जा रहा है, जो अपने चारों ओर छिपी धन-संपदा का उपयोग करना चाहते हैं। आप यहाँ धन-धान्य से युक्त एक सुखी और खुशहाल जीवन व्यतीत करने के लिए आए हैं। आपके पास अपनी इच्छाओं को पूरा करने के लिए पर्याप्त धन रहेगा, जिसे आप जिस प्रकार चाहें, इस्तेमाल कर सकेंगे, न केवल यह, बल्कि भविष्य की जरूरतों के लिए भी धन संचित कर पाएँगे।

आप अपने मन के नियमों का सही उपयोग करके तुरंत परिणाम प्राप्त कर सकते हैं। इस पुस्तक के अनेक अध्यायों को लिखते समय मेरे दिमाग में अनेक व्यक्तियों की छवियाँ थीं, जिनमें विक्रय प्रतिनिधि थे, घर की गृहिणियाँ थीं, शिक्षक थे और क्लर्क थे, नौकरी-पेशा लोग थे, विद्यार्थी और बिजनेस एक्जीक्यूटिव थे, अस्पतालों में काम करनेवाले कर्मचारी थे, व्यापारी थे और हजारों-हजार छोटे-मोटे उद्योग चलानेवाले व्यापारियों एवं कर्मचारियों के अतिरिक्त वे सभी लोग थे, जो अपने जीवन के सपनों को साकार बनाने के लिए धन चाहते हैं, धनवान् बनना चाहते हैं, ताकि अपनी अभिलाषाओं

को इस जीवन में पूरा कर सकें। इसलिए, प्रत्येक अध्याय में आपको सरल, व्यावहारिक और सटीक तकनीकों का वर्णन मिलेगा, जिनका उपयोग करके आप अपने अवचेतन मन को अपनी इच्छाओं व अभिलाषाओं को आसानी से प्रेषित कर पाएँगे और जब कभी आप धनवान् बनने के विचार को सही रूप में अपने अवचेतन मन में पहुँचाने में कामयाब हो जाएँगे तो आप देखेंगे कि विश्व-पटल पर आपके सामने धनवान् बनने के इतने रास्ते खुलने लग जाएँगे कि आपको उनमें से चुनना पड़ जाएगा कि आप किस रास्ते पर चलना चाहते हैं! अमीर बनना इतना आसान है।

इन अध्यायों में जितने भी उदाहरण दिए गए हैं, उन सभी महिला-पुरुषों ने मेरे बताए गए उन मानसिक और आध्यात्मिक नियमों का उपयोग करके सफलता पाई है, जिनका मैंने इस पुस्तक में विस्तार से वर्णन किया है। मैं यह बता देना चाहता हूँ कि ये सभी महिला-पुरुष विभिन्न धर्मावलंबी हैं। इनमें अनेक धर्म-विरोधी, नास्तिक और वाम मार्गी भी हैं। इन सभी ने उन नियमों का उपयोग किया, जो किसी भी धर्म अथवा संप्रदाय विशेष से संबद्ध नहीं हैं और केवल मानसिक व आध्यात्मिक हैं, जिनकी सहायता से इन लोगों का जीवन आश्चर्यजनक रूप से खुशहाल हो गया, उनकी जीवन-शैली समृद्ध हो गई, जीवन सुखमय हो गया।

ये लोग विभिन्न आय-समूह और विभिन्न सामाजिक पृष्ठभूमि से जुड़े लोग हैं। इनकी समानता मात्र इतनी है कि इन सभी ने अपने अवचेतन मन की शक्तियों का सही उपयोग करके अपने जीवन के लक्ष्यों को प्राप्त किया। उनका भविष्य अब निश्चित है। वे जीवन की सभी बाधाओं को दूर करते हुए अपने जीवन में धन-संपदा अर्जित करते रहेंगे।

इस पुस्तक के अनोखे आकर्षण

आप इस पुस्तक की सरल व्यावहारिकता पर आश्चर्य करेंगे। आपके सामने एक निहायत ही आसान फॉर्मूला और तकनीक प्रस्तुत की जाएगी, जिसे कोई भी व्यक्ति आसानी से प्रयोग कर सकता है। पुस्तक की विशिष्टताएँ उनके बारे में आपको शिक्षित और उत्साहित करेंगी। वे आपको बताएँगी कि अकसर ऐसा क्यों होता है कि प्रार्थना के बावजूद लोगों को सही परिणाम नहीं मिलते और कैसे उस बाधा से बचा जा सकता है?

हमेशा एक ही शिकायत सुनाई देती है कि मैंने प्रार्थना पर प्रार्थना की, प्रार्थना करता रहा, लेकिन कोई भी परिणाम नहीं मिला! इस पुस्तक में इन सभी प्रश्नों का उत्तर मिलेगा। अपने अवचेतन मन में अपने संदेश को प्रेषित करने के लिए जो सहज और सफल उपायों और तकनीकों का वर्णन इस पुस्तक में किया गया है, उसके कारण यह

पुस्तक आपके अंदर मौजूद सुख-समृद्धि के अतिरिक्त आध्यात्मिक, मानसिक, भौतिक तथा आर्थिक समृद्धि के अनंत खजाने का उपयोग करने के लिए आपके लिए बहुमूल्य साबित होगी। इसकी सहायता से आप एक सुखमय और खुशहाल जीवन प्राप्त कर सकेंगे। धन-धान्य से परिपूर्ण आनंद से जीवन-यापन करेंगे। ईश्वर ने आपको सभी कुछ बहुत दिया है—(I टिमोथी 1:17)

इस पुस्तक की कुछ विशिष्टताएँ

इस पुस्तक की अनेक में से कुछ विशिष्टताओं का वर्णन नीचे दिया जा रहा है—

- कैसे एक युवा विधवा ने विपत्ति से बचकर सुरक्षा प्राप्त की।
- कैसे एक बैंक कर्मचारी ने जीवन भर की बुरी आदत से छुटकारा पाया।
- कैसे एक पिता की नासमझी ने अपनी बेटी को भुखमरी के कगार पर खड़ा कर दिया।
- कैसे जोड़ों के एक जटिल रोगी को रोग-मुक्त करने में आस्था विफल हुई और फिर कैसे सफल हो गई।
- कैसे एक मंत्री ने स्वीकार किया कि धन का वास्तविक अर्थ क्या है।
- कैसे एक शिक्षक अपने छात्रों को सफलता प्राप्त कराने में कामयाब हुआ।
- कैसे एक बेरोजगार अपनी मनचाही नौकरी को ढूँढ़ने में सफल हो गया।
- कैसे मेक्सिको का एक गरीब लड़का इतने बड़े मानसिक उपहार से लाभान्वित हो पाया।
- कैसे एक लड़की अपने सपनों के तीर्थस्थल जाने में कामयाब हो गई।

आप जीवन के सभी सुखों को प्राप्त कर सकें, इसके लिए बहुत ही आसान, व्यावहारिक, सही और वैज्ञानिक मार्ग मौजूद है, जो आपकी सहायता के लिए हमेशा उपलब्ध रहता है। मैं पूर्ण विश्वास और दृढ़ता से कहना चाहता हूँ कि इस पुस्तक में दिए गए आदेशों को प्रयोग करके आप धन-धान्य से पूर्ण, सुखी और सफल जीवन जी सकेंगे, जिसकी आप सदा कामना करते रहे हैं।

पुस्तक के निर्देशों का पालन करें। जो लिखा है, उसे बार-बार पढ़ें और ठीक वैसा ही करें, जैसा लिखा गया है, तो आप देखेंगे कि आपके सामने धन-संपदा का अकूत खजाना आपका इंतजार करता दिखाई देगा, जो आपके सामने एक शानदार, सुख-शांति से समृद्ध जीवन का मार्ग प्रशस्त करेगा। इस पृष्ठ के बाद चलो, अब आगे चलकर उन अध्यायों में कदम रखते हैं, जहाँ हमें अपने मन के ज्ञान को प्राप्त करके

उसके उपयोग में तब तक दक्षता प्राप्त करनी है, जब तक कि हम असफलताओं के निरर्थक भयों से मुक्ति नहीं प्राप्त कर लेते और तब आप देखोगे कि आपके जीवन में चमत्कार दस्तक देने लग गए हैं। आप सुखी और वैभवशाली व्यक्ति हो गए हैं, जो आपके जीवन का सपना था।

—जोसेफ मर्फी

अनुक्रम

1

धन के खजाने के लिए चमत्कारी शक्ति का रहस्य

अमीर होना आपका जन्मसिद्ध अधिकार है, जिसे ईश्वर ने आपको दिया है। इसलिए आपको हर प्रकार से भरा-पूरा व समृद्ध जीवन जीना है। इस संसार में आपके आने का रहस्य यह है कि आप एक सुखी, स्वस्थ और वैभवपूर्ण शानदार जीवन व्यतीत करें। आपके चारों ओर वैभव का अकूत खजाना मौजूद है। अनंत सुख और आनंद किसी बैंक में या बैंक के लॉकर में नहीं है, बल्कि आपके भीतर आपकी अवचेतन गहराइयों में छिपा है। अपने भीतर छिपी इस स्वर्ण खदान को खोदना शुरू करके वह सब प्राप्त करो, जो आप चाहते हो—धन, संपदा, मित्र, खूबसूरत मकान, सौंदर्य, जोवन साथी और वह सब, जिन्हें जीवन की खुशियाँ कहते हैं। आप जो चाहते हैं, जो आपकी जरूरत है, वह सब प्राप्त कर सकोगे, जब आप उन्हें पाने की उपयुक्त तकनीक का प्रयोग करना सीख जाएँगे।

मेरे एक पुराने मित्र डेव हॉव ने पीटर आर. और स्टीव जी. नामक दो व्यक्तियों की कहानी सुनाई, जिनका जन्म एक ही शहर में हुआ था और जियोलॉजिस्ट बनने के लिए दोनों ने एक ही कॉलेज से पढ़ाई की थी। पढ़ाई के बाद दोनों ने पश्चिमी अमेरिका में दो परस्पर विरोधी खनिज कंपनियों में नौकरी शुरू की। पीटर ने अपने मन के भीतर छिपे खजाने को खोजने में काफी मेहनत की, जबकि स्टीव ने ऐसा कुछ नहीं किया, क्योंकि उसे मन के खजाने जैसे विचारों पर विश्वास नहीं था; बल्कि उसे अपनी पढ़ाई और अध्ययन में प्राप्त ज्ञान पर ज्यादा विश्वास था, उन यंत्रों और तकनीकों पर विश्वास था, जिनका ज्ञान उसके प्रोफेसरों ने कॉलेज में दिया था। उसे वस्तुओं के बाहरी स्वरूप और स्थितियों पर ज्यादा भरोसा था। मिट्टी की सामान्य टोपोग्राफी के ज्ञान को वह पर्याप्त मानता था। नौकरी के शुरुआती दिनों में स्टीव को उटाह के कुछ क्षेत्रों में जियोलॉजिकल सर्वेक्षण पर लगाया गया। उसने अपनी खोज में सभी आधुनिक यंत्रों और औजारों का

प्रयोग करके वह सबकुछ किया, जो सर्वेक्षण में जरूरी था; पर उसे वहाँ कुछ नहीं मिला। तीन सप्ताह के प्रयास के बाद उसने अपने काम को समाप्त कर दिया।

उसी वर्ष पीटर ने उसी क्षेत्र का सर्वेक्षण किया। केवल तीन महीनों में उसे कुछ ऐसे प्रमाण मिले, जिनके आधार पर वह यूरेनियम के भंडार का पता लगा पाया। अपने अवचेतन मन के नीति-निर्देशों के विश्वास पर चलकर वह खजाना भूमि के अंदर नहीं छिपा था, बल्कि उसके मन में स्पष्टतया चित्रित था।

दुनिया का सर्वोत्तम रहस्य

वैज्ञानिकों ने हाल ही में संसार के सबसे बड़े रहस्य, अर्थात् मानव उत्पत्ति से संबंधित जेनोम की गुत्थी सुलझाने में अंततः सफलता हासिल कर ली है। इसलिए मानव के जीवन-चक्र तक अब पहुँचने का मार्ग खुल गया है। एक से बढ़कर एक वैज्ञानिकों का कहना है, आनेवाले वर्षों में विज्ञान मानव की नस्ल के बुनियादी जींस में भी परिवर्तन करने में सक्षम हो जाएगा। यदि हम चाहेंगे तो हम जितने चाहें, आइंस्टीन, बीथोवन या माइकेल एंजेलो दुनिया में ला सकेंगे।

किंतु ये विशेषज्ञ एक आधारभूत सच्चाई को समझने में असफल हुए हैं कि मानव केवल एक शरीर ही नहीं है, बल्कि शरीर से ज्यादा उसकी वंशानुगत विशिष्टता है, उसकी वंश परंपरा है; उसकी त्वचा, बाल और उसकी आँखें हैं। मानव शरीर में ईश्वरीय शक्ति मौजूद है। वह ईश्वरीय शक्ति का अंग है। मानव का अवचेतन मन अनंत ब्रह्मांड से जुड़ा है, जो बदलता नहीं। वह जैसा कल था, वही आज है और वही कल रहेगा। अतः हमारा कायाकल्प तभी हो सकता है, जब हमारे मन का कायाकल्प होगा। अपने मन को बदलकर ही आप अपने को बदल सकते हैं। (रोमन्स 12:2)

दुनिया का सबसे बड़ा रहस्य यही है कि ईश्वर का राज्य हमारे भीतर है। असीमित बुद्धि, विवेक का अथाह भंडार, असीम शक्ति और प्रेम तथा जीवन की प्रत्येक समस्या का समाधान हमारे अवचेतन मन के भंडार में बंद है। लोग दुनिया के सबसे बड़े रहस्य को दुनिया भर में खोजते हैं, किंतु अपने भीतर नहीं खोजते; लेकिन आश्चर्य की बात है कि वह रहस्य हमारी पहुँच के अंदर हमेशा मौजूद रहा है। उस अनंत शक्ति को अपने भीतर खोजना शुरू करोगे तो आप उस ईश्वर-प्रदत्त सुखी और संपन्न जीवन की शुरुआत कर सकोगे, जिसने जीवन के सभी सुखों को भोगने के लिए आपको इस जीवन में भेजा है। (I टिमोथी 6:17) मैं इसलिए आया हूँ कि तुम भरपूर जीवन जी सको। (जॉन 10:10)

धनवान् बनने का आपका अधिकार है

अपने जीवन में सफलता, मान-मर्यादा, शोहरत और खुशहाली पाने की इच्छा सामान्य और प्राकृतिक है। आपके पास आपकी जरूरत के अनुसार धन होना चाहिए, ताकि आप जब चाहें, उसका प्रयोग कर सकें। निर्धनता में कोई गुण नहीं है। गरीबी एक मानसिक बीमारी है और जिसे दुनिया से हटाया जा सकता है। जैसे धन एक मानसिक स्थिति है, ठीक वैसे ही गरीबी भी एक मानसिक स्थिति है। यदि हम दुनिया भर की गंदी बस्तियों, झोंपड़ियों को मिटा देना चाहते हैं तो पहले हमें लोगों के मनों में बैठी गरीबी और अभाव की धारणा को जड़ से निर्मूल करना होगा।

वर्षों के अपने निजी परामर्शों और दुनिया भर में दिए अपने व्याख्यानों के बाद लोगों से बातचीत के दौरान मैं लगातार एक ही शिकायत सुनता रहता हूँ—बस, केवल पैसे के अभाव से ही मैं कुछ नहीं कर पाया। यदि मेरे पास 50,000 या 1,00,000 डॉलर आ जाएँ तो मेरे जीवन की सारी परेशानियाँ दूर हो जाएँगी। ये लोग यह नहीं समझ पाते कि उनकी अभिलाषाओं में कमी के कारण ही वे गरीबी के चंगुल में फँसे रहते हैं। गरीबी की तरह अमीरी भी दरअसल मन के विचार और उनकी छवियाँ हैं। यदि वे लोग इस पुस्तक में दी गई तकनीकों के अनुकूल चलने लगें और अपने अवचेतन मन का प्रयोग करने लगें तो उनके जीवन में धन और वैभव की बाढ़ आ जाएगी।

यह आपका और आपके परिवार का अधिकार है कि आपको स्वास्थ्य और पोषक तत्त्वों से भरपूर आहार मिले, आपके पास बढ़िया वस्त्र हों, एक आरामदेह घर हो और जीवन में अच्छी चीजों को खरीदने के लिए पर्याप्त धन हो। आपको जीवन के प्रत्येक दिन में ध्यान, उपासना, आराम, मनोरंजन के लिए पर्याप्त समय और सुविधाएँ चाहिए। समृद्धि वास्तव में अधिक वस्तुओं को एकत्र करने या जोड़ने में नहीं है, बल्कि बौद्धिकता के साथ-साथ आपके सामाजिक व आर्थिक विकास में निहित है।

कैसे उस महिला ने अपने अवचेतन खजाने का आविष्कार किया

मेरे पास बेटिना डब्ल्यू. नामक महिला परामर्श के लिए आई। उसने बताया कि कैसे उसके जीवन में लगातार मुसीबतों का जमावड़ा लगा रहा है। अपने पति के साथ दुःखद तलाक के बाद उसका पति दो छोटे बच्चों को छोड़कर किसी दूसरे शहर में जा बसा। उसने बच्चों के लालन-पालन के लिए आर्थिक सहायता देनी भी बंद कर दी। घर के नाम पर उसके पास घर जरूर था, पर बंधक में गिरवी था। उसके क्रेडिट कार्ड की लिमिट समाप्त होने वाली थी। हालाँकि उसके पास नौकरी थी और वह ओवरटाइम

नौकरी भी करती थी, फिर भी उसे बच्चों के लिए दो जून का भोजन जुटाना भी मुश्किल हो गया था। बेटिना रात-रात भर चिंता में जागती रहती थी और सोचती थी कि ऐसे समय में यदि कोई बच्चा बीमार हो जाए तो वह क्या करेगी? उसने बताया कि उसका जीवन मुसीबतों का पहाड़ बन गया था।

मैंने उसे समझाया कि उसके अवचेतन में मौजूद असीमित विवेक उसे वह सबकुछ बता सकता है, जो वह हमेशा जानना चाहेगी। वह उससे नए रचनात्मक विचार, मार्गदर्शन, प्रोत्साहन के अतिरिक्त अपनी आर्थिक समस्याओं का हल भी प्राप्त कर सकती है। मैंने उसे यह भी बताया कि एक बार यदि वह अपने अवचेतन का सही उपयोग करने में सक्षम हो जाएगी तो वह उसे उसकी जरूरत के अनुकूल धन भी उपलब्ध करा देगा। उसे अपने सपनों में सँजोई आर्थिक स्वतंत्रता की दुनिया मिल जाएगी, जिसके लिए वह हमेशा तरसती रहती है।

इस प्रक्रिया को समझने के लिए मैंने बेटिना के सामने दो चित्रों की एलबम प्रस्तुत की—धन और सफलता। बातचीत के दौरान उसे समझ में आ गया कि धन उसके चारों ओर मौजूद है। हम लोगों की तरह वह भी सफल हो सकती है, जीवन की दौड़ में जीत सकती है; क्योंकि एक बार यदि उसने अपने भीतर मौजूद असीमित शक्ति का प्रयोग करना सीख लिया तो वह विफल नहीं हो सकती। मेरे सुझाने पर उसने आध्यात्मिक अभ्यास का कार्यक्रम शुरू किया। प्रत्येक रात को सोने से पहले उसने थोड़ा सा समय निकाला, जिसमें उसने पूरी आस्था और विश्वास के साथ धारे-धीरे इन शब्दों को दोहराना शुरू किया—धन, ऐश्वर्य, सफलता; धन, ऐश्वर्य, सफलता। वह समझ गई कि अपने अवचेतन में वह जो भी अंकित करेगी, वह ब्रह्मांड के पटल पर तिगुना-चौगुना होकर चमकने लगेगा। सोने से ठीक पहले हमारा अवचेतन हमारे चेतन मन के विचारों को विशेष रूप से ग्रहण करता है। इन दो विचारों पर अपने विवेक की शक्ति केंद्रित करके बेटिना ने अपने अवचेतन की शक्तियों को जाग्रत् करके उनका उपयोग करना शुरू कर दिया।

उसके अवचेतन की प्रतिक्रिया क्या थी

अवचेतन मन का सही उपयोग कभी भी विफल नहीं होता। एक बार जाग्रत् हो जाने पर हमारा अवचेतन विपरीत परिस्थितियों के बावजूद अनेक अनजाने तरीकों से हमारी जरूरतों को पूरा करता है। बेटिना ने गरीबी और परेशानियों को अपने ध्यान से निकाल दिया और सारी शक्ति व ध्यान धन एवं सफलता पर लगाया। एक रात जब वह अपने अभ्यास में रत थी तो उसकी नजर शेल्फ पर रखे उस गुलदस्ते पर पड़ी, जो उसे

अपनी माँ की बड़ी बहन से मिला था। अगले दिन एकाएक उसके मन में एक विचार आया। उसने इंटरनेट की ऑक्शन साइट पर उस गुलदस्ते का चित्र सहित विवरण पोस्ट कर दिया। कुछ ही दिनों में एंटीक के एक व्यापारी ने उस गुलदस्ते की पुरातनता का मूल्यांकन करके उस गुलदस्ते के लिए 7,000 डॉलर तक की बोली लगा दी।

बेटिना शीघ्र ही इंटरनेट पर यार्ड सेल और सरकारी नीलामी के काम में लग गई। यदि उसकी नजर किसी खास चीज पर पड़ती तो वह उसे खरीद लेती और इंटरनेट की नीलामी साइट पर पोस्ट कर देती। तीन महीनों में ही एंटीक और विभिन्न वस्तुओं के खरीदने एवं उनकी नीलामी के काम में उसकी आमदनी इतनी बढ़ गई कि उसे अपनी नौकरी छोड़ देनी पड़ी और वह पूरा समय इसी काम में लगाने लगी। उसके मित्रों और प्रतियोगियों का कहना था कि उसकी सफलता का रहस्य उसका विवेक था। जिस बुद्धिमानी से वह सही वस्तु का चयन करके उसे खरीदती थी और नीलामी पर लगाती थी, यह उसकी खूबी थी। किंतु बेटिना जानती थी कि दरअसल में उसका अवचेतन मन किस खूबी से इस पूरे काम को अंजाम दे रहा था और किस प्रकार उसने बेटिना को असीमित खजाने के दरवाजे पर ला खड़ा कर दिया था! आपके अवचेतन में मौजूद असीमित विवेक आपकी सहायता तभी कर सकता है, जब यह काम आप खुद करेंगे। आपके विचार और आपकी संवेदनाएँ आपके भविष्य को नियंत्रित करते हैं। बेटिना अब चूँकि अवचेतन मन की अचूक शक्ति पर विश्वास जमाना सीख गई थी, इसलिए उसे मालूम था कि भौतिक या आध्यात्मिक आवश्यकताओं में अब उसे कभी अभाव नहीं होगा।

धन और पदोन्नति का रहस्य उसके भीतर मौजूद था

राल्फ एस. एक सक्षम और सफल एडवोकेट था, जो कई केसों में लगातार असफल होता गया। वह प्रत्येक केस हारता गया। इसके कारण वह निराशा व हताशा के अंधकार में डूबता चला गया और खुद की आलोचना करने लगा। इसका फल यह हुआ कि वह आर्थिक समस्याओं में घिर गया। धीरे-धीरे नौबत यह आ गई कि वह ऋण के जंजाल में फँस गया। उसकी फर्म के वरिष्ठ सहयोगियों ने समझाया कि उसकी वकालत पर खतरा मँडराने लगा है। इस स्थिति में राल्फ सहायता के लिए मेरे पास आया।

उसकी कहानी सुनकर मैंने उसके सामने एक बुनियादी तथ्य की व्याख्या की, जिसे अकसर लोग नजरअंदाज कर दिया करते हैं। हमारे विचार सदा रचनात्मक होते हैं, अर्थात् जिन विचारों का हम पोषण करते हैं, वे स्थितियों को बदलते हैं, पैदा करते हैं और वास्तविकता की रचना करते हैं। जिन दशाओं, परिस्थितियों, घटनाओं और अनुभवों से हम गुजरते हैं, वे आकस्मिक नहीं होते; बल्कि वे हमारे मानस के विचारों

और कल्पनाओं के प्रतिबिंब होते हैं। मैंने राल्फ को समझाया कि यदि वह अभाव और कमियों के विचारों में हमेशा डूबा रहेगा तो स्वाभाविक रूप से वह अभाव और कमियों का अनुभव करता रहेगा।

इसी प्रकार शांति, सफलता, समृद्धि, सत्कर्म और उन्नति के विचारों को पूरे विश्वास के साथ जीवन में उतारा जाए तो वे अपने जैसे ही प्रतिफल प्रदान करते हैं; जैसे अंगूर के बीज से करौंदा पैदा नहीं होता और इमली से आम नहीं पैदा होता। प्रकृति का नियम है कि हम वही हैं, जो दिन भर सोचते हैं। इसके अतिरिक्त, जो विचार आप सोच-समझकर अपने मन में पैदा करते हैं, वे विशेष रूप से प्रभावशाली होते हैं। यदि उनका उपयोग सही रूप में किया जाए तो ये विचार आज के बाद से आप जो अनुभव करना चाहेंगे, उसकी रचना करके आपके सामने प्रस्तुत करते रहेंगे।

मेरा उद्देश्य राल्फ को यह बताना था कि वह अपने मन में उस चमत्कारी शक्ति का प्रयोग किस प्रकार करे! इसके लिए मैंने उसे एक संक्षिप्त कार्यक्रम दिया, जो आएदिन उसे अवचेतन मन के अनंत भंडार की शक्तियों की याद दिलाता रहे। इसी के अनुरूप मैंने निम्नलिखित प्रार्थना की तकनीक दी। रोजाना दिन में तीन या चार बार वह एकांत में आराम से बैठकर आहिस्ता से, धीरे-धीरे पूर्ण आस्था के साथ इस प्रार्थना को दोहराने लगा, जो इस प्रकार थी—

> "आज ईश्वर का दिन है। मैं सामंजस्य, प्रेम, सफलता, समृद्धि, वैभव और ईश्वरीय कर्मों को अपनाता हूँ। अपरिमित विवेक उत्तरोत्तर सेवा देने के उन्नत मार्गों को निरंतर उजागर कर रहा है। मैं एक मानसिक व आध्यात्मिक चुंबक हूँ और उन लोगों के लिए आकर्षण का केंद्र हूँ, जो मेरी सलाह, निर्णयों और सेवाओं के परिणामस्वरूप सुखी और संतोषपूर्ण जीवन का निर्वाह कर रहे हैं। दिन भर मैं ईश्वरीय दिशा-निर्देशन में रहता हूँ। जो भी मैं करूँगा, वह खुशहाली लाएगा। मेरे सभी कार्य ईश्वरीय न्याय व नियमों से चलते हैं। मैं जिसका काम शुरू करूँगा, वह सफल होगा। मैं अपने मन के नियम को जानता हूँ और पूर्ण रूप से सजग हूँ कि जिन सत्यों को इस समय मैं दोहरा रहा हूँ, वे मेरे अवचेतन मन में डूबते जा रहे हैं और अपना प्रतिफल लेकर लौटेंगे। यह सब आश्चर्यजनक है।"

राल्फ ने विशेष रूप से यह निर्णय किया कि जिस विचार पर विश्वास करेगा, उससे कभी इनकार नहीं करेगा। जब भी अभाव, भय या स्वनिंदा के विचार उसके मन में घुसने का प्रयास करेंगे, वह उन्हें यह कहकर अस्वीकार कर देगा—"ईश्वर मेरा रखवाला है। मुझे नहीं चाहिए।" (साम 23:1)

कई साल बीत गए। आज राल्फ अपनी लॉ फर्म में एक सम्मानित पद पर आसीन है और जज की नियुक्ति के लिए आएदिन उसके नाम की चर्चा होती है। जब आपके विचार ईश्वर के विचार बन जाते हैं, तब आपके अच्छे विचारों में ईश्वरीय शक्ति जुड़ जाती है।

सुननेवाले कान और समझदार हृदय की दौलत

मैंने सेरेना नाम की एक महिला से प्राप्त एक अभूतपूर्व पत्र को बड़ी सावधानी से रखा है। वह महिला मेरे रोजाना के रेडियो में प्रसारित प्रोग्राम को सुना करती थी। उसने अपने पत्र में बताया कि कुछ दिन पहले उसके पति रॉबर्ट की हार्ट अटैक से मृत्यु हो गई है। उसके पति की आयु मात्र 38 वर्ष थी। वे लोग अकसर जीवन बीमा कराने की चर्चा करते थे, लोकिन बीमा के प्रीमियम की राशि बड़ी होने के कारण वे चाहकर भी बीमा नहीं करा पाए। उनकी जितनी आमदनी थी, उससे मुश्किल से घर का खर्च चल पाता था। इसलिए वे इंतजार में थे कि जब कभी आमदनी का जरिया बढ़ेगा तो बीमा करवा लेंगे। अब स्थिति यह है कि वह एक युवा विधवा के रूप में अपने दस साल के बेटे के साथ अकेली खड़ी है। ले-देकर उसके पास मार्केटिंग की काबिलीयत, बंधक में रखा एक घर और बैंक बैलेंस के नाम पर शून्य बचा है। यहाँ तक कि उसे अपने पति की अंतिम क्रिया के लिए अपने एक नजदीकी दोस्त से उधार लेना पड़ा है। भविष्य अंधकारमय दिखाई देता है।

उसने लिखा—"आपने जो बाइबिल की पंक्तियाँ सुनाईं, वे मैंने सुनी थीं—'मेरा ईश्वर अपनी महिमा के वैभव के अनुकूल तुम्हारी सभी आवश्यकताओं को पूरा करेगा।' (फिलीपियंस 4:19) ये शब्द मेरे हृदय में उतर गए। उसके बाद आपने व्याख्या की। आपने हमें बताया कि यदि हम अपने भीतर मौजूद अनंत आवाज सुन लें, उससे तालमेल बैठा लें और अपने हृदय में विश्वास जमा लें तो हमारी कमियों की पूर्ति के लिए, हमें आराम देने के लिए, हमें जीवन देने और प्रोत्साहित करने के लिए हमें जिस चीज की या जितने धन-दौलत की जरूरत पड़ेगी, ईश्वरीय उपस्थिति उसे उपलब्ध कराएगी। यह लिखित है—'उनके माँगने से पहले मैं दूँगा, और जब वह बोलेंगे, मैं सुनूँगा।' (ईसैह 65:24)

"मैं बैठकर ध्यान करने लगी कि ईश्वर मेरी जरूरतों को पूरा कर रहा है। मुझे विश्वास हो गया कि मेरी प्रार्थना को वह सुन रहा है। मेरा मन शांति और सामंजस्य के साम्राज्य में लीन हो गया है। लगभग दो घंटे बाद मेरे पास मेरे बहनोई मिल्ट का फोन आया, जो सिएटल में रहता था। मिल्ट पेशे से एक सॉफ्टवेयर इंजीनियर था और अपने

व्यवसाय में बढ़िया काम कर रहा था। मिल्ट और मेरे पति बचपन में बहुत नजदीक थे, किंतु हाल ही के वर्षों से वे एक-दूसरे के संपर्क में नहीं थे। मुझे लगता था कि रॉबर्ट के मन में मिल्ट के कॅरियर में सफलता के प्रति हीन भावना पैदा हो गई थी।

"मिल्ट ने मुझे बताया कि अपने भाई को खो देने पर वह कितना दु:खी है और साथ ही एक दोष भावना से भी पीड़ित है। वह अकसर सोचता रहा है कि कैसे वह रॉबर्ट से मिलने का समय निकाले; किंतु कामकाज की भाग-दौड़ में संभव नहीं हो पाया। अब तो बहुत देर हो चुकी है। उसने बताया कि वह रॉबर्ट की आर्थिक स्थिति के बारे में जानता था और उसकी मदद भी करना चाहता था। वह अपनी कंपनी स्टॉक के एक ब्लॉक को मुझे भिजवा रहा है। उसको बेचने में जो मुनाफा होगा, वह मेरे घर खर्च के लिए पर्याप्त हो जाएगा। वह मेरे बेटे की पढ़ाई के खर्च के लिए भी ट्रस्ट की स्थापना कर रहा है। उसने भरोसा दिलाया कि मैं और मेरा बेटा अब कभी अभाव में नहीं रहेंगे। उस सब की एवज में वह सिर्फ यह चाहता है कि मैं समय-समय पर उससे संपर्क करती रहूँ। जो गलती वह अपने भाई के साथ कर चुका है, वह अपने भतीजे के साथ दोहराना नहीं चाहता।"

कैसे एक सेल्समैन की किस्मत बदल गई

रियल एस्टेट का एक सेल्समैन रिक आर. मेरे रविवारीय रेडियो प्रोग्रामों को नियमित रूप से सुना करता था। उसने मुझे बताया कि स्टॉक मार्केट के अपने व्यवसाय में किस प्रकार सौदेबाजी में उसका पैसा डूब गया और वह बड़े कर्जे में फँस गया है। उसे उम्मीद थी कि वह अपनी दलाली के कमीशन से कर्जा चुका देगा; किंतु इधर कई महीनों से वह कोई मकान या संपत्ति भी नहीं बेच पाया है। उसकी बातें सुनने के दौरान मुझे आभास हो गया कि उसकी वास्तविक समस्या क्या है! मैंने देखा कि वह अपने साथियों से ईर्ष्या करता है। उसके जो सहकर्मी उससे ज्यादा प्रॉपर्टी बेचने में सफल हो रहे थे, ज्यादा कमा रहे थे, उनसे वह हमेशा जलता था, उनकी निंदा करता था, उन्हें अपना दुश्मन समझता था। वह कहता था कि उनकी बातों से उसे परेशानी होती है। उन लोगों के काम के तरीके गलत हैं। उन्हें व्यापार करना नहीं आता। उनकी बातचीत घटिया है। उन्हें पहनने-ओढ़ने की भी तमीज नहीं है। वह यहाँ तक कह देता कि उनकी सफलता उनके घटियापन का सबूत है।

बातचीत में मैंने रिक को समझाने की कोशिश की, कि जो ईर्ष्या और शत्रु-भाव वह पैदा कर रहा है, वह खुद उस पर भारी पड़ रही है। दुर्भावना के जो विचार वह पाल रहा है, वे उसके जीवन में प्रतिबिंबित हो रहे हैं। दूसरों की सफलता की बुराई करके वह अपने अवचेतन मन में संदेश दे रहा है कि सफलता एक बुराई है। उससे दूर रहना

चाहिए। और उसका अवचेतन मन उसी के अनुरूप प्रतिक्रिया दे रहा है। उसके अपने विचार अभाव, अड़चनों और गरीबी के प्रति आकर्षित हो रहे हैं, अर्थात् गरीबी ला रहे हैं। दूसरों के बारे में हम जो सोचते हैं, उनके प्रति जो रवैया रखते हैं, उसकी उत्पत्ति हम स्वयं अपने अनुभव में करते हैं; क्योंकि अपने संसार बनानेवाले हम खुद होते हैं। अपने और दूसरों के बारे में सोचने की पूरी जिम्मेदारी भी हमारी खुद की होती है। एक बार जब रिक को पता चल गया कि किस प्रकार वह अपने ही जाल में फँस गया है, किस प्रकार अपने ही विचारों और दुर्भावना में पड़कर पतन के मार्ग पर चल निकला है, तब उसने अपने स्वभाव और धारणा में परिवर्तन लाने के प्रयास शुरू किए। धीरे-धीरे उसने अपने स्वभाव और विचारों को रचनात्मक बनाया। जो सफलता, उपलब्धि, धन और वैभव वह खुद चाहता था, वह दूसरों के लिए भी चाहने लगा। उसने दिन में कई बार ध्यान लगाकर प्रार्थना करनी शुरू कर दी। वह प्रार्थना इस प्रकार थी—

"मैं अनंत की संतान हूँ। उसका वैभव मुझमें स्वच्छंद रूप से प्रवाहित होता है। मैं उसके वैभव से हर प्रकार से धनवान् हूँ। प्रसन्नता, शांति, संपदा, सफलता तथा बिक्री का अंबार—सभी कुछ मेरे पास आ रहा है। मैं जानता हूँ कि मैं वही पाऊँगा, जो बोऊँगा। मैं अब मन की गहराई में छिपी संपदा के लिए प्रयत्न कर रहा हूँ, जिनके परिणाम अब शीघ्र ही दिखाई देंगे। मैं जानता हूँ, मैं वही पाऊँगा, जो बोऊँगा; क्योंकि लिखा भी है—तुम जो माँगोगे, वह तुम्हें दिया जाएगा और तुम्हारे मार्ग उज्ज्वल रहेंगे।" (जॉब 22:28)

रिक के स्वभाव में परिवर्तन का परिणाम उसके संबंधों पर उजागर होने लगा था। उसके संबंध सभी से मधुर हो गए। उसके साथी, सहयोगी अब परामर्श और सहायता के लिए रिक की ओर आकर्षित होने लगे। उसका मिलना-जुलना बढ़ गया। लोग उसकी प्रशंसा करने लगे। आज वह अपनी फर्म की सर्वाधिक मुनाफा कमानेवाली शाखा का अध्यक्ष है। बिक्री को बढ़ाने के लिए आयोजित वर्कशॉपों में उसे आदर से बुलाया जाता है। उसके पास स्किल्स बढ़ाने के लिए हुनर और गुणों का खजाना है। किंवदंती की पुस्तक में कहा गया है—'निर्धनता और शर्म उसके पाले में आती हैं, जो उपदेश की अवहेलना करता है।' (प्रोवर्ब्स 13:18)

जीवन में प्रचुरता लाने के लिए ध्यान लगाएँ

सुख, चैन और वैभवपूर्ण जीवन प्राप्त करने में बाधाओं को दूर करने के लिए ध्यान लगाकर निम्नलिखित प्रार्थना दोहराएँ—

'मैं यह जानता हूँ कि समृद्ध बनने का अर्थ सभी ओर का आध्यात्मिक विकास है। ईश्वर अब मेरे मन, मस्तिष्क, शरीर और सभी मामलों में समृद्धि ला रहा है। ईश्वरीय ज्ञान निरंतर मुझे दिशा-निर्देश दे रहा है और मेरा

स्वास्थ्य, मेरी धन-संपदा के साथ-साथ मेरी ईश्वरीय अभिव्यक्ति पूर्ण रूप से बढ़ रही है। मैं हृदय से रोमांचित हूँ कि ईश्वर मेरी काया के प्रत्येक अंग को सशक्त कर रहा है। मैं यह जानता हूँ ईश्वर का जीवन मुझे समृद्ध, स्थिर और मजबूत बना रहा है। मैं अब पूर्ण, स्वस्थ, शक्तिशाली और ऊर्जावान् शरीर को प्रकट कर रहा हूँ।

मेरा कामकाज अथवा व्यवसाय ईश्वरीय गतिविधि है और चूँकि यह अब ईश्वरीय व्यवसाय है, इसलिए यह सफल और खुशहाल है। मैं अब कल्पना और अहसास कर रहा हूँ कि मेरे शरीर, मन, मस्तिष्क और सभी मामलों में एक ईश्वरीय पूर्णता कार्यरत है। मैं धन्यवाद देता हूँ और समृद्ध जीवन की प्रसन्नता प्रकट करता हूँ।"

स्मरणीय बिंदु

1. तुम यहाँ एक वैभवपूर्ण जीवन व्यतीत करने के लिए आए हो, जो हँसी, खुशी, स्वास्थ्य और धन-धान्य से परिपूर्ण होगा। अपने भीतर छिपे इस धन-संपदा से भरपूर खजाने तक पहुँचने के प्रयास को अब शुरू कर दो।
2. सच्चे धन का यह खजाना तुम्हारे अवचेतन मन में मौजूद है। एक जियोलॉजिस्ट ने, जिसे अपने अवचेतन मन के दिशा-निर्देश पर विश्वास था, धरती में छिपे खजाने का पता बड़े कम समय में आसानी से लगा लिया; जबकि उसके प्रतियोगी को एक लंबे समय तक उसी क्षेत्र में अन्वेषण करने के बाद भी कुछ नहीं मिला, क्योंकि उसमें आस्था की कमी थी।
3. पूरी दुनिया का सबसे बड़ा रहस्य यह है कि ईश्वर का वास मनुष्य में होता है। इस संसार में प्रत्येक स्त्री और पुरुष धन-संपदा, सफलता, खुशी और वैभव के लिए सब जगह ढूँढ़ता फिरता है; किंतु अपने भीतर नहीं झाँकता। ईश्वर जीवन का सिद्धांत है। वह अपरिमित विवेक और अनंत ऊर्जा के रूप में हर एक व्यक्ति को उसके विचारों के माध्यम से हमेशा उपलब्ध रहता है।
4. गरीबी एक बीमारी है। अभाव और गरीबी में विश्वास अभाव और कमियों को ही जन्म देता है। धन-दौलत एक मन:स्थिति है। धन के सिद्धांत पर विश्वास करो और वह तुम्हें मिलेगा। इससे पहले कि हम गंदी बस्तियों और गरीबी को मिटा सकें, हमें लोगों के मन में बसी गंदगी और झूठी आस्थाओं को उखाड़कर फेंक देना होगा।
5. अपने अवचेतन मन के खजाने का लाभ उठाने के लिए तुम उससे

दिशा-निर्देश, वैभव, सुरक्षा और सही कर्म प्राप्त कर सकते हो। इन सच्चाइयों पर ध्यान लगाने की आदत डालो तो तुम्हारा अवचेतन तुम्हारी माँग के अनुरूप काम करेगा।

6. यह जानते हुए कि धन और सफलता—इन दो शब्दों को दोहराने से तुम अपने भीतर के मन में छिपी शक्तिशाली ऊर्जा को जगा सकते हो और रोजाना रात को धन और सफलता के विचारों के साथ सोना शुरू करोगे तो तुम्हारे जीवन में धन और सफलता का आना निश्चित है।
7. तुम्हारे अवचेतन का अपरिमित विवेक तुम्हारे लिए वही कर सकता है, जो तुम अपने लिए करोगे। तुम्हारे विचार और संवेदनाएँ तुम्हारे भविष्य को नियंत्रित करती हैं।
8. जब तुम विश्वास करोगे कि तुम्हारे अवचेतन मन का अपरिमित विवेक तुम्हारी चाहत का जवाब देता है, तब तुम्हारी सभी माँगों की पूर्ति उन मार्गों से होने लगेगी, जिनकी कल्पना तुम नहीं कर सकते।
9. तुम्हारे विचार रचनात्मक हैं। प्रत्येक विचार तुम्हारे जीवन में अनुभव बनकर आना चाहता है। पदोन्नति, धन-प्राप्ति, बढ़ोतरी और उपलब्धि के विचार तुम्हारे सामने उजागर होते हैं। यदि तुम उन्हें बनाए रखते हो तो वे तुम्हारे जीवन में अवश्य मूर्तिमान होंगे। तुम अपनी पदोन्नति खुद करते हो। अपनी प्रार्थना का फल तुम खुद देते हो, क्योंकि यह प्रार्थना तुम अपने विश्वास के अनुकूल अपने लिए ही करते हो।
10. इस बात का खास खयाल रखो कि जब तुम धन-दौलत, सफलता, सही कर्म और पदोन्नति का निर्णय लेते हो तो उस पर अडिग रहो। ऐसा न हो कि बाद में तुम निराश होकर हथियार डाल दो। यह तो शहद में नीबू डालने जैसा होगा। ऐसे में तुम्हें कुछ नहीं मिल पाएगा। दूसरे शब्दों में, अपनी रचनात्मकता को निःशक्त न होने दो। विचार अनमोल हैं। तुम जिसका अहसास करते हो, वह तुमसे आकृष्ट होता है और जिसकी कल्पना करते हो, वह तुम बन जाते हो।
11. यह निश्चित करो कि तुम दूसरों की सफलता और धन-दौलत के प्रति ईर्ष्या नहीं रखोगे। याद रखो कि तुम्हारे विचार सदा रचनात्मक रहें। यदि तुम उन लोगों की आलोचना या ईर्ष्या करोगे, जिन लोगों ने धन-संपदा और प्रतिष्ठा अर्जित की है तो यह जान लो कि तुम निराशा और अभावों में पड़े रह जाओगे। दूसरों के लिए तुम जो सोचते हो, वह तुम्हारे लिए हो जाएगा।

12. जो तुम वास्तविक रूप से महसूस करते हो और उसे अपने जीवन में उतारना चाहते हो, वह निश्चित रूप से तुम्हें मिलेगा। धन-दौलत और स्वास्थ्य की माँग करो; सौंदर्य, सुरक्षा और अच्छे कर्मों की माँग करो। तुम जो भी सच्चे मन से माँगोगे, वह तुम्हें मिलेगा और तुम्हारा मार्ग उज्ज्वल होगा। (जॉब 22:28)
13. वैभवपूर्ण जीवन के लिए अध्याय के अंत में दिए गए ध्यान-प्रार्थना का उपयोग करो।

□

2

उस चमत्कारी शक्ति को कैसे वश में करें, जो तुरंत धनवान् बनाती है

बाइबिल कहती है—"यदि तुम विश्वास नहीं करते तो यह जान लो कि उसे सबकुछ मिलता है, जो विश्वास करता है।" (मार्क 9:23)

विश्वास करना अर्थात् सत्य को स्वीकार करना है। ईश्वर के सत्य को, उसके यथार्थ को महसूस करके तुम्हें अपने हृदय में पैदा करना है। यह सिद्धांत या चेतना से कहीं ऊपर होता है। इसका अर्थ यह है कि जो निर्णय तुम लेते हो, उसकी सच्चाई पर तुम हृदय से भरोसा करते हो।

लोगों की मन की आस्था ही जीवन में सफलता और विफलता, स्वास्थ्य और बीमारी, सुख और दु:ख, धन-संपदा और गरीबी का निर्णय करती है। धन-दौलत मन की एक स्थिति है। ठीक उसी प्रकार गरीबी और अभाव भी एक मन:स्थिति है। जब तुम अपने भीतर अनंत शक्ति को महसूस करते हो, जिसे लोग 'ईश्वर' कहते हैं, तभी जाकर सच्चे मायनों में तुम धनी बनते हो। जब तुम जान जाते हो कि तुम्हारे विचार रचनात्मक हैं, तुम जो चाहते हो, वह तुम्हें मिलता है और जिसकी कल्पना तुम करते हो, तुम वह बन जाते हो और तभी तुम वास्तव में वैभव एवं संपदा के मालिक बनते हो, जब अपने मन की रचनात्मक प्रक्रिया को जान जाते हो और यह समझ जाते हो कि तुम अपने अवचेतन मन को जो भी संदेश दोगे, वे विश्व-पटल पर उभरकर तुम्हारे जीवन में तुम्हारे अनुभव बनकर घटनाओं के रूप में तुम्हारे सामने आ जाएँगे।

अपने अंदर छिपा खजाना वह कैसे खोज पाई

मेरे लेक्चर के बाद सोफी सी. नामक एक युवा ग्राफिक इंजीनियर मेरे पास आई। वह कुछ परेशानी और झुंझलाहट में लग रही थी। मिलते ही उसका क्रोध फूट पड़ा, "मैं उस प्रोजेक्ट को लेकर आज भी अंधकार में पड़ी हूँ। मुझे समझ में नहीं आता, मैं क्या

करूँ ? अगर वह प्रोजेक्ट पूरा नहीं हुआ तो मेरा कॅरियर डूब जाएगा। मैं आपकी बताई तकनीक पर बराबर प्रार्थना कर रही हूँ, पर मुझे रास्ता नहीं सूझ रहा। प्रोजेक्ट सुलझ ही नहीं रहा है। मैं बहुत मुश्किल में पड़ गई हूँ। आपकी तकनीक को क्या हो गया है ? क्यों वह काम नहीं कर रही है ?"

"सोफी!" मैंने कहा, "मान लो कि तुम कंप्यूटर पर काम कर रही हो और तुम्हारे पीछे तुम्हारी बॉस खड़ी तुम्हें बार-बार सुझाव दे रही है। ऐसी स्थिति में क्या तुम काम कर पाओगी ?"

"नहीं, बिल्कुल नहीं। मैं उस तरह काम नहीं कर सकती।"

"तब भी नहीं, यदि वह वाकई अच्छे सुझाव दे रही हो ?"

"नहीं, तब भी नहीं।" सोफी न आगे कहा, "यदि वह वास्तव में मेरी मदद करना चाहती है तो उसे चाहिए कि वह समझ ले कि मैं अपना काम पूरी दक्षता से पूरा कर सकती हूँ। मुझे काम देकर उसे मुझे पूर्ण रूप से स्वतंत्र छोड़ देना चाहिए। यदि वह मेरे काम में हमेशा टोका-टाकी करती रहेगी तो मैं काम कैसे कर पाऊँगी ? यह उसे समझना चाहिए।"

"बिल्कुल सही कहा है तुमने।" मैंने कहा, "ठीक यही तुम्हारे अवचेतन के साथ हो रहा है। तुम निरंतर अपने अवचेतन को एक के बाद एक सुझाव दे रही हो। उसे समय नहीं दे रही हो कि वह तुम्हारे किसी एक सुझाव पर भी काम कर सके। तुम दरअसल में उसकी क्षमता पर भरोसा न करके, बार-बार सुझाव देकर और अपनी व्याकुलता प्रदर्शित करके उसकी क्षमता पर संदेह कर रही हो और उसे अपना काम नहीं करने दे रही हो। तुम्हें चाहिए कि सोच-समझकर, पूरी भावना के साथ, अपनी इच्छा को मूर्तमान कर अपने अवचेतन को संदेश प्रेषित करो और फिर उसे समय दो, ताकि वह अपरिमित विवेक के बल पर तुम्हारी इच्छा को पूरी करके तुम्हारे सामने प्रस्तुत कर सके।"

"शायद यही सही है।" सोफी ने आहिस्ता से कहा, "आप ठीक कहते हैं। गलती मेरी ही है। लेकिन मैं प्रार्थना के चक्कर में यह सब भूल गई। आदत गलत डाल ली। मैं सोचती थी कि जितनी बार मैं प्रार्थना करूँगी, उसका प्रभाव बढ़ता जाएगा। अब मैं क्या करूँ, यह तो बताइए ?"

"एक रास्ता है इस आदत को बदलने का।" मैंने जवाब दिया, "तुम अपने आध्यात्मिक खजाने की शक्ति को दिन में दो-तीन बार किसी व्यक्ति की भलाई की प्रार्थना में लगा सकती हो। ऐसे व्यक्ति के लिए प्रार्थना करो, जो गहन संकट में पड़ गया हो। यह तुम्हारा पड़ोसी या फिर तुम्हारा सहयोगी हो सकता है। यहाँ तक कि वह भी हो सकता है, जिसके बारे में तुमने टी.वी. में देखा या सुना हो। महत्त्वपूर्ण बात यह है कि ऐसे व्यक्ति के लिए तुम्हें प्रार्थना में अपनी इच्छा-शक्ति का प्रयोग अथवा मानसिक जद्दोजहद नहीं करनी पड़ेगी और तुम्हारे अवचेतन मन को समय मिल जाएगा।"

सोफी इस सुझाव पर अमल करने का मन बनाकर चली गई। कुछ दिनों बाद उसका फोन आया। वह रोमांचित लग रही थी। उसने बताया कि सुबह-सुबह अलार्म से पहले ही उसकी आँख खुल गई। उसके मन में उस प्रोजेक्ट का पूरा चित्र था। वह भाग स्पष्ट झिलमिला रहा था, जिसको लेकर वह अब तक अंधकार में डूबी हुई थी। वह तुरंत उठकर कंप्यूटर पर बैठ गई और कुछ ही मिनटों में उसकी गुत्थी को सुलझाकर उसने अपना प्रोजेक्ट पूरा कर लिया।

उसने अपने रचनात्मक विचारों के गुणों को पहचान लिया

मैरी जी. एक युवा महिला थी। वह अपनी माँ के भयानक पेट दर्द के लिए बहुत परेशान थी। उसकी माँ की वह बीमारी पुरानी थी। डॉक्टरों के तमाम इलाज व्यर्थ साबित हो रहे थे। पेट की आँतों के फाइबर ऑपटिक परीक्षण से यह तो पता लगा कि जलन पैदा होती है, किंतु उस जलन का कारण क्या है, यह पता नहीं लग पाया। डॉक्टरी खोजबीन चल रही थी, किंतु राहत नाम की चीज का कहीं अता-पता नहीं था। मैरी ने ऐसे में निर्णय लिया कि अवचेतन मन की रोग-मुक्त करनेवाली शक्ति ही उसकी माँ की सहायता कर सकती है। उसने दिन में सुबह और शाम को आधा घंटा माँ के पेट दर्द के लिए प्रार्थना करनी शुरू कर दी। उसने अपनी प्रार्थना में माँ की पाचन क्रिया को ईश्वरीय प्रणाली के रूप में केंद्रित किया।

दुर्भाग्यवश, हुआ यह कि उसकी माँ की अवस्था तो ज्यों-की-त्यों बनी रही, उलटे मैरी के पेट में दर्द शुरू हो गया।

मैरी दौड़ी-दौड़ी मेरे पास आई और दुःखी होकर पूछने लगी कि कहाँ गलती हो गई? क्यों उसकी प्रार्थना से रोग-मुक्ति के विपरीत उसे भी यह रोग हो गया?

मैंने समझाया कि जिस प्रकार तुम प्रार्थना कर रही थीं, दरअसल में तुम अपनी माँ के रोग को अपने से जोड़ रही थीं और फिर तुम बराबर रोजाना दो बार यह प्रार्थना कर रही थीं। तुम चाहती थीं रोग से मुक्ति, जबकि प्रार्थना में उसे बार-बार रोक रही थीं।

कैसे उसके रचनात्मक विचारों ने रोग-मुक्त किया

मेरे सुझाव पर मैरी ने प्रार्थना को बदल दिया। उसने बड़ी सावधानी से प्रार्थना में शरीर के अंगों और रोग का वर्णन हटा दिया। इसके स्थान पर उसने अवचेतन मन की ईश्वरीय रोग-मुक्ति की शक्ति पर ध्यान केंद्रित किया। उसने आहिस्ता-आहिस्ता पूरी भावना और प्रेम से अवचेतन मन की अनंत रोग-मुक्ति शक्ति को जगाना शुरू किया।

अवचेतन मन, जिसने उसकी माँ के शरीर की रचना की है, उसने महसूस करना शुरू किया—अवचेतन मन उसकी माँ के शरीर को शक्ति प्रदान कर रहा है, उसे रोग-मुक्त करके उसके संपूर्ण शरीर को सामंजस्य, स्वास्थ्य, शांति और पूर्णता की स्थिति में ला रहा है। यह प्रार्थना उसने पूर्ण शांति से रोजाना रात को करनी शुरू की। इसके परिणाम अभूतपूर्व थे। न केवल उसका पेट दर्द ठीक हुआ, बल्कि उसकी माँ की पुरानी बीमारी भी धीरे-धीरे कम होने लगी।

सहानुभूति अथवा दया

मैरी अपना माँ के लिए प्रार्थना करने में स्वयं इसलिए बीमार हो गई, क्योंकि वह अपने लिए सहानुभूति प्रकट कर रही थी। हम लोगों को बचपन से सिखाया जाता है कि सहानुभूति एक बहुमूल्य गुण है, जिसे हम लोगों को अपने जीवन में लाना चाहिए। यह गलत है। सहानुभूति वह है, जैसे एक व्यक्ति रेत के बवंडर में फँस गया है और हम उसके प्रति सहानुभूति दिखाकर उसके पास बवंडर में फँसने जा रहे हैं; जबकि दया अथवा अनुकंपा का अर्थ है कि एक पक्के स्थल पर खड़े होकर बवंडर में फँसे इनसान को रस्सी फेंककर या पेड़ की डाली बढ़ाकर उसे खतरे से बाहर किया जा सकता है। सहानुभूति दिखाकर हम व्यक्ति की स्थिति या दशा में उसकी नकारात्मक या हानिकारक स्थिति में प्रवेश करते हैं। फल यह होता है कि समस्या और गहन हो जाती है। इसका कारण यह है कि अवचेतन में हम जो भी प्रेषित करते हैं, अवचेतन उसे व्यापक रूप में धारण करना शुरू कर देता है।

बीमार व्यक्ति को ईश्वरीय धन-संपदा से मालामाल करना

ईश्वरीय संपदा की सारी दौलत जैसे प्रेरणा, मार्गदर्शन, आस्था, वैभव और सुरक्षा आपके अंदर मौजूद है। जब आप ऐसे लोगों के पास जाएँ, जो बीमारी से ग्रस्त हैं, तो आप अपने विचारों और भावनाओं से उन्हें उस मनःस्थिति से उठाएँ। उनमें अवचेतन की रोग-मुक्त करने की शक्ति में विश्वास और आस्था का बीजारोपण करें। याद रखें, ईश्वर के लिए सभी कुछ संभव है। कल्पना करें कि वे संपूर्ण हैं, स्वस्थ हैं, प्रफुल्ल और मुक्त हैं। बीमार व्यक्ति के लिए दुःख प्रकट करके और उसके दुःख में शामिल होकर उसे और दुःख एवं संकट में न धकेलें। यह नकारात्मक व्यवहार है। उसके प्रति करुणा दिखाकर अवचेतन में मौजूद रोग-मुक्ति शक्ति का उद्बोधन करें, जो उसे रोग-मुक्त करके उसके शरीर और मन—दोनों को फिर से संपुष्ट करेगी। वह मेरी आत्मा को फिर से संपुष्ट करता है। (साम 23:3)

आप अपने विचारों के स्वामी हैं, सेवक नहीं

आपके विचार रचनात्मक हैं। प्रत्येक विचार फलदायी होता है और आपके अवचेतन मन को आपकी धारणा की प्रकृति के अनुकूल प्रतिक्रिया करने के लिए प्रेरित करता है। जिस प्रकार आप अपनी कार को अपने मन के अनुसार चलाते हैं, वैसे ही आप अपने विचारों को अपने मन के अनुकूल निर्देशित करके ले जा सकते हैं। विचार विषयपरक हैं, जबकि संसार अपने तरीके से बदलता रहता है। आपके विचार की छवि आपके मन की वास्तविकता है और उसका आधार है, जिसे हम बाल जगत् की वास्तविकता कहते हैं। एक कार एक ठोस वस्तु है, लेकिन यदि सभी कारें दुनिया से गायब हो भी जाएँ तो एक ऑटोमोटिव इंजीनियर अपने मन में बसे चित्र के अनुरूप उसी कार को दोबारा डिजाइन तैयार करके बना लेगा और कुछ ही समय में दोबारा लाखों कारों का उत्पादन शुरू हो जाएगा।

आपके विचार आपके लिए अमोघ अस्त्र हैं, जो आपके अंदर हमेशा मौजूद रहते हैं। वे ईश्वरीय गुणों से परिपूर्ण हैं और एक कंप्यूटर से भी शक्तिशाली हैं। यदि आप अपने विचारों को बुद्धिमानी से, रचनात्मक और न्यायपूर्ण तरीके से इस्तेमाल करना सीख जाएँगे तो आपको उसके अभूतपूर्व परिणाम मिलेंगे। आपके विचार गणित की तरह सही और सटीक तरीके से काम करते हैं। यदि आप गरीबी और अभावों के विचारों को मन में पालते रहेंगे तो आपके विचार आपको गरीबी और अभाव देंगे और यदि आप विस्तार, बढ़ोतरी और खुशहाली के विचारों को प्रश्रय देते हैं तो आपका जीवन वैभवपूर्ण और खुशहाल होगा।

दक्ष कार्मिक बनें

एक खुशहाल और दक्ष व्यक्ति बड़ी आसानी से अवचेतन मन के वैभव को प्राप्त कर सकता है। आप कुशल व्यक्तियों को उनके काम को देखकर पहचान सकते हैं। वे किस प्रकार अपना कामकाज किस दक्षता से पूर्ण करते हैं। वे मानसिक रूप से निपुण और विवेकशील होते हैं। वे एक काम के लिए सबसे कुशल व्यक्ति को चुनते हैं, उन्हें पूरा काम सौंप देते हैं। एक बार काम सौंपने के बाद उस व्यक्ति को स्वतंत्र रूप से काम करने के लिए छोड़ देते हैं। उसे काम करने का पूरा समय देते हैं। इस दौरान वे उसे किसी प्रकार का कोई सुझाव या आदेश नहीं देते। वह व्यक्ति अपनी कुशलता से काम को पूरा करता है। इसके विपरीत, अयोग्य कार्मिक—चाहे वे व्यापार में लगे हों या विज्ञान या कला अथवा शिक्षा के क्षेत्र में हों—व्यक्ति को काम सौंपकर उसके पीछे लगे रहते

हैं। हमेशा कुछ-न-कुछ परामर्श या सुझाव देते रहते हैं और काम करनेवाले व्यक्ति की राह में अड़चन पैदा करते रहते हैं।

जब आप प्रार्थना करें, तब सिद्धहस्त कार्मिक का रोल अदा करें। अपने अवचेतन मन को अधिकार सौंपना सीखें। वह सबकुछ जानता है और सबकुछ देखता है। वह अपने हिसाब से आपकी प्रार्थना का फल देगा। जब आप प्रार्थना करो या प्रश्न का उत्तर चाहो तो अपनी प्रार्थना अथवा निवेदन को यह भलीभाँति जानते हुए कि जो संदेश आप अवचेतन को दे रहे हैं, उसका फल मिलना निश्चित है, आप अपनी इच्छा अथवा निवेदन पूरी निष्ठा और विश्वास के साथ अवचेतन मन को सौंप दें।

आपने अपनी इच्छा अथवा निवेदन पूरी आस्था और विश्वास के साथ सौंप दी है, यह आप अपने में महसूस करके जान पाएँगे। यदि आप हमेशा सोचते रहेंगे कि आपको आपकी इच्छा का फल कब, कहाँ और कैसे मिलेगा, यदि आप उतावले बने रहोगे और मन में संदेह को स्थान देते रहोगे तो आप जान लें कि आप दरअसल में अपने अवचेतन के विवेक पर विश्वास नहीं कर पा रहे हैं। आपकी परेशानियों की नकारात्मकता अपने जैसे ही परिणाम लाएगी। अपनी इच्छा को सौंपने में विश्वास का आभास महत्त्वपूर्ण है। अपने को याद दिलाएँ कि अनंत बुद्धि आपकी इच्छा को ईश्वरीय रूप में सँभाले हुए है।

उसका विचार चुंबक है

लिसा एम. एक सफल स्टॉक ब्रोकर है। वह अपनी सफलता का पूरा अधिकार अपने मानसिक चित्र को देती है, जो हमेशा सफलता को चित्रित करती रहती है। यह चित्र चुंबक की तरह ऐसे क्लाइंट्स और परिस्थितियों को उसके समक्ष प्रस्तुत कर देता है, जो उसके विचारों के अनुकूल होते हैं।

वह रोजाना सुबह उठकर यह प्रार्थना करती है—"मैं एक मानसिक और आध्यात्मिक चुंबक हूँ। मैं उन लोगों को अपनी ओर आकृष्ट करती हूँ, जिन्हें मेरी सेवाओं की जरूरत होती है। हमारे बीच विचारों का ईश्वरीय आदान-प्रदान होता है और हम दोनों की भलाई होती है। मैं सामंजस्य, समृद्धि, सही कर्म एवं प्रेरणा माँगती हूँ और मैं जानती हूँ कि मेरा अवचेतन इन गहराइयों को स्वीकार करेगा।"

लिसा को महसूस होता है, जैसे कोई ईश्वरीय शक्ति उसका मार्गदर्शन कर रही है। उसका अवचेतन मन इस आदत का केंद्रबिंदु है। जैसे-जैसे वह ईश्वरीय मार्गदर्शन, सही कर्म और वैभव को नियमित प्रणाली के रूप में अपने दैनिक जीवन में उतारती जाती है, वैसे-वैसे उसका काम, उसकी बातचीत तथा उसका व्यवहार अवचेतन के दबाव में सही होता जाता है।

कैसे आत्मसमर्पण से उसने विजय प्राप्त की

हाल ही में मेरी मुलाकात एक प्रमुख बैंकर ब्रेंडन ओ. से हुई। एक मित्र ने उसे बताया कि शायद मैं उसकी सिगरेट पीने की आदत छुड़ाने में मदद कर सकता हूँ। हालाँकि वह दुविधा में था, किंतु वह कुछ भी करने को तैयार दिखाई दिया। बातचीत के दौरान मैंने पाया कि वह पूरी दुनियादारी के खिलाफ एक जंग लड़ रहा है। प्रत्येक सहयोगी को वह अपना दुश्मन समझता है। वह उसकी बातों में यह ढूँढ़ने की कोशिश करता कि उसके विरुद्ध वह क्या षड्यंत्र रच रहा है? सुबह के अखबार के व्यापारिक पृष्ठ पढ़कर वह एक-एक को गालियाँ देता है। प्रत्येक घटना को वह अपने विरुद्ध रची गई साजिश मानता है। ऐसी स्थिति में कोई आश्चर्य नहीं कि वह एक हैवी स्मोकर होगा। अंतत: उसके डॉक्टर ने उसे सिगरेट छोड़ने की सलाह दी, जिसे उसने 'असंभव' कहकर टाल दिया। तब एक दिन उसे टेनिस का साप्ताहिक गेम साँस फूलने पर छोड़ना पड़ा। यह खतरे की आखिरी घंटी थी। उसे सिगरेट छोड़ने का निर्णय लेना पड़ा।

लेकिन उसका सिगरेट छोड़ना बिल्कुल वैसा ही लड़ाईवाला व्यवहार है, जो वह अपने जीवन में हर समस्या से निपटने के लिए अपनाता था। उसका यह प्रयास विफल हो गया। जितना भी जोर से वह क्रोध में झुँझलाता, तंबाकू की तलब उसे उतनी ही ज्यादा होती। उसका रक्तचाप बढ़ गया। वह अपने बिजनेस में जोखिम भरे कदम उठाने लगा और अपने वरिष्ठ सहयोगियों के साथ-साथ अपने अधीनस्थ कर्मचारियों से बात-बात में उलझने लगा। जल्दी ही उसका कॅरियर खतरे में पड़ने लगा। जब वह मुझसे मिलने आया, तब वह बिजनेस छोड़ देने के बारे में सोचने लगा था।

"तुम्हें देखकर ऐसा लगता है कि तुम रेत के बवंडर में फँस गए हो।" मैंने उससे कहा, "बवंडर से निकलने के लिए जितना जोर तुम लगाते हो, उतने ही ज्यादा तुम उसमें फँसते जाते हो। न केवल तंबाकू, बल्कि जो लड़ाई तुम पूरी दुनिया से लड़ रहे हो, वह दरअसल में अपने ही अवचेतन मन के खिलाफ लड़ रहे हो। रोजाना जो तुम उससे कहते हो कि जिंदगी मुसीबतों और दुश्मनी से भरी है, और रोजाना वह तुम्हारे एक-एक शब्द को घटनाओं में फलीभूत कर तुम्हारे सामने प्रस्तुत करता जाता है।"

"लेकिन मैं सच में तंबाकू छोड़ना चाहता हूँ।" ब्रेंडन ने आजिजी से कहा।

"मैं तुम पर शक नहीं करता।" मैंने जवाब दिया, "लेकिन तुम मन के एक बुनियादी नियम को भूल रहे हो। जब तुम्हारी इच्छा और कल्पना की जीत होती है, तुम तंबाकू से लड़ने की कल्पना करते हो और इस प्रकार तुम इस लड़ाई को और भड़का देते हो।"

"हो सकता है, यह सही हो।" उसने कहा, "लेकिन अब मैं इस लड़ाई में इतना

उलझ चुका हूँ कि हारने का जोखिम नहीं उठा सकता। हम जो चर्चा कर रहे हैं, उसमें आप जानते हैं, मेरी जिंदगी और मेरा स्वास्थ्य दाँव पर लग चुका है। इस लड़ाई को जीतने के लिए मैं क्या करूँ?"

मैंने धैर्य से एक लंबी साँस ली और मन में सोचा कि यह आसानी से पूरा नहीं होगा।

"तुम्हें समपर्ण करना होगा।" मैंने कहा, "छोड़ दो। तुम्हें यह लड़ाई छोड़नी पड़ेगी।"

"नहीं, यह नहीं हो सकता।" वह बिखर गया, "आप क्या चाहते हैं, मैं मर जाऊँ? कभी नहीं, यह नहीं हो सकता।"

"मैंने कब कहा कि तुम मर जाओ।" मैंने शांत व गंभीर स्वर में कहा, "तुम्हें इससे बड़ी शक्ति को पाने के लिए मार्ग ढूँढ़ना पड़ेगा और उस मार्ग में प्रवेश के लिए लड़ाई के विपरीत जाना होगा।"

एकाएक उसके झुके हुए कंधे सीधे हो गए, "मैं कुछ समझा नहीं।" उसने धीमी आवाज में कहा, "लेकिन मैं कुछ भी करने को तैयार हूँ। मैं क्या करूँ, आप बताइए?"

वह सफलता का शांत मार्ग पा गया

मेरे सुझाव पर ब्रेंडन अपने आपको पहचानने के लिए दिन में दो बार मनन के लिए तैयार हो गया—एक बार सोकर उठने के बाद और दूसरी बार रात में सोने से पहले। इसके लिए उसे एक शांत स्थल पर बैठकर धीरे-धीरे स्थिर होकर तब तक साँस लेते रहना है, जब तक वह स्वयं पूर्णत: आराम में और शांत नहीं हो जाता। उसके बाद उसे निम्नलिखित प्रार्थना करने के साथ उसके मूर्तिमान होने की कल्पना भी करनी थी—

> "मन की मुक्ति और शांति अब मेरी हो चुकी है। मैं यह जानता हूँ और विश्वास करता हूँ कि ये सत्य मेरे अवचेतन मन में नीचे उतरते जा रहे हैं। मैं सिगरेट छोड़ने के लिए विवश हो जाऊँगा, क्योंकि विवशता मेरे अवचेतन का नियम है। मैं अपनी कल्पना में देख रहा हूँ कि मेरा डॉक्टर मेरे सामने बैठा है। उसने अभी-अभी मेरा परीक्षण किया है और वह मुझे इस आदत से मुक्त होने तथा मेरे पूर्ण स्वास्थ्य के लिए मुझे बधाई दे रहा है।"

जैसे-जैसे ये मनन के साक्षात्कार पूरे होते गए, वैसे-वैसे उसे अपने अवचेतन से फल प्राप्त होते गए। उसकी तंबाकू की लत धीरे-धीरे कम होकर समाप्त हो गई। वह अपने विचारों और कल्पना को अपने भीतर गहरे मन में पहुँचा पाने में कामयाब हो गया। अगली बार जब वह डॉक्टर से मिला तो डॉक्टर ने बताया कि उसके खतरे के लक्षण अब समाप्त हो गए हैं और वह अब पूर्ण रूप से स्वस्थ हो गया है। ब्रेंडन के अपने अवचेतन मन से

हुए नए संबंध के फलों का प्रभाव उसके जीवन के सभी क्षेत्रों में दिखाई देने लगा। वह अब नि:शब्द, शांत और गंभीर हो गया। उसके कामकाज की क्षमता में बढ़ोतरी हो गई। उसके फैसलों में लाभ मिलने लगा। अब वह जान गया कि शांत मन सफलता के लिए कितना जरूरी होता है! हालाँकि सिगरेट की तलब महसूस हुए अब महीनों बीत चुके थे, फिर भी नियमित रूप से वह अब भी मनन किया करता था। वह उसके जरिए अपने शरीर व मन को शांत और स्थिर बनाए रखता है। उसका तन-मन दोनों उसकी बातों को स्वीकार करते हैं। जब उसका अवचेतन मन शांत और स्थिर होकर संदेश लेने को तैयार होता है, तब अवचेतन का विवेक जाग्रत् होकर सभी उलझनों और समस्याओं के हल प्राप्त करता है।

ईश्वर पर छोड़ देने से मिलनेवाली संपदा

सिल्विया बी. एक मनोवैज्ञानिक है। वह अपने एक पुराने रोगी की ओर से उसके विरुद्ध चलाए गए एक कटुतापूर्ण और जटिल केस में बुरी तरह फँस गई थी। पुराने कागज-पत्रों को एकत्र करने और आए दिन कोर्ट में हाजिरी देने में अपनी ऊर्जा और समय लगाते-लगाते वह हार चुकी थी। केस की तैयारी में उसका सारा समय लग जाता था। उसका अपना जीवन बेहाल हो गया था। किंतु जब उसे महसूस हुआ कि इस आपा-धापी में वह अपनी सबसे बड़ी ताकत को नजरअंदाज कर रही है, जो खुद उसके पास मौजूद है, तो उसने अपने अवचेतन का दामन थामा और निम्नलिखित प्रार्थना करने लगी—

> "मेरे अवचेतन का ईश्वरीय विवेक और ईश्वरीय सही कर्म मेरी समस्या को हल करे। मैं विषय को समझती हूँ और उस पर छोड़ देती हूँ।"

जब कभी उसे अपने वकील या उस केस से संबंधित किसी भी व्यक्ति से मिलना होता तो वह चुपचाप यह प्रार्थना करती—

> "मेरे अंदर ईश्वर का वास पूर्णत: विवेकशील है और वह ईश्वरीय संरक्षण में काम कर रहा है। मैं नहीं जानती कि मेरे अंदर वास करनेवाला ईश्वर कैसे, कब, कहाँ और किस उपाय से यह समस्या हल करेगा! मैं सबकुछ ईश्वर पर छोड़ देती हूँ। वही इसका ध्यान रखेगा।"

उसके इस नए परिवेश का परिणाम बड़ा दिलचस्प और रोमांचकारी था। उसके पुराने रोगी ने अपनी गलती मान ली और इसके लिए उसने माफी भी माँगी। केस खत्म हो गया। एक ईश्वरीय समाधान हुआ और उसे उस कानूनी लड़ाई से मुक्ति मिल गई।

तुम्हारा भविष्य आश्चर्यजनक हो सकता है

अपनी ऊर्जा और शक्ति को पुराने विवाद, ईर्ष्या, दु:ख एवं तकलीफों के बारे में सोचने और कुढ़ते रहने में बरबाद न करो। ऐसा करना कब्र खोदने जैसा है, जिसमें तुम्हें गड़े मुरदों के अस्थिपंजर के सिवाय और कुछ मिलनेवाला नहीं है। अपना ध्यान जीवन की अच्छी बातों में लगाओ। सोचो कि तुम्हारा भविष्य गजब का होगा, क्योंकि तुम्हारे मधुर विचार फल-फूलकर बढ़ेंगे और तुम्हारे लिए सर्वोत्तम स्वास्थ्य, खुशियाँ और जीवन में प्रचुरता के साथ-साथ मन की शांति भी लाएँगे।

बीते समय पर समाप्ति की रेखा खींच दो और पन्ने को उलट दो। बीते समय की नकारात्मक बातों और घटनाओं पर अब कभी मत सोचो। जो बीत गया, सो बीत गया। उस अध्याय के पट बंद कर दो। इसका दृढ़ता से पालन करो। अपने नए मानसिक दृष्टिकोण के प्रति हमेशा वफादार रहो और यह समझना शुरू करो कि जैसे-जैसे तुम अपने वर्तमान विचारों पर दृढ़ता से निष्ठा जमाते रहोगे, भविष्य आश्चर्यजनक रूप से बदलता जाएगा।

उसने वैज्ञानिक प्रार्थना की संपदा प्राप्त कर ली

अन्ना एच. दु:खी और बहुत व्याकुल अवस्था में मेरे पास आई। उसका अठारह वर्षीय बेटा अपने पिता से झगड़कर घर छोड़कर चला गया था। उसने कॉलेज जाना छोड़ दिया और पत्र लिखकर बताया कि वह एक पंथ में शामिल होने जा रहा है। अन्ना इतनी उत्तेजित हो गई कि उसके डॉक्टर को उसे शांत करने के लिए बड़े पावर की ट्रैंकुलाइजर देकर उसे सुलाना पड़ा। इसके अलावा, वह हर रात को नींद की गोली भी खा रही थी।

बातचीत के दौरान मैंने उसके सामने कुछ सच्चाइयों की व्याख्या की। "तुम्हारा बेटा तुम्हारा नहीं है।"

मैंने कहा, "यह सत्य है कि उसका जन्म तुमसे हुआ है, लेकिन तुम्हारी ओर से नहीं। जीवन सिद्धांत सभी को जन्म देने वाला है। हम सब एक ही पिता की अथवा स्वजन्म लेनेवाली आत्मा की संतानें हैं। तुम्हारा बेटा यहाँ बढ़ने और विकसित होने के लिए तथा कठिनाइयों, चुनौतियों एवं समस्याओं पर विजय प्राप्त करने के लिए आया है। उसे अपने भीतर छिपी शक्ति को खुद ढूँढ़ना होगा। उसे यह समझना है कि उसे स्वयं अपनी खासियत दुनिया के सामने लानी है। तुम उसकी मदद व्याकुल और क्रोधित होकर नहीं कर सकतीं, बल्कि केवल प्रेम, समझ और सही कर्म के जरिए कर सकती हो।"

हमारी बातचीत के समाप्त होते-होते अन्ना ने अपने बेटे को पूर्णत: मुक्त करने का

फैसला कर लिया और पूर्ण निष्ठा एवं संवेदना तथा गहन विश्वास के साथ उसने यह प्रार्थना की—

> "मैं अपने बेटे को पूर्णतः ईश्वर पर छोड़ती हूँ। वह अपने सभी कामों में ईश्वरीय मार्गदर्शन पा रहा है और ईश्वरीय विवेक उसकी बुद्धि को जाग्रत् कर रहा है। उसके जीवन में ईश्वरीय नियम और कानून पूर्ण रूप से प्रवाहित हो रहा है। वह अपने सही स्थान के लिए मार्गदर्शन प्राप्त कर रहा है और अपने उच्चतम स्तर पर पहुँचने के प्रयास में लीन है। मैं उसे छोड़कर आजाद करती हूँ।"

वह इस प्रार्थना को निष्ठा से करती रही। प्रत्येक दिन में दो बार वह अपने बेटे और खुद अपने लिए शांति, समरसता, खुशी और ईश्वरीय प्रेम माँगती रही। कुछ हफ्तों के बाद उसे अपने बेटे की फोन कॉल आई। उसने बताया कि वह अपने कुछ नए साथियों की बातों में फँसकर भ्रमित हो गया था। उसे जल्दी ही समझ में आ गया कि वे अपना उल्लू सीधा करने के लिए उसे अपने जाल में फँसा रहे थे। वे उसे खुद को समझने के लिए समय नहीं देना चाह रहे थे। वह अब समझ गया है और प्रकृति के आध्यात्मिक विवेक को और समझने के लिए वापस कॉलेज ज्वॉइन कर रहा है।

उसके बाद से अन्ना के बेटे ने पढ़ाई में मन लगाया और उल्लेखनीय प्रगति की। उसने भी रोजाना ध्यान लगाना शुरू कर दिया। उसके ध्यान में जो विचार आते थे, उन्हें उसने लिखना भी शुरू कर दिया। वह अब अपने माता-पिता से खूब बात करता था; किंतु उसकी माँ अब उसके व्यवहार से निश्चिंत हो गई है। उसने अपने बेटे को अब स्वतंत्र छोड़ दिया है, क्योंकि उसे ईश्वरीय प्रेम और स्वतंत्रता का खजाना मिल गया है।

जिस क्षण से अन्ना ने परिस्थितियों और दशाओं के आधार पर सोचना बंद किया, उसी क्षण से उसके मन के दरवाजे खुलने लगे, जहाँ परिस्थितियों का नामोनिशान तक नहीं था। वहाँ केवल शांति का साम्राज्य था। यहीं से उसने ईश्वरीय नियमों एवं व्यवस्था के अनुकूल दशाओं के लिए प्रार्थना की और शेष सबकुछ अपने अवचेतन के विवेक पर छोड़ दिया।

धन-संपदा के विचारों को कैसे अपनाया जाए

जीवन, वैभव, समरसता, समृद्धि, खुशियाँ, शांति तथा जीवन में और प्रचुरता के लिए नियमित और सिलसिलेवार तरीके से सोचो। जीवन की इन सच्चाइयों पर ध्यान दो और सोचना शुरू करो। मजबूरियाँ, परिस्थितियाँ जैसी अनाप-शनाप बातों पर समय न

गँवाओ। अपने अवचेतन मन की कार्यक्षमता पर निष्ठा से भरोसा करो कि तुम जो भी सोचते हो, उन सभी विचारों को मूर्तिमान करके तुम्हारी माँगी गई प्रार्थना को सर्वोत्तम रूप में सफल बनाकर वह तुम्हारे सामने प्रस्तुत करेगा। यही वह अभूतपूर्व मार्ग है, जो तुम्हारे जीवन को और वैभवपूर्ण बनाएगा।

आस्था की शक्ति प्राप्त करने के लिए निम्नलिखित ध्यान आपकी सहायता करेगा—

प्रार्थना पर आस्था रोगी का उद्धार करती है और ईश्वर उसे स्वस्थ कर देता है। (5:15) मैं जानता हूँ, बीते हुए कल के जो भी निषेध और अभाव रहे हों, मेरी आज की प्रार्थना या सत्य की प्रतिज्ञा उस पर विजयोल्लास के साथ विजय प्राप्त करेगी। मैं दृढ़ निश्चय के साथ प्रार्थना की सफलता को, हर्षोल्लास को महसूस कर रहा हूँ। मैं दिन भर प्रकाश में विचरण करता हूँ।

ऐसा ईश्वरीय दिवस है। मेरे लिए गौरवपूर्ण दिवस है, क्योंकि चारों ओर शांति, समरसता और हर्ष का वातावरण है। ईश्वर में मेरी आस्था मेरे हृदय में अंकित है, जिसे मैं अपने भीतर के अंगों में महसूस कर रहा हूँ। मैं पूर्णतः आश्वस्त हूँ कि ईश्वरीय उपस्थिति और संपूर्ण नियम मौजूद हैं, जो मेरी इच्छाओं के प्रभावों को अभी ग्रहण करेंगे और उन्हें मेरी हार्दिक इच्छाओं के अनुरूप सभी अच्छी वस्तुओं को मेरे अनुभवों में प्रस्तुत करेंगे। मैं अब अपना पूरा भरोसा, आस्था और विश्वास अपने अंदर मौजूद ईश्वरीय शक्ति पर छोड़ता हूँ। मैं शांति में हूँ।

मैं जानती हूँ कि मैं स्वर्ग का मेहमान हूँ और ईश्वर मेरा मेजबान है। मुझे आमंत्रण का नाद सुनाई देता है—मेरे पास आओ, मैं तुम्हारी मेहनत को आराम दूँगा। (मैथ्यू 11:28) मैं ईश्वर में आराम करता हूँ—सबकुछ ठीक है।

स्मरणीय बिंदु

1. विश्वास करना अर्थात् स्वीकार करना है कि कुछ सत्य है। आस्था, सफलता और विफलता, अमीरी और गरीबी तथा स्वास्थ्य और रोग के बीच अंतर करता है। अपने अवचेतन मन के अंदर मौजूद अनंत शक्ति के भंडार पर विश्वास करोगे तो आप उसका अनुभव करोगे।
2. जब आपकी समस्याएँ आपको घेर लें तो उस घेरे को तोड़ने के लिए आप

किसी ऐसे व्यक्ति के लिए निष्ठा से प्रार्थना करें, जो बहुत बीमार हो या भयंकर मुसीबतों में फँसा हुआ हो, तो आप देखोगे कि आपकी खुद की समस्याएँ सुलझ जाएँगी।

3. जिन्हें आप प्रेम करते हैं, उनके लिए प्रार्थना करते समय इस बात का खयाल रखो कि तुम बीमारी या शरीर के किसी भी अंग का नाम नहीं लोगे। आप केवल यह महसूस करें कि अनंत रोग-मुक्ति की शक्ति आपके प्रिय व्यक्ति के शरीर में समरसता, स्वास्थ्य, शांति और हर्ष के रूप में प्रवाहित हो रही है। अपने प्रिय व्यक्ति की एक स्वस्थ और खुश व्यक्ति के रूप में कल्पना करें। इन सत्यों पर शांत चिंतन करें और जब कभी आपको जरूरत महसूस हो तो फिर से प्रार्थना करें।
4. सहानुभूति का अर्थ है—दूसरे के साथ बवंडर में धँसते जाओ और फिर बीमार व्यक्ति को भी इससे कुछ लाभ नहीं होता। बीमार व्यक्ति पर दया दिखाओ और उसके आस्था, विश्वास एवं प्रेम को जाग्रत् करो और यह जान लो कि ईश्वर के लिए सबकुछ संभव है।
5. आपका विचार रचनात्मक है और प्रत्येक विचार सजीव होकर आपके सामने आता है। आप अपने विचारों को उसी प्रकार निर्देशित कर सकते हैं, जिस प्रकार आप अपनी कार चलाते हैं। विचार वस्तु है। आपके दौलत, सफलता और उपलब्धि संबंधी विचारों की छवि चुंबक की तरह है, जिसके बल पर आपके विचार की छवि की पूर्ति के लिए जो भी आवश्यक वस्तु है, वह स्वतः आपके प्रति आकृष्ट हो जाती है।
6. शांत मन सब काम आसानी से कर देता है। अपने शरीर को स्थिर और मन को शांत करके अपने अवचेतन के अपरिमित विवेक पर ध्यान लगाओ, जिसके पास हर प्रश्न का उत्तर है। आपका चेतन मन जब स्थिर और शरीर आराम की स्थिति में होता है तो आपका अवचेतन जाग्रत् होकर आपका काम करता है।
7. एक चतुर अधिकारी जानता है कि किस प्रकार अपने मातहत को काम सौंपा जाता है। अपने मन का प्रयोग करते समय आपको चतुर अधिकारी की भूमिका निभानी चाहिए। अपनी इच्छा को पूर्ण निष्ठा और विश्वास के साथ अवचेतन मन को सौंप दें और आप यह भी जान जाएँगे कि आपने वास्तव में काम सौंप दिया है, क्योंकि उसके बाद आपका मन स्वतः शांत हो जाएगा।
8. आप अपनी सिगरेट पीने की या कोई अन्य बुरी आदत को आसानी से

छोड़ सकते हैं। इसके लिए आपको अपने मन को मुक्ति और शांति की आज्ञा देनी होगी और साथ-साथ यह कल्पना करनी होगी कि आपका कोई मित्र अथवा कोई डॉक्टर आपकी इस मुक्ति पर आपको बधाई दे रहा है। जैसे ही आप तंबाकू को त्यागने की प्रतिज्ञा लेंगे, आपका अवचेतन अपना काम सँभाल लेगा और आपको तंबाकू से मुक्ति पाने के लिए मजबूर कर देगा।

9. अनेक लोगों ने घर-गृहस्थी की जटिल समस्याओं को हल करने में ईश्वर पर भरोसा करके मनोवांछित फल पाए हैं। इस क्रम में उन्होंने ईश्वरीय विवेक और ज्ञान पर भरोसा किया कि वह ऐसा समाधान लाएगा, जो सभी के लिए उत्तम होगा। यह प्रार्थना कि मैं इसे ईश्वर पर छोड़ता हूँ, समस्या का पूर्ण रूप से समाधान हो जाता है।
10. अपने अतीत पर पटाक्षेप कर दें। पुरानी शिकायतों और झगड़ों पर सोचना बंद करें। भविष्य आपके सामने है। वर्तमान पर सोचकर उसे सफल बनाएँ। समरसता, प्रेम, शांति और जीवन में वैभव पर निरंतर और योजनाबद्ध तरीके से सोचना शुरू करें। आपका भविष्य देदीप्यमान होगा।
11. हमारे बच्चे हमारे नहीं हैं। जब कभी बच्चा कठिनाई में पड़ जाए तो यह प्रार्थना करो, "मैं अपने बच्चे को पूर्णत: ईश्वर के भरोसे पर छोड़ता हूँ। मेरा बच्चा ईश्वरीय मार्गदर्शन में है और ईश्वरीय प्रेम मेरे बच्चे की देखभाल करता है। जब कभी आप अपने बच्चे के बारे में सोचें, उसे आशीर्वाद दें अथवा चुपचाप यह मनन करें, "ईश्वर मेरे बच्चे को प्रेम करता है और उसकी देखभाल करता है।" जैसे ही आप यह करेंगे, जो भी होगा, अच्छे के लिए ही होगा।
12. अपने अवचेतन मन के अंदर मौजूद अनंत खजाने के बारे में सोचें। समरसता, शांति, खुशी, प्रेम, मार्गदर्शन, सही कर्म एवं सफलता पर ध्यान दें। ये सभी जीवन के सिद्धांत हैं और जैसे-जैसे आप अपने जीवन को और वैभवपूर्ण बनाने के बारे में सोचते हैं, आप अपने भीतर की शक्तियों को जाग्रत् करते जाते हैं। आपका अवचेतन अभी और इसी समय से आपके जीवन में वैभव लाना शुरू कर देगा। विचारों में प्रबल शक्ति होती है।
13. अपने लिए आस्था की अपरिमित शक्ति प्राप्त करने के लिए ध्यान का उपयोग करें।

□

3

अमीर और अमीर कैसे होते हैं तथा आप उनसे कैसे जुड़ सकते हैं

बाइबिल कहती है, "ईश्वर हमें जीवन को सुखमय बनाने के लिए सभी कुछ उदारता से देता है।" (I टमोथी 6:17) वैभव आपके मन का है। अपने दिल के अरमान पूरे करने के लिए आपके अंदर एक मार्गदर्शक सिद्धांत मौजूद है। धन-संपदा चेतन मन की मनःस्थिति है, एक मानसिक दृष्टिकोण है, अनंत के वैभव की स्वीकारोक्ति है। आप जब पैदा हुए तो पूरी दुनिया मौजूद थी। यह जीवन आपका उपहार है। आप यहाँ जीवन जीने के लिए आए हैं। दुनिया के समक्ष अपनी छिपी क्षमताओं को प्रदर्शित करने के लिए आए हैं।

एक बार यदि आप अपने अवचेतन मन का उपयोग करने की काबिलीयत प्राप्त कर लेंगे तो आप जीवन भर अच्छी चीजों के लिए कभी मुहताज नहीं रहेंगे, चाहे वह स्वास्थ्य हो या मन की शांति, मधुर प्रेम और अपनापन हो या एक खूबसूरत घर और दौलत का अंबार हो, जिससे जब चाहो, आप अपना मनचाहा सुख और आराम प्राप्त कर सकते हो। आपका अवचेतन अमीर होने की अपरिमित शक्ति प्रदान करता है, जिसकी चाबी आपके अपने विचार हैं। आपका विचार रचनात्मक है। सफलता, विजय, वैभव और सुखमय जीवन के बारे में नियमित रूप से और सिलसिलेवार सोचना शुरू करें। आपका सोचना उसे प्रत्यक्ष रूप में आपके सामने प्रस्तुत करेगा।

उसने आविष्कार किया कि उसके विचारों की छवि दौलत थी

कुछ वर्ष पूर्व मैं सैलानियों के एक गाइडेड टूर में शामिल हुआ, जो यात्रियों को स्पेन और पुर्तगाल के दार्शनिक स्थलों का दौरा करा रहा था। उस टूर में हम लोग लगभग तीस व्यक्ति थे। उनमें से एक लगभग तीस वर्षीया मारिया बी. नामक युवती थी। टूर के पहले पड़ाव पर जब मैंने परिचय सम्मेलन में अपने बारे में जानकारी दी तो उसने

आश्चर्य में आँखें बड़ी-बड़ी करके पूछा, "क्या आप वही व्यक्ति हैं, जिसने 'आपके अवचेतन मन की शक्ति' पुस्तक लिखी है ?" और उत्सुकता में बोली, "तो मैं अपने इस ट्रिप का पूरा क्रेडिट आपको ही देती हूँ।"

बाद में उसने अपनी बात का खुलासा करते हुए बताया कि वह हमेशा से स्पेन जाना चाहती थी। उसके पुरखे बुनियादी रूप से मलागा के रहनेवाले थे, जो इस ट्रिप में शामिल हैं। लेकिन स्पेन की यात्रा उसके वश के बाहर की बात थी, क्योंकि वह इतना खर्च कर पाने लायक नहीं थी। जो भी हो, काफी समय के लिए उसने इसके बारे में सोचना बंद कर दिया था। लेकिन जब उसने अपने अवचेतन मन की अभूतपूर्व शक्तियों के बारे में पढ़ा तो उसने उस पुस्तक में लिखी तकनीक को आजमाना शुरू कर दिया।

उसने पहला काम यह किया कि स्पेन के बारे में छिपी प्रचार सामग्री, जैसे ब्रोशर, पत्रिकाओं और लेखों को एकत्र करना शुरू दिया। उन्हें देखते हुए उसका ध्यान न जाने कैसे एक पत्रिका में छपे होटल 'मलागा पैलेशिओ' पर केंद्रित हो गया। उसने निर्णय लिया कि उसका उस चित्र पर आकृष्ट होने के पीछे उसके अवचेतन मन का हाथ है। प्रत्येक रात को सोने से पहले वह उस चित्र को बड़े ध्यान से देखती। उसके बाद वह अपने को स्वप्निल मुद्रा में ले जाती और कल्पना करती कि वह उस होटल में है। उसने अपने कमरे, कमरे की खिड़की से दिखाई देनेवाले खूबसूरत दृश्य की, होटल के टैरेस पर बैठकर अपने को खाना खाते हुए देखने जैसी बातों की विस्तार से कल्पना करनी शुरू कर दी।

इस विधि का प्रयोग एक सप्ताह तक उसने बड़े मनोयोग से किया। इसके बाद एक दिन वह एक तफोल्डर को अपने ऑफिस में ले गई। लंच से पहले वह फोल्डर के पेजों को पलट रही थी। अनजाने में उसका एक युवा सहयोगी उसकी सीट के पीछे खड़ा होकर फोल्डर को देख रहा था। उसके मुँह से निकल गया, "काश, मैं भी स्पेन जा पाता! स्पेन जाने का मेरा कितना मन है।" बाद में दोनों एक साथ लंच करने गए, जहाँ दोनों को आश्चर्य हुआ कि उन दोनों के अनेक विचार कितने मिलते हैं। जल्दी ही वे दोनों आपस में मिलने लगे और एक-दूसरे को चाहने लगे। जब दोनों ने विवाह सूत्र में बँधने का फैसला किया तो मारिया की मौसी ने कहा कि विवाह के उपहार के रूप में वह दोनों को हनीमून के लिए अपने खर्चे पर भेजना चाहती है। इसके लिए उसने उन्हें स्पेन जाने का सुझाव दिया।

"तो देख लीजिए।" मारिया ने बात समाप्त करते हुए कहा, "मैं न केवल स्पेन जाने के अवसर के लिए, बल्कि अपनी शादी के लिए भी आपकी आभारी हूँ।"

मैंने मुसकराकर जवाब दिया, "तुम किसी के लिए भी मेरी आभारी नहीं हो। जो कुछ भी हुआ, उसको करनेवाला तुम्हारा अपना अवचेतन और तुम्हारा विवेक था, जिसका

उपयोग तुमने बड़ी बुद्धिमानी से किया। इसलिए तुम अपने अवचेतन की आभारी हो।"

मारिया की कहानी आपके भीतर के मन की कार्यविधि को दरशाती है। आप जो भी उसमें जमा करते हो, वह उसे हमेशा बड़े रूप में प्रस्तुत करता है। मारिया ने मलागा का सपना देखा था। न सिर्फ उसका सपना पूरा हुआ, बल्कि उसे अपना जीवन साथी भी मिल गया। आपका अवचेतन हर जमा पर चक्रवृद्धि ब्याज के साथ उसे लौटाता है। आपकी जमा-पूँजी तिगुनी-चौगुनी होकर आपके सामने आती है। मारिया के विचार की छवि ने यह साबित कर दिया कि दुनिया की सारी दौलत कहाँ छिपी है!

कैसे उसने बढ़ोतरी के नियम को जाग्रत् किया

स्पेन की यात्रा के दौरान हमें सेविले शहर को देखने का मौका मिला, जो सभी बातों में असली स्पेन माना जाता है। इसके समृद्ध इतिहास को जीनेवालों की आबादी 10 लाख से ज्यादा है, जिसमें फोनिशियन, रोमन, विसीगॉथ और मूर नस्ल के लोग शामिल हैं। इन सभी के योगदान से सेविले का इतिहास गौरवशाली बना है। सेविले विश्वविद्यालय की स्थापना सन् 1502 में हुई थी। इस शहर ने दुनिया को अंतरराष्ट्रीय ख्याति के दो चित्रकार मुरिलो और वेलासक्वेज दिए हैं।

अनेक गाइडों में एक युवा गाइड बहुत मिलनसार और बुद्धिमान दिखाई दिया। वह शहर और उसकी संस्कृति पर सारी जानकारी बड़े दिलचस्प तरीके से दे रहा था। प्रत्येक जानकारी के साथ वह कोई-न-कोई मजेदार कहानी बताता था। जब हम होटल से चर्च की ओर जा रहे थे तो मैंने उससे प्रश्न किया, "तुमने अंग्रेजी कहाँ सीखी. क्योंकि तुम अंग्रेजी बिल्कुल अंग्रेजों की तरह बोलते हो?"

वह हँसा और बोला, "क्योंकि मैं अंग्रेज ही हूँ। मेरा पालन-पोषण न्यूयॉर्क सिटी में हुआ है।"

"चलो, ठीक है। मैं अपना प्रश्न दूसरी तरह से पूछता हूँ। तुमने स्पेनिश कहाँ सीखी? तुम बिल्कुल स्थानीय स्पेनवासी की तरह स्पेनिश बोलते हो।"

"यह एक दिलचस्प कहानी है।" उसने कहना शुरू किया, "मेरी माँ स्पेनिश हैं, इसी शहर की। उनकी और मेरे पिता की मुलाकात भी यहीं, इसी शहर में हुई थी, जब मेरे पिता एयरफोर्स में यहाँ तबादले पर रहते थे। मेरी माँ हमेशा मुझसे स्पनिश में ही बात करती थीं और न्यूयॉर्क में स्पेनिश बोलनेवाले बहुत लोग हैं, जिनकी सहायता से मैंने अंग्रेजी सीख ली।"

"वह तो ठीक है, किंतु तुम यहाँ कैसे आए?"

"जहाँ तक मुझे याद है, मैं यूरोप में रहना चाहता था और एक गाइड बनना

चाहता था।" उसने बताया, "मैं गाइड की किताबें उसी तरह पढ़ता था, जिस तरह बच्चे कॉमिक्स पढ़ते हैं। मुझे नक्शा देखने का शौक था। यदि मेरा कोई सपना था तो केवल यह था कि मैं यूरोप के किसी बड़े ऐतिहासिक नगर में घूम रहा हूँ। जब मैं करीब चौदह साल का था तो मैंने अपने सपने को एक कागज पर लिख डाला, जिसमें मैंने कहा कि मैं फ्रेंच और जर्मन भाषा सीखना चाहता हूँ, ताकि मैं स्पेन के चारों ओर स्थित देशों के सैलानियों को यूरोप और स्पेन दिखा सकूँ। मैं उस कागज को अपने पर्स में रखता था और जब कभी फुरसत मिलती, मैं उसे निकालकर बार-बार पढ़ता था। मैं अपने को समझाता था कि यह सपना नहीं है, बल्कि वास्तविक घटना है, जो अभी तक हुई नहीं है।"

मैं उस नौजवान गाइड की बातों को सुनकर अत्यधिक प्रभावित हुआ। चेतन ज्ञान के बिना भी अवचेतन मन कैसे काम करता है, इस रहस्य को उसने कितने प्रभावशाली तरीके से खोज निकाला!

"जो भी हो, सच्चाई यह है कि तुम यहाँ हो और हमें घुमा रहे हो। यह साबित करता है कि तुमने जो भी किया, वह सही था।" मैंने अपने विचार प्रकट करते हुए कहा, "लेकिन तुम्हारा सपना पूरा हुआ कैसे?"

"बड़ी आसानी से।" उसने मुसकराकर कहा, "इतना आसान कि मैं कभी सोच भी नहीं सकता था। मेरी माँ की एक रिशतेदार ने मुझे लिखा कि यदि तुम चाहो तो यहाँ आकर हमारे साथ रह सकते हो। उस समय मैं सेविले में हाई स्कूल में पढ़ रहा था। मैंने यूरोप जाने के प्रस्ताव को सहर्ष स्वीकार कर लिया। और जब यहाँ पहुँचा तो मैंने देखा कि यूनिवर्सिटी में पर्यटन पर कोर्स उपलब्ध है, जिसे पास करके पर्यटन उद्योग में नौकरी मिल सकती है, और इस प्रकार मैं यहाँ पहुँच गया।"

इस नौजवान गाइड की निरंतर प्रार्थना यह है, 'देवलोक का ईश्वर, वही हमें खुशहाल करेगा।' (नेहेमिया 2:20) अपने लिखित सपने पर लगातार निष्ठा बनाए रखने से वह उसे अपने अवचेतन मन की तख्ती पर लिख पाया और अवचेतन मन ने अपने विचित्र उपायों से उसके सपने को साकार कर अपना काम कर दिया।

अपने मन की स्थिति का अनुकरण कैसे करें

'ईश्वर गरीब बनाता है और वही अमीर बनाता है—वह निर्बल को लाकर उसे ऊपर उठाता है।' (I सैमुएल 2:7) ईश्वर ही आपके अवचेतन मन का ईश्वरीय प्रताप है, जिसे हम अपना परम पिता कहते हैं। आपका ईश्वरीय प्रताप ही आपके विचारों का स्वामी है। यदि आपके स्वामित्व की धारणा है कि आप स्वास्थ्य, दौलत, प्रेम, सच्ची अभिव्यक्ति और वैभवपूर्ण जीवन के अधिकारी हो तो आपको उसी के अनुकूल यह सब

मिलेगा। इसके विपरीत, यदि आप महसूस करते हो कि आपकी किस्मत गरीबी और जीवन की अच्छी बातों के अभाव में ही बीतेगी तो आप यह जान लो, आप स्वयं को अभावों और गरीबी के बंधन में बाँध रहे हो।

याद रखो, आपका एक-एक विचार शक्तिशाली है, रचनात्मक है। आपका प्रत्येक विचार अपना प्रदर्शन करना चाहता है, बशर्ते कि उससे भी शक्तिशाली विचार उसको प्रभावहीन या निष्काम न कर दे! दुनिया के सभी स्त्री-पुरुष, जो दुनिया के उत्तम गुणों का संग्रह करते हैं, वे चेतन की दौलत और आनंद की अभिलाषा में जीते हैं। अपने जीवन में आप जो भी अनुभव करते हैं, वह आपके मन के नियम का परिणाम है। गुणों की बढ़ोतरी के विचार को अपनाकर और उस पर निष्ठा रखकर तथा उसे बनाए रखकर व्यक्ति अपने जीवन की समृद्धि में और इजाफा कर सकता है। इसके विपरीत, जो व्यक्ति केवल घटते जाने के साथ-साथ अभावों और कमियों के बारे में सोचता रहता है, वह उन्हें अपने ही जीवन में दुगुना-तिगुना कर लेता है। आपके अवचेतन मन के नियम का काम उसे दिए गए विचार को बढ़ाकर व्यापक रूप देना है। नकारात्मक सोचनेवाला व्यक्ति स्वभावतः ज्यादा घाटा उठाएगा।

बढ़ोतरी के सिद्धांत का अभ्यास शुरू करें

याद रखें, जिस वस्तु पर आप विशेष ध्यान देते हैं, वह और बढ़ेगी और अपने व्यापक रूप में आपके सामने आएगी। सावधानी जीवन का मूल मंत्र है। सभी क्षेत्रों के मार्गों में वृद्धि के बारे में सोचें। महसूस करें कि आप सफल और खुशहाल हैं और आप देखेंगे कि दौलत का अहसास आपके लिए दौलत पैदा करेगा। अपने को आश्वस्त करो कि आप पास-पड़ोस के लोगों के लिए भी सफलता, खुशी और प्रचुरता की कामना करोगे, यह जानते हुए कि जैसे आप दूसरों की दौलत से मालामाल करते हो तो वे भी तुम्हारे विचारों को अवचेतन रूप में ग्रहण करके लाभान्वित होते हैं।

तुम अपने मिलनेवालों को चुपचाप निम्नलिखित आशीर्वाद दे सकते हो, "ईश्वर ने तुम्हें सुखमय जीवन जीने के लिए ढेर सारी खुशियाँ दी हैं और तुम अपने प्रेमे सपनों से भी ज्यादा खुशहाल हो।" यह साधारण सी प्रार्थना आपके जीवन में समृद्धि लाने में अभूतपूर्व कार्य करेगी।

बढ़ोतरी के नियम का अपने व्यापार या व्यवसाय में उपयोग कैसे करें

आप जब शांत होकर, प्रेम से और अहसास के साथ यह समझने लगेंगे कि धन,

सफलता, समृद्धि और स्वास्थ्य के आपके विचार वे सभी परिस्थितियाँ और दशाएँ पैदा करते हैं, जिन पर आप अपना ध्यान लगाते हो, तब आप अपने आप उन दशाओं का निर्माण करते जाते हैं, जो आपके विकास के लिए जरूरी हैं। इसके अतिरिक्त आप स्वभावत: ऐसे लोगों को ज्यादा-से-ज्यादा तादाद में आकृष्ट करने लग जाओगे, जो आपके ग्राहक, दोस्त और सहयोगी बनने के लिए उत्सुक हैं। ऐसे लोग अपने सपनों को साकार करने में आपके मददगार साबित होंगे। आप अपने आप ऐसे स्त्री-पुरुष को आकृष्ट करेंगे, जिनका जीवन ईश्वरीय गुणों की महिमा में बीत रहा है।

मैं बेवर्ली हिल्स में स्थित एक विशिष्ट एवं भव्य दुकान में वस्तुओं को परख रहा था, तब फैशन के अनुकूल सुंदर कपड़े पहने एक महिला ने दुकान में प्रवेश किया। मेरे पास आकर उसने अपना परिचय दिया। उसका नाम रोंडा एम. था और वह उस दुकान की मालकिन थी। बातचीत के दौरान उसने अपनी अपार सफलता और अपने ग्राहकों में अभूतपूर्व लोकप्रियता का रहस्य बताया। प्रतिदिन सुबह जब वह अपनी दुकान खोलती है तो अपनी प्रार्थना में यह माँगती है—"हर व्यक्ति, जो यहाँ प्रवेश करता है, समृद्ध और खुशहाल है, सभी ओर से प्रेरित और धनी है।" उसने एक महान् सत्य को पाया है, जो इस प्रकार है—'तुम दूसरों के लिए जो कुछ माँगते हो, वह तुम्हें भी मिलेगा और तुम्हारा मार्ग प्रकाश से जगमगाएगा।' (जॉब 22:28)

कैसे उसने अपना घर गँवाया

एक मित्र ने मुझे बारबरा एस. नाम की महिला से मिलवाया, जो मेरे घर के पास एक नव विकसित इलाके में अपने पति के साथ रह रही थी। उसने मुझसे अपनी बात का खुलासा किया कि वह अपने पति को लेकर बहुत परेशान है। उसका पति बीमा का ब्रोकर है और अब घाटे के सौदों में पड़कर आर्थिक समस्याओं से लगातार जूझता जा रहा है।

"मैं जानती हूँ कि उसका बिजनेस घाटे में जा रहा है।" बारबरा ने मुझे बताया, "इसका कारण नए-नए प्रतियोगी हैं, जिनका कामकाज इंटरनेट के जरिए तुरंत हो जाता है। लेकिन वह अपनी समस्याओं में अत्यधिक उलझा रहता है और सोचता है कि वह अपने बिजनेस में असफल हो जाएगा और अपना घर तक गँवा देगा। उसके लिए यह ठीक नहीं है।"

बारबरा ने जैसा चित्र पेश किया, वह मेरे लिए चिंता का विषय था। "तुम्हें उसे सकारात्मक विचारों के प्रति प्रेरित करना चाहिए।" मैंने उससे कहा।

"मैंने बहुत कोशिश की है।" वह बोली, "किंतु वह मेरी बात सुनना ही नहीं

चाहता। वह ऐसा व्यवहार कर रहा है, जैसे वह स्वयं असफल होना चाहता है, ताकि वह मुझसे कह सके, 'मैंने तुमसे पहले कहा था न'।"

लगभग एक महीने बाद मेरे मित्र ने बताया कि बारबरा के पति की फर्म ने दिवालिया का सूट फाइल कर दिया है। उनका घर मार्केट रेट पर बिकने जा रहा है और उनका एक धनी पड़ोसी निवेश की मंशा से उसे खरीद भी रहा है।

दुनिया में अनेक अच्छे व ठोस कारण हैं, जो यह साबित करते हैं कि क्यों एक धनी व्यक्ति और धनी होता जाता है तथा गरीब व्यक्ति और गरीब होता जाता है। जॉब ने कहा, "जिसका मुझे डर था, वह सच होने जा रहा है।" (जॉब 3:25) मन का नियम अच्छा, बल्कि बहुत अच्छा है। एक व्यक्ति, जो हमेशा घाटा, नुकसान, अभाव, विफलता और दिवालिएपन के बारे में सोचता रहता है, वह खुशहाल और सफल बनने की कोशिश नहीं कर सकता। एक धनी व्यक्ति सफलता और समृद्धि के अहसास में जीता है। वह दौलत को हवा की तरह मानता है, जिसमें वह साँस लेता है। यह दौलत नहीं, बल्कि उसका व्यवहार है, जो गरीब आदमी का घर खरीदने की इजाजत देता है।

आप अच्छा सोचकर बुराई तो पा सकते हैं, पर बुरा सोचकर अच्छा हरगिज नहीं पा सकते। आपके मन का नियम सभी प्रकार से परिपूर्ण है। जो भी उस पर अंकित किया जाता है, उसे वह मूर्तिमान रूप में प्रस्तुत करता है। गरीब व्यक्ति यानी वह व्यक्ति, जो अपने मन के वैभव का उपयोग करना नहीं जानता, अपने ऐश्वर्य को निर्गत करना नहीं जानता, वह स्वयं अपनी गरीबी पैदा करता है। बार-बार, जब भी चाहे, ऐश्वर्य के सिद्धांत का उपयोग करना शुरू कर सकता है और धन, सफलता एवं हर प्रकार का वैभव फिर से प्राप्त कर सकता है।

ऐश्वर्य के सिद्धांत को जान लेने के फायदे

एक संतरे के गुणकों को आप उसे खाकर और उसका स्वाद लेकर ही जान सकते हैं। आप अपने अवचेतन की दौलत को ऐश्वर्य के सिद्धांत का उपयोग करके ही जान सकते हैं। एक व्यापारी ने मुझसे कहा कि सप्लाई का स्रोत उसके पास है और इसके लिए वह अपने अवचेतन मन के अपरिमित खजाने के अमर स्रोतों पर भरोसा करता है। प्रतिदिन सुबह और रात को उसकी प्रार्थना होती है, "मैं ईश्वर के खजाने के लिए सदा ऋणी रहूँगा, जो सदा सक्रिय, सदा मौजूद रहता है, जो कभी नहीं बदलता और सदा भरा-पूरा रहता है।" उस व्यापारी ने अपने व्यापार को चलाने और उसकी नई-नई शाखाएँ खोलने के लिए जरूरी धन कभी माँगा ही नहीं। उसे अपने आप मिलता गया।

सच्चाई को सुनें और आप कभी अभाव में नहीं रहेंगे

अजेय आत्मा, जो आशीर्वाद की सूत्रधार है, संसार का रचयिता और सबकुछ जो संसार में है, वह सब आपके अंदर मौजूद है। इस संसार में कुछ भी आपका नहीं हैं। सबकुछ का स्वामी ईश्वर या आत्मा है। आप ईश्वरीय शक्ति के कारिंदे हैं और संसार में इसलिए आए हैं, ताकि आप बुद्धिमानी से, न्याय के अनुकूल, रचनात्मक तरीकों से और इस अहसास के साथ कि आपके सांसारिक कामकाज ईश्वरीय गुणों से भरपूर हैं, संसार की दौलत का उपयोग कर सको। जब आप दूसरी दुनिया में जाते हो, आप ज्ञान, सत्य और सौंदर्य, जो आपने अपने अवचेतन मन में अधिष्ठापित किया है, को छोड़कर कुछ नहीं ले जा सकते। ईश्वर की भलाई में आपकी आस्था, विश्वास, निष्ठा और ईश्वरीय आनंद ही आपकी वास्तविक दौलत है, जो जीवन के दूसरे चरण में अपने साथ ले जाओगे। ये स्वर्ग (तुम्हारे मन) के खजाने हैं।

समस्त संसार आपके आनंद के लिए है। ये पहाड़, यह दुनिया, यह प्राकृतिक सौंदर्य आपका है। यह सुबह और शाम, यह उन्मुक्त आकाश और लहराता सागर आपका है। फूलों की खुशबू, चिड़ियों का कलरव आपका है। उर्वरा धरती का खजाना, ये हवाएँ आपकी हैं। पेड़ों से गिरते फलों का अंबार, जो पककर सड़ जाता है, यदि इन फलों का उपयोग किया जाए तो पूरी मानवता की प्यास शांत हो सकती है। प्रकृति अपरिमित है, उदार है, प्रचुर है, यहाँ तक कि अपव्ययी भी है।

यह ईश्वर का उद्देश्य और इच्छा है कि आप एक भरपूर, सुखमय जीवन व्यतीत कर सको। आपके पास सुंदर वस्त्र होने चाहिए, जिन्हें पहनकर ईश्वर का ध्यान करके खुद को अनंत और अवर्णनीय सौंदर्य के नियम, समरूपता और अनंत के संतुलन की हमेशा याद दिलाते रहो। आपके पास यथेष्ट धन होना चाहिए, ताकि जब भी आप चाहो, अपनी मनचाही इच्छा पूरी कर सको। आपके बच्चों की परवरिश के लिए सुंदर और ईश्वरीय वातावरण होना चाहिए। उन्हें शिक्षित करो कि अपरिमित स्रोतों का खजाना खुद उनके मन की गहराइयों में छिपा है, ताकि वे भी अपने अवचेतन की धन-संपदा के उपयोग को पहचान सकें और अपने जीवन को हमेशा अभावों और गरीबी से मुक्त रख सकें।

सप्लाई के स्रोत का कैसे उपयोग करें

अपने अवचेतन के अपरिमित स्रोत को पहचानो और तब ऐश्वर्य एवं वृद्धि के महान् नियम को जाग्रत् करने के लिए निम्नलिखित प्रार्थना करो—

ईश्वर मेरी सप्लाई का स्रोत है, चाहे वह ऊर्जा हो, शक्ति या रचनात्मक

विचार हो, प्रेरणा, प्रेम या शांति हो अथवा सही कर्म या धन हो, जिसकी मुझे जरूरत है। मैं यह जानता हूँ कि मेरे अवचेतन की रचनात्मक ताकत इन सभी को मूर्तिमान करके मेरे सामने प्रस्तुत कर सकती है। मैं अब सही मानसिक स्थिति में हूँ और उत्फुल्ल, स्वास्थ्य, समरसता, सौंदर्य, सही कर्म, अपार खुशहाली और अपने भीतर के मन की समृद्धि का अनुभव कर रहा हूँ। मैं स्फूर्ति और सदिच्छा से परिपूर्ण हूँ और इन्हें सभी को प्रसारित कर रहा हूँ। ईश्वर की दौलत निरंतर मेरे अनुभवों में संचारित हो रही है और मेरे पास हमेशा एक भरा-पूरा ईश्वरीय खजाना मौजूद रहता है। ये सभी विचार मेरे अवचेतन में उतरते जा रहे हैं। मैं अभूतपूर्व हूँ।

आप अपने अवचेतन में जिसकी बुआई करेंगे, उसी का परिणाम आपको मिलेगा। बाइबिल कहती है, "मरुस्थल और एकांत उजाड़ उनके लिए खुशी मनाएँगे और रेगिस्तान गुलाब की तरह फलेगा-फूलेगा।" (ईसाह 35:1)

वैभवपूर्ण जीवन के लिए दैनिक ध्यान-प्रार्थना

यदि आप निम्नलिखित प्रार्थना अपने दैनिक ध्यान में करते रहेंगे तो आपका जीवन तेजी और आसानी से धन-धान्य से परिपूर्ण बनता जाएगा—

'जमीन में उगे फूलों को देखो। वे न तो मेहनत करते हैं और न ही चक्कर लगाते हैं, फिर भी सोलोमन अपने तमाम गौरव में भी उन जैसा नहीं बन पाता। (मैथ्यू 6:28) मैं जानता हूँ कि ईश्वर मुझे सभी प्रकार से समृद्ध कर रहा है। मैं अब वैभवपूर्ण जीवन जी रहा हूँ, क्योंकि मैं वैभव के ईश्वर का विश्वास करता हूँ। मुझे सौंदर्य, अच्छा जीवन, प्रगति और शांति के लिए जो भी चाहिए, उसकी पूर्ति मुझे बराबर हो रही है। मैं रोजाना अपने भीतर मौजूद ईश्वर की आत्मा के फलों का अनुभव कर रहा हूँ। मैं अब अपने शुभ को स्वीकार करता हूँ। मैं इस प्रकाश में विचरण कर रहा हूँ कि सभी शुभ मेरे लिए हैं। मैं शांत हूँ, संतुलित हूँ, स्थिर और उत्तेजना-रहित हूँ। मेरे पास जीवन का स्रोत है। मेरी जरूरतों की पूर्ति हर क्षण, हर स्थल पर होती है। मैं अब अपने अंदर मौजूद पिता के समक्ष सभी खाली बरतन लाता हूँ। ईश्वर की परिपूर्णता मेरे जीवन के सभी क्षेत्रों में मूर्तिमान है। मेरे पिता का सारा धन मेरा है। मैं ऐसा होने पर हर्षित हूँ।'

स्मरणीय बिंदु

1. एक अमीर और अमीर बनता जाता है। इसका सीधा-सा कारण यह है कि अमीर व्यक्ति धन-दौलत की जानकारी और चेतना के साथ ईश्वरीय संपदा के और अधिक बढ़ने की आशा को, जो सभी व्यक्तियों में मौजूद है, हमेशा बल देता है। ऐसा इनसान स्वत: अधिक-से-अधिक धन-संपदा, स्वास्थ्य और अवसरों को आकृष्ट करता है।
2. दौलत के विचारों की छवि दौलत लाती है, यात्रा के विचारों की छवि यात्रा के अवसर लाती है। एक युवा महिला अपने विचारों की छवि में यह महसूस करने लगी कि वह स्पेन के होटल में रह रही है। उसके अवचेतन ने रास्ता दिखाकर ऐसे ही अवसर पैदा कर दिए। उसने स्पेन के उसी होटल में अपना हनीमून मनाया। अवचेतन हमेशा छवि को सच्चाई में बदल देता है।
3. चौदह वर्ष के एक बालक ने अपने सपने को लिखा कि वह यूरोप में जाकर वहाँ गाइड बनने का अध्ययन कर रहा है। वह अपने लिखित सपने पर हमेशा ध्यान लगाता रहा। अंत में, वह अपने सपने को अपने जीवन की किताब (अवचेतन) में अंकित करने में सफल हो गया। उसके अवचेतन विवेक ने उसके एक रिश्तेदार के मन को प्रभावित किया और उसका मनचाहा सपना पूरा हो गया।
4. अवचेतन की ईश्वरीय संपदा में प्रवेश करें, जो आपके चारों ओर मौजूद है। सबसे उत्तम की आनंदमय आशा में जिएँ और आकृष्ट करने के सिद्धांत का उपयोग करके आप अपने अवचेतन मन की दौलत के अपार खजाने को आकृष्ट कर सकते हैं। हमेशा खुशहाली, वैभव, सुरक्षा और सभी चीजों की बढ़ोतरी के बारे में सोचते रहें।
5. जिस चीज पर आप ध्यान देते हैं, वह बढ़ती है, विशाल रूप धारण करती है और विकसित होकर आपके अनुभव में साकार हो जाती है। दूसरों के लिए भी प्रचुरता, शुभकामना और धन की अनुशंसा करें। वे आपके संदेश को स्वत: प्राप्त करेंगे और आपको जीवन में अच्छे लोगों का साथ मिलेगा। वे खुशहाल होंगे और आप खुशहाल होगे।
6. एक धनी व्यक्ति इस मन:स्थिति में प्रवेश करता है कि वह धन-दौलत की हवा में जी रहा है। इस मानसिक स्थिति की वजह से वह अधिक-से-अधिक धन के साथ-साथ सभी अच्छी वस्तुओं को अपनी ओर आकृष्ट करता है। दूसरा व्यक्ति, जो हमेशा अभाव, दिवालिएपन और मुसीबत से भरे दिनों के विचारों

और उनकी छवियों को देखता रहता है, वह उन्हीं को आकृष्ट करता है और हमेशा अभावों व कष्टों में जीता है।

7. आप अपने अंदर मौजूद अपरिमित खजाने की दौलत को पा सकते हैं। इसके लिए आपको इस प्रार्थना पर विश्वास करके इसे दोहराते रहना होगा—'मैं ईश्वरीय संपदा का सदा आभारी रहूँगा, जो सदा सक्रिय, सदा उपस्थित, अपरिवर्तनीय और अमर है।'
8. ईश्वर ने आपको इस संसार में सुखी जीवन का आनंद लेने के लिए सभी चीजें अपरिमित रूप में दी हैं। यह जीवन आपके लिए उपहार है। आपके पैदा होने से पूर्व पूरी दुनिया मौजूद थी। अनंत के वैभव पर विश्वास करके उसकी आशा करें। निश्चित मानें कि सबसे उत्तम आपको मिलेगा। जैसे-जैसे आप इस सत्य का अभ्यास करते जाएँगे, आपके जीवन के रेगिस्तान में फूल खिलने शुरू हो जाएँगे।
9. अध्याय के अंत में दी गई प्रार्थना को दोहराकर वैभवपूर्ण जीवन की रचना करने की योग्यता को मजबूत बनाएँ।

□

4

अनंत वैभव पर अपना अधिकार कैसे जमाएँ

कुछ वर्ष पहले मई के महीने में मैं आयरलैंड, इंग्लैंड और स्विट्जरलैंड गया था। आयरलैंड पहुँचकर मैं अपने एक रिश्तेदार से मिलने किलारने गया। किलारने दुनिया के खूबसूरत शहरों में गिना जाता है। सदियों से कवि, कलाकार और लेखक ओक और भोज के इन हरे-भरे, अति समृद्ध जंगलों एवं झिलमिलाती झीलों के भव्य रंगों और विभिन्न स्वरूपों के जादू को अपनी कला में प्रदर्शित करने की दौड़ में शामिल होते रहे हैं।

इन खूबसूरत वादियों के बीच मेरे एक रिश्तेदार ने अपनी बेटी मैरी (असली नाम नहीं) के बारे में एक दुःख भरी कहानी सुनाई। उन्होंने बताया कि मैरी न जाने क्यों एकाएक बड़ी तेजी से अपना वजन खोती जा रही है। उसने खाना-पीना छोड़ दिया है। केवल पिता के दबाव देने पर कुछ खा लेती है। स्थानीय डॉक्टर लिवर और विटामिन्स के इंजेक्शन लगाता रहता है; लेकिन अब उसने भी कह दिया है कि उसके वश की बात नहीं है। मैरी का केस चिंताजनक हो गया है। जब उसे मनोचिकित्सक से मिलने के लिए डबलिन ले जाया गया तो उसने मनोचिकित्सक से बात तक नहीं की और चुप्पी साधे रही। उसका पिता क्रोध से उन्मत्त हो गया।

मैंने तीन बार मैरी से लंबी वार्त्ताएँ कीं। दो में वह चुप रही। सुनती रही, बोली कुछ नहीं। तीसरी बातचीत में हम पत्थर की दीवार पर बैठे थे। सामने पारदर्शी झील झिलमिला रही थी। मैंने उससे सीधा प्रश्न किया, "मैरी, क्या तुम अपने पिता से किसी बात का बदला ले रही हो, क्योंकि वे तुमसे ज्यादा तुम्हारे भाई को चाहते हैं?"

प्रश्न सुनकर वह मेरी आँखों में घूरती रही, फिर क्रोध में फूट पड़ी, "मैं उनसे नफरत करती हूँ, नफरत करती हूँ। वे (सीन) भाई के खिलाफ एक शब्द नहीं बोलते, जो डबलिन छोड़कर यूनिवर्सिटी में मजे कर रहा है। और मैं घर में बंद पड़ी सड़ रही हूँ।

घर को सँभालती हूँ, सारा दिन काम में खटती हूँ, पर उनके मुँह से मेरी बड़ाई का एक शब्द नहीं निकलता, बल्कि वे मुझमें कमियाँ ही निकालते रहते हैं, 'तुमने यह नहीं किया, वह नहीं किया।' पछताएँगे, जब मैं नहीं रहूँगी।"

"लेकिन मैरी," मैंने आहिस्ता से कहा, "ईश्वर चाहता है कि तुम एक भरपूर, सुखी और वैभवपूर्ण जीवन जिओ। तुम्हारा शरीर ईश्वर का मंदिर है। जब तुम उसकी देखभाल करना छोड़ दोगी तो यह चर्च को आग लगा देने से भी बड़ा पाप होगा।"

"मैं ऐसा सपने में भी नहीं सोचूँगी।" उसने विरोध किया।

"शायद नहीं, पर तुम कर रही हो।" मैंने आगे कहा, "जब तुम खाने से इनकार करती हो, तब तुम उपने शरीर को नष्ट कर रही हो। इसमें और आत्महत्या में कोई फर्क नहीं है। क्या तुम यही चाहती हो?"

उसने जोर से सिर हिलाया और उठकर चली गई। मैंने देखा, उसकी आँखें आँसुओं से भर गई थीं।

उसके पिता ने अपनी गलती मानी

मैंने अंदर जाकर मैरी के पिता से निजी रूप से बातचीत की। मैंने उन्हें बताया कि मैरी ने क्या कहा है। उनका चेहरा क्रोध से लाल हो गया और वह उसे कोसने लगे। उन्होंने चिल्लाकर कहा, "पूरा जीवन मैंने इस स्वार्थी लड़की को पालने में लगा दिया, जो जन्म से ही मेरी जिंदगी में जहर का काँटा बनी हुई है।"

"तुम ऐसा क्यों कहते हो?" उनके शांत हो जाने पर मैंने पूछा।

उन्होंने मेरी आँखों को इस प्रकार घूरा, जैसे मैं एक अजनबी हूँ और वह नहीं जानते, मैं वहाँ क्यों और क्या कर रहा हूँ?

"इसने मेरी कैट को मार दिया।" उन्होंने एक सपाट आवाज में कहा, "उसके मरने के बाद मुझे एक क्षण के लिए भी शांति या सुख नहीं मिला और न ही मिलेगा, जब तक कि चर्च यार्ड में मैं अपनी कैट के बगल में एक बार फिर से न लेट जाऊँ, और वह दिन जल्द ही आने वाला है।"

मुझे याद आया कि कैट उनकी पत्नी का नाम है, जिसकी मृत्यु बच्चे को जन्म देते समय हो गई थी। यह दुःख भरी कहानी अब मेरी समझ में आ गई। क्यों वह शुरू से ऐसा बरताव कर रहा है और क्यों वह अपनी पत्नी के मरने का इलजाम मैरी पर लगाता रहा है और अब अपनी बेटी को भी खो देने के खतरे में पड़ गया है।

"तुमने कभी सोचा कि कैट क्या कहेगी?" मैंने पूछा, "जब उसे पता चलेगा कि तुम उस बच्ची से नफरत करते हो, जिसको उसने जन्म दिया? और यह कि तुम्हारी यह

नफरत मैरी को मार भी सकती है? क्या यह कैट को अच्छा लगेगा? क्या वह सोचेगी कि उसकी याद को बनाए रखने का तुम्हारा यही पैमाना है?"

एक क्षण के लिए उसने मुट्ठियाँ बाँध लीं, जैसे मुझ पर हमला करके वह अपना गुस्सा निकालना चाहता हो! उसके बाद उसने अपनी हथेलियों में अपना मुँह छुपा लिया और फूट-फूटकर रोने लगा। रोते हुए उसने कहा, "ऐसा नहीं कि मेरे मन में मैरी के लिए प्रेम नहीं है। कई बार उसके चेहरे में मैं उसकी माँ की छवि देखता हूँ, तब मेरा दिल टूट जाता है। और जब मैं अपना प्रेम जताना चाहता हूँ तो मुझे लगता है जैसे मैं कैट को धोखा दे रहा हूँ।"

"धोखा नहीं," मैंने कहा, "इज्जत दे रहे हो। मैरी में उसकी माँ की अमर छवि का, कैट का और हम सब का सम्मान कर रहे हो।"

और जब मैंने मैरी को उसके पिता के सामने प्रस्तुत किया तो उसने अपनी गलती को स्वीकार किया और उसे माफ कर देने को कहा। उसने अब से उसे प्रेम करने और सम्मान देने की कसम खाई। मैरी स्वभावतः पहले तो यह मानने के लिए झिझकी कि उसका पिता एकाएक कैसे बदल गया; लेकिन जैसे-जैसे उसकी बातचीत में उसे अपने प्रति प्रेम और सौहार्द झलकता दिखाई दिया, मैरी के चेहरे पर भी परिवर्तन आने लगा।

मैरी पहले चुपचाप अपने आप से कहती रहती थी, 'मैं खाना नहीं खाऊँगी और भूखी मर जाऊँगी। मुझे कोई प्रेम नहीं करता। इस तरह मैं अपने पिता को मेरी देखभाल करने के लिए मजबूर कर दूँगी।' अब उसके पिता का स्नेह मिलने से वह अपने को प्रेम करने लगी। उस शाम उसे प्रेम से खाना खाते हुए देखकर मुझे बहुत खुशी हुई।

प्रेम बंधनों को तोड़ता है। वह देता है। यह दैव की आत्मा है। प्रेम जेल की सलाखों को तोड़कर कैदियों को और उनको आजाद करता है, जो भय, क्रोध एवं दुश्मनी के बंधनों में बँधे हैं।

प्रार्थना, जिसने उसका जीवन बदल दिया

"मैं जानती हूँ कि मेरा शरीर एक मंदिर है, जहाँ ईश्वर वास करता है। मैं ईश्वरीय उपस्थिति का सहर्ष सम्मान करती हूँ। ईश्वरीय प्रेम से मेरी आत्मा भरी-पूरी है। उसकी शांति की नदी मेरे मस्तिष्क और हृदय में हर समय बहती है। मैं प्रेम से भोजन करती हूँ, यह जानते हुए कि वह रूपांतरित होकर सौंदर्य, समरसता, संपूर्णता और निपुणता का रूप ले लेता है। मैं जानती हूँ कि जहाँ मैं हूँ, वहाँ ईश्वर को मेरी जरूरत है और मैं दैव के अनुकूल कार्यरत हूँ। मेरे पिता और अन्य लोग मुझे प्रेम करते हैं। उन्हें मेरी आवश्यकता है। वे मुझे प्रेम करते हैं और मेरी प्रशंसा करते हैं। मैंने सभी के

लिए हर समय प्रेम, शांति और शुभकामनाएँ प्रेषित करती हूँ। मेरा खाना-पीना ईश्वर का विचार है, जिसे मैं समझती हूँ और जो मुझे मजबूत, संपूर्ण एवं ईश्वरीय शक्ति से परिपूर्ण बनाता है।"

मैरी इन सत्यों को अपने अवचेतन मन में कई बार प्रेषित करके भरती जा रही है। अपने पिछले पत्र में उसने बताया था कि उसकी सगाई उसके पड़ोस में रहनेवाले एक युवा एवं कर्मठ कृषक से हो गया है। उसके विचार आनेवाली खुशी और उल्लास से भरे हुए थे। उसने प्रेम, विवाह आंतरिक शांति और वैभव जैसी अनंत की दौलत को अपने अनुभव में आत्मसात् कर लिया था।

उच्चतम शक्ति में निष्ठा की संपदा

अपने आयरिश रिश्तेदार को छोड़कर चलते समय मैंने अपने ड्राइवर से ग्लेंडालॉफ की ओर से चलने को कहा। ग्लेन, यानी दो झीलों की घाटी। यहाँ छठी शताब्दी में संत केविन ने एक मोनेस्ट्री स्थापित की थी। इस तीर्थस्थल में अनेक व्यक्ति विभिन्न रोगों से मुक्ति पाने की लालसा के साथ जाते हैं।

मेरे ड्राइवर ने मुझे बताया कि जहाँ तक उसे याद है, बचपन में वह हकलाता था। स्कूल में दूसरे बच्चे उसका मजाक उड़ाया करते थे और उसे 'हकला' कहते थे। इलाज के लिए उसे डबलिन और कॉर्क शहरों में मनोचिकित्सकों को दिखाया गया, किंतु उसका कोई असर नहीं हुआ। उस समय मेरी उम्र आठ वर्ष की थी। उसने बताया कि उसके पिता अंत में उसे ग्लेंडालॉफ ले गए, जहाँ संत केविन जिस कमरे में रहते थे, वहाँ ले जाकर मुझसे कहा गया कि यहाँ एक घंटा सो जाओ तो तुम्हारी हकलाहट दूर हो जाएगी।

उसकी बातों में मुझे दिलचस्पी हुई। मैंने उससे पूछा, "फिर क्या हुआ?"

"मेरा विश्वास था कि मेरे पिता मुझसे झूठ नहीं कहेंगे।" उसने जवाब दिया, "मैंने जो कहा गया, वही किया। मैं उस कमरे में सो गया और जब उठा तो मैंने पाया कि मैं ठीक हो गया हूँ। उस दिन से मेरी हकलाहट दूर हो गई और आज तक फिर कभी नहीं हुई।"

उसके रोग-मुक्त होने का वास्तविक कारण

मैंने उस युवक के अंधविश्वास पर कुछ नहीं कहा, क्योंकि उसी के बल पर वह अपने अवचेतन मन की रोग-मुक्त करने की शक्ति को जाग्रत् करके उसे सक्रिय कर सका था। आठ वर्ष के बच्चे का मन बहुत कोमल होता है। उस पर कोई भी प्रभाव

बड़ी आसानी से पड़ता है। जादुई चमत्कार के विचार ने उसकी कल्पना को अत्यधिक प्रभावशाली बना दिया था। जब उसे कमरे में सोने के बारे में बताया गया तो उसकी आशा में सौ प्रतिशत विश्वास भर गया और उसे लगा कि संत केविन उसकी हकलाहट को निश्चित रूप से दूर कर देंगे और अपने विश्वास के अनुकूल वह ठीक भी हो गया। रोग-मुक्त होने की एक शक्ति है और वह अनंत रोग-मुक्त-दायिनी शक्ति तुम्हारे मन में स्थित है।

सच्ची आस्था की संपदा बनाम अंधविश्वास

सच्ची आस्था यह जान लेने की है कि अनंत शक्ति, जिसने एक कोशिका से तुम्हारी रचना की है, वह तुम्हारे शरीर की प्रक्रियाओं और कार्यों को जानती है और निश्चित रूप से तुम्हें रोग से मुक्त करना जानती है। जब तुम होश में होकर अपने अवचेतन की रोग-मुक्त-दायिनी शक्ति से यह जानते और विश्वास करते हुए कि वह तुम्हारी बात सुनेगा, तब तुम्हें परिणाम मिलते हैं। दूसरे शब्दों में, सच्ची आस्था वस्तुतः तुम्हारे चेतन और अवचेतन मन का संयुक्त प्रयास होता है, जो निश्चित उद्देश्य-प्राप्ति के लिए वैज्ञानिक रूप से दिशा-निर्देशित होता है।

अंधविश्वास में तंत्र-मंत्र, ताबीज, झाड़-फूँक, माला, लॉकेट, बाबाओं की अस्थियाँ, धर्मकुंड जैसी मान्यताएँ शामिल हैं। दूसरे शब्दों में, यह बिना समझ की आस्था है। लिहाजा, इनकी उपचार शक्ति अकसर अस्थायी होती है।

मैं उन लोगों, जो बीमार हैं और डॉक्टर की मदद ले रहे हैं, से अनुरोध करता हूँ कि वे डॉक्टरी मदद जरूर लें और साथ-साथ अपने लिए और डॉक्टर के लिए भी प्रार्थना करते रहें।

> "डॉक्टर को उचित सम्मान दो, जिसका वह हकदार है, जो तुम्हारा उपचार करता है, तुम्हारी सहायता करता है; क्योंकि ईश्वर ने उसे तुम्हारी सहायता के लिए बनाया है।" (एक्लेसिएस्टिकस, चैप्टर 38 : पैराग्राफ 1 व 2), जो डॉक्टर उपचार करने में उत्तम होता है, ईश्वर उसे पुरस्कृत करता है। ईश्वर ने भूमि पर औषधियाँ बनाईं और जो ज्ञानी है, वह उसे परिव्यक्त नहीं करेगा और उसने मनुष्य को दक्षता दी है, ताकि वह अपने कामों में अद्भुत रहेगा।
>
> "मेरे बेटे! बीमारी में असावधान न रहना, बल्कि ईश्वर से प्रार्थना करना। वह तुम्हें बीमारी से मुक्त करेगा। उसके बाद डॉक्टर पर ध्यान देना, क्योंकि ईश्वर ने उसे बनाया है। उसे अपने से दूर न करना, क्योंकि तुम्हें

उसकी जरूरत है। एक समय आता है, जब उसके हाथों में सफलता आ जाती है। वह भी ईश्वर से प्रार्थना करता है कि रोगी को रोग-मुक्त करे और उसके जीवन को और बढ़ाकर वह भी खुशहाल हो।"

आप जब स्वास्थ्य के लिए प्रार्थना करते हैं, तब स्वास्थ्य को तुरंत ठीक हो जाना चाहिए। यदि ऐसा नहीं होता है तो अपनी जरूरत के अनुरूप आपको तुरंत मेडिकल डॉक्टर, डेंटिस्ट या सर्जन के पास जाना चाहिए। याद रखें, यदि आप हमेशा ईश्वरीय प्रेम और शांति की राह पर चल पड़े तो आप कभी बीमार भी नहीं पड़ेंगे। लेकिन हम सब कभी-न-कभी अपनी कमियों की वजह से भ्रष्ट हो जाते हैं। अगर आपके दाँत खराब हैं और आस्था उसे ठीक नहीं कर पा रही है तो आपको फौरन डेंटिस्ट के पास जाना चाहिए। प्रार्थना करें कि ईश्वर उसका मार्गदर्शन कर रहा है और यदि ईश्वरीय नियम और व्यवस्था आपके जीवन में कार्यरत हैं तो आपको संतोषजनक परिणाम मिलेंगे।

ईश्वरीय उपचार तंत्र का लाभ उसे क्यों नहीं मिला

आयरलैंड के वाटरफोर्ड नगर में रहनेवाले मेरे एक मित्र रोजर सी. ने वाटरफोर्ड ग्लास फैक्टरी को देखने के लिए मुझे आमंत्रित किया। उस फैक्टरी में दुनिया में मशहूर क्रिस्टल अर्थात् बिल्लौर या स्फटिक बनाया जाता है। बिल्लौर एक पारदर्शी खनिज पदार्थ है, जो काँच को चमकीला बनाता है। वह मेरे लिए एक प्रेरणादायी सुअवसर था, जहाँ मैंने दक्ष और सिद्धहस्त कामगार को कच्चे काँच को उसकी गहराई में जाकर उसमें चमक कैसे पैदा करते हैं, यह करते देखा। एक कामगार, जिस गुलदस्तों पर वह काम कर रहा था, ने उसे ऊपर उठाकर बिल्लौर पर लाइट फेंकी तो बिल्लौर के नगीने, हीरे और चमकीले तत्त्व रोशनी में चमचमाते नजर आए और एक क्षण के लिए आँखों के सामने अवर्णनीय सतरंगी सौंदर्य अपनी भव्यता में प्रस्तुत हो गया।

मैंने देखा कि रोजर बड़ी कठिनाई से चल रहा है। चलने में वह बेंत का सहारा ले रहा था। मैंने पूछा, "क्या तुम अपनी अवस्था के लिए मेडिकल उपचार करवा रहे हो?"

"हाँ, मैं उपचार करवा रहा हूँ।" उसने जवाब दिया, "मैं नियमित रूप से कार्टीसन इंजेक्शन ले रहा हूँ और प्रतिदिन पेन किलर भी खाता हूँ। इनसे मदद तो मिल रही है, लेकिन ज्यादा नहीं। आप बताएँ, आप तो इन मामलों के एक्सपर्ट हैं! पिछले साल स्कॉटलैंड की यात्रा के दौरान मैं एक चर्च की उपचार सभा में गया था। वहाँ बहुत भीड़ थी और लोगों में बहुत उत्साह था। वहाँ अपंग लोग थे, जिन्होंने क्रच को छोड़ दिया था। ऐसे लोग थे, जिन्होंने बताया कि वे पहली बार सुनने लगे। एक महिला मिली, जिसका ट्यूमर हमारी आँखों के सामने गायब हो गया।"

"और तुम ?" मैंने पूछा, "तुम्हारा क्या हुआ ?"

"यही तो रोना है।" उसने कहा, "जब तांत्रिक बाबा ने मुझे छुआ तो मेरा पूरा शरीर झनझनाने लगा। बरसों बाद पहली बार मैंने अपना बेंत फेंक दिया और बिना किसी दर्द के चलने लगा। लेकिन अगले ही दिन सब बेकार हो गया। मैं फिर से लँगड़ा हो गया। आप बता सकते हैं कि आखिर वह सब क्या था ?"

उसको अस्थायी भावनात्मक उपचार मिला था

"मैं बताता हूँ, क्या था।" मैंने रोजर से कहा, "बेतहाशा लोगों की भीड़, रोशनी की चकाचौंध, गाजे-बाजे का संगीत, उसमें तंत्र-मंत्रों की ध्वनियाँ और आस्था की भावनाओं का वातावरण—इन सब के मिले-जुले प्रभाव ने तुम्हें भावुक व संवेदनशील बना दिया और जब उस तथाकथित उपचारक ने तुम्हारे ऊपर उपचार का हाथ रखा, तब हो सकता है, उसने तुम्हारी टाँग को हस्त-कौशल से हिलाया हो और यीशु का नाम लेकर तुम्हें उठाकर चलने को कहा हो !"

रोजर ने आश्चर्य से मुझे देखते हुए कहा, "बिल्कुल ऐसा ही हुआ था।"

"जिस संवेदनशील अवस्था में तुम थे," मैंने अपनी बात को बढ़ाते हुए कहा, "तुम्हारे मन में उतनी शक्ति का संचय किया, ताकि तुम अस्थायी रूप से बेंत के बिना चल सको। इसके साथ तुम सम्मोहन के प्रभाव में थे, जिसने अस्थायी रूप से तुम्हारे दर्द के अहसास को दबा दिया था। बहरहाल, अवचेतन पर सम्मोहन का प्रभाव जल्दी ही उतर गया और यही तुम्हारे साथ हुआ।"

उपचार की राह पर

रोजर ने सोचना शुरू किया कि अब तक वह अपनी आस्था की वजह पर नहीं पहुँच पाया है। उसने समझना शुरू किया कि सच्चा और स्थायी उपचार क्षमा, प्रेम, शुभकामना और उपचारक शक्तियाँ हैं। उसने मन-ही-मन स्वीकार किया कि उसके मन में अनेक लोगों—विशेषकर वे, जो अपंग नहीं हैं—के प्रति शत्रुता, द्वेष, विरोध और घृणा की आग जलती रहती है। उसने यह भी समझना शुरू किया कि विध्वंसक भावनाएँ उसकी इस दशा के लिए जिम्मेदार हैं। मैंने उसे सुझाव दिया कि वह डॉक्टर की सलाह पर चले और उसके लिए भी प्रार्थना करे। रोजर ने मेरा कहा मान लिया।

वह प्रार्थना, जो मेरे अपंग मित्र की सहायता कर रही है

रोजर के कहने पर मैंने उसके लिए यह प्रार्थना लिखकर दी—

"मैं अपने और दूसरों के बारे में नकारात्मक व विध्वंसक विचार रखने

के लिए अपने को क्षमा करता हूँ। मैं पूर्ण रूप से और मुक्त-हस्त से सभी को क्षमा करता हूँ और हृदय से उनके लिए स्वास्थ्य, खुशियों एवं जीवन के सभी शुभ कार्यों की कामना करता हूँ। जब भी कोई ऐसा व्यक्ति मेरे जीवन में आएगा, जिसे मैं नापसंद करता रहा हूँ, मैं तुरंत यह प्रतिज्ञा करूँगा—मैंने तुम्हें क्षमा किया। ईश्वर तुम्हारा भला करे! मैं जानता हूँ कि मैंने दूसरों को क्षमा किया है, क्योंकि मेरे मन में उनके लिए कोई विरोध नहीं है। ईश्वर का उपचारक अहसास मेरे शरीर में मौजूद है और उसकी शांति की नदी मुझमें होकर बह रही है। मैं जानता हूँ, मेरा पूरा अस्तित्व ईश्वरीय प्रेम से भरा-पूरा है और ईश्वर का प्रेम सब को नष्ट कर देता है, जो उसके अनुकूल नहीं है। ईश्वर का उपचारक प्रकाश मेरे मन में उस जगह पड़ रहा है, जहाँ समस्या है और अब वह समस्या नष्ट हो चुकी है तथा पवित्र आत्मा (संपूर्णता की आत्मा) के लिए मार्ग प्रशस्त हो रहा है, जो अब प्रत्येक कोशिका और प्रत्येक विचार में बस जाएगा। मैं उपचार के लिए, जो अब होना शुरू हो गया है, धन्यवाद देता हूँ; क्योंकि मैं जानता हूँ कि उपचार कार्य उच्च स्तर का है। मैं जानता हूँ कि ईश्वर मेरे डॉक्टर का मार्गदर्शन कर रहा है। वह जो भी करेगा, उससे मेरा लाभ होगा।"

वह इन सत्यों को रोजाना सुबह और रात पूर्ण रूप से शांत होकर आहिस्ता से दोहरा रहा है। यह समझते हुए कि इनकी आध्यात्मिक झंकार उसके अवचेतन मन में पहुँचकर वहाँ वर्षों से बैठे नकारात्मक और विध्वंसात्मक विचारों को नष्ट करेगी। दूसरे पत्र में उसने बताया कि उसका डॉक्टर उसके उपचार की प्रगति को देखकर आश्चर्यचकित है और उसने उसे फिजियो थेरैपिस्ट के पास प्रशिक्षण के लिए भेजा। वह सच्चे आध्यात्मिक उपचार की सही राह पर है, क्योंकि उपचार ईश्वरीय है। मैं हूँ तुम्हारे स्वास्थ्य का रखवाला। (एक्सोडस 15:26)

आस्था की समृद्धि जीवन के सभी क्षेत्रों में कैसे लाभ पहुँचाती है

कॉर्क शहर से 8 किलोमीटर दूर मशहूर ब्लार्नी किला है। यह किला ब्लार्नी पत्थर के लिए बहुत मशहूर है, जो किले की बाहरी दीवार के ऊपर लगा हुआ है। एक मान्यता के अनुसार, जो व्यक्ति उस पत्थर को चूम लेता है, वह भाषण कला में पारंगत हो जाता है। इसलिए इसे 'लफ्फाजी का उपहार' भी कहा जाता है। चूँकि 'ब्लार्नी' शब्द का अर्थ 'चापलूसी', अर्थात् मीठी बातों के जरिए और किसी को नाराज किए बिना धोखे से

अपना उल्लू सीधा कर लेना है, इसलिए दुनिया भर से लोग उस पत्थर को चूमने और इस कला में सिद्ध-हस्त होने के लिए आते हैं। लेकिन यह काम इतना आसान नहीं है। आपको ऊँचे किले की दीवार पर पीठ के बल लेटना होगा और लोहे की एक रेलिंग को पकड़ते हुए, सिर की ओर से खिसकते हुए एक खतरनाक झरने के ऊपर से होकर गुजरना होगा। लेकिन इसके बाद आपके भाषण में अद्‌भुत शक्तियाँ आ जाएँगी।

किले को देखने के दौरान मेरी मुलाकात आयरिश पादरी फादर बी. से हुई। मैंने जब ब्लार्नी पत्थर के बारे में उनसे बात की तो उन्होंने कहा, "यह मजाक की बात नहीं है। इसकी शक्ति का प्रमाण स्वयं मेरे पास है।"

"ओह! तो बताइए, वह क्या है?" मैंने कहा।

"जब मैंने पादरी का काम शुरू किया था, तब मेरा प्रदर्शन बेहद निराशाजनक था।" उन्होंने स्वीकार किया, "जब भी मैं उपदेश देना शुरू करता तो चर्च लगभग खाली हो जाता। और मैं अपने भाषण पर ही इलजाम लगाता। फिर एक दिन मेरा यहाँ आना हुआ। मैंने नाम रखने के लिए केवल एक बार इस पत्थर को चूमा; लेकिन बाद में मेरे उपदेशों में सुधार होने लगा। लोग अब मुझे अच्छा भाषण देनेवाला कहते हैं। जो भी हो, अब जब मैं उपदेश देता हूँ तो लोग आकर सुनते हैं। यह गॉस्पेल जैसा ही है, जो कहती है—हर वस्तु उसके लिए संभव है, जो आस्था में जीता है।" (मार्क 9:23)

कोई भी जियोलॉजिस्ट एक पत्थर को पत्थर ही कहेगा, भले ही वह किसी मशहूर किले की दीवार पर लगा हो। उसके पास भाषण कला को उपहार में देने की कोई शक्ति नहीं होती। फिर भी, उसे चूमने पर शायद कोई प्रभाव पड़ता हो, जैसा कि फादर बी. पर पड़ा। वह कैसे? हमारी आस्थाएँ और आशाएँ हमारे अवचेतन मन की मृत शक्तियों को जाग्रत् कर देती हैं। ये शक्तियाँ हमेशा से वहाँ मौजूद रहती हैं और पहचानने एवं जाग्रत् करने का बराबर इंतजार करती हैं। *कब और कैसे तुम्हें याद दिलाऊँ कि तुम ईश्वर के उपहार को जाग्रत् करो, जो तुम्हारे भीतर मौजूद है।* (II टिमोथी 1:6)

मानसिक ज्ञान और समझने का लाभ तुरंत होता है

आयरलैंड की यात्रा में मुझे किलारने में डनलो दर्रे में टट्टू पर सवारी करनी पड़ी। वह सफर काफी रोमांचकारी था। पिछले हिमयुग के दौरान हिम नदियों ने आसपास के पहाड़ों के बीच एक दर्रा बना दिया था। भाप में डूबे उत्तुंग शिखरों की चोटियों पर पड़ती हर क्षण बदलती परछाइयाँ, चट्टानों से सटे दर्रे की शांति का साम्राज्य—इस सबने मिलकर मुझपर अभूतपूर्व प्रभाव छोड़ा।

उस यात्रा में मेरा साथी बासिल एफ. नामक एक अंग्रेज युवक था। जैसे ही हम

लोग तंग घाटी के बीच में पहुँचे, उसे अस्थमा का भीषण दौरा पड़ गया। भाग्य से, इसके लिए वह पूरे बंदोबस्त के साथ आया था। उसके पास इनहेलर के साथ-साथ एड्रेनलाइन का हाइपोडेरमिक किट भी थी, जो ऐसे भीषण दौरे में बहुत काम आती है।

दौरे के थम जाने के बाद उसने बताया कि ऐसा दौरा उसे करीब-करीब रोजाना दोपहर के समय पड़ता है। आश्चर्य की बात नहीं है, मेरे पिता जीवन भर इस बीमारी से पीड़ित थे। इसी दौरे में उनकी मृत्यु हुई थी। मैं उस समय मौजूद था। सच बहुत भयानक था।

"बात समझ में नहीं आ रही है।" मैंने कहा, "तुम्ही ने तो बताया था कि तुम गोद लिये बेटे हो!"

"हाँ, यह सही है।" उसने स्वीकार किया, "मैं दत्तक पुत्र हूँ। मुझे गोद लिया गया था।" मुझे लगा कि वह अपने परस्पर विरोधी बयान का अंतर नहीं समझ पा रहा है। वह अपनी आस्था को पैतृक बता रहा था और साथ में यह भी कह रहा था कि उसे गोद लिया गया था। इस स्थिति में पैतृक बीमारी का प्रश्न ही नहीं उठता।

उसकी मानसिक और भावनात्मक बाधा कैसे दूर हुई

बाद में, समय मिलने पर मैंने बासिल के साथ बैठकर व्यक्तिगत तौर पर बातचीत की। मैंने उसके विरोधाभास की चर्चा की। पहले तो वह तर्क देता रहा, लेकिन बाद में जाकर उसने स्वीकार किया कि वह अपने पिता से नफरत करता था।

"नफरत क्यों करते थे?" मैंने सहानुभूतिपूर्वक पूछा, "क्या कुछ ऐसा हुआ था, जिसकी वजह से तुम्हें उनसे नफरत हो गई थी?"

"हाँ, वजह थी।" उसने जवाब में कहा, "मैं उस समय बारह वर्ष का था। मैंने शायद कुछ ऐसा किया था, जिससे वह नाराज हो गए। ऐसी ही कोई छोटी सी बात थी, जिस पर उन्होंने क्रोध में कहा, 'तुम मेरे बेटे नहीं हो। तुम किसी दोगले की औलाद हो। मैं तुम्हें उस नरक से निकालकर लाया, तुम्हें एक घर दिया और तुम मेरी दया का बदला इस प्रकार दे रहे हो'!"

"यह सुनकर तुम्हें एक सदमा लगा और पहली बार तुम्हें पता चला कि तुम गोद लिये हुए पुत्र हो?"

"जी हाँ।" उसकी आँखों में आँसू तैरने लगे—"मैं इसके लिए उनसे नफरत करता हूँ। लेकिन वे सही थे। मैं उनकी दया के बदले में क्रोध और विरोध दे रहा था।"

"क्या तुम सोचते हो कि इतनी गंभीर बात गुस्से में कहकर वे तुम पर दया कर रहे थे?"

"मेरी समझ से नहीं।" उसने आहिस्ता से कहा, "हो सकता है कि मैंने ऐसा कोई घातक काम किया हो, अन्यथा वह शायद नहीं कहते!"

किशोरावस्था के दौरान बासिल ने अपने पिता के विरुद्ध विरोध और क्रोध को त्यागने की कोशिश की; किंतु वह उनके मन की गहराई में दबा पड़ा रहा। चूँकि वह नकारात्मक और विध्वंसक भावना थी, उसे देर-सबेर निकलना ही था। अपने पिता के मरने के बाद उसने अपने पापों के प्रायश्चित्त के रूप में अपने पिता के अस्थमा के लक्षणों को अपना लिया।

मैंने यह सब उसे पूर्ण व्याख्या के साथ समझा दिया। उसके बाद मैंने उसे यह बताया कि हालाँकि वह इस तथ्य का भरसक विरोध करता था कि उसका जन्म विवाह से पूर्व के शारीरिक संबंध से हुआ, किंतु ईश्वर की दृष्टि में 'अवैध संतान' नाम की कोई चीज नहीं है। असल में, अवैध संतान वह होती है, जो नकारात्मक विचार रखती है और स्वर्णिम नियम एवं प्रेम के नियम के अनुकूल आचरण नहीं करती। उसने अस्थमा के लक्षण इसलिए पैदा किए, क्योंकि उसने सोचा कि उसे अपने जीवन की व्यर्थता और आत्मग्लानि के लिए और उस व्यक्ति के प्रति विरोध एवं घृणा के लिए, जिसने उसे गोद लिया, सजा मिलनी ही चाहिए। मैंने उसे समझाया कि उसके दत्तक पिता ने भरसक उसे एक अच्छी जिंदगी देने की कोशिश की थी। अब उसे अपने पिता के क्रोध और उस सदमे की घटना के लिए अपने को क्षमा करने का प्रयास करना चाहिए।

बासिल सबकुछ आसानी से समझ गया। शेष यात्रा उसने शांत होकर पूरी की। जब हम किलारने के होटल में वापस आए तो मैंने उसे अपनी पुस्तक 'आपके अवचेतन मन की शक्तियाँ' की एक प्रति भेंट की और उसके लिए एक विशेष प्रार्थना तैयार की, ताकि रोजाना नियमित रूप से वह प्रार्थना कर सके। मैंने उसे डॉक्टर को अपना सहयोग जारी रखने की भी सलाह दी।

जो प्रार्थना मैंने उसे दी, वह इस प्रकार थी—

> "मैं अपने प्रतिपोषक (फॉस्टर) पिता एवं असली पिता और माता को, जिसकी जानकारी केवल ईश्वरीय मन को है, पूर्णतया ईश्वर पर छोड़ता हूँ। मैं अपने और दूसरों के लिए नकारात्मक एवं विध्वंसकारी विचार रखने के लिए स्वयं को क्षमा करता हूँ और प्रतिज्ञा करता हूँ कि मैं यह कभी नहीं करूँगा। जब कभी मेरे पास नकारात्मक विचार आएँगे तो मैं तुरंत प्रतिज्ञा करूँगा कि ईश्वर का प्रेम मेरी आत्मा को भरे। मैं आराम में हूँ, स्थिर और शांत हूँ। ईश्वर मेरे डॉक्टर को मेरा उपचार करने में सहायता करे। ईश्वर ने ही मुझे मेरा जीवन दिया और मुझे जीवित आत्मा बनाया। मेरे अंदर ईश्वर की शक्ति और विशिष्टताएँ मौजूद हैं। मैं ईश्वरीय शांति को अपनी साँस के भीतर ले जाता हूँ और ईश्वरीय प्रेम को साँस के बाहर छोड़ता हूँ। ईश्वर समरसता, प्रेम, शांति, संपूर्णता और निपुणता के रूप में मुझमें प्रवाहित है।"

मैंने उसे समझाया कि वह इन महान् सत्यों की रोजाना सुबह, दोपहर और रात को प्रतिज्ञा ले और सावधान रहे कि जो वादा उसने लिया है, उससे कभी इनकार न करे। जब कभी पुराने विचार या संभावित लक्षण सामने आएँ तो उसे चुपचाप यह कहना चाहिए, "मैं ईश्वरीय शांति की साँस लेता हूँ और ईश्वरीय प्रेम की साँस छोड़ता हूँ।"

अपने घर कैलिफोर्निया पहुँचने के कुछ ही दिनों बाद मुझे उसका पत्र मिला। हमारी आस्था के बाद उसका अस्थमा पूरी तरह से ठीक हो गया। सच में, स्पष्टीकरण बहुधा समस्या का हल निकाल देता है।

क्षमा की दौलत

इंग्लैंड में मैंने शेक्सपियर के देश की यात्रा के कॉण्ट्रेक्ट पर हस्ताक्षर किए, जहाँ वे विशिष्टताएँ और उनकी महक अपनी पूर्व विपुलता में आज भी मौजूद हैं, जिन्होंने उस अमर कवि व नाटककार के जीवन और उसके लेखन को प्रभावित किया। वारविक के एक छोटे से ऐतिहासिक रेस्त्राँ में लंच के दौरान मेरी मेज को साझा करनेवाली एक युवा महिला थी, जिसने परिचय में अपना नाम मार्गरेट आर. बताया और बताया कि वह पहले अस्पताल में नर्स थी। जब मैंने उसे बताया कि मैंने लोगों की समस्याओं के मनोवैज्ञानिक और आध्यात्मिक पहलुओं पर लिखा है, तो उसने बताया कि पिछले कई महीनों से वह अपनी त्वचा पर बार-बार दाने (रैश) निकलने से बहुत परेशान है। उसने अपने अस्पताल के त्वचा रोग विशेषज्ञ से भी इलाज करवाया। उसने कई प्रकार के लोशन व मलहम लिखकर दिए। उसने बार-बार उनका प्रयोग किया, लेकिन कोई लाभ नहीं हुआ।

"मुझे लगता है कि यह बीमारी मनोदैहिक (साइकोसोमैटिक) हो सकती है।" उसने कहा, "लेकिन इस जानकारी का अब क्या फायदा रह गया, है न?"

"यह कई बातों पर निर्भर करता है।" मैंने जवाब में कहा, "मनोदैहिक विशेषज्ञों ने कहा है कि त्वचा वह स्थान होता है, जहाँ अंदर और बाहर की दुनिया मिलती है। उनके अनुसार, त्वचा की कई परिस्थितियों का कारण दुश्मनी या विरोध जैसी नकारात्मक भावनाएँ होती हैं। दूसरे शब्दों में, त्वचा एक प्रकार से निराकरण अंग के रूप में काम करता है। मन में दोष, व्याकुलता और पछतावे जैसी भावनाओं को दबा देने से जो मानसिक जहर उत्पन्न होता है, वह बदलकर शारीरिक लक्षणों में उभरकर आता है।"

उसके चेहरे को देखकर लगा कि वह किसी विचार में डूबी हुई है।

"यह तो लगता है, काम की बात है।" वह बोली, "क्या आप इंग्लैंड में कुछ समय के लिए रुकेंगे? मैं आपसे मिलकर परामर्श लेना चाहती हूँ। क्या यह संभव है?"

"क्यों नहीं, तुम मिल सकती हो!" हमने एक तारीख तय की और मैंने उसे सेंट एर्मिंस होटल, कैक्सटन स्ट्रीट का पता दे दिया, जहाँ मैं लंदन आने पर हमेशा रुकता हूँ।

उसकी त्वचा में जलन और लगातार स्किन रैश का कारण क्या था

कुछ दिनों बाद होटल की प्राइवेट लॉबी में मार्गरेट से मेरी बातचीत हुई। मैंने उससे शुरू से ही स्पष्टवादी व्यवहार किया। मैंने कहा कि मुझे ऐसा लगता है कि वह कोई दोष-भावना पाले हुए है और विश्वास करती रही है कि इसके लिए उसे सजा मिलनी चाहिए। अवचेतन मन में दबाकर रखी गई दोष की भावना अकसर शरीर के लक्षण के रूप में उभरती है। यदि वह दोष को स्वीकार करे और मन को साफ करे तो उसकी त्वचा में जलन और दाने स्वत: दूर हो जाएँगे।

संकोच और व्याकुलता में पड़कर वह दूसरी ओर देखने लगी। फिर आहिस्ता से बोली, "हाँ, कुछ है, जो मैं कहना चाहती हूँ। मेरी शादी हो चुकी है, लेकिन मेरे पति को अपने काम के सिलसिले में विदेश में रहना पड़ता है। पिछले कुछ महीनों में मैं उनसे एक बार मिली हूँ, जब वह छुट्टी लेकर आए थे।"

"अच्छा, तो यह बात है! तुम्हें तो परेशानी होती होगी!" मैंने उसे उकसाया।

"हाँ, होती तो है।" उसने जवाब दिया, "और···मेरा मतलब है कि अस्पताल में एक डॉक्टर है। हम दोनों ने बाहर मिलना शुरू किया···और···क्या मुझे आगे कुछ और बताना होगा?"

"बेहतर यही होगा कि तुम अपनी बात को पूरी करो।" मैंने कहा।

"ठीक है।" उसके गालों में लाली दिखाई देने लगी, "हमने शारीरिक संबंध बना लिये।"

उसने बताया कि उसमें दोष और पछतावे की भावना पैदा हो गई। अब उसे भी लगने लगा है कि ईश्वर ने इस पाप की सजा के लिए उसकी त्वचा की बीमारी पैदा की है।

स्वयं को क्षमा करने से शांति और मुक्ति मिलती है

मैंने मार्गरेट को समझाया कि ईश्वर या जीवन का सिद्धांत कभी सजा नहीं देता। लोग जीवन के सिद्धांत का गलत उपयोग करके खुद अपने को सजा देते हैं। उदाहरण के लिए, यदि तुम्हारे किसी अंग में कुछ कट जाता है, जीवन का सिद्धांत तुरंत खून का निर्माण करके उसकी पूर्ति कर देता है। यदि तुम्हारा अंग जल जाता है तो जीवन का सिद्धांत कोई शत्रुता नहीं पालता या बदला नहीं लेता, बल्कि नई कोशिका पैदा करके नई त्वचा का निर्माण कर देता है। यदि तुम गलती से कोई जहरीला पदार्थ खा या पी लेती हो तो उलटी और कै के माध्यम से तुम्हारी शरीर-प्रणाली को शुद्ध कर देता है। वह सदा

तुम्हारे स्वास्थ्य को बनाए रखना चाहता है। जीवन सिद्धांत की प्रवृत्ति उपचार करने, ठीक करने और तुम्हें संपूर्ण बनाए रखने की है।

एक नर्स होने के नाते मार्गरिट मेरे स्पष्टीकरण को पूरी तरह से समझ गई। तब मैंने वह प्रमुख प्रश्न किया, "क्या तुम अपनी त्वचा की बीमारी से मुक्ति चाहती हो?"

"हाँ।" वह तुरंत बोल उठी, "मैं चाहती हूँ।"

तब मैंने कहा, "तब तो कोई समस्या नहीं है। तुम्हें केवल यह करना है कि जो पछतावा तुम कर रही हो, उसे आज और अभी से छोड़ दो, पटाक्षेप कर दो और अपने आपको क्षमा कर दो। तुम्हारी समस्या का यही अंत है।"

हमारी बातचीत खत्म होने से पहले ही मार्गरिट ने इस अवैध संबंध को समाप्त करने का फैसला कर लिया और अपनी निंदा करना छोड़ दिया।

जैसा कि मैंने उसे समझाया कि स्वनिंदा और स्वयं को दंड देना विध्वंसक एवं मानसिक जहर है, जो पूरे शरीर को प्रभावित करते हैं। ये तुम्हारी शक्ति, ओज, संपूर्णता और बल को नष्ट करके तुम्हें शारीरिक व मानसिक रूप से पंगु बनाकर छोड़ देते हैं। मैंने उसे बताया कि कुल मिलाकर अपने विचारों को उसे समरसता और प्रेम के ईश्वरीय सिद्धांत पर केंद्रित करना है। नई शुरुआत एक नया अंत होता है।

हम दोनों ने मिलकर इस अहसास के साथ प्रार्थना की कि ईश्वरीय प्रेम, शांति और समरसता अब उसके शरीर में प्लावित हो रही है और वह अब ईश्वरीय मार्गदर्शन व देख-रेख में चल रही है। एक लंबी शांति के दौरान हम केवल ईश्वरीय प्रेम की उपचार-शक्ति पर ध्यान लगाते रहे। उसके बाद मैंने उसे महान् सत्य की याद दिलाई, जिसे सभी व्यक्तियों के मन और हृदय में स्थायी रूप से अंकित होना चाहिए—

"मैं एक काम यह करूँगा कि पुराने छूट गए कामों को भूलकर आगे आनेवाले कामों से भी आगे पहुँचकर पुरस्कार का भागीदार बनूँगा।" (फिलीपिएंस 3:13, 14)

उसने जो पुरस्कार माँगा था, वह स्वास्थ्य, खुशियाँ और मन की शांति थी। हमारे ध्यान के अंत में उसकी आँखों में चमक थी। उसने बताया कि शांति के दौरान उसने अपने अंदर कुछ नया होने का महसूस किया है। उसकी त्वचा पर दाने एकदम से लुप्त हो गए थे। हमने मिलकर प्रार्थना की, "हे परमेश्वर! मैं तुझे धन्यवाद देता हूँ कि तूने मेरी सुनी। मैं जानता हूँ, तू हमेशा मेरी पुकार सुनता है।" (जॉन 11:41, 42)

बुद्धिमत्ता और समझ की दौलत

अपने लंदन प्रवास के दौरान एक पुरानी महिला मित्र मुझसे मिलने सेंट एर्मिंस होटल आई। वह अपने साथ अपने बेटे एडवर्ड को भी लाई थी, जिसकी उम्र उस समय

बारह वर्ष थी। बातचीत में उसने बताया कि एडवर्ड अँधेरे से बहुत डरता है। उसके मन में यह डर दो वर्षों से बैठा है। मैंने पूछा कि दो वर्ष पहले क्या ऐसा कुछ हुआ था, जिसका सदमा बच्चे के मन पर पड़ा हो? अवचेतन मन किसी अनुभव को भूलता नहीं, भले ही हमारी चेतना और जानकारी में न आया हो।

"क्यों, हाँ।" उसने कहा, "हम लोग उस समय लिवरपूल में रह रहे थे और एक दिन हमारे मकान में आग लग गई। मेरे पति को एडवर्ड को अपनी गोद में लाना पड़ा। उस पर कोट डाल दिया गया था, ताकि धुएँ से उसका बचाव हो सके। बहुत भीषण घटना थी।"

"डैडी ने मुझे ढककर मेरा दम घोटने की कोशिश की।" एडवर्ड एकाएक बीच में बोल उठा, "मैं साँस नहीं ले पा रहा था।"

इन दो वाक्यों ने हमें सारी समस्या का हल दे दिया। निस्संदेह बच्चा अंधकार से डरता है। उस अंधकार में, जैसा कि वह सोचता है, उसके अपने पिता ने उसे मारने की कोशिश की।

हमने एडवर्ड को समझाया कि सच यह है कि उसके पिता उसकी जान बचा रहे थे। हमने उसे धुएँ को साँस में ले जाने के खतरों को समझाया और बताया कि आग लगने पर आग से कम, बल्कि धुएँ से ज्यादा लोग मरते हैं। समझाने के बाद उससे कहा कि उसे अपने माता-पिता से प्रेम करना चाहिए। मैंने उस बालक और उसकी माँ को सलाह दी। समझाया कि अतीत में जो भी हुआ हो, वह अवचेतन मन में जीवनदायी सुझावों को पोषित करके बदला जा सकता है। मन में समय और स्थान नहीं होता और निचले विचार हमेशा ऊपर उठकर स्थान ग्रहण करते हैं। बच्चे के मन में ईश्वर का सत्य भर दो। जो कुछ असत्य है, वह उसे मन के बाहर फेंक देगा। मैंने माँ को उसके बेटे के लिए एक प्रार्थना लिखकर दी, जिसे मैंने एडवर्ड से कहा कि वह उसे सोने से पहले करे। माँ के लिए प्रार्थना यह थी—

> "मेरा बेटा ईश्वर की संतान है। ईश्वर उसे प्रेम करता है और उसकी रखवाली करता है। ईश्वर की शांति उसकी आत्मा को प्लावित करती है। वह स्थिर है, शांत व एकाग्रचित्त है, आराम में है। ईश्वर की खुशियाँ उसकी ताकत हैं। उपचार-शक्ति, समरसता, आनंद, प्रेम और निपुणता के रूप में बह रही है। ईश्वर और उसकी उपस्थिति उसके संपूर्ण शरीर को पुष्ट, शक्तिमान और उसकी संपूर्णता को बनाती है, उसे सौंदर्य एवं निपुणता प्रदान करती है। वह शांति में सोता है और आनंद में जागता है।"

एडवर्ड के प्रयोग के लिए उसकी माँ ने 'वह' शब्द 'मैं' से बदल दिया और उससे

दोहराने को कहा, जैसे 'ईश्वर का बेटा हूँ' वगैरह-वगैरह। मेरी घर वापसी पर उसका पत्र पढ़कर मुझे खुशी हुई। उसने लिखा था—'मेरा बेटा स्वस्थ हो गया है। उसे सपने में एक महात्मा दिखाई दिए, जिन्होंने उससे कहा कि तुम मुक्त हो। अपनी माँ से कह दो, वह बहुत आकर्षक था।'

उस बालक के अवचेतन उपचार को वह इस प्रकार बता रहा था, "मैं ईश्वर, अपने को उसे एक सपने में दिखाई दूँगा और उसको संदेश दूँगा।"

प्रभावी एवं समृद्ध प्रार्थना के लिए ध्यान

समृद्धि के लिए निम्नलिखित को अकसर दोहराते रहो—

"तुम समृद्धि का रास्ता खुद बनाओगे और तब तुम अच्छी सफलता पाओगे।" (जोशुआ 1:8) मैं अब अपने भीतर मौजूद मन को सफलता और खुशहाली का एक नमूना देता हूँ, जो कानून-सम्मत है। मैं अब सप्लाई के अपरिमित स्रोत को अपने में आत्मसात् करता हूँ। मैं अपने अंदर ईश्वर की स्थिर व मृदुल आवाज को सुन रहा हूँ। यह अंदर की आवाज सभी गतिविधियों को नेतृत्व दे रही है, दिशा-निर्देशन और व्यवस्थित कर रही है। मैं ईश्वर के वैभव में जुड़ गया हूँ। मैं जानता हूँ और विश्वास कर रहा हूँ कि अपने व्यवसाय के संचालन के लिए नए और बेहतर तरीके मेरे सामने मौजूद हैं। अनंत ज्ञान मुझे नए मार्ग दिखा रहा है।

"मैं विवेक और सूझ-बूझ से तरक्की कर रहा हूँ। मेरा व्यवसाय ईश्वर का व्यवसाय है। मैं हर प्रकार से ईश्वरीय रूप में खुशहाल हूँ। मेरा अनंत ज्ञान मार्गों और स्रोतों को दिखा रहा है, जिनसे मेरे सभी मामले उचित रूप में तुरंत निपट जाएँगे।

"आस्था और निष्ठा के शब्द, जो मैं अब बोल रहा हूँ, मेरी सफलता और समृद्धि के सभी आवश्यक दरवाजे और मार्ग खोल रहे हैं। मैं जानता हूँ कि ईश्वर (कानून) मुझसे संबद्ध सब बातों को निपुण बना देगा। (साम्स 138:8) मेरे पाँव सन्मार्ग पर हैं, क्योंकि मैं शाश्वत ईश्वर की संतान हूँ।"

स्मरणीय बिंदु

1. विरोध और वैमनस्य मानसिक जहर हैं, जो आपकी शक्ति, उत्साह और ऊर्जा को नष्ट कर देते हैं। खान-पान में भयंकर गड़बड़ी कभी-कभी ऐसा खतरनाक रूप धारण कर लेती है, जैसे आप किसी से बदला लेने के लिए खुद को मिटा रहे हो। इसका उत्तर है कि ईश्वरीय प्रेम के लिए अपने मन

एवं हृदय के दरवाजे को खोलो और अहसास करो कि दूसरे आपकी परवाह करते हैं और आपको प्रेम करते हैं।

2. जब आप यह अहसास करना शुरू करोगे कि आप ईश्वर का एक अंग हो और ईश्वर को आपकी जरूरत है, जहाँ आप हो तथा आपको प्रेम किया जाता है, आपकी माँग है और आपकी जरूरत है तो पूरे परिवेश का परिवर्तन होता है। आप प्रेम, शुभकामना, आंतरिक शांति और वैभव जैसी अनंत समृद्धि को अपने भीतर निर्गत करने लगते हैं।

3. अकसर अंधविश्वास के अभूतपूर्ण परिणाम होते हैं। पारासेल्सस ने कहा था— 'आस्था का विषय या वस्तु सच हो या झूठ, तुम्हें परिणाम मिलेंगे।' एक लड़का, जो हकलाता था, उसने अपनी कल्पना को चरम आनंद की आशा और विश्वास में परिवर्तित करके विश्वास किया कि यदि वह उस प्रकोष्ठ में सोएगा, जहाँ कभी संत केल्विन सोए थे तो उसका उपचार हो जाएगा। उसके अवचेतन ने उसकी आस्था को स्वीकार कर लिया और उसकी हकलाहट दूर हो गई।

4. सच्ची आस्था में यह विश्वास होता है कि अनंत उपस्थिति, जिसने आपकी रचना की है, आपके शरीर की सभी प्रक्रियाओं व कार्यों को जानती है और जब आप आस्था से उससे आत्मसात् हो जाते हैं तो आपको परिणाम मिलने लगते हैं। सच्ची आस्था का अर्थ आपके चेतन और अवचेतन मन का संयुक्त रूप से वैज्ञानिक उपयोग है।

5. जब आप स्वास्थ्य के लिए प्रार्थना करते हैं, तब स्वास्थ्य तेजी से सुधरने लगता है। (ईसैयाह 58:8) यदि ऐसा नहीं होता तो तुरंत डॉक्टर के पास जाएँ और बाइबिल के उपदेश के अनुकूल काम करें, जो कहता है कि डॉक्टर को उसका उचित सम्मान दो, क्योंकि ईश्वर ने उसकी रचना की है (एक्लेसिएसटिकस, अध्याय 38, पैराग्राफ 1)।

6. कुछ लोग सार्वजनिक उपचार सभाओं में अतिशय रूप से भावुक हो जाते हैं। उनका प्रबल भावुक तंत्र अकसर उन्हें दर्द से अस्थायी तौर पर राहत प्रदान करता है। इन मनोवैज्ञानिक सुझावों का केवल अस्थायी प्रभाव होता है। असली उपचार में आपके चेतन और अवचेतन मनों को स्वीकार करना होगा और अनंत उपचार उपस्थिति पर आपको हृदय से विश्वास करना होगा कि परिणाम स्थायी होते हैं, अस्थायी नहीं होते। जब आप उपचार के लिए प्रार्थना करते हैं, तब दोष, झगड़े और शिकायतों के लिए हृदय में पूर्ण रूप से क्षमा की स्थापना होनी चाहिए। आप क्षमा को जानते हैं, क्योंकि क्षमा करने के बाद कोई दोष नहीं रह जाता।

7. ताबीजों, झाड़-फूँक, मंत्र-तंत्र तथा संतों की अस्थियों में कोई शक्ति नहीं होती; लेकिन यदि एक व्यक्ति विश्वास करता है कि कुत्ते की हड्डी संत की हड्डी है और यह कि उसको चूमने से उपचार हो जाएगा तो उपचार करनेवाली कुत्ते की हड्डी नहीं, बल्कि उस व्यक्ति के अवचेतन मन का अंधविश्वास है।
8. नकारात्मक और विध्वंसक भावनाएँ मन को अपनी नकारात्मक शक्तियों से फँसा लेती हैं और बीमारियों को जन्म देती हैं। जब एक व्यक्ति अपने को दोषी मान लेता है तो उसे लगता है कि उसे सजा मिलनी चाहिए; लेकिन वह यह नहीं समझ पाता कि इससे वह खुद को सजा दे रहा है। जब एक बच्चे का पालित पिता मर गया तो उसने सजा के रूप में अपने मृत पिता के लक्षण ले लिये।
9. क्षमा की प्रभावशाली प्रार्थना इस प्रकार है—'मैं अपने और दूसरों के बारे में नकारात्मक और विध्वंसक विचार पालने के लिए अपने आपको क्षमा करता हूँ और मैं प्रतिज्ञा करता हूँ कि भविष्य में ऐसा कभी नहीं करूँगा। जब कोई नकारात्मक विचार मेरे पास आता है तो मैं तुरंत निष्ठा से कहूँगा, 'मेरी आत्मा ईश्वर के प्रेम से भरपूर है।'
10. आपकी त्वचा वहाँ है, जहाँ अंदर और बाहर की दुनिया मिलती है। दुश्मनी, क्रोध, दबी हुई चिनगारी और विरोध की भावनाएँ त्वचा के रोग में परिवर्तित हो सकती हैं। मनोदैहिक चिकित्सक के अनुसार, पछतावा और दोष अनेक त्वचा रोगों के उभरने के कारण बनते हैं।
11. जीवन सिद्धांत (ईश्वर) कभी सजा नहीं देता। यह शक्ति आपको हमेशा स्वस्थ बनाए रखकर आपको संपूर्ण बनाए रखना चाहती है। आत्मनिंदा और आलोचना मनोवैज्ञानिक जहर पैदा करके आपके शरीर को दूषित कर देते हैं और आप शारीरिक व मानसिक रूप से टूट जाते हैं।
12. एक निर्णय लो और अपने अतीत को भूल जाओ और अपने मन को ईश्वरीय प्रेम, शांति और समरसता से भरपूर रखो। यह समझ लो कि ईश्वरीय प्रेम अपने विरोधी तत्त्वों को नष्ट कर देता है।
13. आपका अतीत चाहे जैसा रहा हो, आप अब उसे बदल सकते हैं। अपने अवचेतन को जीवनदायी विचारों से भरो तो तमाम अशुभ तत्त्व, जो उससे घेरे बैठे थे, अपने आप बाहर निकल जाएँगे।
14. अध्याय के अंत में जो प्रार्थना दी गई है, वह आपके जीवन में सुधार लाएगी और आपके मार्ग को प्रशस्त बनाएगी।

□

5

कैसे चमत्कारी विचार आपका धन बढ़ाएगा

दुनिया, धरती और आकाश तथा सागर में छिपे खजाने आपके जन्म से पहले भी थे। अपने चारों ओर अनजान और छिपी दौलत के बारे में सोचना शुरू करो, जो खोजकर निकालने के लिए आज भी मानवता के विवेक का इंतजार कर रही है। अमेरिका में आज इतने करोड़पति और अरबपति हैं, जितने इतिहास के किसी भी काल में नहीं हुए। केवल एक विचार, यदि उसको वास्तविकता में प्रदर्शित कर दिया जाए तो वह आपकी दुनिया बदल सकता है, आपको धन से मालामाल कर सकता है। आप अपने अंदर छिपी दौलत को आजाद कर अपने जीवन को धन-धान्य से पूर्ण और सुख-सौंदर्य तथा ऐशो-आराम में बिताओ। जितनी जल्दी आप शुरू करेंगे, उतनी ही जल्दी आपका और दुनिया का भला होगा।

धन से दोस्ती करोगे तो आपको धन की कमी नहीं रहेगी

धन के लिए एक सही दृष्टीकोण से ज्यादा कुछ जरूरी नहीं है। एक बार आप धन से दोस्ती कर लें तो आपके पास हमेशा धन रहेगा। रुपयों-पैसों से भरा-पूरा एवं सुखमय जीवन की ललक का होना हर व्यक्ति के लिए साधारण और स्वाभाविक बात है। यह भली प्रकार समझ लें कि धन ईश्वर का प्रमुख स्रोत है, जिसके जरिए वह दुनिया के सभी देशों के आर्थिक स्वास्थ्य को बनाए रखता है। जब आपके जीवन में मुक्त रूप से धन का संचार शुरू हो जाएगा तो आप भी आर्थिक रूप से स्वस्थ हो जाएँगे। आज ही धन के महत्त्व को पहचानें और उसे अपने जीवन में परिवर्तन के एक लक्ष्य के रूप में मानना शुरू करें। आपके लिए धन का मतलब अभावों से मुक्ति है, अर्थात् आपका जीवन सौंदर्य, ऐश्वर्य, प्रचुरता, सुरक्षा और परिष्कार से परिपूर्ण होना चाहिए।

उसके पास अधिक धन क्यों नहीं था

समझने की पहली बात तो यह है कि गरीब होना केवल एक मानसिक दृष्टिकोण है। जूडी जी. एक बहुत अच्छी लेखिका हैं, जिनके अनेक लेख प्रकाशित होते रहते हैं। लेकिन उसने मुझसे कहा, "मैं पैसों के लिए नहीं लिखती।"

"पैसों में क्या बुराई है?" मैंने पूछ लिया, "मैं समझ सकता हूँ कि जब आप लिखती हैं तो आपके मन में सिर्फ पैसा कमाना ही लक्ष्य नहीं रहता। लेकिन आपको यह नहीं भूलना चाहिए कि एक मजदूर अपनी मेहनत की कमाई लेता है। आप जो लिखती हैं, वह दूसरों को प्रेरित करता है, उन्हें ऊपर उठाता है, उत्साहित करता है। आपको उसके लिए पुरस्कार क्यों नहीं मिलना चाहिए? एक बार आप सही दृष्टिकोण अपना लें, आप देखेंगी कि आपको आर्थिक लाभ अपने आप न केवल मिलने लगेगा, बल्कि खूब प्रचुरता से मिलने लगेगा।"

"मैं तो इस विचार से भी नफरत करती हूँ।" उसने उपेक्षा से कहा, "मैं नहीं चाहती कि मैं जो लिखती हूँ, उसकी ईमानदारी पैसों जैसी घटिया चीज से बरबाद हो जाए। सच तो यह है कि दुनिया में पैसे जैसी चीज होनी ही नहीं चाहिए। यही सब बुराइयों की जड़ है। यह सबकुछ बिगाड़ देती है। इसीलिए गरीब इनसान इतना खुशदिल होता है। उसमें अमीर के मुकाबले ज्यादा इनसानियत पाई जाती है।"

"संसार में बुरी चीज या बुराई जैसा कुछ नहीं है।" मैंने कहा, "अच्छाई व बुराई लोगों के विचारों और उनकी धारणाओं से पैदा होती हैं। सब बुराइयों की जड़ जीवन की गलत व्याख्या और जीवन-नियमों का दुरुपयोग है। दूसरे शब्दों में, एकमात्र बुराई अज्ञान है और इसका एक ही परिणाम है—दु:ख व परेशानी।"

"मैं आपकी बात समझ नहीं पाई।" उसने कहा।

"आप इसको इस तरह देखो।" मैंने अपनी बात को स्पष्ट करते हुए कहा, "क्या आप ताँबे या लोहे की एक छड़ को बुरा कहेंगी? और यदि वह सोना की हो तो क्या कहेंगी?"

"यह अलग बात है।" उसने टोकते हुए कहा।

"यही तो मेरा कहना है।" मैंने स्वीकार किया, "और यह अलग बात क्या है? बुनियादी कण-तत्त्वों की संख्या और उनका विन्यास। 100 डॉलर का एक नोट एक कागज के सिवाय कुछ नहीं है। यह तो हमारी धारणा है, जो उसे उसकी ताकत और महत्त्व देती है। अच्छाई और बुराई का खेल यहीं खत्म हो जाता है।"

"मैं समझ रही हूँ, आप क्या कह रहे हैं।" उसने आहिस्ते से कहा, "और मैं यकीन से कहती हूँ कि मेरे पास पैसा हो तो मैं इससे अच्छे-से-अच्छा काम करूँगी। लेकिन मुझे

डर लगता है कि इसके लिए मुझे क्या कुछ करना पड़ेगा! कहीं वह मुझे और मेरे काम को बदल तो नहीं देगा? और मेरी ईमानदारी! कहीं उस पर कोई आँच तो नहीं आएगी?"

"अगर ऐसा होता है तो मैं खुद अपने को जीवन-नियम का दुरुपयोग कहूँगा।" मैंने उससे कहा, "आप यहाँ अपने को हर प्रकार से विकसित करने के लिए आई हैं, जिसमें आपकी योग्यताओं के विकास और उनकी सच्ची अभिव्यक्ति के साथ-साथ धन-दौलत का आपकी ओर रुझान भी शामिल है। जहाँ तक आपको क्या करना होगा, जैसा आप सोच रही हैं, उससे बहुत आसान है।"

उसने धन के लिए नया नजरिया अपनाया और खुशहाल हो गई

मेरे सुझाव पर जूडी ने एक सरल तकनीक अपनाई। उसका उपयोग वह जितना ज्यादा करती गई, उतना ही ज्यादा धन उसे मिलता गया। रोजाना सुबह कंप्यूटर पर बैठते समय वह यह प्रार्थना करती—

> "मेरा लेखन स्त्री-पुरुष के मन और हृदय को प्रेरणा देता है, उन्हें प्रसन्नता देता है, उनके जख्मों को भरकर उन्हें उत्साहित करता है, उन्हें ऊपर उठाकर उन्हें गरिमा प्रदान करता है और इसके लिए आश्चर्यजनक रूप से मुझे वित्तीय मुआवजा प्राप्त हो जाता है। मैं धन को ईश्वरीय उपहार मानती हूँ, क्योंकि प्रत्येक वस्तु एक द्रव्य से बनी है। मैं जानती हूँ कि द्रव्य और पदार्थ—दोनों मिलकर एक हो जाते हैं। धन मेरे जीवन में लगातार संचारित हो रहा है और मैं इसका उपयोग बुद्धिमानी एवं रचनात्मक रूप से कर रही हूँ। धन मेरी ओर मुक्त रूप से आनंद में और अपरिमित रूप में बढ़ रहा है। धन ईश्वर के मन का विचार है और यह अच्छा है, बहुत अच्छा है।"

जूडी के बदले हुए दृष्टिकोण ने उसके जीवन को आश्चर्यजनक रूप से बदल दिया है। उसने धन के बारे में अपने इस विचित्र अंधविश्वास को कि धन एक बुराई है और गरीबी ईमानदारी है, पर काबू पा लिया है। उसने यह भी समझ लिया है कि धन के लिए उसके मन में बसी धन की निंदा के कारण धन उसकी ओर आने के स्थान पर उससे दूर उड़ता जा रहा था। तीन महीनों में उसकी आमदनी तिगुनी हो गई है; और यह तो उसकी खुशहाली की केवल शुरुआत भर है।

वह कड़ी मेहनत करता था, किंतु धन के अभाव में रहता था

कुछ वर्ष पूर्व मेरी बातचीत चर्च के एक पादरी एडविन आर. से हुई, जिसके

अनुयायियों की संख्या काफी थी। उसे मन के नियम का अच्छा ज्ञान था और वह अपने अनुयायियों में उसका बड़े पैमाने पर प्रसार करता था। किंतु वह अपने घर का खर्च बड़ी मुश्किल से चला पाता था। मैंने उससे पूछा कि वह क्या सोचता है कि इसका कारण क्या हो सकता है ?

उसने कहा, "धन से प्रेम सभी बुराइयों की जड़ है।" (I टिमोथी 6:10) उसने इस अध्याय के बाद के उपदेशों की अवहेलना कर दी, जिनमें लोगों को जीवित ईश्वर में अपनी आस्था और विश्वास जमाने का आदेश दिया गया है। "जो हमें प्रचुरता से सभी वस्तुओं को भोगने के लिए देता है।" (I टिमोथी 6:17) 'बाइबिल' हमें सभी वस्तुओं को देनेवाले ईश्वर के प्रति अपनी भक्ति, वफादारी और आस्था जमाने का आदेश देती है। इसलिए आपको अपनी भक्ति, वफादारी और आस्था वस्तुओं के प्रति नहीं, बल्कि वस्तुओं के बनानेवाले पर, पूरे संसार को बनानेवाले पर रखनी है। यदि कोई कहता है कि मुझे धन के सिवाय और कुछ भी नहीं चाहिए। वही मेरा भगवान् है। दुनिया में सिर्फ धन ही है, शेष सब व्यर्थ है। तो वह धन पा सकता है। पर किस कीमत पर ? वह संतुलित जीवन जीने के अपने कर्तव्य का तिरस्कार कर रहा है। हमें अपने जीवन के प्रत्येक क्षेत्र में शांति, समरसता, सौंदर्य, मार्गदर्शन, प्रेम और आनंद तथा संपूर्णता की प्रार्थना करनी चाहिए।

धन कमाने को जीवन का उद्देश्य बनाकर परम लक्ष्य बनाना एक बड़ी भूल या गलत चुनौती है। आपको अपनी छिपी योग्यताओं के बल पर जीवन में अपना सही स्थान बनाना है और दूसरों की प्रगति, खुशियों एवं सफलताओं में सहायक होकर उनके अनुभवों का आनंद लेना है। जैसे-जैसे आप इस पुस्तक को पढ़ते हैं और अपने अवचेतन के नियमों का सही रूप में प्रयोग करते हैं, वैसे-वैसे जितना धन चाहिए, वह मिलेगा और तब भी आपके मन में शांति, समरसता, संपूर्णता एवं स्थिरता का वास रहेगा। सबको छोड़कर केवल धन इकट्ठा करने से व्यक्ति एकतरफा और असंतुलित हो जाता है।

मैंने उस पादरी को बताया कि वह किस प्रकार धार्मिक पुस्तक की पूर्णतः गलत व्याख्या करके और अधूरा ज्ञान देकर सबकुछ व्यर्थ कर रहा है। मैंने उससे कहा, "अच्छा या बुरा कुछ नहीं होता, लेकिन मन की धारणा ऐसा बना देती है।" उसने सोचना शुरू किया कि यदि उसके पास अधिक धन हो तो वह अपनी पत्नी, परिवार और अनुयायियों को अपनी भरसक खुशियाँ और जीवन देगा। उसने अपना दृष्टिकोण बदल दिया, अंधविश्वास को त्याग दिया। उसने बोलकर नियमित रूप से सिलसिलेवार यह प्रार्थना करनी शुरू कर दी—

> "अनंत आत्मा मुझे सेवा करने के बेहतर मार्ग दिखा रही है। मैं प्रेरित एवं प्रकाशमय हूँ, और मैं एकाकार उपस्थिति और शक्ति में आस्था व विश्वास का ईश्वरीय संचारण उन लोगों में कर रहा हूँ, जो मेरा उपदेश

सुन रहे हैं। मैं धन को ईश्वर का विचार मानता हूँ और यह मेरे तथा मेरे अनुयायियों के जीवन में लगातार संचारित हो रहा है। हम उसका प्रयोग ईश्वर के मार्गदर्शन और विवेक के अनुसार बुद्धिमानी से, न्यायोचित और रचनात्मक रूप से करते हैं।"

इस प्रार्थना ने उसके अवचेतन मन की शक्तियों को जाग्रत् कर दिया। आज रेवरेंड एडविन आर. के पास एक खूबसूरत चर्च है, जो उसके अनुयायियों ने उसके और अपने लिए बनाया है। उसके टेलीविजन प्रसारणों में उसके उपदेशों से लोग लाभान्वित हो रहे हैं। उसके पास अपनी सभी व्यक्तिगत, सांसारिक और सांस्कृतिक जरूरतों के लिए पर्याप्त धन है और मैं आपको आश्वस्त करता हूँ कि अब वह धन की निंदा नहीं करता।

धन के लिए आपके मन को अनुशासित करने का पाठ और जादुई कुंजी

यदि आप मेरे निम्नलिखित बताए गए तरीके और तकनीकों का प्रयोग करेंगे तो आपके जीवन में कभी धन की कमी नहीं रहेगी—

1. मन में भली प्रकार यह समझ लें कि ईश्वर या जीवन का सिद्धांत समस्त संसार का पालनहार है और आकाश में चमकते तारों, हिम-मंडित पहाड़ों एवं झिलमिलाती झीलों तथा नदियों का; पृथ्वी के गर्भ में खनिज भंडारों, पशुओं, जंगलों अर्थात् पूरी सृष्टि का रचयिता है। इसी जीवन के सिद्धांत ने आपको जन्म दिया है और ईश्वर की तमाम शक्तियाँ, विशिष्टताएँ तथा उसके गुण आपके अंदर मौजूद हैं। इन सच्चाइयों पर गौर करें—
   - जो कुछ आप देखते हैं और जिसका अहसास करते हैं, उसका उद्गम जीवन है अथवा ईश्वर का अदृश्य मन है।
   - मनुष्य ने जो भी आविष्कार किए, जितनी भी रचनाएँ कीं या निर्माण किए, वे मानवीय मन की ही देन हैं।
   - मनुष्य का मन ईश्वर के मन से अलग नहीं है, क्योंकि मन एक ही है और वही सबके पास है।
   - आपकी ऊर्जा, शक्ति, स्वास्थ्य और रचनात्मक विचारों को जन्म देनेवाला ईश्वर है। वही सूर्य को शक्ति देता है, उसी की वजह से आप साँस लेते हो। वही आपके लिए गेहूँ और फल पैदा करता है और आपकी जेब में पैसा भरता है।

- सभी कुछ उस अदृश्य शक्ति से आता है। उसके लिए आपके जीवन में धन बन जाना उतना ही आसान है, जितना आसान उसके लिए जमीन की घास बन जाना है।

2. अपने अवचेतन मन में धन के विचार को प्रेषित करने का आज ही फैसला करें। अवचेतन मन में किसी को अंकित करने के लिए उसे पूरी निष्ठा और विश्वास के साथ बार-बार दोहराया जाता है। एक विचार को बार-बार दोहराने के तरीके की एकरूपता लेकर वह एक प्रकार से 'ऑटोमैटिक' या स्वचालित हो जाता है। चूँकि आपका अवचेतन विवश है, लिहाजा आप भी उसके अनुकूल काम करने के लिए विवश रहोगे। इस तरीके में और आपके चलने में, आपके तैरने या साइकिल सीखने में कोई फर्क नहीं है। आप जो काम कर रहे हो, उस पर विश्वास जमाना होगा। आपको यह समझना होगा कि आप जो काम कर रहे हैं, वह धरती में बीज की बुवाई जैसा काम कर रहे हैं, जो अपने जैसा फल लाएँगे। पानी और खाद देकर आप उनकी बढ़त में तेजी ला रहे हैं। यह जानने की कोशिश करें कि आप क्या कर रहे हैं और क्यों कर रहे हैं?
3. निम्नलिखित प्रतिज्ञा पाँच मिनट के लिए रोजाना रात में और दिन में दोहराएँ—
"मैं अब ईश्वरीय उपहार धन के विचार को अपने अवचेतन में लिख रहा हूँ। ईश्वर मेरी पूर्ति का स्रोत है। हर एक स्थल पर, हर एक क्षण में मेरी जरूरतें पूरी हो जाती हैं। ईश्वरीय धन-संपदा मेरे अनुभव में मुक्त रूप से और अबाध गति से परम आनंद के साथ बहती है और मैं अपने अनुभव में ईश्वरीय दौलत को सदा बहते रखने के लिए धन्यवाद देता हूँ।"
4. जब कभी आपके मन में अभाव का विचार आए, जैसे मैं घूमने नहीं जा सकता, या मैं यह नहीं खरीद सकता, तब वित्तीय अभाव सोचकर कभी उसका परित्याग न करें, बल्कि उसी समय उसे उलटकर अपने मन में यह सोचकर विश्वास जमाएँ कि 'ईश्वर मेरी सभी जरूरतों को हमेशा से पूरा करनेवाला है और ईश्वरीय व्यवस्था में यह जरूरत पूरी हो जाएगी'। यदि आपके मन में नकारात्मक विचार एक घंटे में 50 बार आता है तो प्रत्येक घंटे उसे उलटने के लिए यह सोचें, 'ईश्वर मेरी तत्काल पूर्ति करनेवाला है। वह इस जरूरत को अब तुरंत पूरी कर रहा है।' कुछ ही समय में आर्थिक अभाव का विचार अपनी शक्ति खो देगा और आप देखेंगे कि आपका अवचेतन मन दौलत के लिए तैयारी कर रहा है। उदाहरण के लिए, यदि आप एक नई कार लेना चाहते हैं, तब यह कभी न कहें कि 'मैं तो शायद नहीं ले पाऊँगा।' इसके

विपरीत, अपने आप से कहें, 'वह कार बिक रही है। यह एक ईश्वरीय विचार है और मैं उसे ईश्वरीय स्वरूप में स्वीकार करता हूँ।'

एक विक्रय प्रतिनिधि 30,000 डॉलर की वार्षिक आय पर ही अटक गई

एक सेल्स मैनेजर ने अपनी एक कर्मचारी रोडा जी. को मेरे पास सलाह के लिए भेजा, जो एक प्रतिभाशाली कॉलेज स्टूडेंट रही थी और अपने प्रोडक्ट को अच्छी तरह से जानती थी। वह एक लाभ कमानेवाले क्षेत्र में काम कर रही थी, किंतु अपनी आय को 30,000 डॉलर वार्षिक से अधिक नहीं कर पा रही थी; जबकि सेल्स मैनेजर की राय में, वह आसानी से दुगुनी-तिगुनी कमाई कर सकती है।

रोडा से बातचीत करके मुझे पता चला कि वह अपने में ही उलझी हुई है। उसका जन्म एक गरीब परिवार में हुआ था। उसके माता-पिता के मन में बसा हुआ था कि उनकी तरह वह भी गरीबी के बंधन में जकड़ी रहेगी। उन्होंने मान लिया था कि उसका भविष्य भी उनकी तरह ही है। इसलिए वह बचपन से ही उसे अभिलाषा, शिक्षा या कड़ी मेहनत के मूल्यों की शिक्षा देने के बजाय उसकी अच्छे जीवन की अभिलाषा का मजाक बनाते रहे। उनका कहना था कि वह व्यर्थ में ही कड़ी मेहनत कर रही है। उसे गरीबी में ही जीना है। बढ़ती उम्र में उसके कोमल अवचेतन मन ने इस प्रकार के थोपे गए विचारों को स्वीकार कर लिया। जब उसने एक ऐसी नौकरी का चुनाव किया, जिसमें उसकी अभिलाषाओं को पूरा करने की क्षमता थी, तब भी उसके अवचेतन में जमे अभाव और कमी के विश्वास ने उसे आगे बढ़ने से रोके रखा।

मैंने ये सब बातें पूरी व्याख्या के साथ रोडा के सामने रखीं और उसे बताया कि वह अपने अवचेतन को जीवनदायिनी सुझाव देकर बदल सकती है। इसी के अनुकूल मैंने उसे एक मानसिक और आध्यात्मिक फॉर्मूला दिया, जिसे अपनाकर वह अपने जीवन का पूर्णतः रूपांतरण कर सकती है। मैंने उसे यह बात पूरी तरह से समझा दी कि किसी भी स्थिति में वह अपनी प्रतिज्ञा को नहीं झुठलाएगी या उससे इनकार नहीं करेगी; क्योंकि अब उसका अवचेतन मन उस विश्वास को स्वीकार करके उसे फलीभूत करेगा, जिसमें वस्तुतः वह यकीन करती है। प्रत्येक सुबह अपने काम पर जाने से पहले उसने प्रतिज्ञा लेनी शुरू कर दी—

"मेरा जन्म सफल होने के लिए हुआ है। मेरे अंदर की अनंत शक्ति मुझे असफल नहीं कर सकती। ईश्वरीय नियम और व्यवस्था मेरे जीवन को चलाते हैं। मेरी आत्मा में ईश्वरीय शांति राज करती है। ईश्वरीय प्रेम से मेरा

मन भरा-पूरा है। अपरिमित विवेक मुझे सभी मार्गों में मेरा मार्गदर्शन करता है। ईश्वर की दौलत उन्मुक्त रूप से मुझे प्राप्त होती है। मैं चल रही हूँ, आगे बढ़ रही हूँ और मानसिक, आध्यात्मिक, आर्थिक तथा अन्य सभी क्षेत्रों में तेजी से प्रगति कर रही हूँ। मैं जानती हूँ कि ये सत्य मेरे अवचेतन मन में उतरते जा रहे हैं और अपने जैसे फल उत्पन्न करेंगे।"

उसके अवचेतन ने उसकी आय में चार चाँद लगा दिए

एक वर्ष बाद मेरे पास रोडा का फोन आया। उसने मुझे बताया कि जिन बातों की हमने चर्चा की थी, उसके परिणामस्वरूप उसके जीवन में बहुत परिवर्तन आ गया है।

"मैंने अपने मूल्य को समझा।" उसने लिखा—"मैं अपने जीवन से बहुत खुश हूँ। अनेक आश्चर्यजनक बातें हुई हैं। पिछले बारह महीनों में मेरा कमीशन बढ़कर करीब 1,50,000 डॉलर हो गया है। यह मेरी पिछली आय से पाँच गुना ज्यादा है और पिछले सप्ताह में मेरे बॉस ने मेरे सामने पूरे दक्षिण-पूर्वी जिले को सुपरवाइज करने का जिम्मा लेने का प्रस्ताव किया है।" रोडा अब समझ गई है कि उसकी सफलता का रहस्य एक साधारण सच्चाई में छिपा है कि वह अवचेतन मन में जो भी अंकित करती है, वह उसके जीवन में सत्य बनकर आ जाता है।

आर्थिक समृद्धि की बहुमूल्य फसल काटने के लिए ध्यान

आर्थिक समृद्धि की प्राप्ति को आश्वस्त करने के लिए निम्नलिखित प्रार्थना का उपयोग करें—

"आपको आपके हाथों के कार्यों पर अधिकार के लिए बनाया गया है (साम्स 8:6)।" मैं जानता हूँ, ईश्वर मेरा भविष्य निश्चित करता है। ईश्वर में मेरी आस्था का अर्थ यह है कि मेरी सभी अच्छी वस्तुओं पर आस्था है। मैं अब सत्य विचारों से अपने को एकाकार करता हूँ और मैं जानता हूँ कि मेरा भविष्य मेरे स्वाभाविक विचारों की छवि और पसंद में होगा। व्यक्ति वही है, जो वह हृदय में सोचता है। (लोकोक्ति 23:7) इस ज्ञान से मेरे विचार उन वस्तुओं पर टिके हैं, जो सत्य हैं, निष्कपट हैं, न्यायोचित हैं, जो मनोहर हैं और जिनकी मान्यता अच्छी है। (फिलीपियंस 4:8) दिन-रात मैं इन वस्तुओं की साधना करता हूँ और मैं जानता हूँ, ये बीज या विचार, जिन पर मैं स्वाभाविक रूप से निर्भर करता हूँ, मेरे लिए एक बड़ी फसल का

रूप धारण करेंगे। मैं खुद अपनी आत्मा का मुखिया हूँ। मैं अपने भविष्य का स्वामी हूँ, क्योंकि मेरे विचार और भावनाएँ मेरा भविष्य हैं।"

स्मरणीय बिंदु

1. यह सोचना शुरू करें कि आपके चारों ओर कितना छिपा हुआ खजाना भरा पड़ा है, जो अब भी आविष्कार के लिए मानव बुद्धि का इंतजार कर रहा है। आपके भीतर एक मार्गदर्शक सिद्धांत मौजूद है, जिसे यदि जाग्रत् किया जाए तो वह आपको आपकी दौलत दिखाएगा, जिसके लिए आप प्रयास कर रहे हैं।
2. एक पुरानी कहावत है—'दौलत से दोस्ती करो तो वह सदैव आपके पास रहेगी।' धन-दौलत को ईश्वर का विचार मानकर चलें, जो देशों में संचारित हो रही है, आर्थिक स्वास्थ्य को बनाए रख रही है। सोचें कि वही दौलत आपके जीवन में भी संचारित हो रही है और आपका अवचेतन देखेगा कि आपकी जरूरतों के मुताबिक वह आपको मिलती रहे।
3. यदि आप धन-दौलत की निंदा करते हैं, उसकी बुराई करते हैं, उसे मुसीबतों की जड़ मानते हैं और इसी प्रकार की मूर्खता भरी बातें करते हैं तो यह जान लें कि धन आपके पास कभी नहीं आएगा। आएगा भी तो फौरन उड़ जाएगा। धन या रुपया-पैसा संसार में एक सांसारिक वस्तु है; एक ऊर्जा है, जो सिमटकर अनेक रूपों में दिखाई देती है; जैसे धन, निकल, कोबाल्ट, लोहा, ताँबा, प्लेटिनम, जस्ता, पेट्रोल, कोयला—ये सभी उसी सांसारिक ऊर्जा के स्रोत और स्वरूप हैं, जो विभिन्न धरातलों पर संचालित हैं।
4. धन के बारे में एक नया दृष्टिकोण अपनाएँ। इस तथ्य को समझें कि आप जीविका के लिए जो काम करते हैं, लिखिते हैं, पढ़ते हैं, मोटर चलाते हैं या कोई भी नौकरी या काम करते हैं, उसके पारिश्रमिक पर आपका पूरा अधिकार है कि आपको आपकी मेहनत के अनुरूप प्रचुर मात्रा में धन प्राप्त हो। सोचें, यदि आपको जीवन में खूब धन प्राप्त हो रहा है तो आप कितने अच्छे काम कर सकते हैं!
5. आप खूब मेहनत कर सकते हैं, किंतु धन को नापसंद करते हैं, उसकी आलोचना करते हैं, तो आप हमेशा अभाव में जिएँगे। आप धन को भले ही ईश्वर नहीं मानते, लेकिन यह भी जान लें कि वह इस संसार में जीवित रहने के लिए जरूरी है। धन के असली स्रोत को, जो ईश्वर है, उसे पहचानें और आप यह जानते हैं कि जैसे ही आप उसके उन्मुख हो जाएँगे तो वह भी

आपके उन्मुख हो जाएगा और आपको जीवन की सभी दौलत से मालामाल कर देगा। आप उचित वस्तु की पूजा नहीं करते, बल्कि रचयिता की पूजा करते हैं। आपकी अपेक्षा ईश्वर से है, जो आपको जिंदगी देता है और जीवन को सुखमय बनाने के लिए आपको सभी वस्तुएँ प्रचुर मात्रा में देता है।

6. यह दावा करें कि आप धन का प्रयोग विवेक से, न्यायोचित और रचनात्मक रूप में अपनी और सभी स्त्री-पुरुषों की भलाई में करते हैं। हमेशा दावा भी करते रहें कि अनंत शक्ति अधिक-से-अधिक सेवा के लिए आपको और भी बेहतर मार्ग दिखा रही है।
7. अपने मन को धन के लिए अनुशासित करने की एकमात्र कुंजी स्पष्ट रूप से हमेशा के लिए यह निर्णय ले लेना है कि इस संसार में जो कुछ आप देखते हैं और सभी चीजें, जिन्हें मनुष्य ने बनाई हैं, उन सब का उद्गम ईश्वर के मन से हुआ है। इसको सत्य मानते हुए आपकी धन के प्रति प्रतिज्ञा सफल होगी। जब कभी भयभीत करनेवाली बातें या अभाव से संबंधित विचार आएँ तो आप तुरंत इस प्रतिज्ञा द्वारा उन्हें उलट दें—'ईश्वर तुरंत मेरी पूर्ति कर रहा है'। इस बिल का भुगतान अब ईश्वरीय मन कर रहा है। रुपए-पैसे से संबंधित कभी कोई नकारात्मक बात न करें। थोड़ी देर में नकारात्मक विचार आने बंद हो जाएँगे और आप देखेंगे कि आपने अपने अवचेतन को धन अर्जन के लिए तैयार कर लिया है।
8. एक विक्रय प्रतिनिधि ने धन के प्रति अपना दृष्टिकोण बदलकर अपनी आय में पाँच गुना इजाफा कर लिया। उसके अवचेतन और गरीबी की आस्था ने उसकी तरक्की को रोक रखा था। उसके अवचेतन को सफलता, धन, सही कर्म और प्रचुरता मार्गदर्शन में उसके विचारों ने उन्नति, धन, स्वाभिमान एवं सभी क्षेत्रों में प्रतिष्ठा दिलाई। उसने समझ लिया कि वह अपने अवचेतन में जो भी अंकित करता है, वह उसे जीवन में मिल जाता है। वह अब सफलता के शिखर पर है।
9. आर्थिक प्रचुरता की फसल को आश्वस्त करने के लिए इस अध्याय के अंत में दी गई साधना का उपयोग करें।

□

6

वे शब्द, जिन्हें बोलने से आप धनवान् बनेंगे

अपने जीवन को आनंदमय बनाएँ। आनंद के लिए प्रार्थना करें। यह आपका अधिकार है। प्रतिज्ञा करें—'ईश्वर का आनंद मेरी ताकत है।' यह जान लें कि आनंद जीवन-सुधा है, जीवन की बुनियादी माँग है। आनंद-प्राप्ति के लिए इधर-उधर फिजूल की बातों में अपनी शक्ति और समय बरबाद न करें। इसके लिए किसी इच्छा-शक्ति या शारीरिक संघर्ष की जरूरत नहीं है। केवल एक मानसिक और आध्यात्मिक तकनीक से यह आसानी से प्राप्त किया जा सकता है। निश्चित रूप से यह जान लें कि ईश्वर का आनंद आपकी धमनियों में बह रहा है। इस रूप में जैसे ही आप प्रार्थना करने लगेंगे, आपके जीवन में आश्चर्यजनक परिवर्तन होने लगेंगे। परिणामस्वरूप आपको अभावों से मुक्ति मिलेगी और आपका जीवन शांत और सुखमय बन जाएगा।

प्रभावशाली प्रार्थना से उसने कैसे अपने को धनी बना लिया

मेरे एक लेक्चर के बाद कैरोल बी. नामक एक युवती मुझसे मिलने आई। उसने कहा, "मैं जानती हूँ, जिन तकनीकों के बारे में आप बता रहे थे, वे प्रभावशाली होती हैं। उन्होंने मेरे जीवन को बदल दिया है।"

"मैं जानना चाहूँगा कि यह कैसे हुआ?" मैंने उत्सुकतावश कहा।

"मैं तलाकशुदा हूँ और एक छोटे बच्चे की माँ हूँ। वह दूसरी कक्षा में पढ़ता है।" उसने कहना शुरू किया, "कुछ महीने पहले मैं एक आर्थिक संकट में फँस गई। मेरी नौकरी छूट गई थी और खर्चे ज्यों-के-त्यों मुँह बाए खड़े थे। मैंने हिसाब लगाया तो मेरे पास केवल 5 डॉलर रह गए थे। मैं 5 डालर्स को हाथ में लिये खड़ी थी और मायूसी में उन्हें ताक रही थी कि एकाएक एक गहरे अहसास ने मेरे मन को शांत कर दिया। मुझे प्रेरणा मिली और मेरे मुँह से निकल गया, 'ईश्वर इसे अपने प्रताप से बढ़ाएगा। मुझमें

अब ईश्वर का ऐश्वर्य भर रहा है। अब मेरी जरूरतें जीवन भर के लिए अपने आप पूरी होती जाएँगी।' लगभग आधा घंटे से भी ज्यादा मेरे मन में यह अहसास बना रह गया। वह सब आश्चर्यजनक था।"

मुझे भी आश्चर्य हुआ। मैं उसकी बातों से बहुत प्रभावित हुआ कि एक युवा महिला ने इतने प्रभावशाली अस्त्र का आविष्कार अपने आप कैसे कर लिया? मैंने उत्सुकता में पूछ लिया, "फिर क्या हुआ?"

वह मुसकराई, "यह सब काफी विचित्र है। उसी दिन शाम को मैं खरीदारी करने सुपर मार्केट गई और 5 डॉलर की चीजें खरीद लीं, किंतु चीजों के दाम क्या थे, उसे देखना भूल गई; लेकिन आश्चर्य की बात थी कि चेकआउट काउंटर पर जो बिल आया, वह 5 डॉलर का ही था। मैंने बिल काउंटर पर खड़े युवक से इस बात को लेकर थोड़ा मजाक भी किया। बाद में पता लगा कि वह स्टोर का मैनेजर था, जो अपने एक कर्मचारी के काम छोड़ देने की वजह से स्वयं चेक काउंटर पर खड़ा हो गया था। बहरहाल, जो भी हुआ। उसने मुझसे यूँ ही पूछ लिया कि क्या मैं उस काम को करना चाहूँगी? मुझे तो जैसे सौगात मिल गई! मैंने तुरंत 'हाँ' कर दी। यही नहीं, हम दोनों का मेल-जोल भी बढ़ गया है। कुछ हफ्तों से हम दोनों ने डेटिंग भी शुरू कर दी है। मुझे लगता है कि जिंदगी में एक महत्त्वपूर्ण परिवर्तन आने जा रहा है। कहाँ मैं अभावों व असुरक्षा की खाई में पड़ी थी और कहाँ अब खुशहाली का प्रकाश दिखाई देने लगा है।"

कैरोल बी. ने ईश्वरीय स्रोत पर भरोसा किया। उसने अपने हृदय पर विश्वास किया और उसे ईश्वरीय आशीर्वाद प्राप्त होना शुरू हो गया। उसकी छोटी से पूँजी ने बढ़कर दौलत का रूप ले लिया।

कैसे उसकी प्रार्थना ने उसके छात्रों के लिए आश्चर्यजनक काम किया

हवाई जानेवाली फ्लाइट में बगलवाली सीट पर बैठे व्यक्ति से बातचीत के दौरान जब मैंने अपना परिचय देते हुए कहा कि मैं प्रेरक पुस्तकों का लेखन करता हूँ, तो वह उत्सुकता में उछल पड़ा। जी हाँ, यह सही है। उसने बताया कि वह चर्च से संबद्ध एक स्कूल में स्पेनिश और फ्रेंच भाषाओं को पढ़ाता है। दो वर्ष पहले वह अनुशासन संबंधी समस्याओं और छात्रों की घटती रुचि को लेकर मायूसी में डूब गया था और अध्ययन छोड़कर कुछ नया काम शुरू करने के बारे में गंभीरता से सोचने लगा था। तब एक मित्र ने 'आपके अवचेतन मन की शक्ति' नामक पुस्तक को पढ़ने की राय दी।

"जिन तकनीकों के बारे में आपने चर्चा की थी, उनसे मुझे बहुत लाभ हुआ।"

उसने अपनी बात को जारी रखते हुए कहा, "मैंने उन्हें अपनी परिस्थितियों में अपनाने की कोशिश शुरू की और अपनी कक्षाओं के छात्रों को रोजाना सुबह एक जगह एकत्रित करके इस प्रतिज्ञा को बोलकर लेने को कहा, "मैं ईश्वरीय प्रेरणा से अनुप्राणित हूँ। अनंत विवेक मुझे नेतृत्व देकर मेरा मार्गदर्शन कर रहा है। मैं अपनी सभी परीक्षाएँ क्षेत्रीय व्यवस्था में उत्तीर्ण कर रहा हूँ। ईश्वर मुझे प्रेम करता है और मेरी परवाह करता है।"

"और परिणाम क्या हुए?" मैंने पूछा।

"अद्भुत!" जोश में उसके मुँह से निकल गया, "मैंने अपने छात्रों में भारी परिवर्तन देखा। उसके बाद से मेरी क्लास में एक भी छात्र फेल नहीं हुआ। उनका उत्साह पढ़ाई में बढ़ता गया। नए स्रोतों में काम शुरू हो गए। वर्षों में पहली बार अब हमारे यहाँ स्पेनिश व फ्रेंच भाषा के क्लब बन गए हैं और अगले सत्र में मैं अपने छात्रों को शैक्षिक ट्रिप पर मेक्सिको और क्यूबेक ले जाने की सोच रहा हूँ।"

उसने बताया कि रोजाना सुबह वह अपने छात्रों को यह संदेश देता है कि वे पास हो जाएँगे, उनके अध्ययन में उन्हें मार्गदर्शन मिलेगा और जो कुछ वे जानना चाहते हैं, उसके लिए उनकी याददाश्त मजबूत हो जाएगी। इन संदेशों को सुनकर वे उनके सत्यों को ग्रहण करते हैं। हर सुबह ये संदेश उनके अवचेतन मनों में उतरते जाते हैं और समयानुसार अपना परिणाम लाते जा रहे हैं।

वह एक बुद्धिमान अध्यापक है, जिसको यह पता लग चुका है कि वैज्ञानिक प्रार्थना से अनेक आश्चर्यजनक परिणाम मिलते हैं।

प्रभावशाली प्रार्थना ने कैसे उसकी नौकरी और उनके वैवाहिक जीवन को बचा लिया

बॉब और डॉना जे. मेरे पास सहायता के लिए आए। उन्होंने बताया कि एक दंपती के रूप में उनके लिए मैं उनकी अंतिम आशा हूँ। मैंने दोनों से अलग-अलग बात की। बॉब एक अच्छी-खासी निर्माण कंपनी में मैनेजर की नौकरी कर रहा था; लेकिन काम पर बेतहाशा शराब पीने और कंपनी की एक महिला कर्मचारी से चक्कर चलाने को लेकर उसे नौकरी से निकाल दिया गया था। वह निराशा व मायूसी में पड़ गया था और अपनी पत्नी के बारे में, आमदनी और अपने भविष्य को लेकर बहुत परेशान था। उसकी शिकायत थी कि उसकी पत्नी बहुत ईर्ष्यालु और शक्की मिजाज की स्त्री है। वह हमेशा उसे शक की निगाह से देखती है और झगड़ती है कि क्यों मैं देर से घर आता हूँ? आएदिन वह ऐसी बातों को लेकर कोहराम मचाती है।

"लेकिन उसकी ईर्ष्या क्या सही नहीं थी?" मैंने पूछा, "बहरहाल, तुम भी दूध के

धुले नहीं थे। तुम्हारा दूसरी औरत से चक्कर चल रहा था।"

"लेकिन उसके पहले भी उसका यही व्यवहार था।" उसने जोर देकर कहा, "मैं तो समझता हूँ कि मेरा सैली से चक्कर इसी जिद को लेकर शुरू हुआ। मैं डॉना को दिखाना चाहता था कि वह इस तरह मुझ पर हावी नहीं हो सकती।"

जब मैंने डॉना से बात की तो उसने स्वीकार किया कि ईर्ष्या उसकी समस्या है। "मुझे हमेशा लगता था कि बॉब मेरी पहुँच से दूर होता जा रहा है।" उसने कहा, "जब वह घर में भी होता तो मुझे ऐसा लगता जैसे वह कहीं और है। और जितनी कोशिश मैं उसे अपने पास रखने की करती थी, उतनी ही तेजी से वह दूर भागना चाह रहा था।"

मैंने उन दोनों को समझाया कि वे दोनों जिस प्रकार का व्यवहार कर रहे हैं, वह एक-दूसरे के अवचेतन मन में गलत संदेश दे रहा है। इसका परिणाम यह है कि दोनों की समस्या और गहन होती जा रही है। समस्या का हल इस जटिल पहेली से बाहर आने के मार्ग में है और यह तभी हो सकता है, जब उनके अवचेतन मनों में अलग से और अधिक शक्तिशाली रचनात्मक संदेश जाने शुरू किए जाएँ।

मेरे सुझाव पर उन दोनों ने सुबह और शाम अलग-अलग प्रार्थना करने का वचन दिया। उन्होंने स्वीकार किया कि जैसे ही वे एक-दूसरे के लिए प्रार्थना करेंगे, उनमें एक-दूसरे के प्रति कड़वाहट, ईर्ष्या और विरोध ध्वस्त होने लगेगा; क्योंकि ईश्वरीय प्रेम अपने विरोधी तत्त्वों को स्वत: बाहर फेंक देता है।

डॉना ने सुबह और रात में यह प्रार्थना शुरू कर दी—

> "मेरे पति ईश्वर की संतान हैं। भटककर अपने आपको ढूँढ़ रहे हैं। ईश्वर उन्हें सही मार्ग दिखा रहा है। ईश्वर के प्रेम से उनकी आत्मा प्लावित है और ईश्वर की शांति उनके मन व हृदय में शोभायमान है। ईश्वर उन्हें हर प्रकार से समृद्ध कर रहा है। हमारे बीच में समरसता, शांति, प्रेम और आपसी समझ है। हम दोनों के जीवन में ईश्वर सक्रिय है।"

इसी प्रकार बॉब ने सुबह और रात में डॉना के लिए यह प्रार्थना करनी शुरू कर दी—

> "मेरी पत्नी ईश्वर की संतान है। ईश्वर उसे प्रेम करता है और उसकी परवाह करता है। ईश्वर का प्रेम, शांति, समरसता और आनंद उसमें संचालित हो रहा है। ईश्वरीय रूप में उसका मार्गदर्शन हो रहा है। हमारे बीच में समरसता, शांति, प्रेम और आपसी समझ है। मैं उसमें ईश्वर का रूप देखता हूँ और वह मुझमें ईश्वर का रूप देखती है।"

यह सब कैसे सफल हुआ

जैसे-जैसे डॉना और बॉब एक-दूसरे के लिए प्रार्थना करते गए, वे अपने संबंधों में सुधार से और आपसी समझ की प्रगति से आश्वस्त होते गए। यद्यपि आर्थिक समस्या ज्यों-की-त्यों बनी रही। इसी बीच बॉब को उसकी पुरानी कंपनी में उसके बॉस का फोन आया। उसने बॉब की पुरानी उपलब्धियों एवं उसकी योग्यता की चर्चा की और पूछा कि क्या वह दुबारा अपने काम पर आ सकता है?

"क्यों नहीं!" बॉब खुशी से उछल पड़ा।

बाद में जाकर डॉना ने बॉब को बताया कि उसने ही बॉब के भूतपूर्व बॉस को फोन किया था और यह बताया था कि वह और बॉब अपने वैवाहिक जीवन को दोबारा से सँवारने में जुट गए हैं और यह कि बॉब ने पीना छोड़ दिया है उसने यह भी कहा कि वे दोनों मिलकर प्रार्थना कर रहे हैं और बताया कि वे ऐसा क्यों और कैसे कर रहे हैं। बॉब का बॉस यह सब सुनकर बहुत प्रभावित हुआ। उसने कहा कि उसे यकीन है कि बॉब अब पहले से भी अच्छा कर्मचारी साबित होगा। वैज्ञानिक प्रार्थना की जादुई शक्ति ने दोनों के संबंधों और उसके कॅरियर को बनाकर उन्हें एक सुंदर व सुखमय भविष्य दे दिया।

धन के अनंत प्रवाह को अपने अंदर बहने दो

नियमित रूप से निश्चित करो, अहसास करो और विश्वास करो कि ईश्वर आपकी वस्तुओं को अपरिमित रूप से बढ़ाता है। दिन के हर पल में आप आध्यात्मिक, मानसिक, बौद्धिक और आर्थिक तथा सामाजिक रूप से समृद्ध होते जाओगे। आदमी और उसके जीवन के लिए कितनी भी शान हो, वह कम ही मानी जाती है। अपने अवचेतन मन में इन ईश्वरीय सत्यों को अंकित करो और फिर अपने जीवन में होनेवाले आश्चर्यों को देखते जाओ। आपका भविष्य ऐश्वर्यपूर्ण होता जाएगा।

आपके बोल और प्रार्थना का वैभव

आप अपने बोल पर ध्यान दो, विचारों पर सोचो। आर्थिक अभाव और कमियों के बारे में कभी न बोलो। कभी मत कहो कि आप गरीब हो या आपको धन की जरूरत है। विशेष रूप से अपने पड़ोसियों या रिश्तेदारों से मुसीबत के दिनों या आर्थिक समस्याओं की चर्चा करना मूर्खता है। अपने अच्छे दिनों को याद करो और खुशहाली के विचारों पर सोचना शुरू करो। ईश्वरीय दौलत के बारे में बात करो, जो सब जगह उपलब्ध है। यह समझ लो कि दौलत के विचार ही दौलत पैदा करते हैं। जब आप यह कहते हो कि

आपके पास घूमने जाने के लिए पैसा नहीं है और आप धन के अभाव में जो रहे हो, खर्चे को कम करने के लिए आपको कितने पापड़ बेलने पड़ते हैं। ये सभी नकारात्मक विचार हैं। और बोलने पर वही लाते हैं, जो आप बोल रहे हो। इस प्रकार, अप अपनी गरीबी को और बढ़ाते हो।

आपके पास जो धन है, उसका उपयोग खुले दिल से करो। अहसास बनाए रखो कि ईश्वर की दौलत तेज आँधी की तरह आपकी ओर प्रवाहित हो रही है। आनंदपूर्वक अपने धन का उपयोग करो, स्रोत पर मन केंद्रित करो। जैसे ही आप ईश्वर के उन्मुख होगे, आपको फल मिलेगा। वह आपकी परवाह करता है। आप देखोगे कि पड़ोसी, सहयोगी आपकी पूँजी को बढ़ा रहे हैं और आपकी वस्तुओं की पूर्ति भी कर रहे हैं। अपने सभी क्षेत्रों में ईश्वरीय मार्गदर्शन के लिए प्रार्थना करने की आदत डालो और यह विश्वास करो कि ईश्वर अपने वैभव के प्रताप के अनुकूल आपकी सभी जरूरतों को पूरा कर रहा है। जैसे ही आप अपने मन के इस दृष्टिकोण पर अपनी निष्ठा जमा लोगे, तब आप देखोगे कि ऐश्वर्य का अदृश्य नियम आपकी आँखों के सामने आपके लिए धन पैदा करना शुरू कर देगा।

प्रभावशाली प्रार्थना के जरिए उसे अभूतपूर्व सफलता मिली

सामंता जी. का एक लोकप्रिय ब्यूटी सैलून है, जो खूब चलता है। उसने मुझे अपनी सफलता का रहस्य बताया। प्रत्येक सुबह सैलून खोलने से पहले वह एक शांत वातावरण में कुछ समय बिताती है, जहाँ वह बड़े प्रेम से यह प्रतिज्ञा करती है—

> "ईश्वर की शांति से मेरी आत्मा प्लावित है और ईश्वर का प्रेम मेरे अस्तित्व में परिपूर्ण है। ईश्वर मेरा मार्गदर्शन करता है, मुझे खुशहाल बनाता है और मुझे प्रेरणा प्रदान करता है। मैं प्रकाशमय हूँ और उसका प्रेम भरा आशीर्वाद मुझसे निकलकर मेरे सभी ग्राहकों में प्रवाहित हो रहा है। ईश्वरीय प्रेम मेरे दरवाजे में प्रवेश करता है और ईश्वरीय दरवाजे से बाहर जाता है। वे सब, जो मेरे सैलून में आते हैं, वे धन्य हैं, स्वस्थ हैं और उत्प्रेरित हैं। संपूर्ण स्थल अनंत उपचारक शक्ति से परिपूर्ण है। इस दिन को ईश्वर ने बनाया है और मुझे व मेरे ग्राहकों को मिलनेवाले अपरिमित आशीर्वाद के लिए मैं हर्षोल्लसित हूँ और उसको धन्यवाद देती हूँ।"

इस प्रार्थना को उसने एक कार्ड पर लिख लिया है और रोजाना सुबह इसे दोहराती है। रात में वह अपने ग्राहकों का मार्गदर्शन करने, उन्हें खुशी प्रदान करने तथा समृद्ध और

सौहार्दपूर्ण बनाने के साथ-साथ अपने जीवन को धन-संपदा से परिपूर्ण करने के लिए ईश्वर को धन्यवाद देती है।

उसने बताया कि तीन महीने पहले इस प्रार्थना तकनीक का उपयोग शुरू करने के बाद उसके ग्राहकों की संख्या इतनी बढ़ गई कि उसे सँभालना मुश्किल हो गया। उसे अपने सैलून में अलग से तीन ब्यूटीशियनों को नियुक्त करना पड़ा। अब वह अपने पड़ोस के एक मकान में दिन भर के लिए 'डे स्पा' खोलने की योजना बना रही है।

उसने प्रभावशाली प्रार्थना की संपदा को पा लिया है और अपने सपनों को साकार कर रही है।

अनंत के वैभवपूर्ण आशीर्वाद को पहचानो

हाल ही में बेवर्ली हिल्स स्थित एक बाल चिकित्सक डॉ. बेलिंडा सी. ने मुझे बताया, "मैं सर्वश्रेष्ठ की आनंदमय आशा में जीती हूँ और जीवन में मुझे सर्वश्रेष्ठ ही मिलता है। मैं अपने चिंतन को 'बाइबिल' की अपनी प्रिय पंक्तियों से सदा परिपूर्ण रखती हूँ—'वह सभी को जीवन और सबकुछ देता है (एक्ट्स 17:25)।' मैंने यह सीखा है कि मैं आनंद, स्वास्थ्य, खुशी और मन की शांति के लिए लोगों पर निर्भर नहीं हूँ।"

डॉ. बेलिंडा सी. पदोन्नति, उपलब्धि, धन, सफलता और खुशी के लिए अपने भीतर मौजूद ईश्वर की सजीव आत्मा की ओर देखती है। जो भी ईश्वर में आस्था रखता है, वह सदा सुखी रहता है (प्रोवर्ब्स 16:20)।

चिंतन करो कि पदोन्नति, सफलता, उपलब्धि, वैभव एवं प्रेरणा और ईश्वर की आत्मा आपके लिए सक्रिय होगी। वह आपको अपने चिंतन को अभिव्यक्त करने के लिए विवश करेगा। अब स्थान को खाली करो और अपने लिए नए द्वार खोलने के लिए ईश्वरीय अनंत को अवसर प्रदान करो। अपने जीवन में चमत्कार होने दो।

प्रभावशाली प्रार्थना थेरैपी के लाभ

प्रार्थना थेरैपी में संघर्ष और तनाव से बचो। ये वास्तव में आपके अविश्वास के चिह्न हैं। आपके अवचेतन में किसी भी समस्याओं के नियम के लिए जरूरी विवेक और शक्ति मौजूद है। आपके चेतन मन की प्रवृत्ति बाहर देखने की है और हमेशा संघर्ष करने एवं विरोध करने की रहती है। लेकिन याद रखो कि शांत मन ही कामों को पूरा करता है। अपने शरीर को समय-समय पर शांत करने की चेष्टा करो, उसे स्थिर करो, विश्राम दो और वह आपके आदेशों का पालन करेगा। जब आपका चेतन शांत और ग्रहण करने

योग्य हो जाता है, तब आपके अवचेतन का विवेक ऊपर उठकर आता है और आपको अपनी समस्या का हल मिल जाता है।

प्रार्थना के बाद आपको कैसा महसूस होता है?

आप अपनी प्रार्थना में सफल हुए, यह आप अपने मन के अहसास से जान सकते हो। यदि आप अब भी चिंतित और घबराहट महसूस कर रहे हो और यह सोच रहे हो कि आपकी प्रार्थना का फल कब और कैसे तथा किस रूप में मिलेगा तो समझ लो कि आप उसमें बाधा डाल रहे हो। आप अपने अवचेतन के विवेक में विश्वास नहीं कर रहे हो। हमेशा स्वयं में दोष ढूँढ़ना छोड़ो। जब आप अपनी इच्छा के बारे में सोचते हो तो नाजुक बाधा भी बहुत मायने रखती है। अपने आपको याद दिलाओ कि ईश्वरीय विवेक आपके चेतन मन के तनावपूर्ण प्रयासों से कहीं ज्यादा प्रभावशाली तरीके से आपकी समस्या का निदान कर रहा है।

आपको अपनी प्रार्थना कितनी बार करनी चाहिए?

लोग अकसर मुझसे पूछा करते हैं, "अपने प्रिय व्यक्ति के लिए, जो बीमार है या अस्पताल में है अथवा आर्थिक संकट में है, मुझे कितनी बार प्रार्थना करनी चाहिए?" इसका सर्वोत्तम उत्तर मैं यही देना चाहता हूँ कि आप तब तक प्रार्थना करते रहें, जब तक आप संतुष्ट न हो जाएँ या जब तक महसूस न करें कि फिलहाल उसकी भलाई के लिए जितना ज्यादा-से-ज्यादा आप कर सकते थे, आपने कर दिया है। आशा करो कि आपकी समरसता, संपूर्णता, शक्ति और प्रचुरता के लिए की गई प्रार्थना सफल होगी। आप बाद में, दिन के किसी समय में, जब आपको प्रेरणा मिले, तब प्रार्थना कर सकते हैं। जब आपकी प्रार्थना का उत्तर मिलेगा, तब आप स्वयं जान जाओगे, क्योंकि तब आप अपने भीतर आश्वासन से भरपूर शांति का अनुभव करोगे। लंबे समय तक की गई प्रार्थना अकसर गलत हो जाती है। उससे यह आभास होता है कि आप मानसिक दबाव देकर काम कराने की जबरदस्ती कर रहे हो। यह आमतौर पर आपकी प्रार्थना का विरोधी तत्त्व बन जाता है। आपको अकसर लगेगा कि दिल से की गई एक संक्षिप्त प्रार्थना एक लंबी प्रार्थना से कहीं ज्यादा प्रभावशाली होती है।

वह मेरी आत्मा को पुनरुज्जीवित करता है (साम 23:3)

'जाने भी दो और आराम करो' के सिद्धांत को अपनाओ। बीमारी या दशा को

तूल न दो, बल्कि ईश्वरीय उपचार-शक्ति को सहयोग देकर मजबूत बनाओ। तैरना सिखानेवाला इंस्ट्रक्टर आपको बताएगा कि निश्चल, स्थिर और शांत रहकर आप पानी के ऊपर रह सकते हो, लेकिन यदि आप घबराकर डर गए तो डूब जाओगे।

जब आप आध्यात्मिक उपचार कर रहे हो, तब अपने में अहसास पैदा करो कि आप ईश्वरीय प्रकाश में लीन होते जा रहे हो। यह जान लो कि प्रेम, सत्य और सौंदर्य की स्वर्णिम नदी आपके अंदर बह रही है, आपके संपूर्ण व्यक्तित्व को सौहार्द, स्वास्थ्य और शांति के आकार में ढाल रही है। महसूस करो कि आप जीवन के महासागर में तैर रहे हो। ईश्वर से एकाकार आपको पुनरुज्जीवित कर देगा। वह मेरी आत्मा को पुनरुज्जीवित करता है (साम 23:3)।

आश्चर्यजनक भविष्य के लिए ध्यान

निम्नलिखित प्रार्थना को यदि रोजाना करोगे तो आपको अनेक आश्चर्यजनक परिणाम प्राप्त होंगे—

> "मैं जानता हूँ कि मैं अपना भाग्य स्वयं गढ़ता हूँ, परिष्कार करके उसे बनाता हूँ। ईश्वर पर मेरी आस्था ही मेरा भाग्य है। मैं अच्छी वस्तुओं में अटल आस्था रखता हूँ। मैं सर्वश्रेष्ठ की आनंदमय आशा में जीता हूँ। मुझे केवल सर्वश्रेष्ठ मिलता है। मैं जानता हूँ कि भविष्य की फसल क्या होगी, क्योंकि मेरे सभी विचार ईश्वर के विचार हैं और ईश्वर मेरे अच्छे विचारों के साथ है। मेरे विचार भलाई, सत्य और सौंदर्य के बीज हैं। मैं अब प्रेम, शांति, आनंद, सफलता और शुभकामना के विचार अपने मन की बगिया में स्थापित करता हूँ। यह ईश्वर की बगिया है और इसमें एक भरपूर फसल पैदा होगी। ईश्वर का प्रताप और सौंदर्य मेरे जीवन में आएगा। इस पल के पश्चात् मैं जीवन, प्रेम और सत्य को अभिव्यक्त करूँगा। मैं हर प्रकार से हर्षोल्लास में हूँ, खुशहाली में हूँ। तुम्हारा धन्यवाद है, पिता!"

स्मरणीय बिंदु

1. तुम्हारे पास जितना भी धन है, उसको वरदान मानकर विश्वास के साथ कहो, "ईश्वर अब इसको बढ़ाएगा और हमेशा बढ़ाता जाएगा।" इस प्रार्थना में हृदय से विश्वास करो तो आप देखोगे कि जीवन भर आपको धन का अभाव नहीं होगा।
2. जब एक पति-पत्नी एक-दूसरे के लिए प्रार्थना करते समय एक-दूसरे में ईश्वर की छवि देखते हैं और शांति, समरसता, प्रेम एवं प्रेरणा की माँग करते हैं तो

सभी प्रकार के द्वेष एवं गलत धारणाएँ ध्वस्त हो जाती हैं और दोनों खुशहाल हो जाते हैं। अगर आपकी नौकरी छूट गई है तो प्रार्थना में कहो कि 'केवल ईश्वर ही मार्ग दिखाएगा'। आपको पता चलेगा कि एक नया द्वार जो खुला है, वह पहले से भी अच्छी नौकरी देने वाला है।

3. अपना ध्यान केवल सुंदर, उत्तम, आश्चर्यजनक और ईश्वरीय वस्तुओं पर केंद्रित करो तो आपका जीवन वैभव से भरपूर रहेगा। याद रखो, आपको वही मिलता है, जिसके बीज आप अपने अवचेतन में रोपते हो।
4. अपने विचारों पर ध्यान दो। आपके विचार रचनात्मक हैं। कभी अभाव या कमी अथवा आर्थिक तंगी की चर्चा न करो। ऐसी चर्चा गरीबी को और बढ़ाती है। ईश्वर की दौलत के बारे में सोचो। जोर से, पूरे विश्वास के साथ कहो कि ईश्वरीय समृद्धि प्रचुरता की आँधी के रूप में तुम्हारी ओर बढ़ रही है। इस प्रार्थना को साहस व विश्वास से कहो और ईश्वरीय शक्ति तुम्हारी सहायता करेगी।
5. एक ब्यूटी सैलून की मालिक द्वारा नियमित रूप से की गई इस प्रार्थना ने उसके व्यवसाय में अभूतपूर्व सफलता प्रदान की, "मेरी आत्मा ईश्वर की शांति से प्लावित है और मेरा पूरा अस्तित्व ईश्वर के प्रेम से भरपूर है। उसका उपचारक प्रेम मुझसे मेरे सभी ग्राहकों की ओर जाता है। वे सभी लोग, जो मेरे सैलून में आते हैं, वे धन्य हैं, स्वस्थ हैं, खुशहाल और उत्प्रेरित हैं।' उसने इस प्रार्थना की आदत डाल ली और आज वह अपने सपनों को साकार कर रही है।
6. अनंत का वैभव महसूस करने के लिए एक अद्भुत प्रार्थना इस प्रकार है—'मैं सर्वश्रेष्ठ की आनंदमय आशा में रहता हूँ और मुझे सर्वश्रेष्ठ ही मिलता है। ईश्वर सभी को जीवन और सबकुछ देता है।' (एक्ट्स 17:25)
7. विद्यार्थियों को पढ़ाते समय महसूस करो कि ईश्वरीय विवेक उनके अध्ययन में उनका मार्गदर्शन कर रहा है। विश्वास करो कि वे अपनी परीक्षाएँ ईश्वरीय अवस्था में उत्तीर्ण करेंगे। उनमें ईश्वरीय आस्था व विश्वास के प्रति श्रद्धा पैदा करो और आपको आश्चर्य होगा, किस स्फूर्ति से वे आपके विश्वास को अपने अवचेतन में ग्रहण कर लेते हैं! इस प्रकार की प्रार्थना से अद्भुत सफलताएँ मिलती जाएँगी।
8. अध्याय के अंत में दी गई प्रार्थना का उपयोग करके अपने भविष्य को सुखमय और धन-धान्य से परिपूर्ण बनाओ।

□

7

धन की मानसिक मशीन को कैसे सक्रिय किया जाए?

'खुशहाल बनने का अर्थ केवल सफल होना नहीं है, बल्कि उन्नत होते जाना है। आप जब खुशहाल होते हो, तब आपका विस्तार होता है। आप आध्यात्मिक, मानसिक, आर्थिक, सामाजिक व बौद्धिक रूप से विकसित होते हो, उन्नत होते जाते हो। सच्ची खुशहाली के लिए आपको एक माध्यम बनना होगा, जिसमें से जीवन नियम, समरसता, आनंद और प्रेम के साथ मुक्त रूप से प्रवाहित होता है। यदि आप हृदय से यह चाहते हो तो मेरा सुझाव होगा कि आप अपना काम करने और सोचने की एक निश्चित विधि बनाओ और उसके अनुसार रोजाना नियमित रूप से सिलसिलेवार अभ्यास शुरू करो।

कैसे सफलता व समृद्धि के विचार ने उसके जीवन को बदल दिया

"मैं बरसों से समृद्धि के लिए बराबर प्रार्थना करता हूँ।" जेम्स वी. ने निराशा भरे लहजे में मुझसे कहा, "यह सब बकवास है। मैं अब भी वैसा ही गरीब हूँ, जैसे पहले था और मुझे लगता है, यही मेरे प्रारब्ध में लिखा है।"

"ऐसा लगता है कि तुम्हें तुम्हारी प्रार्थनाओं का फल नहीं मिला?" मैंने कहा।

"बिल्कुल सही समझे हैं आप।" उसने जवाब में कहा, "मैं तो यही दुआ माँगता हूँ कि मेरी स्थिति आज जैसी है, उससे और बिगड़ न जाए।"

"मैं संकटों में सिर तक डूब चुका हूँ। अकसर रात में उठकर मैं सोचा करता हूँ कि इस संकट से कैसे उबर पाऊँगा?"

जेम्स ने बताया कि उसने एक लॉ स्कूल में पढ़कर तेल और गैस कानून में विशिष्ट योग्यता पाई है। अंतरराष्ट्रीय स्पर्धा के कारण घरेलू तेल उत्खनन में भारी कटौती की गई, तब उसके उत्खनन कॉरपोरेशन को भी अपने कर्मचारियों की छँटनी करनी पड़ी। इसमें कानून विभाग पर भी मार पड़ी। चूँकि नए बहाल हुए वकीलों में वह भी था, अत: उसे भी नौकरी

से हाथ धोना पड़ा। उसके बाद से उसे अस्थायी रूप से छोटी-मोटी नौकरी मिल जाती है।

"मैं नहीं जानता, मैं क्यों आपका समय व्यर्थ कर रहा हूँ!" उसने कहा, "अगर यह मान भी लिया जाए कि मेरी प्रार्थना का फल मिलेगा, तब भी उसका प्रभाव कॉरपोरेशन की नीतियों पर कैसे पड़ेगा, यह मेरी समझ से बाहर की बात है।"

"मैं कुछ समझाना चाहता हूँ।" मैंने सुझाव देते हुए कहा, "तुम कहते हो कि तुमने सफलता व समृद्धि के लिए प्रार्थना की। मेरा विश्वास है, तुमने जरूर की होगी। लेकिन तुमने अपनी गरीबी और असफलता के लिए परेशान रहने में अपने समय का बहुत बड़ा भाग बिताया है। यदि तुम अपने अवचेतन मन में दो विरोधी विचार रखते हो तो वह उनमें से प्रभावशाली विचार को ही स्वीकार करेगा। गरीबी से तुम्हारा भय केवल अभाव और कमियों को ही आकृष्ट करेगा।"

"आपका मतलब है, मेरे अपने विचार ही मेरी हालत के लिए जिम्मेदार हैं?" उसने मायूसी में प्रश्न किया।

"बिल्कुल ठीक समझे हो।" मैंने कहा, "प्रत्येक विचार रचनात्मक है, जब तक कि उसको काटनेवाला कोई शक्तिशाली विचार उसे निःशक्त न कर दे। गरीबी के तुम्हारे विचार और धारणाएँ तुम्हारे चारों ओर उपलब्ध सफलता व समृद्धि की आस्था और विचारों से कहीं ज्यादा शक्तिशाली थे। जब तुम गरीबी के बारे में सोचते थे, तुम्हारी गरीबी बढ़ती थी और अब यदि तुम दौलत के बारे में सोचना शुरू करोगे तो तुम दौलत पैदा करोगे।"

हमारी बातचीत के समाप्त होने तक जेम्स ने अपने विचारों को बदलने का फैसला कर लिया। उसकी माँग पर मैंने उसके लिए सफलता व समृद्धि की एक प्रार्थना तैयार कर दी और उससे कहा कि वह प्रत्येक दिन सुबह और प्रत्येक रात को शांत वातावरण में यह प्रार्थना किया करे।

सफलता व समृद्धि के लिए प्रभावशाली प्रार्थना

यह प्रार्थना थी, जिसे मैंने जेम्स को लिखकर दिया—

"मैं जानता हूँ कि जीवन नियम ही एकमात्र स्रोत है, जिससे सभी वस्तुओं का उद्गम हुआ है। उसने संसार और उसमें मौजूद सभी वस्तुओं की रचना की है। मैं ईश्वरीय अस्तित्व का केंद्रीय बिंदु हूँ। मेरा मन खुला है और ग्रहणशील है। मैं समरसता, सौंदर्य, मार्गदर्शन, समृद्धि और ईश्वरीय वैभव प्रवाह का एक उन्मुक्त माध्यम हूँ। मैं जानता हूँ कि स्वास्थ्य, दौलत और सफलता स्वतः से निर्गत होकर मुक्त रूप से प्रकट होती है। मैं अब स्वतः मुक्त रूप के सामंजस्य में हूँ और जानता हूँ कि ये विचार मेरे अवचेतन मन में उतरते जा रहे हैं और विश्व-पटल पर दिखाई देंगे। मैं

सभी के लिए कल्याणकारी जीवन की कामना करता हूँ। मैं ईश्वर के आध्यात्मिक, मानसिक एवं भौतिक वैभव के लिए मुक्त रूप से ग्रहणशील हूँ और वे मुझमें प्रचुरता की आँधी के रूप में प्रवाहित हैं।"

उसकी परिवर्तित धारणा ने एकाएक उसे एक समृद्ध व्यक्ति बना दिया

जेम्स वी. ने बड़ी खूबी से अपनी धारणा को गरीबी के बजाय ईश्वरीय संपदा पर केंद्रित किया। उसने विशेष रूप से प्रयास किया कि अपनी आर्थिक स्थिति को लेकर उसने जो प्रतिज्ञा की है, उससे वह कभी डगमगाए नहीं। रोजाना सुबह और शाम को दस मिनट के लिए वह अपनी खुशहाली की प्रार्थना में सत्यों के प्रति अपनी निष्ठा अभिव्यक्त करने लगा। वह जानता था कि ऐसा करने से वह वस्तुतः अपने अवचेतन में इन सत्यों का अंकन कर रहा है और उन्हें जाग्रत् करके अपने छिपे खजाने को खोलने के लिए उन्हें प्रोत्साहित कर रहा है।

एक महीने बाद मुझे उसका पत्र प्राप्त हुआ। उस पत्र के कुछ अंश इस प्रकार हैं—

"पिछले सप्ताह मैं एक पार्क में आयोजित एक निःशुल्क कॉन्सर्ट में गया। दुःखी होने के बजाय कि मैं ऐसे कार्यक्रम के लिए टिकट तक खरीद नहीं पाता, मैंने मधुर संगीत को उपहार के रूप में स्वीकार करके उसका भरपूर आनंद उठाया। कार्यक्रम के मध्य में मेरा परिचय बगल की सीट पर बैठे दंपती से हुआ। वे लोग शहर के बाहर से आए थे, इसलिए मैंने उन्हें उनके लायक रेस्त्राँ और खरीदारी के लिए दुकान आदि के बारे में जानकारी दे दी। जब उन्हें मेरे व्यवसाय के बारे में पता चला तो महिला, जिसका नाम जॉन था, उसके मुँह से निकल गया, 'मुझे विश्वास था कि यह होना ही है।'

उसने बताया कि वह और उसके पति स्वतंत्र रूप से काम करनेवाले ऑपरेटर हैं, जिन्हें कभी 'वाइल्ड कैटर' के नाम से भी जाना जाता था, जो चोरी-छिपे तेल के कुओं की तलाश में लगे रहते हैं। उन्होंने अपना काम अब मेरे राज्य में शुरू करने का फैसला किया है और उन्हें एक ऐसे वकील की फौरन जरूरत है, जिसे स्थानीय तेल और गैस उत्खनन के कानूनों की अंदरूनी व बाहरी दोनों की जानकारी हो। कॉन्सर्ट के बाद वे मुझे एक अच्छे रेस्त्राँ में डिनर पर ले गए। डिनर खत्म होने तक उन्होंने मुझे अपने साथ काम करने का न्योता दिया, जिसका वेतन मेरे पिछले वेतन से बहुत अधिक था। साथ ही उन्होंने फर्म के मुनाफे में हिस्सेदारी का भी प्रस्ताव दिया। मेरे लिए तो यह सब एक सपने जैसा था, जो पूरा हो गया।"

उसने अपनी इच्छाओं को अपने प्रार्थनामय हृदय में कैसे अंकित किया

मेरे एक सार्वजनिक व्याख्यान के बाद एक युवती मेरे पास आई। उसने अपना परिचय देते हुए अपना नाम बेटी एस. बताया और उत्सुकता में कहने लगी, "जब आप व्याख्यान दे रहे थे, तब मेरे मन में एक विचार आया। मैंने एकाएक देखा कि मेरा अवचेतन मन एक पक्की स्याही का पेन हो गया है। दरअसल मैं क्या चहती हूँ, इस बारे में जितना ज्यादा मैं सोचती हूँ, मेरे अवचेतन मन में मेरी इच्छाएँ उतना ही ज्यादा स्पष्ट रूप से लिखी जाती हैं और तब मेरा अवचेतन मन उन्हें आकार देने में लग जाता है। है न यही बात?"

"बिल्कुल सही बात है।" मैंने उसके उत्साह पर मुसकराते हुए कहा, "तुम्हारे पास अपने मन की सच्ची इच्छाओं को अपने अवचेतन में अंकित करने की शक्ति मौजूद है और तुम अपनी हार्दिक इच्छाओं के लिए समय-समय पर अपने मन को खुला रख सकती हो।"

"मैं यह करने वाली हूँ।" बेटी ने खुश होकर कहा। अपनी उँगलियों को चटखाते हुए वह बोली, "दो चीजें मैं दिल से चाहती हूँ, इसलिए मैं दोनों को अलग-अलग करके सोचूँगी। फिर, यह अवचेतन मन पर निर्भर होगा कि वह कैसे संभव करेगा। मैं जानती हूँ कि यह होगा।"

उसकी सर्वप्रिय इच्छाएँ

मैंने बेटी एस. से पूछा कि क्या वह बताना चाहेगी कि वे दो इच्छाएँ क्या हैं?

"हाँ, क्यों नहीं! उसमें छिपाने की क्या बात है?" उसने जवाब दिया, "मेरी पहली इच्छा अपनी माँ को मेक्सिको घुमाने की है। वह हमेशा से मेक्सिको जाना चाहती रही हैं, लेकिन उन्हें कभी अवसर नहीं मिला।"

"और दूसरी इच्छा?" मैंने प्रश्न किया।

वह थोड़ा सकुचाई और उसका चेहरा गुलाबी हो गया, "मैं किसी से मिलकर उसके प्रेम में बँधना चाहूँगी और शादी करना चाहूँगी।"

मैंने मुसकराकर कहा, "देखते हैं, तुम्हारा अवचेतन मन तुम्हारा सपना कैसे पूरा करता है!"

हमने चर्चा की कि वह कैसे अपनी दोनों इच्छाओं को अंकित करेगी। पहली के लिए उसने कहा कि वह और उसकी माँ दोनों मिलकर मानसिक छवि में देखेंगी कि वे जाने की तैयारी कर रही हैं, विमान में चढ़ रही हैं, मेक्सिको में उतर रही हैं और शहर की

खूबसूरत सड़कों पर चल रही हैं। ये छवियाँ दोनों अलग-अलग और मिलकर देखेंगी और ईश्वरीय विचार को भी दोहराएँगी।

"अनंत विवेक ईश्वरीय व्यवस्था में द्वार खोल रहा है।"

तीन सप्ताह बाद वह मेरे कार्यालय में आई। वह रोमांच और उत्सुकता से लबरेज थी।

"आप मेरी बातों पर विश्वास नहीं करेंगे।" उसने कहा, "पिछले हफ्ते एक लड़का स्थानीय कम्युनिटी सेंटर से संबंधित एक लॉटरी का टिकट बेचने मेरे पास आया। उसे खुश करने के लिए मैंने पाँच टिकटों की एक कॉपी खरीद ली। लॉटरी कल रात निकाली गई और जीते हुए टिकटों में मेरा भी टिकट था। बताइए, इनाम क्या था?"

तुक्का मारने के लिए मैंने कहा दिया, "मेक्सिको का ट्रिप!"

"आपको कैसे पता चला? जब लॉटरीवालों ने बताया तो मैं खुशी से उछल पड़ी! यह जादू नहीं तो क्या था?"

"नहीं," मैंने जवाब दिया, "यह आश्चर्यजनक था, लेकिन जादू नहीं था। तुम्हारे अवचेतन के पास तुम्हारी हार्दिक इच्छाओं को पूरा करने के लिए यह एक मार्ग है। यह लो और खुशी मनाओ।"

उसने अपनी दूसरी इच्छा के लिए अपने चेतन मन के पेन का उपयोग किया। उसने अपनी इच्छा को इस प्रकार अवचेतन मन में अंकित किया—

> "मैं जानती हूँ कि मैं अब अनंत से एकाकार हो चुकी हूँ। मैं जानती हूँ और मुझे विश्वास है कि एक व्यक्ति मुझे प्रेम करने और मुझे सुखी बनाने का इंतजार कर रहा है। मैं जानती हूँ कि मैं उसकी खुशी और शांति में सहयोग दे सकती हूँ। मैं उसके लिए भाग्यवान् हो सकती हूँ। मैं उसकी परवाह करके, उसे प्रेम करके और प्रेरित करके उसे सफलता की ऊँचाइयों तक पहुँचा सकती हूँ, जैसे कि वह इस पल मुझे प्रेरित कर रहा है। वह मेरे आदर्शों को प्रेम करता है और मैं उसके आदर्शों को प्रेम करती हूँ। वह नहीं चाहता कि मैं उस पर हावी रहूँ। मैं भी नहीं चाहती कि वह मुझ पर हावी हो। हमारे बीच में आपसी प्रेम, स्वतंत्रता और सम्मान है। ये शब्द पूर्णता के लिए निर्दिष्ट मार्ग पर चले जा रहे हैं। मैंने पूर्ण आस्था और विश्वास के साथ इस इच्छा को अपने अवचेतन मन में अंकित किया है और मैं इसकी पूर्णता, समापन और अपने मन की गहराई में इसकी स्थापना को आरोपित करती हूँ। जब कभी मैं शादी के बारे में सोचती हूँ, मैं अपने को याद दिलाऊँगी कि मेरे अवचेतन का अपरिमित विवेक ईश्वरीय व्यवस्था में इसे सफल बना रहा है।"

कुछ सप्ताह बाद उसे अपने दाँतों के लिए एक दंत चिकित्सक के पास जाना पड़ा। उसकी बारी सबके बाद आई। दाँत के उपचार के बाद वे दोनों बातचीत करने लगे। जब बेटी एस. ने अपने मेक्सिको के ट्रिप के बारे में बताया तो उसने उसे अपने प्रिय मेक्सिकन रेस्त्राँ में डिनर के लिए आमंत्रित किया। एक-दूसरे के लिए उनकी रुचि बढ़ती गई। कुछ दिनों बाद मुझे उन दोनों का विवाह करने का खुशी से भरा सौभाग्य-पत्र प्राप्त हुआ। बेटी ने अपने अवचेतन मन के आश्चर्यों के ज्ञान के जरिए अपनी इच्छाओं को पूरा किया। वैभव और लाभकारी विचारों का मनन करो और जैसे ही आप प्रार्थना करोगे, जीवन आश्चर्यों से भर जाएगा।

रोजाना के अच्छे विचारों ने कैसे उसकी दुनिया बदल दी

रिचर्ड एम. नामक एक सॉफ्टवेयर इंजीनियर सलाह के लिए मेरे पास आया। उसने बताया कि हाल ही में उसका तलाक हुआ है। "शायद गलती मेरी थी।" उसने कहा, "मैं दिलचस्प नहीं हूँ, न ही मेरे जीवन में ऐसा कोई रोमांच है। मैं काम पर जाता हूँ, शाम को जिम जाता हूँ, खाना खाता हूँ और सो जाता हूँ। फिर दूसरे दिन का मेरा यही कार्यक्रम होता है। ऐसे में कौन मेरे साथ रहना चाहेगा या फिर, मेरी बात सुनना चाहेगा! शायद यही कारण है कि मेरा एक भी दोस्त नहीं है। मैंने सब को 'बोर' करके भगा दिया।"

"मान लो, तुम कंप्यूटर के एक प्रोग्राम का विश्लेषण कर रहे हो।" मैंने कहा, "अगर तुम देखते हो कि हर बार वह एक ही मेसेज दे रहा है, उसका परिणाम भी वैसा ही निकल रहा है तो तुम क्या सोचोगे?"

उसने अपने कानों को खुजलाते हुए कहा, "पहला अनुमान! मेसेज के कारण ही एक जैसा परिणाम मिल रहा है, इसलिए मैं मेसेज को बदलने की कोशिश करके देखूँगा कि परिणाम बदलता है या नहीं!"

"ठीक, बिल्कुल ठीक। अब तुम समझे।" मैंने अपनी बात बढ़ाते हुए कहा, "मैं चाहता हूँ कि तुम समझ लो कि तुम्हारे विचार रचनात्मक हैं। जब तुम कहते हो कि तुम बोरिंग हो, तुम्हारा कोई दोस्त नहीं है तो तुम्हारे नकारात्मक विचार वास्तव में समस्या को और बढ़ा देते हैं। जिन बातों पर हम केंद्रित रहते हैं, अवचेतन मन उसे विराट् रूप देकर और बढ़ाकर हमारे अनुभव में हमारे सामने प्रस्तुत कर देता है।"

"मैं समझ गया।" उसने कहा, "आपका कहना है कि यदि मैं अपने विचार बदल दूँ तो मुझे दूसरे परिणाम मिलेंगे! तो मुझे यह गेम खेलना है। अब यह बताइए कि मुझे क्या करना होगा?"

मैंने सुझाव दिया कि वह निम्नलिखित प्रतिज्ञा बार-बार और सिलसिलेवार रूप में करता रहे—

"मैं खुश हूँ, आनंद में हूँ और स्वतंत्र हूँ। मैं प्रेम करनेवाला, दयालु, समरस और शांत हूँ। मैं ईश्वर की भक्ति में गीत गाता हूँ, जो मेरी शक्ति है।"

उसने मानसिक कानून को समझकर स्वीकार कर लिया कि वह जब कभी 'मैं यह…' के साथ जो कुछ जोड़ेगा, वह आकार लेकर उसके जीवन में आ जाएगा। उसने इन मानसिक सत्यों की प्रतिज्ञा करने की आदत बना ली और उसकी पूरी जिंदगी बदल गई। पहले का फूहड़ और एकाकी व्यक्ति अब एक भरपूर मस्त जिंदगी जी रहा है। उसमें जीने की तमन्ना है, नए दोस्तों की दिलचस्प बातें हैं और अपने अंदर मौजूद खजाने के चमत्कारों की कुंजी है।

कैसे उसने अपनी प्रसन्नता व खुशहाली की प्लानिंग की और उन्हें पाने में सफल हो गई

"मैं आपको पहले ही बता दूँ कि मैं शिकायत लेकर नहीं आई हूँ।" क्लेअर आर. ने जोर देकर मुझसे कहा। उसने पहली मुलाकात में बताया कि उसका पति एक टेलीफोन कंपनी में एक अच्छी नौकरी करता है। उनके दो बच्चे हैं, जिन्हें क्लेअर घर में रहकर देखती है, उनका पालन-पोषण करती है।

"दिन भर वही काम। मशीन की तरह खाना बनाती हूँ, साफ-सफाई करती और कपड़े धोती हूँ, दुकान जाकर खरीदारी करती हूँ। केवल बच्चों के बारे में सोचती…थक जाती हूँ। दिमाग पहले जैसा काम नहीं करता। लगता है, जैसे जीवन में चमक खो गई है।"

"तुम्हें लगता है कि जिंदगी तुम्हारे खिलाफ हो गई है?"

"हाँ।" उसने स्वीकार किया, "ठीक मेरे खिलाफ तो नहीं, लेकिन मुझे एक किनारे छोड़कर चली जा रही है।"

उसके विचारों की छवियों के बारे में मैंने उसे स्पष्ट रूप से समझाया कि जो विचार वह व्यक्त करती है, उसकी छवियाँ ही उसके जीवन को और दुःखी बना रही हैं। कष्टमय जीवन की भावना एक मानसिक स्थिति है। मैंने अपनी बात जारी रखते हुए कहा, "ठीक यही बात प्रसन्नता और खुशहाली की है। यदि तुम अपनी धारणा को उलटने के मार्ग को सीख जाती हो तो तुम देखोगी कि तुम्हारे जीवन में एक नाटकीय मोड़ आएगा, जो तुम्हारे जीवन को प्रसन्नतापूर्ण और खुशहाल बनाएगा।"

उसने रोजाना दिन में दो बार यह प्रार्थना करनी शुरू कर दी—

"ईश्वरीय सत्कर्म मेरा है। सफलता मेरी है। दौलत मेरी है। खुशियाँ मेरी हैं। ईश्वर की शांत नदी मेरे मन-मस्तिष्क में, मेरे शरीर, मेरी गतिविधियों में और उस काम में, जो मैं करती हूँ, प्रवाहित होती है। मैं जानती हूँ, मेरे विचार रचनात्मक हैं। जैसे एक इंजीनियर एक पुल (सेतु) का प्लान बनाता है, वैसे ही मैं अब अपनी खुशहाली और खुशियों का प्लान बना रही हूँ। मैं 'बाइबिल' के इस कानून पर निष्ठा से विश्वास करती हूँ, जो यह वायदा करता है, 'माँगो और वह तुम्हें मिलेगा, ढूँढ़ो और तुम पा जाओगे और खटखटाओ, तुम्हारे सामने द्वार खुल जाएगा।' (मैथ्यू 7:7)"

इस प्रकार क्लेअर आर. ने अपने अंदर मौजूद ईश्वर की खुशहाली का उपहार स्वयं प्राप्त कर लिया। घर, विवाह और बच्चों से उसके संबंधों में परिवर्तन आ गया। उसने अपने मन में कैद प्रसन्नता को पा लिया। बिल्कुल अनजाने स्रोतों से धन प्राप्त होने लगा। उसका जीवन सुखमय हो गया।

तुम जहाँ हो, वहीं सौंदर्य और वैभव भी है

ईश्वर अवर्णनीय सौंदर्य है और वह तुम में वास करता है। वह तुम्हारी चाल और तुम्हारी बोली में है। अपने मन में, अपनी आत्मा में, अपने विचारों और अपनी भावनाओं में तुम उसका प्रतिनिधित्व करते हो। तुम्हारे अंदर जो अदृश्य जीवन और शक्ति है, वह ईश्वर ही है। तुम्हारे विचार, जो रचनात्मक हैं, वह तुम्हारे अंदर ईश्वर का प्रताप है। यह सोचना शुरू करो कि ईश्वर का सौंदर्य व वैभव तुम्हारे विचारों में, शब्दों में और तुम्हारे कामों में प्रवाहित है और तुम ईश्वर के सौंदर्य एवं वैभव को अपने सभी वरदानों के लिए धन्यवाद दो। तुम अपने घर को सुंदर बना सकते हो और तुम दूसरों को अपने मन के वैभव के अनुभवों से प्रेरित कर सकते हो। तुम अपने जीवन को बनानेवाले कलाकार, निर्माता और डिजाइनर हो।

लाभकारी बिजनेस डील के सीक्रेट प्लान का करिश्मा

वर्षों से मैं एक पड़ोस के स्पेशिएल्टी मार्केट से खरीदारी करता था। वह मार्केट एक परिवार का फेमिली बिजनेस था, जिसे अब तीसरी पीढ़ी चला रही थी। मार्केट के मालिक दो भाइयों से मेरी थोड़ी सी जान-पहचान थी और जब एक भाई की अचानक मृत्यु हो गई तो सुनकर मुझे बहुत दुःख हुआ। कुछ सप्ताह के पश्चात् दूसरा भाई विंसेंट

एम. मेरे पास आया। उसने बताया कि उसका भाई बिजनेस में अपना आधा स्वामित्व अपनी दो बेटियों यानी विंसेंट की भतीजियों पर छोड़ गया है।

"मैं नहीं जानता कि क्यों?" उसने कहा, "मैं उन्हें अपने बच्चों की तरह स्नेह करता हूँ, लेकिन वे दोनों मेरे लिए समस्याएँ पैदा कर रही हैं, एक के बाद एक माँग करती जा रही हैं। जो भी प्रस्ताव मैं देता हूँ, वे उसका विरोध करती हैं। हमें जल्दी ही कुछ महत्त्वपूर्ण निर्णय लेने हैं और मुझे लग रहा है कि वे सब चौपट करने वाली हैं। मैं ऐसे कई फेमिली बिजनेस को जानता हूँ, जो इस तरह के झगड़ों में बरबाद हो गए। मैं नहीं चाहता कि हमारा बिजनेस भी इसी तरह बरबाद हो जाए।"

"क्या तुम पैसा देकर उनसे छुटकारा पा सकते हो?"

"यह इतना आसान नहीं होगा; लेकिन मैं कोशिश कर सकता हूँ।" उसने जवाब दिया, "मैंने 'ऑफर' दिया भी था, लेकिन व्यर्थ गया। उन्होंने इसे अपना अपमान कहकर मुझ पर तोहमत लगा दी। मेरे लिए अब सभी रास्ते बंद हो गए हैं। समझ में नहीं आता कि क्या करूँ?"

"तुम्हें इसे भूल जाना होगा।" मैंने कहा, "तुम्हारी चिंताओं ने जो नकारात्मक ऊर्जा पैदा की है, बहुत हद तक वही समस्या की जड़ बन गई है।"

मेरी सहायता से विंसेंट ने एक कागज पर निम्नलिखित पक्तियाँ लिखीं—

> "मैं अपनी भतीजियों को पूर्णतः ईश्वर पर छोड़ता हूँ। वे अपने सही स्थान पर हैं। ईश्वरीय व्यवस्था में वे सही कर्म के लिए प्रेरित हैं। कुछ भी स्थायी नहीं रहता। यह परिस्थिति अब बदल रही है। यह ईश्वर का काम है।"

उसने वह कागज एक फाइल फोल्डर में रखकर उस पर लेबल लगाकर लिख दिया, 'ईश्वर के साथ सबकुछ संभव है।' उसके बाद उसने उस फोल्डर को डेस्क के ड्रॉअर में रख दिया और भूल गया। दो हफ्तों का समय बीत जाने के बाद उसकी भतीजियाँ उसके पास आईं। उन्हें अहसास हुआ कि उनके स्वर्गीय पिता उनसे चाहते रहे होंगे कि वे अपने भरसक प्रयास वही करें, जो स्टोर के लिए फायदेमंद हों। वे अपने स्वामित्व को उचित मूल्य पर बेचने को तैयार हैं। सभी लोग संतुष्ट हो गए और बिजनेस व परिवार—दोनों में पुनः सौहार्द स्थापित हो गया।"

जिस तकनीक का विंसेंट ने उपयोग किया था, वह सब के लिए लाभकारी थी। जब उसने अपनी इच्छाओं के परिणाम को लिखा था, दरअसल में वह उसे अपने अवचेतन मन में अंकित कर रहा था। उसे डेस्क की ड्रॉअर में रखना केवल एक बाहरी प्रतीक था। उसने अपनी समस्या को अपने अवचेतन मन के अपरिमित विवेक को सौंप दिया, जहाँ से तुम भी अपनी स्मृति समस्याओं का निदान प्राप्त करते हो।

अनंत के वैभव का स्वागत करो

दिन के प्रकाश में नीला अकाश, रात में चमकते तारे, ये सब तुम्हारे लिए हैं। जैसे वे दूसरों के लिए हैं। सूर्योदय का सौंदर्य गरीब व अमीर में भेद नहीं करता। सभी उसके सौंदर्य का आनंद ले सकते हैं। चिड़ियों का गान सुनो और अपने चारों ओर फैले सौंदर्य के भंडार का आनंद लो। सभी वस्तुओं में ईश्वरीय उपस्थिति का अहसास करो। उगता हुआ सूर्य, चंद्रमा की शीतल चाँदनी, अनंत आकाश, पहाड़, नदी-नाले, ऊँचाइयों से गिरते झरने। जरा सोचो, प्रकृति ने कितना विपुल सौंदर्य तुम्हारे चारों ओर फैला रखा है!

जीवन एक दर्पण है। हम जो हैं, वह उसकी प्रतिच्छाया प्रस्तुत करता है, जो हम हू-ब-हू अपने में जमा करते हैं। प्रेम व सौंदर्य की नजर से देखो और प्रेम, सौंदर्य एवं ईश्वरीय संपदा तुम्हारे पास लौट आएगी। लॉन्गफेलो ने कहा था, 'अतीत, जो बीत गया, उस पर पश्चात्ताप न करो। वह कभी लौटकर आने वाला नहीं है। बुद्धिमानी से वर्तमान को सुधारो। यह सत्य है। निडर होकर, साहस के साथ भविष्य से साक्षात्कार करो।' सेनेका ने कहा था, 'हम यही कह सकते हैं कि वह भविष्य के लिए व्याकुल है, जिसके लिए वर्तमान कोई मायने नहीं रखता है।' ईश्वर (तुम्हारी भलाई) का अमरत्व वर्तमान में है। अपनी भलाई और अपने जीवन की दौलत को अधिकारपूर्वक आज ही माँग लो। अपने अवचेतन मन के विवेक और शक्ति से तुम जो सोच सकते हो, तुम उसे पा सकते हो।

अपनी इच्छाओं के समृद्ध व स्वस्थ लेखन से मिलनेवाले आश्चर्यजनक परिणाम

हर वर्ष 'न्यू ईयर्स ईव' पर मैं स्त्री-पुरुषों के एक ग्रुप के लिए नववर्ष की प्रार्थना करता हूँ। इस कार्यक्रम में हमारा नियम है कि प्रत्येक व्यक्ति, चाहे वह स्त्री हो या पुरुष, अपने दिल की इच्छाओं को लिखेगा। इसके लिए हम इच्छाओं को केवल चार वर्ग में बाँटते हैं—स्वास्थ्य, धन, प्रेम और अभिव्यक्ति। तुम चाहे जो भी इच्छा लिखो, वह किसी-न-किसी वर्ग में आ जाएगी। उदाहरण के लिए, यदि तुम विवेक को अपनी एकमात्र इच्छा लिखते हो तो वह अभिव्यक्ति के वर्ग में मानी जाएगी। इसी प्रकार, तुम्हारी इच्छा अधिक-से-अधिक जीवन की हो, प्रेम की हो, सच्चाई, सौंदर्य और मन की गहराइयों में छिपी दौलत की हो, वे सभी इसी वर्ग में रखी जाएँगी। मेरा प्रस्ताव यह रहता है कि अपनी इच्छा लिखते समय माँग करनेवाला सदस्य अपने मित्र या किसी रिश्तेदार की इच्छा को भी उसमें जोड़ दे। उदाहरण के लिए, यदि मित्र या रिश्तेदार की पारिवारिक

परेशानी हो तो वह लिख सकता है—'…के लिए ईश्वर के अपरिमित और सौहार्द के जरिए एक ईश्वरीय व सामंजस्यपूर्ण हल मौजूद है।'

कैसे लिखित इच्छा अपने आप पूर्ण हो जाती है

जब सभी सदस्य अपनी-अपनी इच्छाएँ लिख चुके होते हैं, तब उनकी लिखित इच्छाओं को एक लिफाफे में सीलबंद कर दिया जाता है और किसी एक प्रतियोगी के हवाले कर दिया जाता है, जो अपने घर जाकर उसे किसी अलमारी में सुरक्षित रख देता है। अगले वर्ष, नववर्ष के पूर्व के कार्यक्रम में प्रत्येक सदस्य को उसकी इच्छा का लिफाफा दिया जाता है और उसे खोलकर चुपचाप पढ़ने को कहा जाता है।

यह जानकर प्रत्येक सदस्य को आश्चर्य होता है कि कितने सदस्यों की इच्छाएँ वर्ष भर में पूरी हो गई हैं! एक सदस्य ने अपनी इच्छा मुझे दिखाई। उसकी महत्त्वपूर्ण माँग यह थी कि उसे अपने बीवी-बच्चों के साथ मिलने के लिए ज्यादा-से-ज्यादा समय मिले। उसकी दूसरी इच्छा थी कि वह अपने परिवार के साथ घूमने जाए। वर्ष भर के दौरान उसकी कंपनी ने उसे पदोन्नत करके उसका तबादला देश के अन्य भाग में कर दिया। तबादले की व्यवस्था के लिए उसे छह सप्ताह का अवकाश मिला। इस समय को उसने अपनी इच्छा पूरी करने में लगाया। वह अपने बाल-बच्चों के साथ लंबी समुद्री यात्रा पर गया। अपने नए काम में उसने अपने ऑफिस के पास ही मकान लिया। वह ऑफिस के बाद जल्दी घर आने लगा। इस प्रकार, उसे अब परिवार के साथ ज्यादा समय बिताने का अवसर मिल जाता है।

ये स्त्री-पुरुष अपने दिल में बसी हुई इच्छाओं को इस आस्था और विश्वास के साथ लिखते हैं कि उनके अवचेतन मन का अपरिमित विवेक उनकी इच्छाओं को ईश्वरीय व्यवस्था में पूरा कर देगा। मैं अपने ग्रुप के साथ वार्षिक प्रार्थना की समाप्ति इस प्रार्थना से करता हूँ—

> "हम आज्ञापित करते हैं कि ये लिखित इच्छाएँ प्रत्येक व्यक्ति के अवचेतन मन में अंकित हैं और ये सभी इच्छाएँ ईश्वरीय नियम व व्यवस्था में आएँगी।"

इस गोपनीयता का असली रहस्य क्या है

इन सभी इच्छाओं को लिखने और सीलबंद करने का गोपनीय प्रयोजन यह है कि हम पूरी आस्था और विश्वास के साथ उन्हें अवचेतन के हवाले कर देते हैं। हम जानते हैं कि जैसे हर सुबह सूर्य उगता है, उसी प्रकार ईश्वरीय व्यवस्था में इन इच्छाओं का पुनर्जन्म होगा। 'ईश्वरीय व्यवस्था में उन्हें पूर्णता प्राप्त होगी।' जब तुम्हारे मन में यह

दृष्टिकोण बन जाता है, तुम्हारी इच्छाएँ हमेशा पूरी होती हैं। ईश्वरीय व्यवस्था का अर्थ यह है कि 'तुम जानते हो कि तुम्हारी इच्छा का असफल होना असंभव है, क्योंकि उन्हें लिखा गया है।' वह तुम्हें निराशा नहीं करेगा, न ही तुम्हारा साथ छोड़ेगा। (ड्यूटेरोनॉमी 31:6)

आपके अवचेतन मन के अभेद्य दुर्ग में प्रवेश के लिए प्रार्थना

निम्नलिखित प्रार्थना यदि विश्वास के साथ समय-समय पर दोहराई जाए तो आपको अपनी इच्छाओं को पूरा करने का खजाना मिल जाएगा—

> "शब्दों को पूरा करनेवाले बनो, केवल वाहक बनकर अपने आपको धोखा मत दो।" (जेम्स 1:22) मेरा रचनात्मक शब्द मेरा शांत विश्वास है कि मेरी प्रार्थना सफल हुई है। मैं जब उपचार, सफलता या खुशहाली के लिए शब्द कहता हूँ तो मेरा शब्द जीवन और शक्ति की चेतना में बोला जाता है, यह जानते हुए कि वह पूरा होगा। मेरा शब्द शक्तिमान है, क्योंकि वह सर्वशक्तिमान से एकाकार है। जो शब्द मैं बोलता हूँ, वे सदा रचनात्मक और सृजनात्मक होते हैं। जब मैं प्रार्थना करता हूँ तो मेरे शब्द जीवन, प्रेम और भावना से भरपूर होते हैं। वे मेरे संकल्पों, विचारों और शब्दों को सृजनात्मक बनाते हैं। मैं जानता हूँ कि शब्दों को बोलने में मेरी निष्ठा जितनी ज्यादा होगी, उतनी ही ज्यादा उनकी शक्ति होगी। जिन शब्दों का मैं प्रयोग करता हूँ, वे एक निश्चित आकार बनाते हैं, जो मेरे विचारों को उसी के अनुकूल रूपांतरित करते हैं। ईश्वरीय विवेक अब मेरे जरिए काम कर रहा है, जो मुझे मेरी जानकारी दे रहा है। मेरे पास अब इसका परिणाम है। ईश्वर शांत है।

स्मरणीय बिंदु

1. जब आपका सर्वरूपी विकास विकास हो रहा है, अर्थात् जब आप आध्यात्मिक, मानसिक, बौद्धिक और आर्थिक रूप से विकसित हो रहे हों तो समझ लें कि आप खुशहाल बन रहे हो। आपके पास अपने मन के अनुसार खर्च करने के लिए पर्याप्त धन होना चाहिए, जिसे आप जब चाहे, जितना चाहे, अपनी जरूरतों को पूरा करने में खर्च कर सकते हों।
2. आपका अवचेतन मन दो में से जो बलवान् विचार होता है, उसे स्वीकार करता है। स्पष्ट रूप से व्याख्या करो कि सभी दृश्य और अदृश्य चीजें एक

ही स्रोत से क्यों आती हैं? सभी वस्तुएँ, जो मानव ने निर्मित की हैं, उनके उद्‍गम का स्रोत एक ही मन है और सभी वस्तुएँ, जिनका निर्माण ईश्वर ने किया है, उनका उद्‍गम स्रोत भी वही एक मन है। खुशहाली के विचारों पर ध्यान दो। सभी प्रकार के वैभव एवं दुनिया की अपार दौलत के बारे में सोचो और आपका अवचेतन आपके इन विचारों की आदत का परिणाम आपके सामने लाएगा। गरीबी और अभाव के सभी विचारों की जगह ईश्वर के ऐश्वर्य और असीमित स्रोतों को स्थान दो। उन्मुक्त रहो और ग्रहणशील बनो तथा दौलत को खुले दिल से आने दो। दौलत के प्रेमी बनो। उसे आजादी से आने दो।

3. आपका चेतन मन एक लेखनी है, जिससे आप अपने अवचेतन में अपनी सच्ची इच्छाओं को अंकित करते हो। प्रत्येक इच्छा के बारे में अलग से, पूर्ण रुचि के साथ, शांत होकर चिंतन करो, उसे अपनी आस्था और आशा से पल्लवित करके पुष्ट करो। यह काम दिन में तीन या चार बार करो। मन के लगातार उपक्रम के फलस्वरूप आप अपने अंदर के अभेद्य दुर्ग में प्रविष्ट हो पाओगे और आपके हृदय की इच्छाएँ पूरी हो जाएँगी।
4. अभाव, कमी, अकेलेपन और निराशा को अपने मन में कभी स्थान न दो। इसके विपरीत, अपनी जरूरतों की एक मानसिक योजना बनाओ और यह जान लो कि जो भी इच्छा आप अपने साथ जोड़ोगे, उसे आप ही बड़ी आसानी से पूरा करोगे। अपनी स्मृति में एक छोटी सी पंक्ति को अंकित करो, जैसे कि 'मै सुखी हूँ, आनंदमय हूँ और मुक्त हूँ।' इसे लोरी की तरह बार-बार दोहराओ। यह काम पूरी समझ से और भावुक हृदय से करो। जैसा आप अपने अवचेतन मन में सोचते हो, वैसी ही फसल काटते हो।
5. अपनी वर्तमान दशा पर शिकायत करना, सिर पीटना और कलह करना छोड़कर अपने मानसिक दृष्टिकोण को उलट दो और आत्मबल एवं निष्ठा के साथ माँग करो, 'ईश्वरीय सही कर्म मेरा है, ईश्वरीय सफलता मेरी है। ईश्वरीय प्रेम मेरी आत्मा में प्लावित है और जो कुछ मैं करूँगा, वह पूरा होगा।' यह जान लो कि आपके विचार सृजनात्मक हैं और आप वही हो, जो दिन भर सोचते हो। अपने विचारों का गरिमापूर्ण सम्मान करो। आपके विचार आपकी प्रार्थना हैं।
6. गंभीरता से यह सोचना शुरू करो कि ईश्वर का सौंदर्य और वैभव उन्मुक्त रूप से आपके विचारों, शब्दों और कार्यों में प्रवाहित है। इसके अतिरिक्त आप अपने चिंतन और मनन से जो वैभव प्राप्त करोगे, वह आप अपने

परिवार को भी दे सकोगे। देने के लिए आपके पास होना भी चाहिए। केवल धनी लोग सभी को सहायता दे सकते हैं।

7. आपको यदि दुविधा या उलझन में रहकर कठिन लोगों से कोई डील करनी पड़ रही है तो अच्छा होगा, आप स्पष्ट रूप से अपनी इच्छाओं को इस प्रकार लिख लो, 'यह भी बीत जाएगा। मेरे पास अवचेतन के विवेक के जरिए एक ईश्वरीय और सामंजस्यपूर्ण निदान है। मैं अब इसे जाने देना चाहता हूँ।' यह लिखित प्रार्थना एक लिफाफे में बंद करके फोल्डर में रख दो और लिफाफे पर लिख दो—'ईश्वर के लिए सबकुछ संभव है।' यह एक प्रतीक मात्र है और बहुत ही कारगार है।
8. राजा और एक फकीर के लिए जीवन एक शीशा है। यह हममें से प्रत्येक को हू-ब-हू वही दिखाता है, जो हम अपने मन में जमा करते हैं।
9. मैंने नववर्ष से पूर्व संध्या को समूह प्रार्थनाएँ संचालित की हैं, जिनमें प्रत्येक सदस्य अपनी हार्दिक इच्छाओं को लिखता है। उन प्रार्थनाओं को एक लिफाफे में सीलबंद करके एक वर्ष के लिए ताले में रखा जाता है और अगले नववर्ष पर प्रार्थना के समय खोला जाता है। सभी सदस्य आश्चर्यचकित रह जाते थे कि किस प्रकार उनकी इच्छाएँ पूर्ण हुईं! अनेक लोग लिखने के बाद भूल भी गए थे कि उन्होंने क्या लिखा था; किंतु उन्होंने जब स्वयं पढ़ा तो वे आश्चर्य मैं पड़ गए। इसका रहस्य यह है कि उन सभी ने अपनी इच्छाओं को आस्था व विश्वास के साथ लिखा था और उसे भीतरी मन को सौंप दिया था, जो सब जानता है और सब देखता है। उन्होंने पहली बार यह जाना कि जब मन में ईश्वरीय भरोसा होता है तो प्रार्थना का परिणाम मिलता है। ईश्वरीय भरोसा कोई लापरवाही या विकृति नहीं है। इसका अर्थ यह है कि आप जानते हो कि आप हृदय से जो भी माँगते हो और हृदय से उसमें विश्वास भी करते हो, वह आपको मिलेगा। इसलिए परिणाम के लिए आप उस व्यक्ति के मुकाबले और अधिक आस्था, और अधिक आश्वासन और अधिक विश्वसनीयता के साथ इंतजार करो, जो केवल सुबह होने का इंतजार कर रहा है।
10. अध्याय के अंत में दी गई प्रार्थना से आपके दैनिक जीवन में आश्चर्यजनक परिणाम मिलेंगे।

□

8

मानसिक खजाने का नक्शा कैसे बनाएँ और उसका उपयोग कैसे करें

"आत्मा हो और उसमें कल्पना नहीं, यह तो वैसे ही हुआ, जैसे वेधशाला हो और उसमें दूरबीन नहीं!"

—हेनरी वार्ड बीचर

"कल्पना में सबकुछ है। वह सौंदर्य की देवी है—न्याय का सृजन करती, खुशियों की सौगात देती है। यही तो जगत् के अलंकार कहलाते हैं।"

—ब्लेज पास्कल

"कवि की दृष्टि अपनी मदमस्त उड़ान में स्वर्ग से पृथ्वी और पृथ्वी से स्वर्ग को नापती है और जैसे ही कल्पना अपने पंख फैलाकर अज्ञात से साक्षात्कार करने के लिए उद्यत होती है, वैसे ही कवि की लेखनी उस अज्ञात को रूप में ढालकर प्रस्तुत करने लग जाती है। यह सब कल्पना का ही तो चमत्कार है।"

—विलियम शेक्सपियर

कल्पना अत्यंत शक्तिशाली संकायों में से एक है। अनुशासित, नियंत्रित और निर्देशित कल्पना एक अमोघ अस्त्र है, जिसके जरिए आप अपने अवचेतन मन की गहराइयों में जाकर नई-से-नई खोज एवं नए आविष्कार करते हो, कविता और संगीत का सृजन करते हो और वायुमंडल, सागर व पृथ्वी के वैभव की जानकारी प्राप्त करते हो। वैज्ञानिक, कलाकार, संगीतकार, भौतिक विज्ञान शास्त्री, आविष्कारक, कवि और लेखक—इन सभी के पास आमतौर पर कल्पना का एक विपुल भंडार होता है,

जिसके अध्ययन से वे अपने अवचेतन के खजाने से अनंत के वैभव का उपयोग करके विभिन्न रूपों में मानवता की भलाई करते हैं।

कैसे उसके खजाने के नक्शे ने उसे धन के साथ जीवन साथी भी दे दिया

मैंने हाल ही में अमांडा आर. नामक युवती का विवाह संपन्न कराया। अमांडा एक पब्लिक रिलेशंस फर्म में एकाउंट एक्जीक्यूटिव है। अमांडा से मेरी पहली मुलाकात लगभग छह महीने पहले हुई थी। तब उसने बताया था कि उसकी फर्म संकट से गुजर रही है और उसका जीवन भी वैसा नहीं चल रहा है, जैसा वह चाहती थी। हमारी बातचीत के बाद उसने अपने लिए खजाने का नक्शा बनाया और उसे चार भागों में बाँट दिया। पहले भाग में उसने लिखा—'ईश्वरीय समृद्धि को अपने जीवन में उन्मुक्त रूप से प्रवाहित होने के लिए धन्यवाद देती हूँ।' दूसरे भाग में उसने लिखा—'मैं दुनिया घूमने जानेवाले ट्रिप के लिए धन्यवाद देती हूँ।' तीसरे भाग में उसने लिखा—'मैं एक अद्‍भुत और प्रफुल्ल व्यक्ति के लिए धन्यवाद देती हूँ, जिसका मेरे साथ शुरू से पूर्ण सामंजस्य है।' और अंतिम भाग में उसने लिखा—'मैं एक सुंदर और खुशियों से भरपूर घर के लिए धन्यवाद देती हूँ।' चारों इच्छाओं के नीचे उसने लिखा—'ईश्वरीय व्यवस्था के अंतर्गत मैं इन सभी इच्छाओं की पूर्ति के लिए ईश्वरीय विश्वास व प्रेम को धन्यवाद देती हूँ।'

रोजाना सुबह, दोपहर और शाम को वह नियमित रूप से अपनी इच्छाओं पर मनन करने लगी। उसने अपनी प्रतिज्ञा और मानसिक छवि में अपनी इच्छाओं की पूर्ति को देखना भी शुरू कर दिया। उसे मालूम था कि धीरे-धीरे ये छवियाँ उसके अवचेतन मन में अंकित होती जाएँगी और अवचेतन उन्हें आधार प्रदान करने में जुट जाएगा। पहली इच्छा का परिणाम लगभग एक महीने बाद आया। न्यूयॉर्क में उसकी परदादी स्वर्ग सिधारने के बाद अपनी वसीयत में उसके नाम 1,50,000 डॉलर की संपत्ति छोड़ गई। दो दिन बाद उसकी फर्म दिवालिया हो गई। ऐसे समय में उसे एक खुशखबरी मिली। कनाडा स्थित उसके माता-पिता ने दुनिया की सैर पर जानेवाले ट्रिप में उसे साथ चलने के लिए बुला लिया। सैर के दौरान टोकियो में उसकी मुलाकात सैन फ्रांसिस्को के एक वैज्ञानिक से हुई। उसके अनुसार, यह पहली दृष्टि में प्रेम था। कैलिफोर्निया लौटने पर उन दोनों की शादी हो गई। वे अब प्रशांत महासागर के तट पर एक खूबसूरत घर में अमन-चैन से जीवन बिता रहे हैं।

अमांडा ने मुझे बताया कि उसने 'ट्रेजर मैप' लिखने की सफलता पर कभी संदेह नहीं किया। उसने अपने अवचेतन मन के अपरिमित वैभव पर अपनी पूरी आस्था बनाए

रखी। अपनी मानसिक छवियों को पुष्ट करने के लिए उसने पासपोर्ट बनवाया, जिस ट्रैवल ब्रॉशर से एक टूर को चुना, जिसे देखकर प्रतिदिन रात में अपनी कल्पना में वह अपने पसंदीदा शहर में घूमती। उसने अपनी मानसिक छवि में अपनी उँगली में अँगूठी को पहने देख लिया, जिसका मतलब था कि उसकी शादी उस अद्‌भुत व्यक्ति से हो चुकी है।

अमांडा ने अपनी कार्य-प्रणाली की सहायता से अपने ही विचारों और कल्पना को अपने नियंत्रण में रखा। इसके परिणामस्वरूप वह अपने आर्थिक मामलों को बखूबी सँभाल पाई और साथ में अपने प्रेम भरे जीवन को भी सँभाल पाई।

उसकी कल्पना ने कानूनी समझौता करा दिया

मैं दक्षिण अमेरिका की ऐतिहासिक 'माया सभ्यता' की भ्रमण-यात्रा पर था। इसके लिए पहले प्राचीन नगर यूकेटन जाना पड़ता है, जो चिचेन इट्‌जा के खँडहरों का केंद्र स्थल है। वहाँ मेरी मुलाकात टेक्सास से आए एक एटॉर्नी डूग एम. से हुई। बातचीत के दौरान उसने बताया कि यह यात्रा उसके लिए संभवत: शांति का अंतिम अवसर है, क्योंकि डलास लौटते ही उसे एक बड़े कानूनी केस में फँस जाना पड़ेगा, जिसका कोई अंत नजर नहीं आता। उसने बताया कि एक बड़े स्टेट मालिक के मर जाने के बाद उसके ढेर सारे झगड़ालू पारिवारिक सदस्य उस संपत्ति पर कब्जा जमाने के लिए एक-दूसरे को जूता मारने के लिए तैयार खड़े हुए हैं। परिवार के एक सदस्य ने उसे अपना वकील रखा है, जो चाहता है कि मामला कानूनी लड़ाई के बजाय आपसी बातचीत से शांतिपूर्वक निपट जाए।

"इन झगड़ालू जटिल गँवारों को राजी करने से तो अच्छा था, मुझे कुत्ता-बिल्ली की शादी कराने का केस मिल जाता।" उसने मायूसी से कहा।

"मेरे पास एक सुझाव है।" मैंने जवाब दिया, "क्यों न तुम काल्पनिक प्रार्थना थैरेपी को एक अवसर देकर देखो! अपनी मानसिक छवि में देखो कि तुम डलास में अपनी फर्म के कॉन्फ्रेंस रूम में बैठे हो। परिवार के सभी सदस्य वहाँ मौजूद हैं। पूर्ण आस्था और अधिकारपूर्वक अहसास करो कि उन सभी में आपसी सौहार्द, शांति और समझ अपना काम कर रही है। कल्पना करो कि तुम्हारे क्लाइंट तुमसे कह रहे हैं, 'हमने लिखित वसीयत की सभी शर्तों को स्वीकार कर लिया है और कोर्ट में न जाने का फैसला भी कर लिया है।' यह प्रार्थना रोजाना सोते समय करो और अंत में कहो, 'शुभ समाप्ति।'

डूग मेरा सुझाव सुनकर बोला, "मैं कुछ भी करने को तैयार हूँ।"

मेक्सिको से लौटने के बाद मुझे एक पत्र मिला, जिस पर डलास का स्टेंप लगा हुआ था। उस पत्र में डूग ने लिखा—

"मैंने आपके सुझाव के अनुसार प्रार्थना थेरैपी की। जब फैमिली कॉन्फ्रेंस हुई तो उसमें सामंजस्यपूर्ण निदान के विश्वास के साथ मैं शामिल हुआ। और वही हुआ। उन झगड़ालू सदस्यों ने न जाने कैसे सोच लिया और यह फैसला कर लिया कि वे वसीयत की शर्तों को मानने के लिए तैयार हैं। इस फैसले से हम सभी एक लंबी कानूनी लड़ाई से बच गए और मैं बता दूँ कि मुझे एक अच्छे पारिश्रमिक के साथ सभी लोगों का आभार भी मिला।"

कैसे एक मेक्सिकन गाइड अपनी कल्पना का दूसरे व्यवसाय में सफल उपयोग करता है

उक्समेल मेक्सिको का एक प्रमुख स्थापत्य कला का केंद्र है। यह मेरिडाकैंपेच हाईवे पर राजधानी यूकेटन से कार द्वारा एक घंटे की दूरी पर स्थित है। मेरा गाइड ही कार को ड्राइव कर रहा था। उसका नाम पोरफीरिओ जी. था। उसने बताया कि उसका मनपसंद काम जमीन के नीचे पानी ढूँढ़ने का काम है, जिसे वह ऑफ सीजन में, जब पर्यटकों की आवा-जाही कम रहती है, खूब जोरों से करता है। जब कभी जमीन का मालिक उसे पानी ढूँढ़ने को कहता है तो वह अपने हाथ में ताँबे की एक छड़ी को लेकर पूरे यार्ड में घूमता है। जैसे-जैसे वह आगे बढ़ता है, वह अपने हाथ से बात करता जाता है, "जब हम पानी के नजदीक पहुँचेंगे तो तुम तनकर सख्त हो जाओगे और ताँबे की छड़ ठीक स्थान पर टिक जानी चाहिए, जहाँ पानी हो।"

"यह लगभग सभी मामलों में सफल होता है।" पोरफीरिओ ने कहा, "यदि मैं असफल होता हूँ तो इस बाँह की वजह से नहीं, बल्कि अपने कारण होता हूँ। जब मैं थक जाता हूँ तो अपने मन को केंद्रित नहीं कर पाता।"

पोरफीरिओ जी. ने कार के डोर पॉकेट से फोटोग्राफी के अनेक नक्शे निकालते हुए कहा, "मैं इन सब में पानी ढूँढ़ सकता हूँ।" उसने बताया कि "जब कभी बाड़े का मालिक कुछ पशुओं के खो जाने के बारे में बताता है और मुझसे मदद माँगता है तो मैं खोए हुए पशुओं के बारे में केंद्रित होकर सोचता हूँ और ताँबे की छड़ी को नक्शे के ऊपर घुमाता हूँ। वह इशारा कर देती है कि खोए हुए पशु कहाँ हैं।"

पोरफीरिओ के पानी ढूँढ़ने के व्यवसाय ने उसकी आय को बढ़ा दिया, जिसके परिणामस्वरूप वह स्थानीय विश्वविद्यालय में डिग्री का कोर्स कर रहा है। वह उम्मीद करता है कि पास हो जाने के बाद उसे स्थापत्य कला में इंस्पेक्टर की नौकरी मिल जाएगी।

"यूकेटन की संपूर्ण घाटी माया सभ्यता के खँडहरों से भरी पड़ी है और गहन

जंगलों में छिप गई है।" उसने उत्सुकता से कहा, "मैं उन्हें अपनी इस ताँबे की छड़ी से ढूँढ़ सकता हूँ। मुझे विश्वास है कि मैं इसमें सफल होऊँगा, जैसे मैं पशुओं को ढूँढ़ने में सफल हुआ था। एक दिन हमारे पूर्वजों की उपलब्धियों पर पूरा विश्व आश्चर्य करेगा।"

वह उस वैभव का प्रयोग कर रहा था, जो उसके अवचेतन में पहले से ही मौजूद था। पोरफीरिओ जब बच्चा था, तब उसके पिता ने उसे यह बताया था कि उसे उत्तराधिकार में पानी ढूँढ़ने का वरदान प्राप्त हुआ है। उस बच्चे ने उस पर विश्वास किया, क्योंकि बाल हृदय अवचेतन सुझाव को आसानी से ग्रहण करता है और उसके नियंत्रण में भी रहता है। इसलिए उसके अवचेतन ने उसके विश्वास को स्वभावत: स्वीकार कर लिया। दूसरे, अवचेतन मन विवेक और ज्ञान के साहचर्य में रहता है। वह सब देखता है और सब जानता है। वह जानता है कि पानी कहाँ है, सोना कहाँ है, या खोए हुए पशु अथवा प्राचीन अवशेष कहाँ हैं; क्योंकि समस्त संसार ब्रह्मांड से अवचेतन से ही निकलकर आया है।

जब पोरफीरिओ उस क्षेत्र से गुजरता है, जहाँ पानी है, उसके विश्वास और निश्चित आदेश से अवचेतन उसकी बाँह की मांसपेशियों में थिरकन पैदा करता है, जिससे उसके हाथ में पकड़ी ताँबे की छड़ी उस केंद्रबिंदु पर टिक जाती है। ताँबे की छड़ी स्वयं में कुछ नहीं है। वह प्रतीक मात्र है। उसकी जगह वह अपने विश्वास के अनुकूल पेड़ की डंडी या मामूली लकड़ी का भी प्रयोग कर सकता था।

मैंने पोरफीरिओ को उसकी लगन और परिश्रम के लिए शुभकामनाएँ दीं। मैंने उसे एक सुझाव दिया, जिससे उसकी तकनीक में और भी सुधार आ सकता है। मैंने कहा कि अपने अवचेतन को आएदिन यह कहता रहे, 'जब मैं पानी के केंद्रबिंदु पर पहुँच जाऊँगा तो यह भी जान जाऊँगा कि पानी ठीक कितने फीट की गहराई पर मिलेगा।' उसके विश्वास ने उसे यह वरदान भी दिला दिया।

रचनात्मक कल्पना के नियम ने उसे निराशा में डूबने से बचा लिया

मैं वर्जीनिया बी. से कुछ वर्ष पहले मिला था। उस समय वह एक विज्ञान कंपनी की एक सफल मीडिया मैनेजर की नौकरी कर रही थी और अपने एटॉर्नी पति के साथ सुखमय जीवन बिता रही थी। अगली बार जब वह मिली तो कुछ उदास दिखाई दी। उसकी आँखों में दु:ख और निराशा के बादल थे। उसने बताया कि एक वर्ष पूर्व हृदयाघात से उसके पति की मृत्यु हो गई थी। उसके पहले वह नौकरी से रिटायर हो चुकी थी। तभी से वह अपना मकान बेचना चाह रही है, पर अब तक वह असफल रही है। उसका वह मकान अकेले के लिए बहुत बड़ा है। उसकी देख-रेख पर भी बहुत खर्च होता है, जो उसके लिए अब संभव नहीं है। उसने नजदीक की एक रिटायरमेंट कम्युनिटी

में एक खूबसूरत फ्लैट भी बुक करवा दिया है; किंतु जब तक वह मकान बिक नहीं जाता, तब तक कुछ नहीं हो सकता। यदि मकान जल्दी नहीं बिका तो उसे डर है कि उसके हाथ से फ्लैट निकल जाएगा और उसकी जमानत भी जब्त हो जाएगी।

मैंने वर्जीनिया से कहा कि उसे अपनी कल्पना का प्रयोग करना चाहिए और यह बताया कि वह इसका प्रयोग कैसे करे। प्रत्येक रात में सोने से पूर्व उसे कल्पना करनी चाहिए कि उसके हाथ में मकान की पूरी कीमत का चेक है। अपनी नियंत्रित कल्पना में उसे पूरे धैर्य और संतोष के साथ यह भी देखना है कि वह चेक को अपने बैंक में जमा कर रही है। उसके बाद उसे अपनी काल्पनिक तसवीर में बहुत ही स्पष्ट रूप में देखना होगा कि वह अपने नए फ्लैट में चली गई है और अपने सोने की तैयारी कर रही है। जैसे ही नींद आने लगे, उसे कहना है, "हे पिता! मेरी प्रार्थना को ईश्वरीय व्यवस्था में पूरी करने के लिए आपको धन्यवाद!"

वर्जीनिया ने इस तकनीक का प्रयोग लगातार तीन दिन तक किया। चौथे दिन सुबह बिल्डर का फोन आया, जिसके जिम्मे उसने मकान बेचने का काम सौंपा था। एक अधिकारी, जिसका अभी-अभी देश के इस भाग में ट्रांसफर हुआ है, वह ठीक उसके जैसा मकान ढूँढ़ रहा है। वह चाहता है कि मकान की डीलिंग जल्दी-से-जल्दी हो जाए। एक घंटे बाद ब्रोकर के साथ खरीदार आ गया और दोपहर तक मकान की डीलिंग पूरी हो गई।

यह सच है कि कल्पना को ईश्वर की कार्यशाला कहा गया है। आइंस्टाइन ने कहा था, "कल्पना ज्ञान से बहुत ऊपर है। आप जिसकी कल्पना करते हो और उसे सच मानते हो, तो वह सच हो जाता है। कल्पना आपके विचारों को वस्त्र पहनाकर विश्व-पटल पर प्रस्तुत कर देती है। आप अपनी मानसिक छवि को अपने मन में रखकर उस पर निष्ठा बनाए रखो तो देखोगे कि एक दिन वह सच बनकर आपके सामने आ जाएगी।"

कैसे एक अभिनेत्री ने निराशाजनक प्रतिस्पर्धा पर विजय प्राप्त की

मोना वी. एक सुंदर और प्रतिभाशाली बेरोजगार अभिनेत्री है। लेकिन मैं जब उससे मिला तो वह छह महीनों से बिना काम के बेरोजगार बैठी थी। उसने बताया कि वह एक फिल्म में एक बहुत महत्त्वपूर्ण भूमिका लेने की कोशिश में लगी हुई है। उस रोल के लिए तीन जानी-मानी अभिनेत्रियाँ भी दौड़ में हैं। ऑडिशन के बाद उसे विश्वास था कि रोल उसे ही मिलेगा; किंतु प्रोड्यूसर के निर्णय पर विश्वास नहीं जमा पा रही थी।

"यदि मैं यह रोल नहीं ले पाई," उसने कहा, "तो मैं क्या करूँगी, मुझे नहीं मालूम। यह रोल मुझे नई ऊँचाइयों तक पहुँचा देगा और नहीं मिला तो मेरे कॅरियर पर प्रश्नचिह्न लग जाएगा।"

"तुम्हें सावधान रहना होगा!" मैंने परामर्श देते हुए कहा, "प्रतिस्पर्धा का खयाल व्याकुलता और तनाव पैदा करता है, जिससे अवचेतन के काम-काज पर असर पड़ता है और फिर, यह तुमने कैसे समझ लिया कि तुम्हारे इस रोल के मिलने या न मिलने का तुम्हारी योग्यता, प्रतिभा या क्षमता से कोई लेना-देना है! दोनों बातें अलग हैं।"

मैंने अपनी ओर से यह सुझाव दिया और कहा कि वह आस्था व विश्वास के साथ उसे नियमित रूप से घोषित करे।

> "मैं अपने उच्चतम स्तर और श्रेष्ठ अभिनय के लिए ईश्वरीय नियम और व्यवस्था को धन्यवाद देती हूँ। मैं दूसरी फिल्म में इससे भी अच्छा और शानदार अभूतपूर्व रोल को स्वीकार करती हूँ। यह ईश्वर का काम है।"

उसके बाद मैंने सुझाव दिया कि वह अपना पूरा काम अवचेतन मन को सौंप दे। जब कभी फिल्म कॉण्ट्रेक्ट का विचार आए तो अपने आप से कहे, 'अपरिमित विवेक इसको सँभाल रहा है।'

मोना को वह रोल नहीं मिला, जिसके लिए वह कोशिश कर रही थी। अलबत्ता थोड़े ही दिनों में उसे उससे भी अच्छा और बहुत शानदार तथा रोमांचकारी रोल मिला, जिसके बाद उसका कॅरियर नई ऊँचाइयों को छूने लगा।

जब कभी आपको लगे कि आप किसी नौकरी या किसी काम के लिए स्पर्धा का सामना कर रहे हो तो इस आसान तकनीक का उपयोग करो और आप ऐसे उत्तर की प्रतीक्षा करो, जो आपको आश्चर्य तथा खुशी से भर देगा।

प्रबल छवि की अद्‍भुत शक्ति

आपकी प्रबल या प्रमुख छवि आपके जीवन के सभी पहलुओं को नियंत्रित करती है। आपका अवचेतन दो में से जो भी प्रबल विचार है, उसे स्वीकार करता है। (इस संबंध में विस्तृत जानकारी के लिए मेरी पुस्तक 'आपके अवचेतन मन की शक्ति' पढ़ें।) पाँच वर्ष पूर्व एक ग्राफिक डिजाइनर ह्यूगो वी. मुझसे मिलने आया था। वह लॉस एजेंलेस स्थित एक सॉफ्टवेयर कंपनी में काम कर रहा था। एक घंटे की मुलाकात में उसने बताया था कि उसके परिवार में उसकी पत्नी और दो किशोरावस्था के बेटे हैं। उसकी पत्नी लॉस एंजेंलेस के वायु प्रदूषण से उत्पन्न एलर्जी के कारण नौकरी करने के लायक नहीं है। उसने बताया कि उसका वेतन अच्छा है, किंतु परिवार के समुचित दैनिक जीवन-यापन में कम पड़ता है। वे एक साधारण रिहायशी इलाके में एक छोटे से मकान में रहते हैं। उनके पास एक पुरानी कार है, जो अकसर खराब रहती है। मैंने

ह्यूगो को समझाया कि वह अपनी कल्पना का कैसे रचनात्मक उपयोग करे। मेरे सुझाव पर उसने कागज पर लिखा—

"मैं अब ईश्वर के वैभव पर अधिकार करता हूँ और मेरा अवचेतन मन प्रतिक्रिया दे रहा है। मैं स्वयं के लिए स्वास्थ्य, संतुष्टि और एक अच्छा मकान अधिकृत करता हूँ। मेरी पत्नी, मेरे दो बेटे और मुझे प्रत्येक को अपनी कार की जरूरत है। पदोन्नति मेरी है, सफलता मेरी है। मैं अब सभी भागों को पूरा करने के लिए धन्यवाद देता हूँ।"

ह्यूगो और उसकी पत्नी ने मानसिक चित्र बनाने की आदत डाल ली, जिसमें अपने को प्रदूषण से मुक्त एक संभ्रांत इलाके में स्थित एक बड़े खूबसूरत मकान में रह रहे हैं, जिसके आगे-पीछे खुला उद्यान है और चार गाड़ियों के लिए गैरेज बने हुए हैं। उनका पास-पड़ोस भी अच्छा है। प्रत्येक रात को ह्यूगो सोने से पहले अपने अवचेतन मन को निम्नलिखित संदेश देता था—

"मैं ईश्वर के वैभव के लिए आभारी हूँ, जो हमेशा सक्रिय, सजग अपरिवर्तनीय और अमर है। मैं अपनी पदोन्नति और अपनी अभूतपूर्व सफलता के लिए धन्यवाद देता हूँ।"

लगभग तीन महीने तक कुछ नहीं हुआ; किंतु ह्यूगो और उसकी पत्नी ने अपने विश्वास पर निष्ठा जमाए रखी। उसके बाद जैसे ही विभागाध्यक्ष के रूप में उसकी पदोन्नति हुई, एक बड़ी सॉफ्टवेयर कंपनी ने उसकी कंपनी को खरीद लिया। ह्यूगो के सामने चुनने के लिए अवसरों की कीमत लाखों डॉलर में पहुँच गई। इसके अतिरिक्त, कंपनी का कार्यक्षेत्र टेक्सास में स्थानांतरित हो गया, जहाँ की जलवायु शुद्ध थी। वहाँ जाकर उसने अपने पुराने घर के मूल्य से एक विशाल बँगला खरीद लिया, जिसके आगे-पीछे खुला उद्यान था। उसकी पत्नी की एलर्जी धीरे-धीरे समाप्त हो गई और उसके दोनों बेटे अब अपनी स्पोर्ट्स कार में स्कूल जाते हैं।

सभी की भलाई के लिए प्रभावशाली कल्पना की प्रार्थना

'जहाँ दूरदृष्टि नहीं है, वहाँ मानवता का नाश है।' (प्रोवर्ब्स 29:18)

''मैं दूर-दृष्टि (कल्पना), ईश्वर और उसके काम करने के तरीके के बारे में और जानना चाहता हूँ। मेरी दृष्टि पूर्ण स्वास्थ्य, समरसता और शांति के लिए है। मेरी दृष्टि आंतरिक आस्था है, जिसे अनंत आत्मा आगे बढ़ाती है और अब सभी मार्गों में मेरा मार्गदर्शन करती है। मैं जानता हूँ और विश्वास

करता हूँ कि मेरे अंदर ईश्वर की शक्ति मेरी प्रार्थनाओं का परिणाम देती है। यह मेरे मन की गहन निष्ठा है।"

मैं जानता हूँ कि मानसिक छवि, जिस पर मैं हमेशा विश्वास करता रहा हूँ, वह मेरे अवचेतन मन में विकसित होगी और अंतरिक्ष के पटल पर प्रस्तुत होगी।

"मैंने अपने तथा दूसरों के लिए जो भी श्रेष्ठ है, अद्‌भुत और परमेश्वर-स्वरूप है, उसकी कल्पना करने का अपने लिए एक दैनिक अभ्यास बना लिया है। मैं अब कल्पना करता हूँ कि मैं वह काम कर रहा हूँ, जो मैं हमेशा से करना चाहता था। मैं कल्पना करता हूँ कि मैं उन वस्तुओं को प्राप्त कर रहा हूँ, जिन्हें मैं हमेशा से प्राप्त करना चाहता था। मैं कल्पना करता हूँ कि मैं वह बन गया हूँ, जो हमेशा से बनना चाहता था। उसे सच बनाने के लिए मैं उसकी सच्चाई को महसूस कर रहा हूँ। मैं जानता हूँ कि यह सही है। हे परम पिता! तुम्हें धन्यवाद।"

स्मरणीय बिंदु

1. बिना कल्पना के आत्मा बिना दूरबीन के वेधशाला जैसी है। कल्पना मनुष्य का एक प्रबल संकाय है, जो आपके विचारों को सुंदर स्वरूप देकर उन्हें विश्व-पटल पर प्रस्तुत करने की क्षमता रखती है।
2. आप अपने हृदय में बसे विचारों के खजाने का नक्शा खुद बना सकते हो। अपने मन में प्रत्येक विचार के पूरा हो जाने की मानसिक छवि बनाओ और अधिकारपूर्वक सोचो कि वह पूरा हो रहा है। यह अभ्यास दिन में दो बार करो। छवियों को विश्वास के साथ जमाए रखो और आप देखोगे कि वे छवियाँ अवचेतन मन में जमती जाएँगी, अनुभव के रूप में प्रस्तुत होने लग जाएँगी।
3. यदि आप किसी विवाद, कानूनी झगड़े या किसी सभा या कॉन्फ्रेंस के फैसले के बारे में परेशान हों तो अपने को शांत करके अधिकारपूर्वक सोचो कि उस विवाद में शामिल सभी लोगों में समरसता, शांति और ईश्वरीय समझ कार्यरत है। उस व्यक्ति को चुनो, जिसने आपको यह काम सौंपा है और कल्पना करो कि वह व्यक्ति आपको विवाद के शांतिपूर्ण समाधान की खबर दे रहा है। उसकी आवाज को बार-बार सुनो। फिर आहिस्ता से, बड़े प्रेम से 'सुखमय समाप्ति' कहकर नींद में सो जाओ। आप अपने अवचेतन मन के दुर्ग में विवाद के हल को पहुँचाने में सफल हो जाओगे और एक ईश्वरीय समझौता हो जाएगा।
4. एक गाइड, जिसके मन में यह विश्वास था कि उसे जमीन में पानी ढूँढ़ने की

कला उत्तराधिकार में मिली है, ने अपने अवचेतन मन को यह विश्वास दिला दिया कि जब कभी वह उस जमीन पर चलेगा, जिसके नीचे पानी है, उसकी बाँह तन जाएगी और बाँह में पकड़ी छड़ी उस स्थल पर टिक जाएगी। उसके अवचेतन ने उसके विश्वास को स्वीकार कर प्रतिक्रिया देनी शुरू कर दी। इस चमत्कार ने उस गाइड का जीवन ही बदल दिया।

5. यदि आपको अपने घर को बेचने में परेशानी हो रही हो तो सोने से पहले कल्पना करो कि आपके हाथ में पूरे भुगतान की राशि का चेक है। चेक के लिए धन्यवाद दो, उसकी वास्तविकता को महसूस करो। यहाँ तक कि आप बैंक की टेलर्स विंडो पर खड़े होकर उसे जमा कर रहे हो। अपने श्रेष्ठ मन को धन्यवाद दो और तब आप देखोगे कि आपकी प्रार्थना के चमत्कारी परिणाम आपके सामने आएँगे।
6. जब कभी आप किसी कॉण्ट्रेक्ट के लिए या काम अथवा नौकरी के लिए अन्य लोगों की स्पर्धा में शामिल हों तो स्वयं को परेशानी, व्याकुलता और तनाव से दूर रखो। शांत मन से प्रतिज्ञा करो, 'मैं इस काम को या इससे भी कहीं ज्यादा बड़े और अद्‍भुत काम को, जिसे अनंत वैभव ने मेरे लिए बनाया है, सहज रूप से स्वीकार करता हूँ।' यदि आपको वह काम नहीं मिलता है तो आपका श्रेष्ठ आपके लिए इससे भी बड़े काम का अवसर आपको देगा।
7. यदि आपका चेतन मन आपके अमीर बन जाने को, आपकी तरक्की या सफलता को खयाली पुलाव मानता हो, आप अपनी कल्पना की प्रबल छवि में सफलता और आर्थिक स्वतंत्रता की निष्ठा जमाए रखो। आपकी प्रबल इच्छा आपके अवचेतन मन में उतर जाएगी और कामना पूर्ण होगी। हठ से अपने पर विश्वास करनेवाला सदा विजयी होता है।
8. अपने जीवन के प्रत्येक क्षेत्र को समृद्ध बनाने में कल्पना के अधिकतम उपयोग में सहायता के लिए अध्याय के अंत में दी गई प्रार्थना का उपयोग करें।

□

9

अनंत वैभव का नियम कैसे आपकी समृद्धि में वृद्धि करता है

समस्त संसार में हर व्यक्ति निजी रूप से आगे बढ़ना चाहता है। एक ईश्वरीय ललक उसे हर क्षेत्र में आगे बढ़ने, विकसित होने, धन कमाने, अपने जीवन को सुखी और खुशहाल बनाने के लिए उकसाती रहती है। हृदय की यही आवाज हमेशा कहती है, 'ऊपर उठो, और ऊपर आओ। मुझे तुम्हारी जरूरत है।'

आप चाहते हो कि आपके दोस्त हों, आपकी स्थिति अच्छी हो, जीवन और अधिक आरामदायक बने, रुपए-पैसे की कमी न रहे, उसके लिए हरदम जूझना न पड़े, जीवन में खाना-पीना अच्छा हो, अच्छे व फैशनेबल कपड़े हों; ऐसा घर हो, जहाँ आपकी जरूरतें पूरी हों, जीवन का सुख-चैन मिले, घर में एक वाहन हो; यह भी संभव है कि आपकी घूमने की तमन्ना हो; दुनिया को, उसकी खूबसूरती को, उसके सौंदर्य और उसकी प्रकृति को देखने की इच्छा हो। और फिर, आप यह भी चाहोगे कि आप अपने मन के दौलत पैदा करनेवाले उन नियमों को भी जान लो, जिनके बल पर आप अपने अंदर छिपे अपरिमित खजाने से जब चाहो, धन निकालकर अपनी जिंदगी को और खुशहाल बना सको।

मिट्टी में यह खूबी है कि वह बोए गए बीजों को बढ़ाकर तिगुना-चौगुना कर देती है। धरती में एक दाना डाल दो। आप देखोगे कि एक अंतराल के बाद वहाँ जंगल दिखाई देने लगेगा। किंतु यह बढ़ोतरी ईश्वर ने दी है (1 कोरीथिएंस 3:6)। इसी प्रकार, 'जब आप धन, प्रचुरता, सुरक्षा और सही कर्म के विचार अपने मन में रोपते हो और उसे आप आस्था व विश्वास के पानी से सींचते हो तो आपको वैभव और सुख-सम्मान मिलता है।'

बढ़ने का मतलब सभी क्षेत्रों में आध्यात्मिक, मानसिक, भावनात्मक, सामाजिक व आर्थिक वृद्धि और विकास। प्रत्येक विचार कार्य का आरंभ है। जब आप अपने

अवचेतन मन में और अपने चारों ओर समृद्धि के बारे में सोचना शुरू करोगे तो आपको यह देखकर आश्चर्य होगा कि किस प्रकार धन-समृद्धि चारों ओर से उड़कर आपके पास आती है।

एक बार अगस्त के महीने में मैंने एक महँगे जलपोत की समुद्री यात्रा के दौरान एक सेमिनार का संचालन किया। वह जलपोत पर्यटकों को लेकर कनाडा और लास्का के बंदरगाहों की सैर पर जा रहा था। कनाडा के विक्टोरिया बंदरगाह में मन के नियम के 18 विद्यार्थी भी यात्रा में शामिल हो गए। दोपहर के पूरे सत्र में अवचेतन मन के विवेक और आश्चर्यों पर चर्चा हुई। सत्र में भाग लेनेवाले सदस्यों ने बताया कि 'आपके अवचेतन मन की शक्तियाँ' (पुस्तक) को पढ़ने और उसमें दिए गए नियमों को अपनाने के बाद उनके जीवन की काया पलट गई। उन्हें अधिक पैमाने पर धन, खुशियाँ और मन की शांति मिलने के साथ-साथ जीवन में पूर्णता का अहसास होने लगा।

अधिक धन-समृद्धि के लिए वृद्धि के कानून का प्रयोग कैसे किया जाए

एक व्यक्ति, जिसने चर्चा में भाग लिया, उसका नाम जेरेमी एम. था और वह बड़े भवनों के निर्माण के कार्य में लगा हुआ था। उसने बाद में बताया कि बरसों से वह प्रार्थना करता रहा कि भगवान् उसकी आर्थिक व्यवस्था ठीक करेगा और उसके साथ-साथ वह हमेशा अपनी खराब आर्थिक स्थिति व अभावों के लिए रोता भी रहता था। जब कभी वह अपने रिश्तेदारों से मिलकर लौटता, तब उनके अभावों पर सोचता रहता। इस प्रकार, वह अपनी हीन अवस्था से परेशान रहता था। उसने मायूसी में सभी को गरीबी के दलदल में उतार दिया था। वह लाख कोशिश करने पर भी यह समझ नहीं पा रहा था कि उसकी तथा उसके रिश्तेदार की आर्थिक स्थिति क्यों नहीं सुधर पा रही है?

एक दिन जेरेमी एक मनोवैज्ञानिक की वार्त्ता सुनने गया। वार्त्ता के बाद उसने परामर्श का समय माँगा, जिसमें उसने अपनी समस्या की चर्चा की और पूछा कि आखिर उसकी प्रार्थनाओं का फल उसे क्यों नहीं मिल रहा है? काउंसलर ने उसे समझाया कि प्रत्येक विचार सृजनात्मक होता है। जब तक वह अपनी और उसके रिश्तेदारों की गरीबी एवं अभावों पर चिंता करता रहेगा, तब तक वह अपनी प्रार्थनाओं को स्वयं निष्प्रभावी करता रहेगा और इस प्रकार अपनी वर्तमान स्थिति को और बढ़ाता रहेगा।

यह रहस्योद्घाटन जेरेमी के लिए एक नई चेतना थी। उसने अपने विचारों में परिवर्तन लाना शुरू किया और अपने विचारों को बदलकर यह कहना शुरू किया कि ईश्वर उसे हर प्रकार से खुशहाल बना रहा है और उसके रिश्तेदारों को भी इसी प्रकार

खुशियाँ दे रहा है। उसने अपने मिलनेवाले प्रत्येक व्यक्ति के लिए ईश्वर के वैभव को माँगना शुरू कर दिया। शीघ्र ही उसकी आर्थिक स्थिति में सुधार होना शुरू हो गया। उसका व्यवसाय उसकी आशा से दुगुना-तिगुना बढ़ गया। आज उसके पास अपने दो विमान हैं, जिनके जरिए वह अपने दूर के कार्यस्थलों का बखूबी निरीक्षण करता है। उसका बिजनेस बढ़ता जा रहा है।

जेरेमी इसलिए सफल हो गया, क्योंकि उसने विराट् पूर्णता के इस नियम को जान लिया, "आप दूसरों के लिए जो कामना करते हैं, वह आप अपने लिए करते हैं।" एक भारतीय कहावत भी है, 'जो सौगात घर में मेरे भाई के लिए आती है, वह मेरे लिए भी आती है।'

कैसे एक प्रोफेसर ने वृद्धि के नियम से अपने निजी लाभ को बढ़ाया

जल-यात्रा में जो लोग मेरे सेमिनार में शामिल हुए, उनमें अमांडा आर. नाम की एक युवती थी। वह भाषा-विज्ञान के क्षेत्र में प्रोफेसर थी। उसने बताया कि वह अपने कॅरियर में सफलता के लिए अध्यापन और शोध में लगनेवाले समय, ऊर्जा एवं उत्साह को एक सीमा तक ही श्रेय देती है। उसने कहा, "मैंने शुरू से ही अपने साथियों की उपलब्धियों पर खुशी मनाने की आदत बना ली। मैं अपनी टीम को अपना मानती थी और यह मानकर चलती थी कि हम सभी मिलकर मानवीय ज्ञान को बढ़ाने का काम कर रहे हैं। इसलिए किसी एक की सफलता को मैं अपनी सफलता मानती थी।"

"और परिणाम क्या मिले?" मैंने प्रश्न किया। मैं जानता था कि उसका उत्तर क्या होगा!

"मेरे सभी सहयोगी आगे बढ़े।" उसने जवाब दिया, "उन्होंने वृद्धि के नियम और सर्वव्यापी ईश्वरीय प्रचुरता के वैभव को स्पष्ट रूप से संचालित होते देखा। बाद में उनका मुझे एक और फायदे का अहसास हुआ। अपने आस-पड़ोस के लोगों की प्रशंसा करने और उनकी खुशियों में खुश होने के साथ-साथ मैं अपनी खुशियों के लिए भी प्रक्रिया को शुरू कर रही हूँ।"

अमांडा अपनी समझ में बिल्कुल सही थी। दूसरों की सफलता के उसके विचार उसके अवचेतन मन में प्रविष्ट हुए। अवचेतन में जो भी जमा किया जाता है, वह फैलकर साठ गुना, सौ गुना, यहाँ तक कि हजार गुना बढ़ जाता है। परिणाम उत्साह, आनंद और विचार के तरीके की गहनता पर निर्भर करता है। आज अमांडा आर. एक प्राचीन और ख्याति-प्राप्त विश्वविद्यालय में एक सफल प्रोफेसर का काम कर रही है। सभी के लिए

प्रचुर मात्रा में धन की कामना पर खुशी मनाओ और निश्चित रूप से वृद्धि का नियम आपके सामने अनुभव के रूप में धन प्रस्तुत करेगा।

उसने कैसे 1 डॉलर को बढ़ाकर वैभव का भंडार बना लिया

अलास्का प्रांत के एक स्थान जुनेऊ में लंच के दौरान बगल की टेबल पर बैठे एक व्यक्ति से मेरी बातचीत हुई। मैंने उसकी फ्लाइंग लेदर जैकेट की प्रशंसा की तो उसने कहा, "इसके पीछे एक कहानी है। यह जैकेट मेरे अंकल ने मुझे दी थी। वे अपनी युवावस्था में एक फाइटर पायलट थे। एक बार जब मैं जीवन के एक खराब दौर से गुजर रहा था, मैंने सब काम-काज छोड़ दिया और जुनेऊ छोड़ने का मन बना लिया। उस समय मेरे पास पहने हुए कपड़ों के सिवाय मात्र 1 डॉलर रह गया था।"

"बड़ी चिंताजनक स्थिति रही होगी।" मैंने कहा, "फिर तुमने क्या किया?"

"एक क्षण के लिए मैं खड़ा रहकर इस तथ्य के बारे में सोचने लगा कि आखिर यह पूरे संसार और उसमें बसी सारी वस्तुएँ कहाँ से आती हैं? ईश्वर को छोड़कर और कहाँ से आ सकती हैं?" उसने आगे कहा, "मैं एक डॉलर के नोट को हाथ में लिये चलने लगा और एक वाक्य को बार-बार दोहराने लगा, 'ईश्वर इसे बढ़ाएगा, क्योंकि वही वृद्धि देनेवाला है'।"

क्षण भर के लिए वह रुका, अपने सिर को घुमाया और फिर बोलने लगा, "मैं चलते-चलते शहर के बाहर आ गया। उसी समय मुझे भूख लगने लगी। मैंने चारों ओर नजर दौड़ाई तो देखा कि सामने हवाई अड्डा है। अंदर गया तो स्नेक बार दिखाई दिया। मैंने बार के मालिक से पूछा कि एक डॉलर में मुझे क्या मिल सकता है, तो उसका जवाब था कि तुम जितना चाहे, ले सकते हो, बशर्ते कि तुम मेरी मदद करो। उसका काउंटरमैन एक हफ्ते पहले नौकरी छोड़कर चला गया था और वह अकेला ही पागलों की तरह काम कर रहा था। बहरहाल, संक्षेप में यह कि मैं वहाँ रुक गया। और फिर, कुछ ही दिनों में मैं अकेला उसका बार देखने लगा और लाभ का एक हिस्सा पारिश्रमिक के रूप में प्राप्त करने लगा।"

"तो तुम्हारे डॉलर ने कमाल दिखा दिया! कितनी जल्दी बढ़ गया!" मैंने कहा, "लेकिन इसमें तुम्हारी जैकेट की कहानी कहाँ है?"

"यही तो दिलचस्पी की बात है।" उसने कहा, "एक दिन जब मैं काम से छुट्टी करके जा रहा था तो एक पायलट ने—जो जुनेऊ से काम करता था, मेरी फ्लाइंग जैकेट देख ली। वह मुझसे बात करने लगा। जितनी ज्यादा बात होती रही, उतनी ही ज्यादा मेरे मन की इच्छा बलवती होती गई। मैं हमेशा से अपने अंकल की तरह एक पायलट

बनना चाहता था। मैंने पढ़ाई करनी शुरू कर दी। अपना लाइसेंस बनवा लिया और सात वर्ष बाद आज मेरी अपनी चार्टर्ड प्लेन की फ्लीट है। हम अलास्का में यात्रियों को सभी स्थानों पर पहुँचाते हैं। मुझे खूब मेहनत करनी पड़ी, किंतु उसके साथ और कुछ भी करना पड़ा। यदि मैं सभी का कल्याण करनेवाले स्रोत की ओर न देखता तो मैं सफल नहीं हो सकता था। मेरा विश्वास है कि मेरे जीवन में ईश्वर का वैभव आनंदपूर्वक और मुक्त रूप से निरंतर बहता रहेगा।"

आपके लिए उन्नति के स्थायी अवसर उपलब्ध हैं

जुनेऊ के पायलट की तरह आप भी अपनी प्रगति, विस्तार और आगे बढ़ने के लिए अपने मन के नियमों का प्रयोग कर सकते हैं। आप जहाँ काम कर रहे हो, वहाँ अपनी पूर्ण क्षमता का प्रयोग करो। अपने इर्द-गिर्द और सभी जगहों पर सभी लोगों के प्रति दूरदर्शिता, सहजता, प्रेम, दयालुता तथा शुभकामनाओं का व्यवहार करो। इसके साथ खुद भी निडरता से आगे बढ़ो। ऐश्वर्य और खुशहाली के सिद्धांत पर मनन करो, जिसकी गवाही आपके चारों ओर फैली खुशहाली दे रही है। आप जो कर रहे हो, उसके लिए धन्यवाद दो और सोचो कि यह आपकी विजय पताका और उपलब्धियों का केवल पहला कदम है। अपनी हैसियत और उसकी क्षमता को पहचानो और धन, पदोन्नति एवं प्रशंसा को अधिकार से माँगो। यह निश्चित करो कि आप दिन में जिससे भी मिलते हो, चाहे वह आपका बॉस हो या सहयोगी हो अथवा ग्राहक या मित्र हो, सभी के लिए आप अधिकारपूर्वक धन व समृद्धि की प्रार्थना करोगे। इसकी आदत बना लो तो आप अपने अवचेतन के दुर्ग में प्रवेश पा जाओगे। दूसरे लोग आपके धन व समृद्धि के प्रकाश को महसूस करेंगे और आकर्षण का सिद्धांत आपके लिए अवसर के नए द्वार खोलता जाएगा।

वृद्धि के नियम ने क्यों उसका साथ नहीं दिया

"आपके सिद्धांत सुनने में तो अच्छे लगते हैं," रोजर पी. नामक एक व्यक्ति ने मेरे व्याख्यान के बाद कहा, "लेकिन प्रयोग में बेकार हैं। मैं पूरे एक महीने से दिन में दो बार खुशहाली, वैभव और सफलता की निष्ठा से प्रतिज्ञा कर रहा हूँ; लेकिन अब तक तो मुझे कोई परिणाम मिलता दिखाई नहीं दिया। तो क्यों न मेरी स्थिति खस्ता बनी रहे! एक-एक पैसा, जो मैं अपने बिजनेस में जोड़ता हूँ, वह सरकार का सारा टैक्स चुकाने में उड़ जाता है। सरकारी नौकरशाही और कल्याणकारी संस्थाएँ मेरी कमाई को खाती चली जा रही हैं।"

वह बात कर रहा था और मैं यह सोच रहा था कि कैसे रोजर अनजाने में अपनी माली हालत को शेखी से बयान कर रहा था! वह सरकार पर, टैक्स पर, कल्याण एवं संपूर्ण राजनीतिक प्रणाली पर आरोप लगा रहा था और बड़ी आसानी से अपने को हालात का शिकार बना रहा था।

"तुम्हें याद होगा," मैंने कहा, "जब मैंने कहा था कि जिस बात पर तुम अपना ध्यान केंद्रित करते हो, तुम्हारा अवचेतन उसी को स्वीकार करता है और उसे बड़े रूप में बढ़ाकर तुम्हारे अनुभव में प्रस्तुत करता है।"

"हाँ, मुझे याद है।" उसने उत्सुकता से जवाब दिया, "तो आप क्या सोचते हैं, मैं इतना समय खुशहाली की प्रार्थना में क्यों लगाता हूँ?"

"तुम इसमें कितना समय लगाते हो?"

"क्यों? रोजना पाँच मिनट सुबह और शाम को लगाता ही हूँ। यही तो कहा था आपने!"

"और कितना समय तुम सोचने व बोलने में लगाते हो?"

उसका चेहरा बदल गया, "ओह, मैं समझ गया कि आप क्या कहना चाहते हैं!"

"जब तक तुम अपनी आर्थिक परेशानियों की शिकायत करते रहोगे, उसकी चर्चा करते रहोगे···" मैंने अपनी बात जल्दी रखते हुए कहा, "तुम उन्हें बढ़ाते रहोगे, अपने अभावों में बढ़ोतरी करते रहोगे। तुम्हारा अवचेतन मन ऐसी व्यवस्था करता रहेगा, जिससे तुम पीड़ित बने रहो। जब तक तुम अपनी समस्याओं के लिए बाहरी कारणों पर इलजाम लगाते रहोगे, तुम उनके शिकार बने रहोगे। लेकिन जब तुम यह समझना शुरू करोगे कि तुम उस स्थिति के मालिक हो तो तुम वास्तव में मालिक बन जाओगे। ये मन के वास्तविक नियम हैं।"

कैसे उसने अपने विचार-तंत्र को पलट दिया

मेरे सुझाव पर रोजर ने अपने विचारों की प्रक्रिया को पलट दिया। उसने सोचना शुरू किया कि वह सृजनात्मक प्रक्रिया का अभ्यास शुरू कर सकता है, जो परिस्थितियों और पर्यावरणीय दशाओं में उत्कृष्ट सुधार कर सकती है। उसकी दैनिक प्रार्थना इस प्रकार थी—

> "मेरे ऊपर सर्वोपरि ईश्वर का हाथ है और ईश्वर का साथ सदैव समृद्ध रहता है। मैं ईश्वर के वैभव का उपयोग अपने तथा दूसरों के लिए बुद्धिमानी से, न्यायसंगत ढंग से और रचनात्मक रूप से करता हूँ। मैं जानता हूँ कि वृद्धि का नियम अब काम कर रहा है और मैं ईश्वर की समृद्धि और उसकी परम वृद्धि को खुले दिमाग से स्वीकार कर रहा हूँ। मुझे अपने

अवचेतन मन में मौजूद वैभव के अपरिमित खजाने से अंदरूनी और बाहरी दोनों रूपों में खूब प्रचुरता से प्राप्त हो रही है। दिन-रात मैं उन लोगों को आकृष्ट कर रहा हूँ, जो मुझसे, जो मैं दे रहा हूँ, लोग चाहते हैं। वे समृद्ध हैं और मैं समृद्ध हूँ। मेरा मन और हृदय अब ईश्वर के वैभव के प्रवाह के लिए खुला है और सदा खुला रहेगा।"

जैसे ही रोजर ने अपने मन में इन विचारों को प्रश्रय देना शुरू किया, उसके बिजनेस में बढ़ोतरी शुरू हो गई और उसकी बाहरी सप्लाई में इजाफा होने लगा। एक महीने में उसके जीवन में काया पलट हो गई। उसने अभाव व गरीबी के विचारों के उदासीन और शुभकामनाओं के लाभों को पहचाना। उसने यह भी जाना कि आर्थिक संपन्नता के लिए ईश्वर के द्वार पर जाना कितना महत्त्वपूर्ण है!

तेईसवें साम में 'मेरा प्याला लबालब होकर बह रहा है' का महत्त्व

हाल ही में यूरोप की अपनी यात्रा के दौरान मैं मशहूर फातिमा के तीर्थस्थल पर गया। लंच के समय लगभग सोलह वर्ष की एक लड़की मेरे पास आई। उसने बताया कि उसने मुझे टेलीविजन कार्यक्रमों में देखा था, अतः पहचान लिया।

"मेरा नाम ग्लोरिया जी. है।" उसने कहा, "मैं एनिस्टन, अलाबामा की रहनेवाली हूँ और आपको उस पत्र के और प्रार्थना के लिए धन्यवाद देने आई हूँ, जो आपने पिछले वर्ष मुझे भेजा था। मैंने वही किया, जैसा आपने कहा था और देखिए, मैं आज यहाँ हूँ।"

"यह सुनकर खुशी हुई, ग्लोरिया।" मैंने कहा, "लेकिन तुम्हें लिखनेवाली बात मुझे याद नहीं आ रही। क्या तुम मेरी याद को ताजा करोगी?"

"हाँ, क्यों नहीं!" यह कहते हुए उसके चेहरे पर संकोच की लाली छा गई, "मैंने आपको लिखा था कि मैं कितना चाहती हूँ कि फातिमा के तीर्थस्थल पर जाऊँ, लेकिन मेरे पास इतना पैसा नहीं है कि अपनी इच्छा पूरी कर सकूँ। यह बात मैंने अपने माता-पिता को बताई। वे दिल से मेरी इच्छा पूरी करना चाहते थे; लेकिन महीने के अंत में कुछ पैसा बचता ही नहीं था।"

"तो मैंने तुम्हें प्रार्थना भेजी थी?" मैंने कहा।

"जी हाँ।" उसने उत्तर दिया और अपने कंधे से लटके बैग को खोलने लगी। "मैं आपको दिखाती हूँ। मैं हमेशा उसे अपने साथ रखती हूँ"—

'गरमियों में ईश्वरीय व्यवस्था में ईश्वरीय प्रेम के जरिए ईश्वर मेरे लिए फातिमा तीर्थस्थल जाने का मार्ग खोलेगा।'

"मैं इसकी प्रार्थना प्रतिदिन सुबह और शाम कर रही हूँ।" ग्लोरिया ने स्पष्ट किया, "और दिन में जब कभी समय मिलता है और रात में सोने से पहले मैं अपनी काल्पनिक छवि में यह भी देखती कि मैं फातिमा के लिए फ्लाइट पकड़ रही हूँ, फातिमा पहुँच रही हूँ और वह सब, जो मैंने यहाँ आकर महसूस किया।"

"यह तो खुशी की बात है।" मैंने मुसकराकर कहा, "मैं देख रहा हूँ, तुम यहाँ पहुँच गई हो। इसका अर्थ है कि प्रार्थना सफल हुई।"

"हाँ, सफल हुई।" उसने जोर देकर कहा, "हुआ यह था कि मैं एक सप्ताहांत को अपनी सहेली जेनेफर के साथ समय गुजारने आई थी। उसके माता-पिता ने कहाँ कि छुट्टियों में स्पेन और पुर्तगाल जाने की योजना बना रहे हैं और एक बार वहाँ जाओ तो फातिमा के दर्शन तो बनते ही हैं। मैंने उन्हें जब अपनी इच्छा बताई तो उन्होंने मुझे साथ चलने का न्योता दे दिया। उन्होंने कहा कि जेनेफर को भी साथ मिल जाएगा। 'बाइबिल' में लिखा है—मैं तुम्हारे लिए स्थान की व्यवस्था करता हूँ और यदि मैं तुम्हारे लिए जाता हूँ और स्थान की व्यवस्था करता हूँ, मैं फिर वापस आऊँगा और तुम्हें अपने साथ वहीं रखूँगा; क्योंकि जहाँ मैं हूँ, वहीं तुम भी हो।" (जॉन 14:2, 3)

ग्लोरिया ने अपनी अनुशासित कल्पना में उस स्थान को बनाया, जहाँ वह जाना चाहती थी। वह उस काल्पनिक छवि के जरिए अपने अवचेतन मन के दुर्ग में प्रवेश करने में सफल हुई। तब उसके अवचेतन ने अपना काम सँभाल लिया और यह संदेश उसकी सहेली के माता-पिता को पहुँचाया। वे उसकी प्रार्थना के माध्यम बन गए।

अपने मित्रों के पास लौटने से पहले ग्लोरिया ने गर्मजोशी से हाथ मिलाया और बोली, "मैं असल में बाइबिल की उन पंक्तियों का अर्थ अब समझी हूँ, जो कहती हैं—मेरा प्याला लबालब भरकर बह रहा है।" (साम 23:5)

"तुम ठीक कहती हो।" मैंने उत्तर देते हुए कहा, "और यह याद रखो कि यह भी लिखा है—'माँगो और तुम्हें मिलेगा।' (मैथ्यू 7:7)

आपके बिजनेस या व्यावसायिक सफलता के लिए प्रार्थना

अपने जीवन के सभी क्षेत्रों में संपन्नता लाने के लिए इस शक्तिशाली प्रार्थना का प्रयोग करो—

"मैं अब अपने मन को ईश्वर की सर्वव्यापकता और उसकी सर्वव्यापक काररवाई पर स्थिर करता हूँ। मैं जानता हूँ कि यह अनंत विवेक ग्रहों के पथ पर उनका मार्गदर्शन करता है। मैं यह जानता हूँ, वही ईश्वरीय ज्ञान मेरे

सभी मामलों का संचालन और मार्गदर्शन करता है। मेरा अधिकारपूर्वक यह विश्वास है कि ईश्वरीय समझ हर समय मेरी है। मैं जानता हूँ कि मेरा स्थिर मन मेरी सभी गतिविधियों पर नियंत्रण रखता है। मेरे सभी उद्देश्य ईश्वरीय और सच्चे हैं। हर समय मैं ईश्वरीय ज्ञान, सत्य और सौंदर्य को अभिव्यक्त करता हूँ। मेरे अंदर मौजूद सर्वव्यापी परमेश्वर जानता है कि मैं क्या करूँ और कैसे करूँ! मेरा बिजनेस या व्यवसाय पूर्णत: ईश्वर के प्रेम के नियंत्रण, संचालन और मार्गदर्शन में चलता है। मैं ईश्वर की कृपा जानता हूँ, क्योंकि मेरा मन शांत है। मैं सदा जीवंत बाँहों में विश्राम से हूँ।"

स्मरणीय बिंदु

1. समस्त संसार के लोग आगे बढ़ना चाहते हैं। यह हमारी ईश्वरीय ललक है, जो हमारे जीवन के सभी परिवेशों में पूर्णता, अधिकता और वैभव तथा ऐश्वर्य लाना चाहती है। आप मिट्टी में गेहूँ, जौ, धान और मकई बोते हो, जिसे ईश्वर तिगुना व चौगुना करके बड़ी फसल के रूप में आपको देता है।
2. वृद्धि का अर्थ है कि आपकी वस्तुओं के हर स्तर पर गुणात्मक वृद्धि हो।
3. अपने आर्थिक संकट, अभाव, गरीबी या बीमारी की चर्चा दूसरों से कभी मत करो। ऐसा करने से आप उन्हें और बढ़ाते हो। सभी लोगों के लिए मानसिक ईश्वरीय वैभव की कामना करो। अपनी आर्थिक परेशानियों पर, सोचना और उसके बारे में बातें करना बंद करो। अपने अंदर व बाहर फैले अनंत वैभव पर ध्यान दो। आप खुशहाल बनोगे। सावधानी जीवन का मंत्र है।
4. अपने चारों ओर मौजूद लोगों के विश्वास, उनके भविष्य, समृद्धि और उन्नति में खुशी मनाओ। लोगों के ईश्वरीय धन के अनुभव सुनने पर, उन्हें प्रदर्शित करने पर प्रसन्नता प्रकट करो। जैसे ही आप यह करोगे, आप सभी प्रकार की समृद्धि को अपनी ओर आकृष्ट करोगे। आपके विचार सृजनात्मक हैं और जो आप दूसरों के बारे में सोचते हैं, वो दरअसल में आप अपने अनुभव में सृजन करते हैं।
5. धन से दोस्ती करो, चाहे वह नोट हो या सिक्का हो। समझो कि सभी चीजें ईश्वर या मनुष्य के अदृश्य मन से उद्गम होती हैं। समझो कि ईश्वर या अनंत आत्मा ही सभी परिणामों व आशीर्वादों का स्रोत है और अनंत की प्रकृति है कि आप जब कभी माँगोगे, वह आपको देगा।
6. आप जहाँ काम कर रहे हो, वहाँ अपनी पूरी योग्यता एवं क्षमता से काम करो और आपको परिणाम के रूप में सर्वश्रेष्ठ मिलेगा। सभी के प्रति

अपना दृष्टिकोण मित्रतापूर्ण, दूरदर्शितापूर्ण और सहजतापूर्ण रखो। सभी को शुभकामना दो। जैसे ही आप यह करते हो, आपके सामने आपकी बढ़ोतरी, विस्तार और समृद्धि के सभी दरवाजे खुल जाएँगे।

7. आप अपने जीवन में जो भी चाहते हो, जो बनना चाहते हो, उसकी स्पष्ट मानसिक छवि बनाओ। यह जान लो कि आपकी चाहत को पूरा करने के लिए आपके अवचेतन की शक्ति और विवेक आपकी सहायता के लिए तैयार हैं। आप जो चाहते हो, उस पर निष्ठा से डटे रहो। आपकी मानसिक छवि को आपका अवचेतन मन एक स्वरूप देगा और सत्य के रूप में आपके सामने प्रकट करेगा।

8. जब आप धन की वृद्धि के लिए प्रार्थना कर रहे हो, तब पैसे के लिए सरकार को, कल्याणकारी एजेंसियों और टैक्स विभाग को दोष देना बंद कर दो। ऐसा करने से रुपया आपके पास आने के बजाय आपसे दूर उड़ता जाएगा। यह विश्वास करो, ईश्वर का धन आपके जीवन में प्रवाहित हो रहा है और ईश्वरीय ख़जाने में भरपूर दौलत है। आप जो आलोचना या भर्त्सना करते हो, वह आपके जीवन में घटने लगती है। आप जैसा सोचोगे, वैसा ही बनोगे। यह सोचो कि ईश्वर आपकी दौलत में गुणात्मक वृद्धि कर रहा है। आपका व्यवसाय ईश्वर का व्यवसाय है और आपकी समृद्धि आपके सपनों से भी आगे बढ़ती जा रही है।

9. यदि आपके मन में किसी स्थान को देखने या किसी यात्रा पर जाने की इच्छा है और आप वह इच्छा पूरी नहीं कर पा रहे हो तो विश्वास व अहसास के साथ मन में प्रतिज्ञा करो, 'इस यात्रा के लिए ईश्वर ईश्वरीय व्यवस्था और ईश्वरीय प्रेम के जरिए मेरा मार्ग प्रशस्त करता है।' मन में काल्पनिक चित्र बनाओ कि आप यात्रा पर जा रहे हो, ट्रेन या विमान में चढ़ रहे हो और यात्रा-स्थल पर उतर रहे हो। इस कल्पना को इतनी गहन कर दो कि यह आपके अवचेतन के दुर्ग में प्रवेश कर जाए। रास्ता अपने आप खुल जाएगा, सारी अड़चनें दूर हो जाएँगी। माँगो और आपको मिलेगा। (मैथ्यू 7:7)

10. सफलता के प्याले को लबालब भरा रखने के लिए अध्याय के अंत में दी गई प्रार्थना आपके लिए अतिशय रूप से लाभदायक होगी।

□

10

ऐश्वर्य से भरपूर जीवन के लिए स्वचालित धन के द्वार को कैसे खोलें

अनंत वैभव का द्वार उस जादुई जवाहरात में छिपा है, जो 'बाइबिल' ने आपको दिया है—'मेरा प्रयोजन तुम्हें जीवन देना है और खूब प्रचुरता में देना है।' (जॉन 10:10)

सदियों से लोग धन और सफलता की कुंजी ढूँढ़ने में लगे हुए हैं, यह जाने बगैर कि वह कुंजी खुद उनके अंदर मौजूद है। आप यहाँ एक भरा-पूरा सुखमय जीवन बिताने के लिए आए हो, अपनी छिपी योग्यता को अभिव्यक्त करने आए हो और अपने अंदर कैद गौरव को आजाद करने के लिए आए हो। ईश्वर देनेवाला है और वह स्वयं में उपहार है। उसका वैभव आपके आविष्कार का इंतजार कर रहा है। अपने जवीन को वैभवपूर्ण, शानदार और भरपूर बनाने के लिए आपको जो चाहिए, वह आप अपने मन के नियमों का उपयोग करके अपने अंदर छिपे खजाने से निकाल सकते हो।

उसने धन का द्वार खुद कैसे खोल लिया

कुछ वर्ष पहले मैंने एमर्सन के दर्शन पर आधारित मानसिक और आध्यात्मिक सेमिनारों को संबोधित किया था। सेमिनार के विद्यार्थियों में कैरोल डब्ल्यू. नाम की एक युवती थी, जिसने पूरा समय नौकरी पाने के जुगाड़ में लगाया था। उसके दो छोटे बच्चे थे और पति हाल ही में उन्हें छोड़कर गायब हो गया था।

जब मैं एमर्सन की पंक्तियों के संदर्भ में मन के नियमों की व्याख्या कर रहा था, तब मैंने उसकी आँखों में संकल्प और विश्वास की झलक देखी थी। एक पैराग्राफ ने उसे विशेष रूप से प्रभावित किया, जिसमें एमर्सन कहता है—

"अपने सभी लेक्चर्स में मैंने केवल एक दर्शन को पढ़ाया है और वह है—एक आदमी की असीमितता, अर्थात् प्रत्येक व्यक्ति में ईश्वरीय

उपस्थिति की हर समय उपलब्धता, जिसके परिणामस्वरूप वह अपनी जरूरत के अनुसार अपरिमित शक्ति प्राप्त कर सकता है।"

कैरोल ने बाद में मिलकर मुझे बताया कि उसने कॉलेज में एमर्सन के बारे में पढ़ा था, लेकिन उस समय वह उसके महत्त्व को समझ नहीं पाई। प्रोफेसर ने एमर्सन को अमेरिका में उन्नीसवीं सदी के साहित्यकार के रूप में पढ़ाया था, महान् दार्शनिक के रूप में नहीं, जिसका दर्शन आज के जमाने में एक नई रोशनी देता है। जो भी है, आज वह एमर्सन के विचारों को बहुत प्रभावशाली मानती है। उसने बताया कि वह अपने अंदर मौजूद ईश्वरीय उपस्थिति से अपरिमित शक्ति प्राप्त करने के लिए उन विचारों का प्रयोग करने जा रही है और उसने यह वायदा किया कि वह परिणाम के बारे में सूचित करेगी।

कैसे उसने धन को प्रदर्शित किया

एक सप्ताह के बाद कैरोल मेरे कार्यालय में आई। उसके चेहरे पर ऐसी प्रफुल्लता झलक रही थी, जैसे उसके जीवन में कोई बड़ा परिवर्तन आ गया हो।

"मेरी जिंदगी पूरी तरह से बदल गई।" उसने घोषणा की, "मैं आपको यही बताने आई हूँ। मैं आशा करती हूँ कि आप मेरे अनुभवों को दूसरों को भी बताएँगे।"

"मैं वायदा करता हूँ।" मैंने जवाब दिया, "तुम यह बताओ कि तुमने क्या किया और उसके परिणाम क्या मिले?"

"आपके लेक्चर के बाद मैं घर गई और मैंने एक वक्तव्य लिखा, जिसे मैं अपने अवचेतन मन को संदेश के रूप में देना चाहती थी। वह वक्तव्य इस प्रकार था।"

उसने एक कार्ड दिया, जिस पर लिखा था—

> 'मैं अपने अंदर मौजूद स्रोत को स्वीकार करके प्रशंसा करती हूँ और अपने विचार से संपर्क करती हूँ। मैं धन्यवाद देती हूँ। धन का द्वार मेरे लिए पूर्ण रूप से खुला है। ईश्वर का वैभव मुक्त रूप से मुझमें प्रवाहित होता है और मेरे जीवन में दिन-प्रतिदिन अधिक और अधिक धन घूम रहा है और सदा जरूरत से ज्यादा रहता है। मैं जीवंत ईश्वर को धन्यवाद देती हूँ, जो हमें माँगने पर सभी वस्तुएँ प्रचुर मात्रा में देता है।' (I टिमोथी 6:17)

उसने कहा, "मैं दिन में अनेक बार पूरी भावना और उत्साह के साथ घोषित करती हूँ। मैं अब समझ गई हूँ कि जैसे-जैसे मैं अपने आंतरिक वैचारिक जीवन को आकार दूँगी, उसी के अनुकूल मेरा बाहरी जीवन बनता जाएगा, और यह होता है।"

"हाँ, यह तो है।" मैंने कहा, "एमर्सन ने कहा था, 'विचार प्रत्येक व्यक्ति की चाबी

है।' और लगता है कि तुम्हें अब उसे घुमाना आ गया है! क्या उसने वह शांति और संपन्नता दी, जो तुम चाहती थीं?"

"और कैसे?" उसने मुसकराते हुए कहा, "शुरू से ही मैं शांत थी। मुझमें आत्मविश्वास था। मैंने बच्चों पर चिल्लाया नहीं। घर-खर्च के बिलों की भरमार को देखकर मैं घबराती नहीं थी। मैं जानती थी कि द्वार खुलने वाला है और देखिए, कल ही मुझे ह्यूस्टन के वकील का एक पत्र मिला। कुछ साल पहले जब मेरे दादाजी मरे थे, तब मरने से पहले वे मेरे और मेरे चचेरे भाइयों के नाम टेक्सास के कुछ खनिज अधिकार छोड़ गए थे। तेल की कंपनी खनन अधिकार लीज पर दे रही थी; लेकिन वह कोई बड़ा सौदा नहीं था। मेरा शेयर साल में कुल 50 हजार डॉलर बनता था। लेकिन उन्हें वहाँ प्राकृतिक गैस का बड़ा भंडार मिल गया है। अब मेरी वार्षिक रॉयल्टी लगभग 1,00,000 डॉलर हो जाएगी और भविष्य में उसके और भी बढ़ने की उम्मीद है। धन, ईश्वर का विचार मेरे जीवन में घूम रहा है।"

कैरोल की सारी आर्थिक परेशानियाँ समाप्त हो गईं। उसने आविष्कार किया कि खुशहाली का मार्ग खुद उसके अवचेतन मन से होकर गुजरता है। केवल उसे ढूँढ़ने की जरूरत है।

कैसे उसने सही अभिव्यक्ति के द्वार को खोज निकाला

कुछ दिनों पहले मेरी बातचीत टिमोथी डब्ल्यू. नामक व्यक्ति से हुई, जिसे लगभग तीस वर्ष की नौकरी के बाद संगठन के नए डायरेक्टर ने छुट्टी दे दी थी।

"मैं तो बहुत मुश्किल में पड़ गया हूँ।" उसने कहा, "जहाँ भी जाता हूँ, निराशा मिलती है। कोई इसका कारण नहीं बताता; लेकिन मैं जानता हूँ, यह सब मेरी उम्र को लेकर है। अव्वल तो कोई बताता नहीं, यदि कोई बताता भी है...कि हम नए विचार चाहते हैं..., मैं जानता हूँ कि इस सब का मतलब क्या है!"

"और कैसे हो भी सकते हो?" मैंने कहा, "लेकिन तुम अपने नियोक्ता को अपनी उम्र नहीं दे रहे हो। तुम तो अपना ज्ञान, अनुभव और विवेक दे रहे हो, जो तुमने इन तमाम वर्षों में हासिल किया है। तुम जो देना चाहते हो, वह उनकी जरूरत है।"

मेरे सुझाव पर टिमोथी ने एक नई पहल की, यह जानते हुए कि उसका अवचेतन मन उसकी अभिव्यक्ति का द्वार है। उसने रोजाना सुबह और रात को यह प्रार्थना करनी शुरू की—

> "अपरिमित ज्ञान मेरी छिपी योग्यताओं को जानता है और ईश्वरीय व्यवस्था के अंतर्गत अभिव्यक्ति का नया द्वार खोलता है। यह जानकारी तुरंत

> मेरे चेतन मन को मिली है। मैं अपने मन में आनेवाले स्पष्ट और निश्चित मार्ग का अनुसरण करूँगा।"

एक सप्ताह के पश्चात् उसने टी.वी. में चंदा उगाहने का एक विज्ञान देखा। उसे देखकर उसके मन में विभिन्न प्रकार के नए-नए विचार आने लगे, जिन्हें परिष्कृत कर वह विज्ञापनदाता ग्रुप के आइडिया को और भी आकर्षक व प्रभावशाली बनाने में कामयाब हो सकता था। जब उसने ग्रुप की वेबसाइट पर देखा तो उसे ग्रुप के एक अधिकारी का नाम मिला, जिसे वर्षों पहले वह किसी सेमिनार में मिल चुका था। उसने पता किया और उस अधिकारी से मिलने गया। उस अधिकारी ने उसकी बातें ध्यान से सुनीं और बोला, "टिम, तुम्हारे लिए यहाँ जगह है। चाहो तो ज्वाइन कर सकते हो। हमें तुम्हारे जैसे नए विचारोंवाला व्यक्ति चाहिए।"

टिमोथी ने तुरंत वह ऑफर स्वीकार कर लिया। उसका वेतन और जिम्मेदारियाँ उसकी पहली नौकरी से बहुत ज्यादा थीं।

याद रखो, धन का द्वार अंदर है, बाहर नहीं। रेडियो और टी.वी. कार्यक्रमों को ले जानेवाली इलेक्ट्रोमैग्नेटिक तरंगें तुम्हारे पर्यावरण में प्रवेश करती हैं; लेकिन यदि तुम्हें उन कार्यक्रमों को देखना होता है तो तुम्हें उपयुक्त यंत्रों के जरिए सही फ्रीक्वेंसी से जुड़ना होता है। ठीक यही व्यवस्था दुनिया के धन की है। वह हमारे चारों ओर है; लेकिन तुम्हें सही यंत्र, अर्थात् अपने अवचेतन मन का उपयोग करके सही फ्रीक्वेंसी अर्थात् प्रभावशाली प्रार्थना से जुड़ना होगा।

कैसे जापान की यात्रा का सपना साकार हुआ

तात्सुको वाई. जापानी मूल की एक युवा महिला है। वह मेरे सुबह के टी.वी. कार्यक्रमों की नियमित दर्शक है। उसने पत्र लिखकर बताया कि मेरे प्रोग्राम ने कैसे उसकी दुनिया बदल दी!

> मैंने अपनी अस्सी वर्षीय दादी से मिलने का सपना देखा था; लेकिन इतनी महँगी फ्लाइट के कारण सपना अधूरा ही रह गया। एक दिन मैंने आपको यह कहते सुना कि तुम यदि किसी ट्रिप या यात्रा पर जाना चाहते हो और तुम्हारी जेब खाली है। आपने कहा था कि हमें यह विश्वास करना चाहिए कि हमें परिणाम मिल गया है और इस विश्वास का संकेत देने के लिए कि हमारे अवचेतन मन में प्रार्थना का परिणाम पहले ही मिल चुका है, हमें कुछ करके दिखाना चाहिए। मैंने इसे करने की कोशिश की। मैंने अपना

पासपोर्ट अपडेट करा लिया, अपना सूटकेस तैयार कर लिया और सूटकेस सहित यात्रा की जरूरी चीजों को दरवाजे के पास जमा दिया।

इसके अलावा, रोजाना सुबह व शाम को कल्पना करने लगी कि मैं जापान पहुँच गई हूँ और अपनी दादी से मिलने उसके घर जा रही हूँ। उससे गले मिल रही हूँ और उससे जापानी में बात कर रही हूँ। मैंने कल्पना को इतना जीवंत बना दिया, जैसे वास्तव में ऐसा हुआ है।

इस कार्यक्रम को शुरू किए थोड़े ही दिन हुए थे कि मेरी मुलाकात अपने कॉलेज की एक मित्र से हुई। उसने बताया कि वह अभी-अभी ऑस्ट्रेलिया से होकर आया है। जब मैंने उससे पूछा कि वह इतनी महँगी यात्रा कैसे कर पाया, तो उसने बताया कि वह एक कूरियर बनकर गया था। बड़ी कंपनियाँ नाजुक वस्तुओं को विदेशों में भेजने के लिए किसी जिम्मेदार व्यक्ति को कूरियर बनाकर भेजने में सुरक्षा महसूस करती हैं। उनके विचार में ऐसे सामान कूरियर से भेजना सुरक्षा और गति—दोनों ही दृष्टि से लाभकारी है। यदि तुम शॉर्ट नोटिस पर केवल बैग की डिलीवरी तक अपनी यात्रा सीमित रख सकते हो तो तुम्हें बदले में एक बड़ी रकम मिल सकती है।

उसी दिन दोपहर को मैंने एक कूरियर सेवा को फोन किया। दो दिन बाद ही वहाँ से फोन आया कि वह डिजाइन वगैरह सुरक्षित रूप में टोक्यो भेजना चाहते हैं। अगर मैं चाहूँ तो पूरी दुनिया का चक्कर लगानेवाले इस ट्रिप को ले सकती हूँ। अगले दिन शाम को मैं अपनी दादी को सपने की तरह गले लगा रही थी।

कृपा करके सबको अपने अंदर मौजूद अनंत की शक्ति पर निष्ठा जमाने के लिए कहें। अनजान तरीकों से उन्हें अच्छे परिणाम मिलेंगे।

एक भौतिक शास्त्री का कहना है कि सार तत्त्व तुम्हारे सभी वैभव का मुख्य द्वार है

रवि बी. एक युवा भौतिक शास्त्री हैं, जिनका जन्म भारत के मद्रास शहर में हुआ। वह हाल ही में मुझसे मिले थे। उन्होंने बताया कि उनकी समझ में, जिससे अनेक आधुनिक भौतिक शास्त्री भी सहमत हैं, यथार्थ और पदार्थ एक हैं। ऊर्जा और पदार्थ आपस में अदला-बदली करके रूप बदल सकते हैं। पदार्थ जीवात्मा का निम्नतम अंश है और जीवात्मा पदार्थ का उच्चतम अंश है। दूसरे शब्दों में, वे एक ही वस्तु के दो पहलू

हैं। अत: उपयुक्त निष्कर्ष यह है कि पदार्थ ही सर्वव्यापक सारतत्त्व है, जो जीवात्मा या ऊर्जा के रूप में दिखाई देता है। विश्व के आकार और निराकार रूप का निर्माण एक ही सारतत्त्व से हुआ है, जिसे हम 'जीवात्मा' कहते हैं। सभी वस्तुओं का उद्गम जीवात्मा के स्वचिंतन से होता है।

रवि ने बताया, "मैं अमेरिका में छोटी सी फेलोशिप पर आया था, जो मेरे गुजर-बसर के लिए पर्याप्त नहीं थी। लेकिन मैंने हिम्मत नहीं हारी। मैंने अपने हृदय में यह प्रतिज्ञा की थी कि 'ईश्वरीय आत्मा मेरी आज की और भविष्य की जरूरतों की पूर्ति करेगी। वह मेरे भोजन, कपड़ों, धन, दोस्तों और मेरी सारी जरूरतों को अब पूरा करती है। मैं आज्ञात्मक रूप से यह कहता हूँ और जानता हूँ कि इसकी अभिव्यक्ति अब प्रदर्शित होगी, क्योंकि ईश्वर अमर है।"

उसकी आज्ञा उसे एक अनजान व्यक्ति के रूप में दिखाई दी। वह व्यक्ति उन्हें लिफ्ट में मिला। बातचीत में पता लगा कि वह हाल ही में बिजनेस टूर पर भारत गया था। बाद में पता चला कि वह सिलीकन वैली की एक प्रसिद्ध चिप मेकर कंपनी में अनुसंधान का हेड है। जब उसे रवि की विशेषता का पता लगा तो उसने रवि को अपनी प्रयोगशाला में काम करने का ऑफर दे दिया, जिसमें अच्छे वेतन के साथ स्टाफ ऑप्शंस का भी लाभ था।

व्यक्तिगत रूप से ईश्वर या सर्वव्यापी आत्मा में निष्ठा का कभी कम आकलन न करो। वह आपका तुरंत और सदा के लिए पूर्तिदाता है, जो कभी असफल नहीं होता। और तब वह अनेक मार्गों से और अनगिनत माध्यमों या किसी अनजान व्यक्ति के माध्यम से आपकी जरूरतें पूरी करता है। याद रखो, आप ईश्वर-प्रदत्त संकायों के माध्यम से एक वैभवपूर्ण एवं खुशहाल जीवन जीने के लिए पैदा हुए हो और ये संकाय आपके अंदर मौजूद हैं और आपकी मदद करने के लिए सदा आतुर रहते हैं।

दूसरों को धन-दौलत दिलाने, उन्हें जीवन में उचित स्थान व सम्मान दिलाने के लिए उनकी सहायता कैसे करें

जब आप अपने मित्र, रिश्तेदार, सहयोगी या किसी व्यक्ति को, जो अपने जीवन को वैभव और धन-धान्य से परिपूर्ण बनाने तथा जीवन में उचित स्थान और सम्मान प्राप्त करने के लिए तुम्हारी सहायता चाहते हों, तब निम्नलिखित प्रार्थना-युक्त ध्यान का उपयोग करो, जो उनकी शक्तियों को जाग्रत् करेगा—

"अपरिमित आत्मा अपने विवेक में···(नाम) के लिए सच्ची अभिव्यक्ति के लिए द्वार खोलता है, जहाँ वह (स्त्री/पुरुष) काम कर

रहा है, जो करना चाहता है, ईश्वरीय सुख और ईश्वरीय समृद्धि में है। उसे (स्त्री/पुरुष) उन सही लोगों के पास जाने के लिए ईश्वरीय मार्गदर्शन मिलता है, जो उसकी (स्त्री/पुरुष) योग्यता की प्रशंसा करते हैं और वह (स्त्री/पुरुष) अभूतपूर्व सेवा के लिए अद्भुत और आश्चर्यजनक आमदनी प्राप्त करता है। उसे (स्त्री/पुरुष) अपने सही मूल्य का ज्ञान है और वह (स्त्री/पुरुष) अपने सपनों से भी बढ़कर ईश्वर के वैभव एवं समृद्धि का आशीर्वाद प्राप्त कर रहा है। मैं इस प्रार्थना को अब अपने अवचेतन मन को सौंपता हूँ, जिसके पास इसे पूर्ण करने की क्षमता है। ईश्वरीय व्यवस्था इसे पूरा कर रही है।"

इस प्रार्थना को आहिस्ता से, धीरे-धीरे, पूर्ण शांति में भरपूर भावना, प्रेम और उत्साह के साथ अपने शब्दों में कहो। आपको यह जानकर आश्चर्य होगा कि अवचेतन का विवेक कैसे इसे पूरा करता है! वह कभी विफल नहीं होता।

उसके दृष्टिकोण ने उसकी समृद्धि के द्वार को बंद कर दिया

हाल ही में, सैन डिएगो में मेरी एक व्याख्यानमाला के दौरान एक व्यक्ति मुझसे मिलने मेरे होटल में आया। उसने अपना नाम क्लिफ ए. बताया और कहा कि वह आर्थिक सेवा में ब्रोकर का काम करता है। उसके बाद उसने कहा, "मैं समृद्धि और पदोन्नति के लिए दिन व रात प्रार्थना कर रहा हूँ, लेकिन अब तक मुझे कोई फायदा नहीं दिखा। मेरी शिक्षा अच्छी है, काफी अनुभव और काम भी करता हूँ; लेकिन मुझे आगे कुछ सूझता ही नहीं। यही नहीं, आर्थिक रूप से मेरी स्थिति नाजुक है। मैं पहले मुनाफे में बायोस्टाक की अंधाधुंध ट्रेडिंग कर रहा हूँ और यदि जल्दी कुछ बड़ा मुनाफा मेरे हाथ नहीं लगा तो मैं खत्म हो जाऊँगा। यह मेरी गलती नहीं है। जिन लोगों से मैं बात करता हूँ, वे ही मुझे इस तरह के सुझाव देते हैं। शायद वे ही मुझे कुएँ में धकेलना चाहते हैं।"

जैसी बातचीत चल रही थी, उससे मुझे स्पष्ट रूप से दिखाई दिया कि क्लिफ का मन अपने भूतपूर्व नियोक्ताओं तथा वर्तमान वरिष्ठ कर्मचारियों के खिलाफ शिकायतों और पुराने पाले हुए वहमों से भरा पड़ा है।

मैंने उसे सुझाव दिया कि जब तक उसका मन दुश्मनी, शिकायतों और झूठे भयों से त्रस्त रहेगा, तब तक उसका विफलता का दृष्टिकोण उसकी सभी प्रार्थनाओं को निष्प्रभावी करता रहेगा। जैसा एसिड और एसिड को मिला देने पर होता है, दोनों एक-दूसरे को समाप्त कर देते हैं।

मैंने सुझाव दिया कि वह अपने मन को पुनर्निर्देशित करे, खुशहाली के विचारों पर जोर दे और अपने तथा दूसरों को क्षमा करने की भावना में प्रवेश करे। इसी के अनुरूप वह रोजना दो बार निम्नलिखित प्रार्थना दोहराने लगा—

"मैं नकारात्मक और विध्वंसक विचारों को अपने में पाले रखने के लिए अपने को क्षमा करता हूँ और अपने पूर्व नियोक्ताओं एवं वर्तमान सहयोगियों को पूर्णत: ईश्वर को सौंपता हूँ और उनके जीवन में शुभकामनाओं की प्रार्थना करता हूँ। जब कभी उनमें से किसी एक के बारे में सोचूँगा तो मैं तुरंत प्रतिज्ञा करूँगा, 'मैंने तुम्हें मुक्त कर दिया। ईश्वर तुम्हारे साथ रहेगा।' मैं जानता हूँ कि जैसे ही मैं यह करूँगा, मैं उन्हें अपने मन में मिलूँगा और तब हमारे बीच कोई विरोध नहीं होगा। मैं अधिकारपूर्वक कहता हूँ कि मैं अब पदोन्नति चाहता हूँ, अब सफलता चाहता हूँ, अत: सौहार्द चाहता हूँ। ईश्वरीय नियम और व्यवस्था अब मेरे हैं। ईश्वर की दौलत आँधी की तरह मेरी ओर बह रही है। जीवन प्रगति और विकास है। मैं अब ईश्वर की दौलत का खुला स्रोत हूँ, जो सदा सक्रिय, सदा उपस्थित, अपरिवर्तनीय और अमर है। मैं अंदरूनी और बाहरी वैभव के लिए धन्यवाद देता हूँ। मैं आज जो आज्ञप्ति कर रहा हूँ, वह सफल होगी और ईश्वर का प्रकाश हम सबको आलोकित करेगा।"

क्लिफ ने इस प्रार्थना-प्रक्रिया को पूरी श्रद्धा से करना शुरू किया। इस दौरान उसने खास ध्यान रखा कि पहले जो उसका दृष्टिकोण था, उससे वह कभी इनकार न करे। उसने देखा कि वह नए लोगों को आकृष्ट कर रहा है। धीरे-धीरे उसका सुझाव कुछ विशेष पुस्तकों, व्यक्तियों और अवचेतन मन के विषय पर चलनेवाली कुछ कक्षाओं की ओर हो गया। उसे अहसास होने लगा कि वह अपने अवचेतन मन की शक्तियों के परिचालन में शामिल हो गया है, जिनका संबंध उसके स्वाभाविक विचारों और प्रार्थना-प्रक्रिया से है। शीघ्र ही एक अच्छे वेतन के साथ फर्म के लॉस एंजेलेस कार्यालय में उसकी पदोन्नति कर दी गई। इसके अतिरिक्त जिस कंपनी में उसने लागत लगाई थी, उसे एक बहुमूल्य प्रक्रिया का 'पेटेंट' मिल गया था। एक सप्ताह में उसके स्टॉक तिगुने हो गए। क्लिफ ने यह समझ लिया कि उसका बदला हुए दृष्टिकोण ही असल में उसके सपनों को पूरा करने का द्वार है। श्रेष्ठ व सत्य सपने देखो और जैसे सपने तुम देखोगे, वैसे ही तुम बनोगे। तुम उसी ओर जाते हो, जिधर तुम्हारा लक्ष्य होता है।

सही दिशा के द्वार खोलने के लिए ध्यान

निम्नलिखित ध्यान किसी भी स्थिति में सही कदम उठाने के लिए मन में न्याय और विश्वास जमाएगा—

"मैं विचारों, शब्दों और कार्यों में समस्त मानवता को शुभकामना प्रसारित करता हूँ। मैं जानता हूँ कि प्रत्येक व्यक्ति को जो शुभकामना प्रसारित करता हूँ, वह हजार गुना होकर मेरे पास लौट आती है। मुझे जो भी जानने की जरूरत होती है, वह मुझे मेरे अंदर बैठे ईश्वर से मिल जाती है। अनंत विवेक मेरे जरिए परिचालित हो रहा है और मुझे बता रहा है, जो मैं जानना चाहता हूँ। मेरे अंदर का ईश्वर उत्तर जानता है। पूर्ण उत्तर अब मुझे मिल रहा है। अनंत वैभव और ईश्वरीय ज्ञान सभी निर्णय मेरे जरिए लेते हैं और मेरे जीवन में केवल सही कदम और सही अभिव्यक्ति हो रही है। प्रत्येक रात को मैं ईश्वर के प्रेम में अपने को ढक लेता हूँ, यह जानते हुए सो जाता हूँ कि मेरे पास ईश्वरीय मार्गदर्शन है। सुबह उठने पर मैं शांति से भरपूर रहता हूँ। मैं नए दिन में पूरे विश्वास और आस्था के साथ प्रवेश करता हूँ। हे पिता, तुम्हें धन्यवाद!"

स्मरणीय बिंदु

1. अनंत वैभव का द्वार आध्यात्मिक मंत्र पर आधारित है। मेरा प्रयोजन तुम्हें जीवन देना है और खूब प्रचुरता में देना है (जॉन 10:10)। आप यहाँ खुशियों से भरपूर वैभवपूर्ण जीवन जीने के लिए आए हो। आप यहाँ जीवन से आखिरी दम तक खुशियाँ लेने आए हो।
2. एमर्सन ने केवल एक दर्शन दिया—एक आदमी की असीमित अर्थात् प्रत्येक व्यक्ति में ईश्वरीय उपस्थिति की सदैव उपलब्धता, जिसकी उपस्थिति से वह अपनी जरूरत के अनुसार अपरिमित शक्ति प्राप्त कर सकता है। आप विचारों के जरिए ईश्वरीय शक्ति से संपर्क में हो, जो आपके अंदर मौजूद है। जैसे ही आप धन, मार्गदर्शन, प्रेरणा और सृजनात्मक विचारों पर चिंतन करते हो, वैसे ही परिणाम आपके विचारों की प्रकृति के अनुकूल आपको मिलते हैं। माँगने की जो प्रकृति होगी, वही मिलने की प्रकृति होगी। जैसा माँगोगे, वैसा मिलेगा।
3. आप अपने नियोक्ता को अपनी आयु नहीं बेच रहे हो, बल्कि अपनी योग्यता, क्षमता, विवेक और अनुभव दे रहे हो, जो आपने वर्षों में प्राप्त किया है। यह जान लो कि आप जिसे ढूँढ़ रहे हो, वह भी आपको ढूँढ़ रहा है। अधिकारपूर्वक

कहो—अनंत आत्मा आपके लिए अभिव्यक्ति के नए द्वार खोल रही है, जहाँ आपको आपकी योग्यता के अनुकूल वेतन मिलेगा और आप देखोगे कि आपकी माँग पूरी होगी। यह कभी विफल नहीं होता।

4. यदि आप दुनिया के किसी कोने में यात्रा की इच्छा रखते हो तो आप इस प्रकार अभिनय करो कि आपका 'ट्रिप' जाने को तैयार है। सारी व्यवस्था करो, जो यात्रा के लिए जरूरी होती है। समझ लो कि सारे खर्च के रुपए आपकी जेब में रखे हैं। आप यह विश्वास करोगे तो आपको मिलेगा। कल्पना करो कि आप उस देश और शहर में पहुँच गए हो। यह अभिनय बार-बार करते रहो, जब तक कि वह आपके अवचेतन में चला न जाए और तब आपकी योजना सफल हो जाए और तब आपकी योजना सफल हो जाएगी।
5. जीवात्मा और पदार्थ एक है, ऊर्जा और पदार्थ एक है। वैज्ञानिक आत्मा के लिए ऊर्जा के शब्द का प्रयोग करते हैं, जो ईश्वर का पर्याय है। ईश्वर ही वर्तमान है, शक्ति है, कारण है और सार तत्त्व है, इसलिए आत्मा ही धन, भोजन एवं कपड़ों की असलियत है। समस्त संसार का लघु स्वरूप आत्मा आपकी तुरंत और भविष्य की सभी जरूरतों की पूर्ति करनेवाला है और यह कि इसी क्षण धन मुक्त रूप से, आनंदपूर्वक, असीमित रूप से आपकी ओर प्रवाहित हो रहा है। विश्वास करो, जानो, अहसास करो और समझो कि निराकार हमेशा आकार का रूप लेता रहता है। धन के साथ सभी प्रकार के वैभव को अपनी ओर आने दो।
6. जब आप दूसरे के लिए धन और सच्ची अभिव्यक्ति की प्रार्थना करते हो, तब अहसास करो कि अनंत आत्मा उसकी सच्ची अभिव्यक्ति के लिए द्वार खोलती है और ईश्वर की दौलत का ज्वार पूर्ण प्रचुरता में उसके पास आ रहा है।
7. बदला हुआ दृष्टिकोण सबकुछ बदल देता है। यदि एक व्यक्ति सभी के लिए क्षमा और शुभकामना पर जोर देता है और मन में असफलता, कमी एवं विरोध के विचार रखने के लिए अपने को क्षमा करता है तथा फिर जीवन, प्रेम, ऊर्जा और शक्ति प्रदान करता है, तब उसके भीतर का मन चक्रवृद्धि ब्याज के साथ उस दौलत को वापस करेगा और उसका रेगिस्तान हरियाली से भर जाएगा।
8. जीवन में सही कदम उठाने के निर्णय के लिए अध्याय के अंत में दी गई प्रार्थना का उपयोग करो।

□

11

अपने समृद्धि के लक्ष्य कैसे चुनें और उन्हें सही रूप में कैसे पाएँ

'बाइबिल' हमें उत्तर देती है—'जिसके स्थान में रहना है, उसे आज ही चुनो।' (जोशुआ 24:15)

आपके स्वास्थ्य, धन, समृद्धि और सफलता की कुंजी आपके निर्णय लेने की अद्भुत क्षमता में है। आपके अंदर अनंत विवेक और शक्ति पहले से ही मौजूद है। यह चेतना स्वयं में जाग्रत् करके आप सबसे बड़ा आविष्कार कर सकते हो। यह आविष्कार आपकी सारी समस्याओं को हल करने में सहायक होगा और आप एक सुखी, समृद्ध, आनंदमय एवं स्वतंत्र व्यक्ति बन जाओगे। आपका जन्म सफल होने के लिए हुआ है। आपके अंदर ईश्वर की सभी शक्तियाँ मौजूद हैं, जो आपको अपने भविष्य का स्वामी और भाग्य का निर्माता बना सकती हैं।

यदि आप अपने अंदर मौजूद समृद्धि के भंडार से चुनाव करने की सक्षमता के बारे में अनजान हैं, तो स्पष्ट है कि आप जीवन की घटनाओं, परिस्थितियों और दशाओं के अधिकार पर ही अपने चुनाव और निर्णय करेंगे। चिंता की बात यह है कि आप अपने अंदर मौजूद शक्तियों को दरकिनार करके उन परिस्थितियों की शक्तियों को बढ़ा दोगे, जो एक समय तक ही कारगर रहती हैं। अपने अंदर मौजूद ईश्वर के वैभव से चुनाव करो और प्रसन्नता, स्वास्थ्य, आनंद एवं स्वतंत्रता के मार्ग को चुनो और भरपूर जीवन का आनंद उठाओ।

चुनने की शक्ति

चुनने की शक्ति आपका अति विशिष्ट गुण तथा आपका सर्वोपरि अधिकार है। आपकी चुनने और उस पर अमल करने की क्षमता ईश्वर के बच्चे जैसी आपकी सृजनात्मक शक्ति को उजागर करती है।

कैसे उसकी चुनने की शक्ति ने उसके जीवन को बदल दिया

"मैं शराबी हूँ या नहीं, मैं नहीं कह सकती।" वेरोनिका वी. ने लज्जित होकर कहा, "हाँ, इतना जरूर जानती हूँ कि मुझे पीने की आदत है। यह मेरे वश में नहीं है। मैं जानती हूँ कि यह आदत मेरे निजी और व्यावसायिक जीवन को बरबाद कर रही है। मेरे भविष्य पर एक प्रकार से प्रश्न-चिह्न लग गया है।"

"तुम कहती हो कि यह तुम्हारे वश में नहीं है।" मैंने सहानुभूतिपूर्वक जवाब दिया, "मैं समझ सकता हूँ कि तुम्हें कितना क्लेश होता होगा! लेकिन तुम शायद नहीं जानतीं कि इस आदत को छोड़ने के संघर्ष में तुम्हारे पास ईश्वर-प्रदत्त चुनने की क्षमता है। गंभीरता को चुनने की, मन की शांति या सुखी अथवा खुशहाली चुनने की क्षमता तुम्हारे पास अभी और यहाँ मौजूद है।"

"कैसे और कहाँ है?" उसने कहा, "मैं कुछ भी करूँगी। इस बुरी लत से बचने के लिए मैं कुछ भी करने को तैयार हूँ।"

उत्तर में मैंने उसे यह प्रार्थना पढ़ने को दी—

> "मैं अभी, इसी वक्त स्वास्थ्य, मन की शांति, स्वतंत्रता और गंभीरता को चुनती हूँ। यह मेरा निर्णय है। मैं जनती हूँ कि ईश्वर की शक्ति मेरे चुनाव में मदद करती है। मैं चैन से हूँ और ईश्वर की शांत नदी मेरे अंदर से प्रवाहित होती है। मेरा आध्यात्मिक भोजन और पेय ईश्वर का विचार और अनंत सत्य है, जो मेरे समक्ष मुझमें सौहार्द, स्वास्थ्य, शांति एवं आनंद प्रवाहित कर रहा है। अपनी कल्पना में मैं अपने परिवार के साथ हूँ और वही कर रही हूँ, जो अपने मन के अनुसार करना चाहती हूँ। मैं ईश्वरीय रूप से खुश हूँ। जब कभी मुझमें पीने की इच्छा पैदा होगी, मैं अपने में इस ईश्वर-प्रेरित विचार का स्मरण करती हूँ और ईश्वर की शक्ति मेरी मदद करती है।"

वेरोनिका ने यह प्रार्थना दिन में चार-पाँच बार दोहराई। वह समझ गई कि इस प्रकार वह अपने अवचेतन मन में इन विचारों को लिख रही है, जो निश्चयात्मक रूप से विश्वास के साथ दोहराए गए विचारों को स्वीकार करता है। पीने की हुड़क और तनाव उसे अब भी आता है; लेकिन प्रत्येक बार वह अपने निर्णय को अपने मानस-पटल पर प्रदर्शित करती है। उसके पीने की आदत छोड़ने के निर्णय ने पीने की आदत पर विजय प्राप्त कर ली और इसमें उसके अवचेतन मन की शक्ति ने उसे पूरा सहयोग दिया।

सही चयन का मंत्र सभी के लिए मौजूद है

प्रत्येक सुबह जब आप सोकर उठते हो तो इससे पहले कि आप रोजमर्रा के कामों में व्यस्त हो जाओ, एक क्षण को चुनो और निम्नलिखित सत्यों को अपने शब्दों में घोषित करो। याद रखो कि आपके चुनावों पर ही आपकी जिंदगी की प्रकृति, आपके अनुभवों और परिस्थितियों का आधार बनता है। बुलंद होकर प्रतिज्ञा करो—

> "आज ईश्वर का दिन है। मैं उसके खजाने से सौहार्द, शांति, पूर्ण स्वास्थ्य, ईश्वरीय नियम और व्यवस्था, ईश्वरीय प्रेम, सौंदर्य, प्रचुरता, सुरक्षा और प्रेरणा को चुनता हूँ। मैं यह जानता हूँ कि जैसे ही मैं अपने जीवन में इन सत्यों को अधिकृत करता हूँ, मैं अपने अवचेतन मन में इन शक्तियों को जाग्रत् करके सक्रिय करता हूँ, जो मुझे इन शक्तियों और गुणों को अभिव्यक्त करने के लिए विवश करते हैं। मैं जानता हूँ कि ईश्वर के लिए मेरे जीवन में यह सब बन जाना उतना ही आसान है, जितना कि एक बीज घास बन जाता है। ऐसा ही होने के लिए धन्यवाद देता हूँ।"

हममें से प्रत्येक को, चाहे जो भी परिस्थितियाँ या व्यस्तता हो, प्रतिदिन चुनाव करना चाहिए। ये जीवन के सिद्धांत हैं। इनकी प्रतिज्ञा करके आप इन सभी शक्तियों को अपने जीवन में सक्रिय करके और भी प्रभावशाली बन सकते हैं। आपके विश्वास को आपका अवचेतन मन स्वीकार करता है और आपके लिए भी सौहार्द, शांति, सौंदर्य, प्रेम, आनंद और प्रचुरता के सिद्धांतों पर विश्वास करना आसान है।

एमर्सन का कहना है, "सिद्धांत ही तुम्हें शांति प्रदान कर सकते हैं।" सौंदर्य का सिद्धांत है, लेकिन कुरूपता का कोई सिद्धांत नहीं है। इसी प्रकार से सौहार्द का सिद्धांत है, विरोध का नहीं है; प्रेम का सिद्धांत है, घृणा का नहीं; आनंद का सिद्धांत है, उदासी का नहीं; प्रचुरता एवं वैभव का सिद्धांत है, अभाव व गरीबी का नहीं तथा कर्म का सिद्धांत है, गलत कर्म का नहीं है। जो भी ईश्वरीय सत्य है, उसे चुनो। आपका जीवन वैभवपूर्ण होगा।

अपने अंदर के ईश्वरीय वैभव को चुनने का निर्णय करो

जो लोग चुनाव करने से डरते हैं, वे दरअसल अपने ही ईश्वरीय वैभव को पहचानने से इनकार कर रहे हैं; क्योंकि प्रत्येक प्राणी में वैभव का वास है। यह आपका ईश्वरीय अधिकार है कि आप अमर सत्यों और जीवन के प्रमुख सिद्धांतों के आधार पर चुनाव करो, जो कभी नहीं बदलते। स्वस्थ रहने, खुश रहने, खुशहाल और सफल बनने

के लिए चुनाव करो; क्योंकि आपके अधिकार-क्षेत्र में पूरी आर्थिक दुनिया है; व्यापार, स्वास्थ्य और व्यवसाय है। इसके अलावा, दूसरों के रिश्ते भी हैं। आपका अवचेतन मन आपके चेतन के आदेशों का पालन करता है और उसे आप जो भी कहोगे, वह आपके लिए उसे पूरा करेगा।

'बाइबिल' कहती है—'व्यक्ति जो बोता है, उसी की फसल काटता है।' (गैलेशियंस 6:7)

चुनाव न करने के नतीजे

"मुझे पता नहीं कि मैं क्या चुनूँ!" ग्रेटा एम. ने मुझसे पूछा, "मैं कैसे कह सकती हूँ, क्या सही व उचित है और क्या नहीं?"

"तुमने तो पहले ही चुन लिया।" मैंने जवाब दिया, "कि जो भी आमतौर पर जीवन में मिलेगा, तुम उसे स्वीकार करोगी। मान लो कि तुम छुट्टी बिताने समुद्र-तट पर जाती हो। अगर तुम अपना कमरा चुनोगी तो तुम्हें समुद्र का सुहावना दृश्य और अन्य सहूलियतें मिलेंगी और यदि तुम अपना कमरा नहीं चुनती हो तो तुम्हें वह कमरा मिलेगा, जो डेस्क पर बैठा क्लर्क अपने हिसाब से अलॉट करेगा। क्या तुम अपने से ज्यादा डेस्क क्लर्क पर विश्वास करोगी?"

"यह तो मेरी मूर्खता ही कहलाएगी।" उसने कहा, "यदि वास्तव में मेरे पास चुनने का अधिकार है तो अपने बारे में विचारों, छवियों और आदर्शों को न चुनना मेरी बेवकूफी ही कहलाएगी। अपने बारे में या तो मैं खुद सोचूँ या दूसरों को सोचने दूँ। दूसरे के सोचने पर मुझे वही मानना होगा, जो वह मेरे लिए चाहेगा।"

चर्चा की समाप्ति पर ग्रेटा ने अपने दृष्टिकोण को बदल देने का निर्णय ले लिया। उसने रचनात्मक रूप में प्रतिज्ञा करना शुरू कर दिया—

> "मैं चुनाव का संकल्पित अस्तित्व हूँ। मेरे पास अपने मानसिक और आध्यात्मिक प्रक्रियाओं के नियंत्रण व निर्देशन का अधिकार है। मैं प्रत्येक सुबह सोने से उठकर अपने से कहती हूँ—मुझमें ईश्वर का वास है। मैं अपने अंदर मौजूद अनंत वैभव के भंडार से आज क्या चुनने वाली हूँ? मैं अपने जीवन में शांति, ईश्वरीय मार्गदर्शन और सही कर्म चुनती हूँ। मैं आज्ञप्ति करती हूँ कि मेरे जीवन में सद्भाव, सत्य और दया सदा मेरे साथ रहेंगे और मैं सदा के लिए परमेश्वर के घर में वास करूँगी।" (साम 23:6)

इस प्रकार, चुनाव को अपनाकर ग्रेटा एम. ने अपने जीवन में अद्भुत परिवर्तन

ला दिया। उसका स्वास्थ्य सुधर गया। वह अपने कार्य में अधिक सफल होने लगी और अपने दोस्तों के बीच अधिक प्रफुल्लता एवं मृदुल स्वभाव के कारण और भी लोकप्रिय हो गई।

अपरिमित शक्ति चुनने में आपकी सहायता करती है

आप एक जागरूक व्यक्ति हो। आपके पास चुनने की क्षमता है। सोचने-समझने के बाद आप अपनी शर्ट चुनते हो, जूता या अपने लिए कुछ और चुनते हो। इसी प्रकार आप अपना डॉक्टर, अपनी कार, अपना घर, खाना, अपना पति या पत्नी अर्थात् अपने लिए सभी चीजों को चुनते हो। जीवन में अकसर आपको अपनी चीजों के लिए चुनाव करना ही पड़ता है। किस प्रकार के विचार और छवियाँ आप चुन रहे हो? मैं आपको यहाँ एक बार फिर से जोर देकर कहना चाहता हूँ कि चुनने की इस प्रक्रिया पर ही आपकी पूरी जिंदगी आधारित होती है। जैसी चीजों को आप चुनोगे, वैसे ही आपका जीवन बनेगा। इसलिए बुद्धिमानी से, विवेक से रचनात्मक और न्यायसंगत तरीके से चुनाव करो। ईश्वर के अमर सत्यों को चुनो, जो कभी नहीं बदलते। वे कल वही थे, आज वही हैं और हमेशा वही रहेंगे।

कुछ लोग कहते हैं, 'मैं चुनने का काम ईश्वर पर छोड़ता हूँ।' जब आप यह कहते हो तो आपका मतलब यह होता है कि ईश्वर आपसे अलग है। ईश्वर अथवा अमर आत्मा सर्वव्यापी है और आप में भी है, जिसे हिंदू दर्शन में 'अहं ब्रह्मास्मि!' अर्थात् 'मैं तुम में हूँ' कहते हैं। ईश्वर या परमात्मा अथवा अपरिमित विवेक केवल सही मार्ग के लिए कर्म करेगा; क्योंकि सही कर्म का सिद्धांत है, गलत कर्म का कोई सिद्धांत नहीं है। ईश्वर के सत्य एवं उसके सद्भाव पर विश्वास करो और जीवन का सभी वैभव आपके पास होगा।

अपने अंदर मौजूद दिव्यता को चुनने का निर्णय लो

जो लोग चुनाव करने से डरते हैं, वे वास्तव में अपनी दिव्यता को पहचानने से इनकार करते हैं, क्योंकि दैव तो सभी व्यक्तियों में है। जीवन के सिद्धांत और अमर सत्य पर आधारित चुनाव करने का आपका ईश्वरीय अधिकार है। स्वस्थ रहने, प्रसन्न और खुशहाल तथा सफल बनने का चुनाव करो; क्योंकि आर्थिक दुनिया, बिजनेस, स्वास्थ्य, व्यवसाय और दूसरों से रिश्ते—ये सब आपके अधिकार-क्षेत्र में हैं। आपका अवचेतन मन आपका चेतन मन के विश्वासों के आदेश को मानता है। आप जो भी आदेश दोगे, वह पूरा होगा।

'बाइबिल' कहती है—'व्यक्ति जो बोता है, उसी की फसल काटता है।' (गैलेशियंस 6:7)

चुनने के साहस ने उसके जीवन को खुशहाल बना दिया

थेल्मा डब्ल्यू. 50 वर्षीया विधवा थी और कैलिफोर्निया के सांता क्रूज में एक निर्माण कंपनी को बड़ी सफलता से चला रही थी। वह जब मुझसे मिली, तब कुछ व्याकुल और परेशान लगी। उसकी बातों में निराशा थी।

"मैं दूसरी शादी करना चाहती हूँ।" उसने बताया, "लेकिन समस्या यह है कि मेरे सामने दो व्यक्ति हैं। मैं दोनों से मिलती हूँ और वे भी मुझसे मिलते हैं। दोनों ही मुझसे कहते हैं कि वे मुझसे शादी करना चाहते हैं। लेकिन मैं दोनों से तो शादी नहीं कर सकती। मैं दोनों में से एक का फैसला नहीं कर पा रही हूँ और समय है कि बीता जा रहा है। मुझे समझ में नहीं आता कि मैं क्या करूँ?"

"तुमने उस गधे की कहानी सुनी होगी।" मैंने जवाब दिया, "उसके सामने दो हरे-भरे खेत थे, किंतु वह भूखा ही मर गया, क्योंकि वह चुन नहीं पाया कि किस खेत को मैं पहले चरूँ!"

वह हँस पड़ी, "मेरी हालत ठीक वैसी तो नहीं है। अलबत्ता, असमंजस में जरूर हूँ।"

"तुम कहती हो, तुम फैसला नहीं कर पा रही हो।" मैंने कहा, "यह शायद इसलिए है, क्योंकि तुम अपने अवचेतन मन पर चुनने का जरूरत से ज्यादा जोर दे रही हो। तुम्हारे पास विवेक को चुनने की क्षमता है, जो तुम्हारे अंदर ही मौजूद है। वह तुम्हें रास्ता दिखाकर तुम्हारा काम कर सकती है। उसकी प्रकृति हमेशा मदद करने की रहती है। यदि तुम उससे विश्वास के साथ स्पष्टतया पूछोगी तो तुम्हें जवाब मिल जाएगा।"

"मुझे कैसे पता चलेगा कि वह कब आती है?" उसने परेशान होकर पूछा।

"तुम्हें पता चल जाएगा।" मैंने विश्वास दिलाया, "वह इस रूप में आएगी कि तुम उसको अनदेखा नहीं कर पाओगी।"

उस रात को सोने के लिए जाते हुए थेल्मा ने अपने मन से कहा—

'हे ईश्वर! तुम सर्वज्ञानी हो। मुझे बुद्धि दो और मुझे रास्ता दिखाओ। मैं सही उत्तर के लिए धन्यवाद देती हूँ, क्योंकि मैं जानती हूँ कि तुम्हीं हो, जो उत्तर जानते हो।'

रात में उसे एक ऐसा सपना आया, जो उसे सुबह तक याद रह गया। सपने में उसे

वे दोनों व्यक्ति एक-एक करके दिखाई दिए, जिनसे वह मिलती थी। प्रत्येक ने उसके हाथ को अपने हाथों में लिया, जबकि उसने उदासी, किंतु दृढ़ता से 'गुडबाय' कहकर उन्हें विदा कर दिया। दोनों एक-एक करके गायब हो गए। कुछ क्षण के लिए वह वीराने में अकेली खड़ी रह गई। तब एकाएक तीसरा व्यक्ति दिखाई दिया। उसे देखकर वह एकदम पहचान गई। वह उसके स्वर्गीय पति का दोस्त था, जो मिडवेस्ट में रहता था। वर्षों से वह उससे नहीं मिली थी, लेकिन एक समय में दोनों की अच्छी मुलाकात थी। आते ही उसने उसकी ओर दोनों हाथ बढ़ा दिए और फिर सपना धूमिल हो गया। सुबह जब वह सोकर उठी तो अपने को असहाय महसूस कर रही थी; लेकिन साथ में उसे आशा की एक किरण भी दिखाई दे रही थी।

उसी दिन डाक से उस व्यक्ति का कार्ड मिला। उसने अपनी नौकरी से समय से पूर्व रिटायरमेंट ले लिया था और वह सांता क्रूज में बसने की सोच रहा है। वह सप्ताहांत तक सांता क्रूज में घर ढूँढ़ने के लिए आ रहा है। उसने पूछा था कि क्या वह उसके साथ डिनर के लिए समय निकालकर इस काम में उसकी मदद कर सकेगी? थेल्मा ने उसी दिन उसे टेलीफोन किया। दो महीने बाद मुझे उनकी शादी कराने का सुअवसर मिल गया।

थेल्मा ने 'बाइबिल' के इस निर्देश का अनुसरण किया—'आप आज ही चुनो जिसकी तुम्हें सेवा करनी है।' (जोशुआ 24:15) यदि उसकी तरह आप भी अपने अंदर स्थित अनंत विवेक को चुनकर उससे माँग सकते हो तो आप भी प्रार्थना का उत्तर प्राप्त करने का आनंद ले सकते हो। आप विश्वास, वैभव और भरपूर जीवन चुन सकते हो। अनेक लोग शिकायत करते हैं कि वे अपनी जिंदगी में हमेशा बीमारी, असफलता, निराशा और अकेलापन ही भोगते आए हैं। ये सभी शिकायतें ईश्वरीय उपचार-तंत्र में विश्वास को चुन लेने पर दूर हो जाएँगी। अहसास और भावना विचार का अनुसरण करती हैं। इस प्रकार, आप एक नए भावनामय जीवन का निर्माण कर सकते हो। यह स्वीकार करो कि जीवन का सिद्धांत आपके लिए ईश्वर की इच्छा पर काम करता है और वह सद्भाव, स्वास्थ्य, शांति, आनंद, सृजनात्मक विचार और खुशहाली बनकर आपके अंदर प्रवाहित होकर आपके उन सपनों को पूरा करता है, जो आपने अपनी जिंदगी में सजाकर रखे हैं। आपने उस विश्वास को चुना है कि जो सत्य ईश्वर का है, वही सत्य आपका है। इसलिए इसी क्षण से अपने विचार को प्रबलता से आगे बढ़ाओ और वही आपको फल देगा, जो सभी को जीवन देता है। आपका मन और हृदय ईश्वर के वैभव को प्राप्त करने के लिए हमेशा खुला रहेगा।

खुशहाली के बैंक में आपका खाता खोलने के लिए प्रार्थना

मैं जानता हूँ कि मेरा ईश्वर इस क्षण मुझमें है। मैं हृदय से विश्वास करता हूँ कि मैं अपने लिए सद्भाव, स्वास्थ्य, शांति और आनंद की भविष्यवाणी कर सकता हूँ। मैं अपने मन में शांति, सफलता और खुशहाली की धारणा को प्रतिष्ठित करता हूँ। मैं जानता हूँ और विश्वास करता हूँ कि ये बीज अब बढ़ेंगे और प्रत्यक्ष रूप में मेरे अनुभव बनकर आएँगे।

मैं माली हूँ। मैं जैसा बोता हूँ वैसा ही फल पाता हूँ। मैं शांति, सफलता, समरसता और मंगल कामना के ईश्वरीय विचारों की बुआई करता हूँ। फसल अद्भुत होती है।

इस क्षण से मैं अपने अवचेतन मन में शांति, विश्वास, धैर्य और संतुलन की बुआई करता हूँ। मैं जिन आश्चर्यजनक बीजों को बोता हूँ, उसकी फसल में मुझे फल प्राप्त होते हैं। मैं इस तथ्य पर विश्वास और स्वीकार करता हूँ कि मेरी इच्छा अवचेतन में जमाया गया बीज है। मैं उसकी सच्चाई का अहसास करके उसे सच बनाता हूँ। अपनी इच्छा की सच्चाई को मैं उसी प्रकार स्वीकार करता हूँ, जिस प्रकार मैं इस सच्चाई को स्वीकार करता हूँ कि जो बीज जमीन में बोया गया है, वह बढ़ेगा। मैं जानता हूँ कि वह अंधकार में बढ़ता है। मेरी इच्छा या मेरा आदर्श भी मेरे अवचेतन मन में अंधकार में बढ़ता है। और थोड़े समय में बीज की तरह वह जमीन के ऊपर स्थिति, परिस्थिति या घटना के रूप में दिखाई देता है।

अनंत विवेक हमेशा मुझे सभी प्रकार से अनुशासित और निर्देशित करता है। मैं उन्हीं वस्तुओं का ध्यान करता हूँ, जो सत्य हैं, निष्कपट और न्यायसंगत हैं, सुंदर हैं और सर्वमान्य हैं। मैं इन सभी बातों पर सोचता हूँ। ईश्वर की शक्ति मेरी शुभकामना में है। मैं शांति में हूँ।

स्मरणीय बिंदु

1. आपके स्वास्थ्य, धन, समृद्धि और सफलता की कुंजी आपके चुनने की क्षमता है। वही चुनो, जो सत्य, सुंदर, श्रेष्ठ और शुभ हो। ऐसे विचारों, धारणाओं तथा छवियों को चुनो, जो आपका भला करें, प्रेरित करें, गौरव प्रदान करें और आपके व्यक्तित्व को प्रतिष्ठा प्रदान करें।
2. चुनने का अधिकार आपका सर्वश्रेष्ठ विशेषाधिकार है, जिसके जरिए आप अपने खुद के अनंत भंडार से जीवन के सभी सुखों का चुनाव कर सकते हो।

3. जब एक शराबी सद्भाव, शांति, कुलीनता और जीवन के सही कर्मों को चुनता है, तब वह जानता है कि ईश्वरीय शक्ति उसके चुनाव को सफल बनाने में सहायता करेगी और वह व्यक्ति उस बुरी आदत से मुक्त होकर स्वतंत्रता और पूर्ण स्वास्थ्य को प्राप्त कर लेगा। वह अनुशासित कल्पना की चमत्कारी शक्ति से यह अहसास करता है कि वह उसी काम को कर रहा है, जिसे वह प्रेम करता है। वह उसे अभिनय से तब तक दोहराता है, जब तक कि वह सच की तसवीर न बन जाए। जिस क्षण स्वतंत्रता का विचार उसके अवचेतन मन में बैठ जाता है, वह स्वतंत्रता और गंभीरता के लिए विवश हो जाता है।
4. प्रत्येक व्यक्ति प्रत्येक सुबह को एक आकर्षक चुनाव के रूप में यह प्रार्थना चुन सकता है—"मेरे पास ईश्वरीय अधिकार है। ईश्वरीय नियम और व्यवस्था मेरे जीवन को अनुशासित करती है। मेरे पास ईश्वरीय शांति है। मेरी आत्मा ईश्वरीय प्रेम से भरी है। ईश्वरीय समरसता सर्वोपरि है। मेरी आत्मा ईश्वरीय प्रेम से भरी-पूरी है। मुझे ईश्वरीय प्रेरणा मिल रही है और मैं ईश्वरीय मार्गदर्शन में आगे बढ़ रहा हूँ। मेरी सभी आस्थाओं के परिणाम सुख से भरे हैं।" इसकी आदत डालो और आपके जीवन में आश्चर्यजनक घटनाएँ होने लगेंगी।
5. चुनने में कभी संकोच न करो। आप चुनाव करनेवाले एक संकल्पित व्यक्तित्व हो और चुनने से इनकार करने का मतलब यह है कि आप खुद अपने भाग्य को नष्ट कर रहे हो। आप ईश्वरीय सिद्धांतों और सर्वव्यापी सत्यों के अनुकूल अपना चुनाव कर सकते हो, जो कभी बदलते नहीं हैं।
6. आप अपने लिए चुनाव का इनकार करके दरअसल में यह कह रहे हो कि आप तर्कहीन भयों, अंधविश्वासों और सभी प्रकार के अज्ञान से भरे अपने भ्रमित मन को चुनने का यह अधिकार देना चाहते हो। यदि आप अपने विचारों को सोचने का चुनाव नहीं करते हो तो आपका भ्रमित मन और सांसारिक प्रचार की शक्तियाँ आपके लिए चुनाव करेंगी। अनिर्णय का कोई अस्तित्व नहीं होता। इसका सीधा अर्थ यह है कि आपने कुछ निर्णय नहीं लेने का निर्णय किया है। अपने मन को दूसरों के हाथों से न बनने दो। ईश्वर और उसके सत्य को चुनो।
7. चुनाव करो कि भलाई, सत्य और सौंदर्य जीवन भर आपके साथ रहेंगे; क्योंकि आप हमेशा के लिए ईश्वर की शरण में आ गए हो।
8. आपका पूरा जीवन चुनावों के सिलसिले से भरा पड़ा है। आपके सभी अनुभव आपके चुनावों के ही परिणाम हैं। आप अपनी किताबें चुनते हो, स्कूल और

साथियों को चुनते हो। इसी प्रकार अपने घर, कार वगैरह चुनते रहते हो। जाँच करके देखो कि आप किस प्रकार के विचारों, धारणाओं और छवियों को चुनते हो! आप वही हो, जो दिन भर सोचते हो। उसे चुनो, जो सुंदर है और जिसकी मान्यता श्रेष्ठ है।

9. ईश्वर या अनंत विवेक जो कुछ भी आपके लिए करेंगे, वह केवल आपके विचारों, छवियों और चुनावों के माध्यम से ही करेंगे। सर्वव्यापी ईश्वर व्यक्ति के लिए व्यक्ति बनकर ही कुछ कर सकता है।
10. ईश्वर को चुनो और स्वीकार करो कि उत्तर केवल ईश्वर जानता है। यदि दो विकल्पों में से किसी एक को चुनने में बाधा या कोई दुविधा हो तो यह मान लो कि ईश्वर या अनंत विवेक इसका उत्तर जानता है। उत्तर के बारे में मनन करो। श्रेष्ठ विवेक उसी के अनुकूल उत्तर देगा। वह कभी विफल नहीं होता।
11. पिछली गलतियों, बीमारियों और असफलताओं के बावजूद यह सच्चाई स्वीकार करो कि आपके लिए ईश्वर ने प्रेम, सत्य, सौंदर्य भरे एक वैभवपूर्ण जीवन का मार्ग खोल दिया है। मन व हृदय के द्वार खोलो और आशा, आनंद एवं प्रचुरता को अपने जीवन में प्रवाहित होने दो।
12. अध्याय के अंत में दी गई खुशहाली के बैंक में अपना खाता खोलने की प्रार्थना का उपयोग करो।

□

12

उन मधुर व अदृश्य आवाजों को कैसे सुनें, जो आपको समृद्धि के मार्ग पर ले जा सकती हैं

आपका अवचेतन मन हमेशा आपकी रक्षा करता है। आपको अपने अंतर्ज्ञान या अंतरात्मा की आवाज को सुनने की विद्या को सीखना चाहिए। आपका अवचेतन मन आपके सभी अवयवों को संचालित करता है। वह आपके अंगों की क्षमता और संतुलन को तब तक बनाए रखता है, जब तक कि आपका चेतन मन उसे परेशानियों, व्याकुलताओं, भयों और नकारात्मक विचारों से उसके संतुलन को बिगाड़ नहीं देता। ये नकारात्मक विचार आपके मन के ईश्वरीय सिद्धांतों को भ्रष्ट कर देते हैं। आपके अवचेतन मन में ईश्वर का वास है, जिसे परम आत्मा, 'अहं ब्रह्मास्मि' या 'अमर ज्योति' के नाम से भी जाना जाता है। ये सभी पर्याय एक ही हैं।

आपका अवचेतन आपके चेतन मन के सुझावों और आदेशों का पालन करता है। इसलिए आपको अपने चेतन मन को अपनी अंतरात्मा की आवाज को सही रूप में पहचानने का प्रशिक्षण देना होगा। जब आप शांत और आरामदेह अवस्था में होते हो, तब आपका चेतन मन अवचेतन मन के बहुत करीब होता है। उस समय अंतरात्मा की आवाज बहुत स्पष्ट और पूर्ण अहसास के साथ सुनी जा सकती है।

वह अंतर्मन की उस आवाज को सुनकर बहुत खुश हुई

जीन राइट अनेक वर्षों तक मेरी सचिव रही है। उसने बताया कि एक बार उसने अपनी माँ के साथ सप्ताहांत मनाने के लिए बाहर जाने की योजना बनाई थी। शनिवार की सुबह उसे अहसास हुआ जैसे कोई कह रहा हो, "बाहर न जाओ। घर में रहो।" उसने पहले तो इसे फिजूल का खयाल समझा, लेकिन वह अहसास उसे बराबर बना

रहा। अंततः उसने अपने अहसास की आवाज को मानकर अपना जाना रद्द कर दिया।

दो घंटे बाद उसका बेटा बीच पर खेलते हुए नीचे गिर गया और उसका आगेवाला दाँत रेलिंग से टकराकर टूट गया। जीन घर में थी। वह उसे तुरंत दाँत के सर्जन के पास ले गई, जो टूटे हुए दाँत को दुबारा प्लांट करने में सफल भी हो गया। इस प्रकार, उसके बेटे को कोई स्थायी नुकसान नहीं हुआ। बाद में उसे पता लगा कि वह डॉक्टर भी उसी रात बाहर जाने वाला था और यदि पाँच मिनट पहले जीन का फोन न आता तो वह चला गया होता। उस दिन से जीन मानने लगी कि अंतर्मन की आवाज वास्तव में एक सच्चाई है।

अंतर्मन की आवाज को कैसे पहचानें और उसका अनुसरण करें

जब आपको काम करने की जरूरत महसूस हो तो मार्गदर्शन के लिए आप उन आदेशों का अनुसरण करो, जो आपने अवचेतन मन को दिए हैं। इसका लाभ यह होगा कि आप गलत कदम उठाने से बच जाओगे और सही कदम उठाओगे। यदि आप सच्चे मन से सच की तलाश कर रहे हो तो वह आपको अपने विचारों में मिल जाएगा, क्योंकि अंतर्ज्ञान आपके विचारों की प्रकृति के अनुकूल ही चलता है।

इस प्रार्थना का दैनिक से प्रयोग करो—

> "अनंत विवेक मेरा नियमित मार्गदर्शक और परामर्शदाता है। मैं अपने अंतर्मन से आनेवाली आवाज को तुरंत पहचान लूँगा, क्योंकि वह हमेशा मेरी रक्षा करती है और मेरा मार्गदर्शन करती है। मैं उन संदेशों को भी तुरंत पहचान लूँगा, जो मेरे अवचेतन मन में आते हैं। मैं हमेशा आधारहीन मोह-माया की बातों का तिरस्कार करूँगा। मैं यह जानता हूँ कि मैं अपने अवचेतन मन में अब सजगता से जो लिख रहा हूँ, वह उसका उत्तर देगा। मैं उत्तरित प्रार्थना के आनंद के लिए धन्यवाद देता हूँ।"

जैसे ही आप इस प्रार्थना को नियमित रूप से करने की आदत बना लोगे, वैसे ही आप में अंतरात्मा की आवाज को तुरंत पहचान लेने की क्षमता आ जाएगी। यह आपको गलत और सही की जानकारी देगी।

अंतर्ज्ञान को समृद्ध कैसे बनाएँ

सजग होकर आप जो ध्यान-मनन करते हो, उसका जवाब और निर्देश आपको अवचेतन मन से मिलता है। जो विचार या प्रश्न आप अपने भीतर मन में भेजते हो, वह

अवचेतन मन के अंधकार में चला जाता है। सारे तथ्यों व आँकड़ों को एकत्रित करने के बाद आपको यह विश्लेषण और सारांश मिलता है कि आपकी बुद्धि या तार्किक मन को कोशिशों और गलतियों के आधार पर निर्णय लेने में हफ्तों का समय लग सकता है। जब सब तार्किक शक्तियाँ हमारी उलझनों में विफल हो जाती हैं, तब अंतर्ज्ञान की शांत आवाज हमें सफलता के शिखर पर पहुँचाती है।

कलाकार, कवि, लेखक और आविष्कारक इस आवाज को सुनते हैं। परिणामस्वरूप वे वास्तविक सौंदर्य की दौलत से दुनिया को आश्चर्यचकित करते हैं।

अंतरात्मा की आवाज ने उसके जीवन को बचा लिया

आप में से अनेक लोगों ने जापानी विमान की उस भयानक दुर्घटना के बारे में पढ़ा होगा, जिसमें बहुत बड़ी संख्या में लोगों की जानें चली गई थीं। दुर्घटना के कुछ सप्ताह बाद मुझे एक जापानी छात्र का पत्र मिला। उसने लिखा था—

> "मैं आपकी पुस्तक 'आपके अवचेतन मन की शक्ति' को पढ़ रहा हूँ और काफी प्रभावित भी हुआ हूँ। मैं उस दुर्घटनाग्रस्त विमान में जाने वाला था, जिसके बारे में आपने पढ़ा होगा। जैसे ही मैं एयरपोर्ट के लिए रवाना होने लगा, मेरी अंतरात्मा की आवाज कहने लगी, 'मत जाओ! मत जाओ!' ऐसा लगा, जैसे मेरे अंदर लाउडस्पीकर बोल रहा है। मैंने आपकी किताब में पढ़ा था कि मन की आवाज को सुनो। इसलिए, जाने क्यों मैं रुक गया! मैं एयरपोर्ट नहीं गया और देखिए, मैं कैसे बच गया हूँ! अब मैं भी अवचेतन मन की शक्तियों के बारे में दूसरों को बता सकता हूँ।"

अंतर्ज्ञान या अंतर्मन, इसका क्या अर्थ है?

अंतर्ज्ञान या अंतर्मन का अर्थ है—सच और केवल सच। इसमें तर्क का सवाल नहीं आता। यह एकाएक, तुरंत और स्पष्ट आता है। इसे अंतरात्मा की आवाज या 'सिक्स्थ सेंस' भी कहते हैं। यह ज्ञान केवल सुनने से मिलता है। कभी-कभी यह विचार के माध्यम से भी आता है। किंतु सामान्यत: लोग इसकी आवाज सुनते हैं। यह तर्क से बहुत आगे जाता है। आप इसके लिए तर्क का प्रयोग करते हो। अकसर आपने देखा होगा कि अंतर्मन की आवाज आपके तर्कों के विरोध में जाती है।

चेतन मन तर्क करनेवाला है। वह विश्लेषण करता है, उत्सुकता दिखाता है; किंतु अंतर्मन हमेशा तुरंत आता है और चेतन बुद्धि के लिए मार्गदर्शक बन जाता है। यह काम

शुरू करने से पहले या यात्रा पर जाने से पहले संकेत देता है। हमें आत्मा या ज्ञान की आवाज को सुनकर उस पर अमल करना चाहिए। वह आपके चाहने पर आपको आवाज नहीं देती, बल्कि तब देती है, जब आपको उसकी जरूरत होती है।

उसे अहसास था कि उसे यह नौकरी नहीं करनी चाहिए

"मैं एक बड़ी उलझन में फँस गई हूँ।" लुइस बी. ने मुझसे कहा, "मैं अपनी नौकरी से ऊब चुकी हूँ, इसलिए मैंने एक एजेंसी को नौकरी ढूँढ़ने के लिए रजिस्टर किया। उसके बाद क्या देखती हूँ कि एक बड़ी कंपनी का ऑफर है। बड़ी-बड़ी जिम्मेदारियाँ, वेतन, स्टॉक ऑप्शंस, यात्रा भत्ता—सभी बड़े पैमाने पर। मुझे तो लगा जैसे सपना हो! मेरे बॉयफ्रेंड ने कहा कि अगर मैंने यह ऑफर स्वीकार नहीं किया तो मैं बहुत बड़ी बेवकूफ सिद्ध होऊँगी।"

"और··· ?" मैंने बात आगे बढ़ाते हुए कहा।

"मैं नहीं ले सकती।" उसने कहा, "मुझे नहीं मालूम, क्यों? मैं जानती हूँ कि ग्रेग अपनी बातों में सही होगा और मुझे विश्वास है कि बाद में मैं पछताऊँगी। लेकिन मन में कोई कहता है कि मैं इस नौकरी को न करूँ। अजीब सा नहीं लगता आपको?"

"बिल्कुल नहीं।" मैंने जोर देकर कहा, "तुम जो कह रही हो, वह शायद तुम्हारे अवचेतन मन की आवाज है। उसकी पहुँच वहाँ तक है, जहाँ तक हमारा चेतन मन नहीं जा सकता। तुम्हें खुद निर्णय लेना होगा कि तुम क्या करोगी! लेकिन मैं चाहूँगा कि तुम अपनी अंतरात्मा की अवहेलना न करो।"

"मैं यही सोचती थी कि आप यही राय देंगे।" उसने कहा, "मैं आज ही उन्हें फोन करके इनकार कर दूँगी।"

तीन सप्ताह बाद मुझे वॉयस मेल पर लुइस का संदेश मिला—'मेरा अवचेतन मन वास्तव में खुश हो रहा होगा।' उसने कहा, 'जो कंपनी मुझे नौकरी पर रखने वाली थी, वह दिवालिया हो गई है। यदि मैंने आपकी सलाह न मानी होती और अंतरात्मा की आवाज की अवहेलना की होती तो आज मेरी क्या हालत होती!'

लुइस के चेतन मन (और उसके बॉयफ्रेंड) ने तथ्यों और नियमों को देखकर जो फैसला लिया, वह उस लिहाज से सही था; किंतु उसकी अंतरात्मा की समझ परिस्थिति के दूसरे पहलू पर आधारित रही होगी। इससे पहले कि वह अवचेतन को अंतरात्मा के ज्ञान पर तर्क करने की आज्ञा दे, उसने एक तुरंत निर्णय लिया, जो अंत में सही साबित हुआ। उसने बाद में मुझे बताया कि उस अनुभव के बाद उसने यह आदत बना ली है कि

प्रथम संकेत के आधार पर वह तुरंत निर्णय लेगी। और अब उसने देखा है कि उसका निर्णय हमेशा सही साबित होता है।

अंतरात्मा की आवाज के लाभ

अंतरात्मा की आवाज के अपने लाभ हैं। यह अवचेतन मन की अनेक विशिष्टताओं में से एक है और बहुत ही महत्त्वपूर्ण है, यहाँ तक कि इसे 'खतरे की घंटी' भी कहते हैं। ग्रीक दार्शनिक सुकरात ने इसका उदाहरण एक राक्षस के रूप में दिया है। इस राक्षस को पूरा विश्वास था कि उसकी अंतरात्मा की आवाज हमेशा सही होती है। यह आवाज आमतौर पर खतरे की घंटी होती है। आवाज तब और भी स्पष्ट होती है, जब उसकी जान की सुरक्षा को खतरा होता है। उस समय, जब उसका अवचेतन चेतन मन को जो संदेश देता है, वह राक्षस को स्पष्ट आवाज सुनाई दे जाती है और वह बच जाता था।

इसे अपनी जान बचाने का अहसास कहते हैं, जो मनुष्य या किसी भी जीवधारी की सर्वाधिक शक्तिशाली प्रवृत्ति है। सुकरात के अनुसार, राक्षस का व्यवहार ही उसके खतरे की घंटी थे और वे ही उसकी मृत्यु के कारण बने।

कैसे अंतरात्मा की आवाज ने उसकी जान को बचा लिया

एक युवा महिला लोरिंडा एच. को उसके दूसरे शहर के रिश्तेदारों ने सप्ताहांत बिताने के लिए बुलाया। लोरिंडा का दूसरा रिश्तेदार उसे अपनी कार में ले जा रहा था। जाने से पहले जब लोरिंडा अपनी चचेरी बहन से फोन पर बात कर रही थी तो लोरिंडा को अपने अंदर एक आवाज सुनाई दी, जो कह रही थी—'घर में रहो! घर में रहो!' न जाने उसे ऐसा क्यों लगा कि उसे नहीं जाना चाहिए! और वह नहीं गई। बाद में उसे पता चला कि उसकी चचेरी बहन, जो उसे अपने साथ ले जाने वाली थी, वह जाते हुए एक सड़क दुर्घटना में मारी गई। उसकी कार भयंकर जाम में दूसरी कार से टकरा गई।

अनेक वर्षों से, जब से लोरिंडा ने हमारी सभाओं और व्याख्यानों में आना शुरू किया है, उसने अवचेतन मन को मार्गदर्शन का निर्देश दिया है। वह इस ज्ञान में रहती है कि इसका जीवन ईश्वरीय अनुशासन में है। वह हमेशा प्रतिज्ञा करती रहती है कि जब कभी उसे अपनी भलाई और आध्यात्मिक संरक्षण को लेकर खतरा हो तो अवचेतन मन का विवेक तुरंत उसको सूचना दे, और अवचेतन अपने इस काम में कभी विफल नहीं हुआ है। उसने बार-बार प्रतिज्ञा करके अपने अवचेतन मन को इस काम के लिए तैयार कर लिया है। वह चेतन मन से संदेश को शब्दों में ग्रहण करके उसे पहुँचा देता है।

अवचेतन मन के विवेक को जान लेने की विद्या अब उसने सीख ली है। जो आवाज वह सुनती है, वह निःशब्द, बेआवाज और शांत होती है, किसी प्रकार की ध्वनि नहीं पैदा करती; किंतु उसकी सच्चाई बिल्कुल स्पष्ट होती है।

यह मानसिक ध्वनि या अहसास केवल उसे ही होते हैं, उसके साथ में बैठे या खड़े किसी अन्य व्यक्ति को नहीं सुनाई देते। तुम भी इस तकनीक के द्वारा अपने जीवन की सभी अवस्थाओं में आश्चर्यजनक लाभ प्राप्त कर सकते हो।

एक ब्रोकर अंतरात्मा की आवाज को कैसे खोजता है

मेरा एक ब्रोकर मित्र फिलो एल. अपने और कुछ धनी क्लाइंट्स के धंधों में ही पूँजी लगाता है। वह केवल छोटे स्टॉकों पर पैसा लगाता है। साधारणतः यह सट्टा माना जाता है, लेकिन सट्टा लग जाने पर आदमी को एक पल में ही मालामाल कर देता है। फिलो ने इसमें काफी पैसा कमाया भी है। कुछ महीने पहले ऐसे ही एक स्टॉक का नाम उसके दिमाग में आया। उसकी अंतरात्मा ने कहा, 'खरीद लो।' उसने खरीद लिया और साथ में क्लाइंट्स से भी पैसा लगवा दिया। उसके बाद उसे और उसके क्लाइंट्स को बड़े पैमाने पर लाभ हुआ।

फिलो की सफलता का रहस्य यह है कि वह अपने मन की आवाज को सुनता है और उस पर भरोसा करता है। वह हमेशा अपने अवचेतन मन को यह संदेश देता रहता है—

> "मेरा अवचेतन मन सही समय पर और सही रूप में सही स्टॉक खरीदने के लिए मुझे तुरंत संदेश देगा। इससे मुझे और मेरे क्लाइंट्स की भलाई होगी।"

यह भी स्पष्ट है कि फिलो अपने अवचेतन मन की आवाज को अपनी माँग के अनुकूल प्रतिक्रिया देने की विद्या को जान गया है। इस विद्या के अंतर्गत उसकी छठी इंद्रिय उसकी माँग को सजग करती है और सही समय पर उसे उसकी जरूरतों की जानकारी दिला देती है।

एक असाधारण अनुभव

मेरे एक पुराने मित्र फ्रेड डब्ल्यू. ने मुझे बताया कि एक बार वह आत्महत्या करने वाला था, "मैंने अपनी पत्नी और बच्चे को कार दुर्घटना में खो दिया था।" यह कहते

हुए उसकी आँखों में आँसू चमकने लगे, "मेरी दुनिया लुट गई थी। चारों तरफ अंधकार दिखाई देने लगा था। मैं कैसे जिंदा रह पाऊँगा, यही सोचकर मैंने अपनी पिस्तौल को निकालकर अपने सिर पर लगा लिया। लेकिन जैसे ही मेरी उँगली उसके ट्रिगर पर पहुँची, मुझे एक आवाज सुनाई दी। वह कह रही थी और बड़े स्पष्ट शब्दों में कह रही थी, 'अभी नहीं। जीवन में आगे चलकर मैं तुम्हें संतुष्ट करूँगा।' मैं सन्न रह गया। आश्चर्य से मेरा सिर चकरा गया। मैंने पिस्तौल नीचे कर ली। बाद में मैंने उसे नदी में फेंक दिया, यह सोचकर कि कहीं उसे देखकर मेरे मन में फिर से आत्महत्या का खयाल न आ जाए।"

मैंने उससे पूछा, "यह घटना कब की है?"

"ओह! एक जमाना गुजर गया।" उसने जवाब दिया, "मैं उस समय 25 या 26 साल का रहा होऊँगा। तब से मुझे यकीन हो गया कि मुझे किसी कारण आत्महत्या करने से रोका गया है। अब मैं कभी अंतरात्मा की आवाज की अवहेलना नहीं करता।"

फ्रेड ने इस असाधारण अनुभव से यह सीखा कि जब व्यक्ति पर कोई खतरा आने वाला होता है तो अवचेतन मन उसके खतरे को टालने या उससे बचने का सर्वोच्च प्रयास करता है। वह व्यक्ति को उस रूप में सतर्क करता है, जिसे वह व्यक्ति समझ ले या महसूस कर ले। व्यक्ति के जीवन को बनाए रखने के लिए अवचेतन मन की यह सबसे बड़ी जिम्मेदारी है।

याद रखो, आपके अवचेतन या अंतरात्मा की आवाज जीवनदान देनेवाली होती है, इसलिए उसकी आवाज को सुनना चाहिए। वह आवाज, जो आपको शारीरिक रूप से, भावनात्मक रूप से, आर्थिक तथा सभी रूप से सुरक्षित रखना चाहती है, बाहर की किसी चमत्कारी शक्ति या आसमान से नहीं आती, बल्कि आपकी अपनी आत्मा की आवाज होती है, आपके अवचेतन की आवाज होती है, जो सबकुछ जानती है, सबकुछ देखती है।

लंदन की वह चमत्कारी घटना

कुछ वर्षों पहले मैं लेक्चर्स के सिलसिले में लंदन गया था। मेरी बहन ने बताया कि हमारा एक कजिन लंदन में रहता है। वह क्या करता है या कहाँ रहता है, यह वह नहीं जानती; लेकिन उसके एक मित्र ने उसे बताया था कि वह लंदन में रहता है। मैंने लंदन की टेलीफोन डायरेक्टरी देखी, उसका नाम नहीं था। मैंने ज्यादा खोजबीन न करके एक तरीका अपनाया। मैंने कल्पना की कि मैं उससे मिल रहा हूँ, हाथ मिला रहा हूँ और उससे अपने बीते दिनों की बातें कर रहा हूँ। मैंने इस प्रक्रिया को रोजाना सोने से पहले करना शुरू कर दिया। अंत में वह दिन आ गया, जब मुझे लंदन से स्विट्जरलैंड रवाना होना था। फ्लाइट के लिए अभी काफी समय शेष था। मैंने उस समय का प्रयोग कुछ

पत्रों को लिखने में किया और उन्हें पोस्ट करने के लिए होटल से कुछ दूर ही स्थित पोस्ट ऑफिस चला गया।

मैं लाइन में खड़ा हुआ था कि मुझे एक जानी-पहचानी आवाज सुनाई दी, "अरे भई जोए! क्या कमाल है! तुम यहाँ ?"

मैंने देखा, सामने मेरा कजिन खड़ा मुसकरा रहा था।

जैसी कल्पना, जैसी छवि मैंने बनाई थी, वह सच हो गई। हमने साथ रहकर खूब बातें कीं, खूब मजाक किए। वह मुझे छोड़ने हवाई अड्डे तक आया। मेरे अवचेतन मन ने हम दोनों को ईश्वरीय व्यवस्था में मिला दिया। अपने अवचेतन मन के कार्य अद्भुत और आश्चर्यजनक हैं। आप भी ऐसे अनुभव प्राप्त कर सकते हो।

शांति के वैभव के लिए ध्यान

'ईश्वर कहता है कि वह आत्मा का स्वरूप है। जो उसकी आराधना करना चाहता है, उसे अपनी आत्मा और सच की शरण में जाना चाहिए। मैं जानता हूँ और स्वीकार करता हूँ कि परम आत्मा मेरे अंदर मौजूद है। मैं जानता हूँ कि मुझमें सौहार्द, स्वास्थ्य और शांति का अहसास एवं निष्ठा है। वही ईश्वर है, वही मेरे हृदय की सृजनात्मक शक्ति है।

मैं जीवित हूँ, चलता-फिरता हूँ और इस विश्वास में जीता हूँ कि सदिच्छा, सत्य और सौंदर्य सदैव मेरे जीवन में रहेगा। ईश्वर और मंगल कामना पर विश्वास सर्वव्यापी है। यह सभी बंधनों से मुक्ति देता है।

मैं अब बाहर का दरवाजा बंद करता हूँ, दुनिया से सारा ध्यान हटाता हूँ। मैं अपने अंदर बैठी परम आत्मा, जो सौंदर्य का प्रतीक है, पर ध्यान केंद्रित करता हूँ। यहाँ मैं अनंत समय और अंतराल तक अपने परमेश्वर के साथ वास करता हूँ। मैं परम पिता के साए में जिंदा हूँ, चलता-फिरता हूँ और वास करता हूँ। मैं संसार के मतों से, सभी भयों से और वस्तुओं के प्रदर्शन से मुक्त हूँ। मैं अब उसकी उपस्थिति को महसूस कर रहा हूँ, जो प्रार्थना का फल मिलने पर होती है।

मैं वही हूँ, जो मैं सोचता हूँ। मैं अब वही हूँ, जो बनना चाहता हूँ। यह अहसास संकेत है कि मुझमें परमात्मा का वास है। यह सृजनात्मक शक्ति है। मैं प्रार्थना के फल के आनंद के लिए धन्यवाद देता हूँ और कार्य की पूर्णता के शांत ज्ञान में विश्राम करता हूँ।

स्मरणीय बिंदु

1. आपका अवचेतन मन हमेशा आपकी रक्षा करना चाहता है और आपको हर समय अंतरात्मा की आवाज को सुनने का अभ्यास करने के लिए उत्साहित व प्रेरित करता है।
2. अंतरात्मा की आवाज शांति और विराम की अवस्था में विशिष्ट रूप में स्पष्ट सुनाई देती है।
3. अंतरात्मा की आवाज अकसर अपने अंदर से आता हुआ एक अहसास, एक प्रकार की चेतावनी अथवा अपने या अपनों के खतरे के अहसास जैसी होती है। एक माँ को ऐसा अहसास हुआ। वह अपने बच्चे के पीछे-पीछे गई और बच्चे को खतरे से बचाने में सफल हो गई।
4. यदि आपके अंदर सत्य को जानने की सच्ची लगन है और आप जानते हो कि अंतरात्मा आपके विचारों की प्रकृति के अनुकूल चलती है तो आपको परिणाम मिलेंगे। प्रतिज्ञा करो कि अनंत विवेक आपका लगातार मार्गदर्शक व परामर्शदाता है और ईश्वर की आत्मा की भविष्यवाणी को आप फौरन पहचान लोगे। आपको आपकी प्रार्थना के अनुकूल परिणाम मिलेंगे।
5. आप जिसका ध्यान लगाते हो, आपका अवचेतन मन उसी के अनुकूल निर्देश और उत्तर देता है।
6. कलाकार, कवि, आविष्कारक तथा अन्य सृजनात्मक लोग अंतरात्मा की आवाज को सुनते हैं। इसी वैभव से वे सौंदर्य, कीर्ति और यश की रचना कर संसार को आश्चर्यचकित कर देते हैं।
7. एक जापानी छात्र ने स्पष्ट रूप से अंतरात्मा की आवाज को सुना, 'इस विमान में मत जाओ'। वह नहीं गया। थोड़ी देर में पता लगा कि वह विमान दुर्घटनाग्रस्त हो गया। उसने अवचेतन मन की आवाज सुनने के लिए अपने को प्रशिक्षित कर लिया है।
8. अंतरात्मा का अर्थ है—सत्य की सीधी जानकारी या सभी तर्कों से मुक्त तथ्य या सच्चाई। अंतरात्मा का अर्थ है—भीतर की आवाज।
9. आपके भीतर के मन की असाधारण रूप से सचेत शक्तियाँ आपके नियोक्ता के मन की बातों और उसके होनेवाले परिणामों को देख सकती हैं। ये आपके चेतन मन में छिपी रहती हैं। जब ये आवाजें कुछ कहें तो उनके रास्ते पर चलो। अगर वे कहती हैं कि यह नौकरी न लो तो मत लो।
10. किसी विशिष्ट प्रार्थना के बाद पहला प्रभाव ही अकसर सही होता है।

11. अवचेतन की आवाज स्पष्ट होती है। मनुष्य की आत्मा में सबसे बड़ी प्रवृत्ति आत्म-सुरक्षा की होती है। कई बार आपका अवचेतन आपकी सुरक्षा के लिए चेतावनी या संकेत देता है।
12. आप अपने अवचेतन मन को हमेशा मार्गदर्शन दे सकते हो कि आप ईश्वरीय सही कर्म के अनुशासन में हो तो अपने को सुरक्षित रखने के लिए जो भी जानना चाहोगे, वह आपको फौरन बताया जाएगा। यदि आपको आवाज सुनाई देती है—'मत जाओ', तो उसका पालन करो।
13. एक सफल ब्रोकर अपने अवचेतन मन को संदेश देता है कि बेचने या खरीदने के सही स्टॉक के बारे में उसे तुरंत सूचना मिल जाएगी। उसके अवचेतन मन में उस विशिष्ट स्टॉक के नाम आ जाते हैं और वह सचेत होकर माल खरीदने के लिए अपने साथ अपने क्लाइंट्स को भी तैयार कर लेता है।
14. जब व्यक्ति के जीवन पर एकाएक कोई खतरा पैदा होता है तो अवचेतन मन व्यक्ति को खतरे से बचाने के लिए सर्वोच्च प्रयास करता है और उस खतरे की सूचना व्यक्ति को उस रूप में देता है, जिस रूप में वह व्यक्ति सहज रूप से ग्रहण कर सके।
15. अंतरात्मा की आवाज हमेशा आपकी भलाई की भविष्यवाणी होती है। उसको मान लेना चाहिए।
16. यदि आपको ऐसे व्यक्ति से मिलने की इच्छा हो, जिसके बारे में आपको कोई जानकारी न हो कि वह कहाँ है, तो कल्पना करो कि वास्तव में आप उससे मिल रहे हो। इस अहसास को अपने मन में अभिनय में बदल दो और उस अभिनय को इतनी बार दोहराओ कि आपको लगे, वास्तव में वह सच है। आपका अवचेतन मन उस व्यक्ति से ईश्वरीय व्यवस्था में मिला देगा।
17. शांति के अद्‌भुत वैभव को पाने के लिए अध्याय के अंत में दी गई प्रार्थना का उपयोग करो।

□

13

आपका धन का सपना कैसे पूरा हो : मनोदैहिक आवेग का रहस्य

इंग्लैंड के प्रसिद्ध दार्शनिक राल्फ वाल्डो एमर्सन ने अपने लेख 'आत्मविश्वास' में कहा है—"स्वयं पर भरोसा करो—प्रत्येक हृदय उस श्रद्धा की डोर से धड़कता है। परमेश्वर ने तुम्हारे जीवन-क्रम से मेल खाती व्यवस्था में, तुम्हारे आधुनिक समाज में जो स्थान तुम्हारे लिए चुना है, उसे स्वीकार करो। महान् व्यक्तियों ने ऐसा ही किया है और यह जानते हुए कि सर्वोच्च विश्वसनीय शक्ति खुद उनके अंदर मौजूद है, उन्होंने अबोध बालक की तरह अपने जमाने की प्रतिभा पर विश्वास किया।"

एमर्सन क्या कह रहा है? कि ईश्वर हममें बसता है, सर्वोच्च विश्वसनीय शक्ति खुद हमारे हृदय में मौजूद है। हमें केवल इतना करना है कि ईश्वरीय आत्मा के तार से बँध जाएँ और जीवन के सभी वैभव एवं शुभेच्छाओं को प्राप्त करें। उसका कहना है कि तुम खुद जीवन हो, तुम्हीं ईश्वर की छाया हो और तुम्हीं जीवन को चलानेवाले तंत्र हो। तुम अद्‍भुत हो। दुनिया में तुम्हारी तरह कोई नहीं है, क्योंकि तुम वही हो, जो तुम हो; क्योंकि तुम्हारे अँगूठे का निशान, तुम्हारे हृदय की धड़कन, तुम्हारे शरीर की प्रत्येक मांसपेशी दुनिया के किसी भी अन्य व्यक्ति से मेल नहीं खातीं। तुम विशिष्ट हो, सबसे अलग। दुनिया में केवल एक हो। यह ईश्वरीय व्यवस्था है। जीवन के प्रति तुम्हारे विचार, धारणा, दृष्टिकोण, विश्वास, आस्था—सभी दूसरे किसी भी व्यक्ति से अलग हैं। वे तुम्हारी अपनी हैं।

तुम जब पैदा हुए तो विरासत में तुम अपनी योग्यता, परंपरागत दक्षता, अन्य वंशानुगत विशिष्टताएँ लाए हो। तुम यहाँ ईश्वर की उपस्थिति की अधिक-से-अधिक अभिव्यक्ति देने और एक वैभवपूर्ण जीवन का आनंद लेने के लिए आए हो। तुम अपनी अभिव्यक्ति को अपने दक्ष तरीके से व्यक्त करने के लिए आए हो, जो संसार में कोई और नहीं कर सकता। तुम जो चाहते हो, तुम जो बनना चाहते हो, तुम वह करना चाहते

हो। तुम दुनिया की सभी खूबसूरत चीजों की चाहत रखते हो।

तुम ये सभी लक्ष्य पूरे कर सकते हो; क्योंकि तुम्हारे पास कल्पना, गुण और विचारों तथा तर्कों का एक भरा-पूरा खजाना है। अपने जीवन में सौहार्द, सौंदर्य, प्रेम, आनंद, स्वास्थ्य, समृद्धि और अभिव्यक्ति की संपूर्णता की नदियों को बहने दो।

कैसे एक शिक्षक आत्मविश्वास के बीज अपने विद्यार्थियों के मन में बोता है

'क्या तुम्हारे कानून में यह नहीं लिखा है कि तुम ईश्वर का रूप हो?' (जॉन 10:34)

ह्यूगो डी. एक युवा शिक्षक है, जो लॉस वेगास के एक रविवारीय स्कूल में पढ़ाता है। उसने मुझे बताया कि उसके अनेक विद्यार्थी शरमीले, संकोची और डरपोक हैं। कुछ ऐसे हैं, जो हीनता की भावनाओं से ग्रस्त हैं।

"मैंने अपना कर्तव्य समझकर उन्हें इन कमियों से उबारकर उनमें आत्मविश्वास पैदा करने का मन बनाया।" उसने मुझे बताया, "तो मैंने पहला काम यह किया कि ब्लैक बोर्ड पर एक प्रतिज्ञा लिखी। मैंने उनसे उस प्रतिज्ञा को अपनी कॉपी में उतारकर उसे रोजाना रात को सोने से पहले पाँच बार दोहराने को कहा।"

"वह प्रार्थना क्या थी?" मैंने उत्सुकतावश यह जानने के लिए पूछा कि उसने कौन सी तकनीक अपनाई।

उसने जवाब दिया, "मैंने जो उन्हें लिखाया, वह इस प्रकार है—

'मैं ईश्वर की संतान हूँ। ईश्वर मुझसे प्रेम करता है और मेरी परवाह करता है। मैं अलग हूँ। ईश्वर मेरा खयाल रखता है और मेरा मार्गदर्शन करता है। मैं अब शक्ति, प्रेम और ज्ञान में बढ़ता जा रहा हूँ। मेरा परमेश्वर अपने बच्चों को प्रेम करता है। वह मेरे अंदर चलता है और मुझसे बात करता है।'

उसने आगे बताया, "मैंने उनसे कहा, जैसे प्रतिदिन वे उपयोग करेंगे और प्रतिज्ञा करेंगे, ईश्वर की प्रतिक्रिया उन्हें मिलेगी। वे ज्ञान में, शक्ति में और ऊर्जा में ताकतवर होते जाएँगे; कॉलेज में श्रेष्ठता हासिल करेंगे और जीवन की सभी गतिविधियों में सफलता प्राप्त करेंगे।"

"परिणाम क्या मिले?" मैंने पूछा।

"उसके बाद से उनमें परिवर्तन आ गया। वे अब प्रफुल्ल और प्रसन्न रहते हैं।" उसने उत्साहपूर्वक कहा, "उनके विश्वास और आत्मविश्वास में गजब का विकास हुआ

है। वे अपने माता-पिता से भी विश्वास से बातचीत करते हैं। यह सब जैसे चमत्कार है। मैं सच में ईश्वर को साक्षात् देख रहा हूँ।"

ह्यूगो की सफलता यह है कि उसने अपनी आस्था के माध्यम से उन बच्चों के मन और हृदय में यह ज्ञान प्रतिष्ठित कर दिया कि ईश्वर उनमें बसता है और वह उनके हृदय की साधारण प्रार्थना का फल उन्हें देगा। उन्हें समझ में आ गया, जैसा कि एमर्सन ने कहा है कि सर्वथा विश्वसनीय उनके हृदय में प्रतिष्ठित है, जो उनके माध्यम से हर समय काम कर रहा है।

आत्मविश्वास का वास्तविक अर्थ

विश्वास का अर्थ है—आस्था। यह एक विचार है, मन का दृष्टिकोण है, मन के नियमों का ज्ञान है। आपके विचार और भावनाएँ आपका भाग्य बनाती हैं। यह एक अहसास है। लेकिन यह आपकी आस्था है। जब आप यह जान जाते हो कि आपका चेतन मन स्वीकार करके विश्व-पटल पर प्रदर्शित कर देता है। संक्षेप में, इसे सरल शब्दों में यूँ कहा जा सकता है कि आपका विश्वास कि आप में ईश्वर है, इसे आस्था कहेंगे। आप ईश्वर के संपर्क और विचारों के माध्यम से अपने जीवन को सुखमय बना सकते हो। आपकी राह में आनेवाली कठिनाइयाँ, अड़चनें और चुनौतियाँ ईश्वरीय व्यवस्था में दूर हो जाएँगी। ईश्वरीय शरण में आकर आप जीवन के उतार-चढ़ाव को मन की दृढ़ आस्था से आसानी से पार कर सकोगे और जीवन में सभी प्रकार के वैभव का आनंद उठा पाओगे।

कैसे उसने आत्मविश्वास का विकास किया और एक सफल व समृद्ध महिला बन गई

हाल ही में एक युवा महिला उद्योगपति मुझसे मिलने आई। उसका नाम लॉरी वाई. है। कॉलेज की पढ़ाई के बाद उसने इंटरनेट से संबंधित एक साथ दो कंपनियाँ खोलीं। शुरुआत में वे खूब चल निकलीं, लेकिन कुछ समय के बाद उनका विकास रुक गया और धीरे-धीरे वे घाटे में चली गईं। अब वे बंद होने के कगार पर हैं। वह इसको लेकर परेशान है। साथ में आत्मनिंदा भी करती जाती है।

"मैं सोचती हूँ, मैं स्वयं को ही बेवकूफ बना रही हूँ।" उसने कहा, "और साथ में उनको भी, जिन्होंने मुझ पर भरोसा कर उनमें पैसा लगाया था। शायद मुझमें अब वह नहीं रहा, जिसकी आज जरूरत है। अपने से पाँच-छह वर्ष छोटे लड़कों को देखती हूँ

कि उनकी सफलता उन्हें कहाँ-से-कहाँ ले गई है और एक मैं हूँ! लगता है, मुझमें वह जोश नहीं रहा। मेरा समय अब बीत गया है।"

"जो उन लड़कों के पास है, वह तुम में भी है।" मैंने कहा, "तुम्हारे पास अनंत विवेक का वह भंडार है, जिसने इस संसार को बनाया है और जिसके सामने कोई बाधा खड़ी नहीं रह सकती। इससे भी ज्यादा महत्त्वपूर्ण बात यह है कि तुम्हारा विवेक तुम्हें वह सभी बता सकता है, जिसे जानने की तुम्हें जरूरत है। तुम जीवन में सफलता और विजय हासिल करने के लिए आई हो, क्योंकि अनंत विवेक या ईश्वर कभी विफल नहीं होता। सर्वशक्तिमान के सामने कोई खड़ा नहीं रह सकता। कोई उसका विरोध नहीं कर सकता। उसे कोई चुनौती नहीं दे सकता।"

उसका चेहरा प्रफुल्लता से चमकने लगा; किंतु संदेह उसका पीछा नहीं छोड़ रहा था।

"और भी बहुत कुछ है।" मैंने अपनी बात जारी रखते हुए कहा, "जैसे ही तुम अपने अंदर के ईश्वर पर विश्वास करना शुरू करोगी, तुम देखोगी कि वह संक्रमण की तरह फैलता है। तुममें विश्वास पैदा होगा, आस्था और संतुलन का विकास होगा। तुम शीघ्र ही एक आध्यात्मिक व मानसिक चुंबक की तरह बन जाओगी और अपने चारों ओर फैली शुभकामनाओं को अपनी ओर आकृष्ट करोगी। हमेशा 'बाइबिल' के इस सर्वशक्तिमान आध्यात्मिक सच को याद रखो, 'यदि ईश्वर हमारे पास है तो हमारे विरोध में कौन हो सकता है ?' (रोमंस 8:31)

लॉरी को अद्भुत सफलता दिलानेवाला विशिष्ट फॉर्मूला यह है। प्रत्येक सुबह ब्रश करते समय वह शीशे में अपनी छवि स्थिर दृष्टि से देखती और पूरे अहसास के साथ ऊँची आवाज से कहती, "यदि मेरे साथ ईश्वर है तो मेरा विरोध कौन कर सकता है ? मैं ईश्वर की शक्ति से, जो मुझे मजबूत बनाती है, सभी कार्य पूरे कर सकती हूँ। सफलता मेरी है, धन मेरा है। हे परमपिता, धन्यवाद!"

उसने 'बाइबिल' के इस सत्य को प्रत्येक सुबह चार-पाँच बार दोहराया, यह जानते हुए कि चूँकि वह सच्ची है, इसलिए ये सत्य उसके अवचेतन मन से चेतन मन में रसाकरण से प्रवेश कर जाएँगे। अवचेतन मन का नियम चूँकि विवशता है, इसलिए उसे विवश होकर सफल व धनी बनना होगा। कुछ सप्ताह पश्चात् लॉरी एक नए विचार को लेकर आधी रात में उठ गई। सुबह तक उसने अपने नए बिजनेस-प्लान को बना लिया। उसने अपना प्लान जब अपने पूर्व सहयोगी को दिखाया तो उसने सुझाव दिया कि वह उसके मित्र डैन बी. से मिले, जो इसी तर्ज पर एक प्लान तैयार कर रहा है। लॉरी उससे मिली तो पता चला, उसके और डैन के विचार न केवल उस प्लान पर, बल्कि अनेक बातों में समान हैं। वे दोनों पार्टनर बन गए और नई कंपनी शुरू करने की राशि एकत्रित करने लग गए। अब उनकी कंपनी मार्केट में स्टॉक भेजने की तैयारी में लगी है। वे दोनों

आपसी संबंधों के बारे में भी गंभीरता से सोचने लगे हैं।

आज ऐसे स्त्री-पुरुषों के अधिक उदाहरण हैं, जो अपनी निजी क्षमता के बल पर अपने कार्यक्षेत्रों में सफलता की कहानियाँ लिख रहे हैं। अमेरिका के इतिहास में आज जितने करोड़पति और अबरपति हैं, उतने पहली कभी नहीं थे।

स्वयं की सफलता और अनंत के वैभव को आने दो

जीवन का सिद्धांत आगे बढ़ना है, ऊँची और ऊँची ऊँचाइयों तक जाना है—और यह काम आपका है। आपके अंदर जीवन का सिद्धांत है, जिसे 'ईश्वर' भी कहा जाता है। यह सिद्धांत आप में आगे बढ़ने और ऊँचा उठने की ललक पैदा करता है। सिद्धांत की उपस्थिति और उसकी शक्ति, सभी कुछ विवेक से प्रेरित है। वह सजग है, सब जानता है, सब देखता है, सर्वव्यापी और सर्वोच्च शक्तिमान है। वह आपके अंदर मौजूद है। आपको बढ़ाता है। आपको केवल ध्यान केंद्रित करना है। अपने विचारों, भावनाओं और ध्यान को अपने बिजनेस में, अपने व्यवसाय में केंद्रित करो और जीवन में सर्वश्रेष्ठ को हासिल करो। उससे कम को इनकार करो। यह सोचो कि आपके अवचेतन का अनंत विवेक निरंतर आपके सामने सृजनात्मक विचार और नए मार्ग प्रस्तुत कर रहा है। उन्हें चुनो, उन पर निष्ठा से काम करो, सफलता जरूर मिलेगी।

यह अच्छी तरह समझ लो कि आप 'अनंत' के साथ हो और अनंत कभी विफल नहीं होता। एमर्सन ने कहा है, "तुम्हारे सिवाय तुम्हें कोई और धोखा नहीं दे सकता।"

अंग्रेज दार्शनिक थॉमस कार्लाइल कहता है, "आदमी की दौलत उन वस्तुओं की गिनती (योग) है, जिन्हें वह प्रेम करता है और जिनकी शुभकामना करता है और बदले में वे उसे प्रेम और उसकी शुभकामना देते हैं।" इसका वर्णन महान् कवि सैमुएल टेलर कॉलरिज ने इस प्रकार किया है—

आदमी हो या पंछी या हो जानवर
जो मन से प्रेम करता है
प्रार्थना वही अच्छी करता है।
छोटी-बड़ी सभी वस्तुओं के लिए
जिसका प्रेम सर्वोपरि होता है
प्रार्थना उसी की सर्वोपरि होती है;
यह सभी ईश्वर के लिए है, जो हमें प्रेम करता है
उसी ने सब को बनाया है
वही सब को प्रेम करता है।

आपका भाग्य, आपकी सफलता या आपकी दौलत को नहीं रोता। न ही धन का अभाव, आपकी पहचान या आपके संबंध आपके भाग्य में कोई रुकावट पैदा करते हैं। रुकावट आप खुद पैदा करते हो। इसके लिए आपको केवल जीवन-सिद्धांत को बदलना होगा और बदलाव को बनाए रखना होगा। अपने विचारों को इस घटना पर केंद्रित करो, सफलता मेरी है, ऐश्वर्य मेरा है, सद्भाव मेरा है और मैं ईश्वर की सभी दौलत का माध्यम हूँ। आपके विचार सृजनात्मक हैं। आप वही बनते हो, जो दिन भर सोचते हो।

लाखों लोग विभिन्न प्रकार के धर्मों, संप्रदायों, पंथों, मतों, परंपराओं, तंत्र-मंत्र, जादू-टोना, ताबीजों या तीर्थों में विश्वास करते हैं; उनमें आस्था रखते हैं। लेकिन चूँकि उनके पास कार्यसिद्ध आस्था नहीं है, इसलिए उनका जीवन संकीर्ण और भ्रमित रहता है। लाखों लोग गरीबी और बीमारियों में रहकर मुश्किल से जीवन चलाते हैं, क्योंकि वे अपने अवचेतन मन के अनंत वैभव से वंचित हैं। वे नहीं जानते कि वे अपने इस वैभव के भंडार का सदुपयोग कैसे करें?

दूसरी ओर, लाखों लोग ऐसे हैं, जिनके पास कार्यसिद्ध धर्म की आस्थ है। वे इसका प्रदर्शन रोजाना अपनी शारीरिक क्रिया में, अपने बिजनेस में, अपनी दौलत में, अपने मानवीय संबंधों और जीवन के अन्य क्षेत्रों में करते हैं। व्यक्ति का ईश्वर में विश्वास निजी रूप से प्रदर्शित होना चाहिए। यह विश्वास आपकी आँखों की ज्योति में स्वाभाविक रूप से प्रदर्शित हो जाएगा। वैभव तभी आएगा, जब वैभव के सिद्धांत में आपकी आस्था होगी। ईश्वर के वैभव में विश्वास और समझ व्यक्ति के आत्मविश्वास में झलकती है। उसके सकारात्मक व्यवहार में, उसकी भाषा और मुद्राओं में तथा उसकी मुसकराहट में उस विश्वास की तसवीर दिखाई देती है।

एक एकाकी अविवाहित के आत्मविश्वास ने उसके जीवन में शहनाइयाँ बजवा दीं

"मैं नहीं जानता, क्यों मैं किसी से दोस्ती नहीं कर पाता।" लिओ डी. ने उदासी से कहा, "हो सकता है कि मैं मेहनत करने में इतना व्यस्त रहा हूँ कि मुझे जीवन के व्यावहारिक स्वभाव को सीखने का मौका न मिला हो या फिर, मैं एक जन्मजात फिजूल व्यक्ति हूँ।"

"फिजूल व्यक्ति बनाए जाते हैं, जन्मजात नहीं होते।" मैंने जवाब दिया, "यदि तुम हमेशा हारने, अकेलेपन, एकाकीपन और प्रेम के लिए तरसनेवाले विचारों में लिपटे रहोगे तो तुम यह जान लो कि तुम खुद इन गुणों या अवगुणों को अपनी ओर आकृष्ट कर रहे हो। और यदि तुम एक बार अपनी क्षमताओं को, जो तुम्हारे अंदर छिपी हैं, पहचानने की

कोशिश शुरू करोगे तो सभी गुण सच्चाई में बदल जाएँगे, तुम्हारे जीवन की काया को पलट देंगे और तुम देखोगे कि तुम्हारे इर्द-गिर्द कितने समर्थ लोग तुमसे आकृष्ट होकर तुमसे मिलना चाह रहे हैं!"

मैंने लिओ को प्रयोग करने के लिए एक साधारण तकनीक दी। मैंने उससे कहा कि वह कल्पना में अपने को किसी खूबसूरत जगह, जैसे कि किसी बीच पर या किसी सुंदर बगीचे में, देखे और देखे कि वह किसी प्रिय व्यक्ति के साथ बड़े प्रेम से मिलकर बातें कर रहा है। दोनों व्यक्ति ऐसे उद्गार प्रकट करें कि उनकी मुलाकात ईश्वरीय संयोग से हो रही है। उसे यह दृश्य सोने से पहले और सुबह उठने के बाद पर्याप्त विस्तार से देखना है।

"इस छवि के प्रति अपनी निष्ठा बनाए रखो।" मैंने उससे कहा, "क्योंकि तुम्हें अपने आदर्श जीवन साथी से मिलना है। इस चित्र को देखने का मतलब यह है कि यह घटना वास्तव में घट चुकी है। जो हो चुका है, उसे प्रत्यक्ष रूप में होना ही है, चाहे उसे संभव बनाने में कैसी भी और कितनी ही अड़चनें आई हों। तुम्हें सफलता अवश्य मिलेगी और तुम्हारी जिंदगी खुशियों से भर जाएगी।"

लिओ ने मेरी सलाह मानकर कल्पना करना शुरू किया। उसने बड़े प्रेम से वह काल्पनिक चित्र बनाया और अपने अंदर मौजूद ईश्वर के अस्तित्व के लिए धन्यवाद दिया। यह अभ्यास बड़े मनोयोग से वह सुबह और रात में करने लगा।

दस दिन बाद उसकी नजर पर्यटन के एक ब्रोशर पर पड़ी, जिसके मुखपृष्ठ पर एक सुंदर बीच का चित्र छपा था। वह चित्र उसके काल्पनिक चित्र से बहुत मेल खा रहा था। उसने उस स्थान को देखने के लिए मन बना लिया और पर्यटन एजेंसी से वहाँ की यात्रा के लिए कॉण्ट्रेक्ट साइन कर दिया। वहाँ जाने पर उसे एक अद्भुत अहसास हुआ, जब उसने देखा कि उसकी कल्पना की सुंदर महिला भी वहाँ आई हुई है। दोनों की भेंट हुई और संक्षेप में यह है कि उन दोनों का विवाह कराने का सुअवसर मुझे ही प्राप्त हुआ।

जान लो कि उत्तर हमेशा मिलता है। कहीं कोई है, जो तुम्हारी परवाह करता है। जिसने तुम्हें बनाया है, वह तुम्हें प्रेम करता है।

एक भवन-निर्माता ने अपने आत्मविश्वास को कैसे खोजा और समृद्ध किया

डेबोराह डब्ल्यू. मेरे व्याख्यान के बाद मेरे पास आई। उसने मुझे अपना कार्ड दिया।

"तो तुम भवन-निर्माता हो?" मैंने पूछा, "काम कैसा चला रहा है?"

"बहुत खराब।" उसने जवाब दिया, "मकान बनाने की लागत तेजी से बढ़ती जा रही है। मार्केट सीमा से बाहर जा रहा है। इधर ब्याज की दर भी हमें मारती जा रही है। मुझे नहीं लगता कि मैं इस मार्केट में अब टिक पाऊँगी।"

मैंने एक क्षण के लिए सोचा कि मैं उसे सस्ते मकानों के मार्केट में प्रयास करने के लिए कहूँ, लेकिन फिर सोचा कि ऐसे प्रस्ताव से वह कहीं यह न समझ ले कि मैं उसका मजाक उड़ा रहा हूँ। इसके बजाय मैंने उसे बताया कि कमियों और अभावों पर इतना ध्यान देकर वह इन गुणों को और आकृष्ट कर रही है। यह सही है कि उसे खरीदार नहीं मिल रहे हैं, लेकिन यह भी सही है कि वह अपनी अक्षमता को प्रदर्शित कर रही है।

मैंने डेबोराह को सुझाव दिया कि वह दिन में कई बार अपने अवचेतन मन को सकारात्मक वक्तव्य देने का मन बनाए। मैंने अपने सचिव को निम्नलिखित वक्तव्य को एक कार्ड पर लिखकर उसे देने को कहा और उसे सलाह दी कि दिन में जब भी खाली समय मिले, वह उसे ध्यान से पढ़े—

> "मुझे ईश्वर की आपूर्ति और ईश्वर के मार्गदर्शन में पूरी आस्था है। मैं जानती हूँ कि वे सभी लोग, जो मेरे माध्यम से मकान खरीदते हैं, खुशहाली और मंगल में हैं। अनंत विवेक उन खरीदारों को मेरी ओर आकृष्ट करता है, जो उन मकानों को चाहते हैं, जिन्हें मैं बेचती हूँ, जो उन्हें खरीदने की क्षमता रखते हैं और जो उन्हें पाकर खुश होंगे। मुझे आशीर्वाद प्राप्त है और उन्हें आशीर्वाद प्राप्त है। मैं ईश्वर और ईश्वर की शक्ति में सक्षम हूँ। मेरे जीवन में ईश्वरीय गतिविधि तुरंत स्थान ले रही है और पूर्ण परिणाम तथा अपने जीवन में चमत्कारों के लिए धन्यवाद देती हूँ।"

इस कार्ड को ले जाकर, इन सत्यों को बार-बार दोहराकर डेबोराह ने अपने आत्मविश्वास को फिर से पा लिया। उसने फिर से मकान बेचना शुरू कर दिया। वह खुशहाल होने लगी और विकास के पथ पर चल पड़ी। कुछ सप्ताह बाद एक अन्य व्याख्यान के पश्चात् वह मेरे पास आई और बोली, "मेरे जीवन में चमत्कार हो रहे हैं। मैंने पिछले सप्ताह में दो मकान करोड़ों में बेच दिए हैं तथा तीन और मकानों के लिए मेरे पास ऑर्डर आ चुके हैं।"

ईश्वर की कृपा का कोई अंत नहीं है। अपने मन और हृदय के द्वार खोलो और जितनी दौलत तुम चाहते हो, प्रेम से प्राप्त करो।

आस्था की दौलत के लिए प्रार्थना

ईश्वर कहता है, तुम्हारी आस्था तुम्हें संपूर्ण बनाती है।

"मैं निश्चित रूप से विश्वास करता हूँ कि ईश्वर की उपचार-शक्ति मुझमें मौजूद है। मेरे अवचेतन और चेतन मन पूर्ण सहमति में हैं। मैं सत्य के वक्तव्य को स्वीकार कर उसकी प्रतिज्ञा करता हूँ। मैं जो शब्द बोलता हूँ, वे आत्मा के शब्द हैं और सत्य हैं।"

मैं अब आज्ञाप्ति करता हूँ कि ईश्वर की उपचार-शक्ति मेरे पूरे शरीर को परिवर्तित करके मुझे पूर्ण, पवित्र और सही रूप दे रही है। मैं दृढ़ निश्चय से विश्वास करता हूँ कि मेरी प्रार्थना अब स्वरूप ले रही है। मैं ईश्वर के सर्वव्यापी विवेक के मार्गदर्शन में हूँ। ईश्वर का प्रेम अपने श्रेष्ठ सौंदर्य और मनोहर रूप में मेरे मन व शरीर में बहकर, मेरे अस्तित्व के प्रत्येक अंश को परिवर्तित कर पुनरुज्जीवित और संपुष्ट कर रहा है। मुझे ज्ञान की शांति का अहसास हो रहा है। ईश्वर का प्रताप मेरे चारों ओर है और मैं उसकी अनंत बाँहों में हमेशा के लिए विश्राम में हूँ।"

स्मरणीय बिंदु

1. एमर्सन कहता है, अपने पर विश्वास करो : "हृदय की प्रत्येक धड़कन उसकी डोर से बँधी है।" अपने अंदर मौजूद ईश्वर की डोर से बाँधो। यह स्वीकार करो कि ईश्वर के लिए सभी कुछ संभव है। उसकी उपस्थिति में पूर्ण आस्था जमाओ, ताकि वह तुम्हारे सपनों को साकार करने में तुम्हारी मदद करे।
2. तुम सबसे अलग हो, निराले हो। तुम्हारे जैसा दुनिया में दूसरा कोई नहीं है। तुम्हारी क्षमता, तुम्हारे गुण, तुम्हारी योग्यताएँ तुम्हारी अपनी हैं। जैसे ही तुम कहते हो, 'ईश्वर मेरा सच उजागर करता है,' ईश्वरीय रूप में जीवन में तुम्हारे लिए सही स्थान के द्वार खुल जाएँगे और तुम वह कर सकोगे, जो तुम चाहते रहे हो। वैभव और खुशहाली तुम्हारे द्वार पर दस्तक देंगी।
3. बच्चों को शिक्षित करो कि वे ईश्वर की संतान हैं और ईश्वर उन्हें प्रेम करता है, उनकी परवाह करता है। उन्हें यह सत्य बार-बार दोहराने को कहो, यह जानते हुए कि इससे अंदर मौजूद ईश्वर तुरंत जाग्रत् होकर प्रत्येक बालक के माध्यम से विभिन्न रूपों में अपना चत्मकार दिखाएगा। जैसे ही तुम यह अभ्यास करोगे, वे आत्मविश्वास और अपनी क्षमताओं में बढ़ते जाएँगे।

4. विश्वास का अर्थ आस्था है। आस्था रखो कि तुम जब अनंत विवेक को पुकारोगे, वह तुम्हें उत्तर देगा। तुम्हारी आस्था तब बनती है, जब तुम यह समझ लेते हो कि तुम्हारे विचार सृजन कर सकते हैं; तुम जो अहसास करते हो, उसे तुम आकृष्ट करते हो और तुम जो कल्पना करते हो, वही तुम बन जाते हो। तुम जिस विचार को समझते हो कि सत्य है, वह तुम्हारे अवचेतन में अंकित होकर वास्तविक स्वरूप ले लेता है। इस ज्ञान से तुम्हारे मन में ईश्वरीय नियम के प्रति आस्था होगी। यह अभ्यास तुम्हारे जीवन में आश्चर्यजनक परिणाम लाएगा।
5. सफलता और आत्मविश्वास पैदा करने के लिए एक जादुई फॉर्मूला यह है कि रोजाना सुबह शीशे में देखो और प्रतिज्ञा करो—"यदि मेरा ईश्वर साथ है तो मेरा विरोध कौन करेगा? मैं सभी कार्य ईश्वर की शक्ति से कर सकता हूँ, जो मुझे शक्ति प्रदान करती है।" इसकी आदत बना लो। तुम आत्मविश्वास और आस्था से भर जाओगे और तुम्हारे जीवन में आश्चर्यजनक घटनाएँ होने लगेंगी।
6. जीवन में सवश्रेष्ठ पर जोर दो और तुम्हारे जीवन में सर्वश्रेष्ठ मिलेगा। समझ लो कि तुम अनंत से जुड़े हो और अनंत कभी विफल नहीं होता है।
7. तुम्हारे पास कार्यसिद्ध आस्था होनी चाहिए। तुम्हें ईश्वर और सभी अच्छी वस्तुओं के प्रति आस्था को प्रदर्शित करना है। यह घर में, लोगों से संबंधों में और तुम्हारे आर्थिक कामकाज में दिखाई देनी चाहिए। बिना प्रदर्शन और परिणाम के आस्था व्यर्थ है। अपने मन के सृजनात्मक नियमों पर आस्था जमाओ, जो कभी विफल नहीं होते और कभी बदलते नहीं।
8. अपने को अब सफल और धनी व्यक्ति मान लो। स्थिति की वास्तविकता की कल्पना करो। तुम्हें अपनी मानसिक छवि के परिणाम मिलेंगे। वह एकमेव अधिपति और राजा है। उस पर अपना ध्यान, आस्था और विश्वास जमाओ, वह तुम्हारी इच्छा पूरी करेगा।
9. उत्तर हमेशा मिलता है। इस संसार में कोई है, जो तुम्हारी परवाह करता है, जिसने तुम्हें और संसार को बनाया है। उस पर भरोसा करो। वह एकमेव है, सुंदर और श्रेष्ठ है।
10. यदि तुम मकान या कोई विचार अथवा योजना बेचना चाह रहे हो तो जान लो कि कोई उसे खरीदना या लेना भी चाह रहा है। साहस के साथ माँग करो कि अनंत विवेक उस खरीदार को तुम्हारी ओर आकृष्ट करे, जो तुम्हारी वस्तु या विचार को लेकर खुशहाल बनना चाहता हो। उसका भला होगा

और तुम्हारा भला होगा। ईश्वरीय व्यवस्था से माँग करो और समझ लो कि ईश्वर का आशीर्वाद एवं ईश्वर का वैभव तुम्हारे अनुभवों में निरंतर प्रवाहित होता रहेगा। तुम्हारे जीवन में चमत्कार होते रहेंगे। दिन के उजाले में सभी परछाइयाँ गायब हो जाएँगी।

11. आस्था को जमाने के लिए अध्याय के अंत में दी गई प्रार्थना का उपयोग करो।

□

14

धन के रहस्यों को खोलनेवाले चमत्कारी नियम का उपयोग कैसे करें

प्रेम सृष्टि का आधारभूत नियम है। प्रेम की प्रकृति बहिर्गमन की है। वह बाहर की ओर जाता है, एक व्यक्ति से निकलकर दूसरे व्यक्ति की ओर जाता है। प्रेम का लक्ष्य होना जरूरी है। आप संगीत और कला से प्रेम कर सकते हो; किसी बड़ी योजना, विज्ञान या किसी मानवीय उद्यम से बने क्षेत्र से प्रेम कर सकते हो। आप किसी महान् सिद्धांत या अमर सत्य के प्रेम में डूब सकते हो। प्रेम एक भावनात्मक लगाव है, जो आपके अंदर किसी आदर्श व्यक्ति, आदर्श काम या आदर्श योजना अथवा व्यवसाय के लिए पैदा हो सकता है।

आइंस्टाइन को गणित के सिद्धांतों से प्रेम था तो उन सिद्धांतों ने उसे अपने रहस्यों को उजागर किया। यही प्रेम की खूबसूरती है। आप जिसके प्रेम में डूबते हो, वह आपको अपना सबकुछ दे देता है। आप मन के विज्ञान के प्रेम में डूब जाओ तो वह आपको अपने रहस्य उजागर कर देगा। आप वह क्या चाहते हो, जो वास्तव में आप चाहते हो? क्या आप पुरातन परंपरागत विचारों को छोड़कर नए विचारों, नई कल्पना, नए दृष्टिकोण अपनाना चाहते हो? यदि हाँ, तो आपको अपना हृदय खुला रखना पड़ेगा, नए दृष्टिकोण को स्वीकार करना पड़ेगा। यदि आपको मन की क्षमता को बढ़ाना है तो आपको अपने पुराने झगड़े, चिड़चिड़ेपन, शिकवे-शिकायतों को विदा कर देना होगा। क्या आप सफलता और समृद्धि चाहते हो? यदि हाँ, तो आपको अपने अंदर के वैभव को स्वीकार करना होगा। आपको समझना होगा कि आप सफल होने के लिए पैदा हुए हो, क्योंकि आपके अंदर मौजूद अनंत वैभव विफल नहीं होता। आपको अपनी सारी ईर्ष्याएँ, शत्रुता और ऐसी तमाम काल्पनिक एवं ईश्वर संबंधी विचारों व धारणाओं को त्याग देना होगा तथा प्रचुरता और वैभवपूर्ण जीवन के आनंद में प्रवेश करना होगा।

कैसे एक अभिनेता ने प्रेम के वैभव को प्राप्त किया

कुछ वर्ष पूर्व मैं शेक्सपियर का नाटक 'हेनरी चतुर्थ' देखने गया। नाटक में जिस अभिनेता ने 'फैलस्टेफ' की भूमिका निभाई थी, उसके अभिनय को देखकर मैं बहुत प्रभावित हुआ। उसने मानवीय भावनाओं को जिस सजीवता से अपने स्वाभाविक अभिनय में प्रदर्शित किया था, उससे शो में बैठे सभी दर्शक प्रभावित हुए थे। मैंने अपनी कार्यक्रम पुस्तिका में चेक किया। उस अभिनेता का नाम ड्रियू डब्ल्यू. था। नाटक की समाप्ति पर मैं स्टेज के पीछे गया। मेरे मन में उससे मिलने की इच्छा थी। मिलने पर वह भी खुश हुआ। जब उसको पता लगा कि मेरा प्रोफेशन क्या है तो उसने मजाक के लहजे में कहा, "कितना अच्छा होता, यदि आप जैसे व्यक्ति हमारे स्टाफ मेंबर होते! उससे मुझे आप से कुछ सीखने को मिलता।"

"किस बारे में?" मैंने प्रश्न किया, "मैं समझता हूँ, आपके अभिनय के बारे में तो नहीं। आपका आज का अभिनय बहुत ही गजब का था।"

"इसके लिए धन्यवाद।" उसने कहा, "क्या आप सोच सकते हैं कि स्टेज पर जाने के आधे घंटे पहले तक मैं चिंताओं में डूबा हुआ था?"

"ऐसी बात मैंने पहली बार नहीं सुनी है। बहरहाल, बताओगे कि आखिर बात क्या थी?"

"ओह! वही सब मन में बसा भय, जो लोगों को अकसर होता है।" ड्रियू ने दूसरी ओर देखते हुए कहा, "मन का विश्वास ढुलमुल होने लगा था। डर रहा था कि मैं आज सब गड़बड़ कर दूँगा। रोल की पंक्तियों को भूल जाऊँगा। मुँह से ऊटपटाँग निकल जाएगा और पूरे शो को बरबाद कर दूँगा। ऐसा हुआ तो मेरा कॅरियर चौपट हो जाएगा। मैं कहीं का नहीं रह जाऊँगा···वगैरह-वगैरह।"

जब वह अपनी बात समाप्त कर चुका तो मैंने कहा, "ड्रियू! तुमने अपने शरीर को तैयार करने में कई साल प्रशिक्षण लिया है। कैसे बोलोगे, तुम्हारे मुँह पर कैसे उद्गार होंगे, यह सब तुमने सीखा है। है न यही बात?"

उसने स्वीकार किया, "हाँ, यह बात है। यह सब अभिनय में सिखाया जाता है।"

"इसी प्रकार का प्रशिक्षण तुम्हें अपने मन को भी देना चाहिए।" मैंने उससे कहा, "तुम अपने विचारों, धारणाओं, कल्पनाओं और प्रतिक्रियाओं को अपने नियंत्रण में कर सकते हो; एक प्रकार से उनके मालिक बन सकते हो। जब तुम आदेश दोगे, उसका पालन अपने आप हो जाएगा। तुम अपने मन में विफलता या पराजय के बारे में सोचना बंद करोगे। उसके स्थान पर सोचोगे कि तुम्हारे अंदर ईश्वर की शक्ति है। वही शक्ति,

जो तुम्हारे अभिनय को निर्देशित करती है। ठीक वैसे, जैसे तुम्हारे जीवन के हर भाग को निर्देशित करती है।"

उसने जीत के फॉर्मूले का अभ्यास किया

ड्रियू ने अपना मेकअप उतार दिया और अपने कपड़े पहन लिये। उसके बाद हम दोनों कॉफी के लिए बाहर निकले। इस दौरान हमारा वार्त्तालाप चलता रहा।

"तुम्हें करना यह होगा," मैंने व्याख्या करते हुए कहा, "कि तुम अपने निजी परिवर्तन पर उतना ही ध्यान दो, जितना कि तुम अपने अभिनय पर देते हो। एक दृश्य की रचना करो और दृश्य को उसी योग्यता से अभिनीत करो, जितना तुम कर सकते हो। कल्पना करो कि अपने भीतर के व्यक्तित्व से पहली बार मिलकर महसूस कर रहे हो कि ऐसा अभूतपूर्व व्यक्ति तुम्हें जीवन में पहली बार मिला हो।"

"ऐसा लगता है कि मुझे उसके प्रेम में डूब जाना होगा।" उसने मुसकराकर कहा।

"बिल्कुल सही।" मैंने जवाब दिया, "और अपने प्रेम को छिपाना नहीं है। सबके सामने सबको बताना है।"

मैंने उसे एक घोषणा लिखकर दी और कहा, "दिन में तीन-चार बार इसकी प्रतिज्ञा करो।" मैंने कहा, "हर शब्द में तुम्हारी निष्ठा होनी चाहिए। और फिर खबर करना कि क्या परिणाम मिलता है!"

यह है वह प्रतिज्ञा, जिसका अभ्यास उसने शुरू किया—

"अपने अंदर के व्यक्तित्व को पूरी भक्ति, श्रद्धा और निष्ठा से समर्पित करता हूँ, जो मेरे श्रेष्ठ व्यक्तित्व के सिवाय और कोई नहीं है। मैं जानता हूँ कि मेरे श्रेष्ठ व्यक्तित्व के प्रेम के मायने हैं कि मेरे अंदर मौजूद दिव्यता के प्रति, जो सर्वशक्तिमान और विवेकपूर्ण है, मेरा एक स्वस्थ और श्रद्धा से परिपूर्ण सम्मान। मैं जानता हूँ कि मेरे अंदर मौजूद एकमेव उपस्थित शक्ति के प्रति श्रेष्ठ निष्ठा रखना ही ईश्वर का प्रेम है। मैं जानता हूँ कि मैं ईश्वरीय शक्ति के माध्यम से सभी काम कर सकता हूँ। अपने जीवन के स्टेज की तरह जब मैं नाटक के स्टेज पर अभिनय करता हूँ, मेरे अंदर मौजूद ईश्वरीय शक्ति दर्शकों के मन में मौजूद देवीय शक्ति से सीधे और स्पष्ट रूप से संपर्क करती है। मैं अपनी भूमिका का जीवंत प्रस्तुतीकरण करता हूँ। मैं अपने नाटक में पूरी लगन व चाव से खो जाता हूँ और मैं दर्शकों की बधाइयों की आवाजें सुनता हूँ। यह सब आश्चर्यजनक है।"

जैसे-जैसे ड्रियू इस प्रतिज्ञा को दोहराता गया, उसके विफलता के विचार गायब होते गए। आगे चलकर उसे श्रेष्ठ अभिनय के अनेक पुरस्कारों से सम्मानित किया गया और आज उसे यूरोप व अमेरिका के रंगमंच का प्रत्येक निर्देशक अपने नाटकों का हिस्सा बनाना चाहता है।

प्रेम में भय नहीं होता। सच्चा प्रेम भय को बाहर कर देता है।

उसने प्रेम के नियम के वैभव को प्राप्त कर लिया

मैं मागरिट आर. को वर्षों से जानता हूँ। वह एक डॉक्टर है और एलर्जी के उपचार की विशेषज्ञ है। हाल ही में उसने अपने मित्र रोगी के बारे में जिक्र करते हुए बताया कि उसने उपचार के बिलों का महीनों से भुगतान नहीं किया। इन बिलों की रकम कई हजार डॉलर्स में पहुँच गई है, किंतु वह भुगतान नहीं कर रही है।

"यदि वह किसी परेशानी में होती तो मैं उसे छोड़ भी देती।" मागरिट ने कहा, "लेकिन ऐसी बात नहीं है। मैं जानती हूँ कि वह अपने क्षेत्र में खूब कमा रही है। उसके पास पारिवारिक आमदनी भी अच्छी-खासी है और अपने खान-पान पर, मेरी जितनी रकम उस पर बकाया है, उससे दोगुनी-तिगुनी रकम खर्च कर रही है।"

"तुमने क्या इस बारे में उससे कभी नहीं कहा?"

"कई बार कहा, याद भी दिलाया; लेकिन कोई असर नहीं हुआ, बल्कि उलटे वह मुझसे लड़ने लगी। कहने लगी कि मेरी फीस बहुत ज्यादा है...और मेरा उपचार भी काम का नहीं था। सब बेकार था...वगैरह-वगैरह। मैं कुछ देर तक उसकी बकवास सुनती रही, फिर बिना कुछ बोले मैंने उसे 'धन्यवाद' कहकर फोन रख दिया।"

"यह तो...बहुत बुरा हुआ। तुम्हें काफी सदमा लगा होगा।" मैंने सहानुभूति दिखाते हुए कहा।

"नहीं, बिल्कुल नहीं।" मागरिट ने गंभीर होकर कहा, "मैं समझ गई कि वह जो कह रही है, वह मेरे लिए नहीं है। सब बकवास है। एक बार तो मन में आया कि मैं बिल कलेक्शन एजेंसी को यह केस दे दूँ और भूल जाऊँ। लेकिन फिर खयाल आया कि इस तरह मैं अपनी एक मित्र को खो दूँगी। इसलिए मैंने प्रेम का सहारा लिया। मैं सुबह व शाम को ध्यान लगाने लगी। मैंने प्रतिज्ञा की कि डोरोथी ईमानदार है, प्रेमी है, दयावान् एवं शांत है और ईश्वरीय प्रेम व सौहार्द उसके व्यक्तित्व में भरपूर हैं। मैंने कल्पना की कि वह मेरे सामने खड़ी है। उसके हाथ में चेक है और वह मुझे सहायता के लिए धन्यवाद दे रही है।"

"तो क्या तुम्हें परिणाम मिला?" मैंने पूछा।

मागरिट मुसकराई, "निश्चित रूप से मिला। कुछ ही दिनों बाद डोरोथी मेरे कार्यालय में आई। उसने अपने क्रोधी व्यवहार के लिए माफी माँगी और मेरी पूरी रकम का भुगतान कर दिया। उसने यह भी बताया कि मैं एलर्जी उपचार के जिस प्रतिष्ठान से जुड़ी हुई हूँ, वह उसे एक बड़ी रकम दान में दे रही है। इतना ही नहीं, वह मुझे एक अच्छे होटल में लंच के लिए ले गई। आप मिलेंगे तो जानेंगे कि डोरोथी में कितना प्रेम और अपनापन है।"

मागरिट ने अपने खुद के अनुभव से प्रेम के नियम के वैभव को साबित कर दिया। महत्त्वपूर्ण बात यह है कि उसने डोरोथी के निंदनीय व्यवहार का बदला नहीं लिया, क्योंकि उसने सोचा कि जो भी हो, वह अपने मित्र को नहीं खोना चाहती हैं। उसने केवल एक काम किया। डोरोथी को अपने प्रेम से चारों ओर से भर दिया और ईश्वरीय विवेक ने डोरोथी को प्रेम की राह दिखा दी।

प्रेम की चमक कभी फीकी नहीं होती

प्रेम हृदय की पुकार है। वह सभी के लिए मंगल कामना है। अगर आप ऑफिस, फैक्टरी या स्टोर में काम करते हो और यदि आप अपने सभी साथियों के लिए अच्छा स्वास्थ्य, खुशी, शांति, पदोन्नति, धन तथा जीवन की शुभकामना करते हो तो बदले में आपको जो वैभव प्राप्त होगा, उसकी आप कल्पना नहीं कर सकते। उनके लिए जो शुभकामनाएँ आप करते हो, जैसे स्वास्थ्य, खुशियाँ, पदोन्नति, धन समृद्धि—यह सब स्वाभाविक रूप से तुम्हें भी मिलती हैं। याद रखो, जो कामना आप दूसरों के लिए करते हो, वह आपको भी मिलती हैं और जो आप दूसरों को मिलने से रोकते हो, वह आप अपने लिए भी रोकते हो।

आप सृष्टि में दूसरों से अलग हो। आपके विचार केवल आपके हैं और वे सृजनात्मक हैं। इसलिए, यह स्वाभाविक व्यवहार है कि आप सभी की भलाई की कामना करो, सभी के प्रति सद्भाव और प्रेम का दृष्टिकोण रखो।

देश भर में स्पेशिएल्टी स्टोर चलानेवाली एक बड़ी कंपनी के अध्यक्ष ने हाल ही में मुझे बताया कि उनकी कंपनी से जिन कर्मचारियों को नौकरी से निकाला गया, उनमें से ज्यादातर का कारण अयोग्यता, गैर-हाजिरी या बेईमानी नहीं है; बल्कि उनका व्यवहार है। अपने सहयोगियों एवं ग्राहकों से उनका व्यवहार ठीक नहीं था।

प्रेम मन को भरनेवाला सिद्धांत है। 'बाइबिल' में जिस प्रेम का संदर्भ है, वह भावुकता या फिल्मी प्रेम नहीं है। वह प्रेम वह है, जो परिवार, समाज और दो देशों को एक-दूसरे से जोड़ता है। वह ईश्वरीय शक्ति है, जो समस्त संसार को चलायमान रखती है। पूरे ब्रह्मांड को; सूर्य, चंद्रमा, पृथ्वी, आकाश—सबको एक लय में समय की निरंतर

गति में चलाती है। प्रेम ही स्वास्थ्य है, खुशी है, शक्ति है, खुशहाली और समरसता है। वही आनंद है और सफल जीवन है। सद्भाव, स्वास्थ्य, शक्ति, दया, आनंद, निष्ठा, एकता, न्याय और जीवन का उल्लास—ये सभी प्रेम की संतानें हैं।

अपने चारों ओर प्रेम का प्रकाश भर दो। सबके लिए सद्भाव और शुभ की कामना करो। दूसरों की दिव्यता को प्रणाम करो और शांति से कामना करो—'ईश्वर का वैभव मेरे अंदर प्रवाहित हो रहा है।' आपको आश्चर्य होगा, जब जिंदगी की तमाम खुशियाँ आपको गले लगाएँगी। आप खुशहाल बनोगे। सब खुशहाल बनेंगे।

प्रेम की उपचार-शक्ति का अनंत वैभव

स्वर्गीय डॉ. हैरी गेज मानसिक व आध्यात्मिक नियमों के अंतरराष्ट्रीय ख्याति-प्राप्त व्याख्याता थे। उन्होंने एक बार मुझे लंदन के एक व्यक्ति के बारे में बताया था, जो तपेदिक की बीमारी में घुटता जा रहा था। उस व्यक्ति के आध्यात्मिक सलाहकार को पता लगा कि वह व्यक्ति बैंकरों से, ब्रोकरों से और सभी धनी व्यक्तियों से नफरत करता है। नफरत की यह भावना उसमें बचपन से थी, जब उसने अपने पिता को एक स्थानीय बैंकर को कर्ज न चुकाने की वजह से घर को बेचते देखा था। इस घटना ने उस बच्चे के मन में सभी बैंकरों और धनी व्यक्तियों के लिए नफरत पैदा कर दी थी।

उसके आध्यात्मिक सलाहकार ने उसे सुझाव दिया कि वह लंदन स्टॉक एक्सचेंज के सामने सड़क पर खड़ा रहे और प्रत्येक व्यक्ति—पुरुष या स्त्री जो भी उसके पास से गुजरे—के लिए मन में प्रतिज्ञा करे—'ईश्वर का प्रेम तुम्हारी आत्मा को भरता है। ईश्वर का वैभव अब तुम्हारा है।' जैसे ही उसने अपनी भावना को पूर्ण निष्ठा और मनोयोग से व्यक्त करना शुरू किया, वह दुगुनी-तिगुनी होकर उसके पास वापस आने लगी।

डॉ. गेज के अनुसार—वह रोगी आश्चर्यजनक रूप से स्वस्थ हो गया। सभी एक्स-रे टेस्ट और परीक्षणों में पता लगा कि वह अब पूर्णतः रोग-मुक्त हो चुका है। उसके बाद उसे एक बैंकिंग फर्म में नौकरी मिल गई, जहाँ अपनी लगन और योग्यता के बल पर उसे अनेक पदोन्नतियाँ प्राप्त हुईं। उसके हृदय में ईश्वरीय प्रेम जाग्रत् हो गया। उसका जीवन सफल हो गया।

अपनी पत्नी, पति और बच्चों को सही रूप में प्रेम करने की सौगात

दृढ़तापूर्वक कहो कि आप जिन्हें प्रेम करते हो, वे ईश्वर के प्रेम से जीवित हैं और उसका प्रेम उनके पूर्ण अस्तित्व में भरपूर है। मन में चित्र बनाओ कि आपके प्रेमे बच्चों

के चारों ओर ईश्वर के प्रेम का प्रकाश है। समझ लो कि ईश्वर के प्रेम का प्रकाश उनके मन-मस्तिष्क और शरीर को अपने में समेटकर प्रदीप्त कर रहा है। आपकी यह प्रार्थना उनके जीवन में आश्चर्यजनक परिवर्तन लाएगी।

उसने प्रेम की उपचार-शक्ति को पाया

"मेरी छोटी बहन बहुत डरती है।" मेरे एक मित्र ने मुझे बताया, "उसके चेहरे की त्वचा दानों से खराब हो गई है। उसने तरह-तरह की दवाइयाँ खाईं, लोशन इस्तेमाल किए; किंतु कोई फर्क नहीं पड़ा। वह इतना डरती है कि उसने घर से बाहर जाना छोड़ दिया है। क्या आप कुछ मदद कर सकते हैं?"

"शायद कर सकता हूँ।" मैंने कहा। उसी समय मेरे मन में 'बाइबिल' की ये पंक्तियाँ कौंध गईं—'उसका मांस बच्चे जैसा ताजा हो जाएगा। वह अपनी युवावस्था में लौट जाएगा।' (जॉब 33:25)

हमने इन पंक्तियों में कुछ उपयुक्त परिवर्तन कर दिए और अगले दिन से प्रतिदिन सुबह के समय मेरे मित्र की बहन ने अपनी छवि को शीशे में देखते हुए यह प्रतिज्ञा करनी शुरू कर दी—'मेरी त्वचा ईश्वर के प्रेम के लिफाफे में है। वह दाग और धब्बे से रहित है। वह बच्चे की त्वचा जैसी ताजा है और मेरा संपूर्ण अस्तित्व यौवन व सौंदर्य से भरपूर है।'

कुछ ही सप्ताह में उसके मुँह की त्वचा साफ हो गई। उसकी त्वचा उसकी इच्छानुसार कोमल और स्निग्ध हो गई है।

कानूनी विवाद को प्रेम के वैभव ने सुलझा दिया

विंसेंट जी. नामक व्यक्ति घोर निराशा में मेरे पास आया। वह एक सिविल केस में वर्षों से जूझ रहा है और केस है कि खत्म होने का नाम ही नहीं लेता। तारीख पर तारीख पड़ती जा रही हैं। उसका सारा ध्यान, समय और पैसा वकीलों पर बरबाद हो रहा है। वह हमेशा चालबाज वकीलों, झूठे गवाहों और निठल्ले न्यायाधीशों की निंदा में बड़बड़ाता रहता है।

"मैं इस केस को खत्म नहीं करा सकता।" उसने सारांश में कहा, "और न ही इसे और आगे खींचने की हिम्मत मुझमें रह गई है। इसने मेरा जीवन चौपट कर दिया है। मुझे समझ में नहीं आता, मैं क्या करूँ?"

"तुमने जो अब तक किया, उसका कोई फायदा नहीं हुआ।" मैंने कहा, "तो क्यों

न एक नया रास्ता अपनाकर देखो!"

मेरे सुझाव पर विंसेंट ने सुबह और रात को यह प्रार्थना करनी शुरू कर दी—

"वे सभी, जो इस केस में शामिल हैं, ईश्वर के पवित्र प्रेम से चारों ओर से घिरे हुए हैं। सभी शामिल लोगों के मन और हृदयों में ईश्वर का प्रेम, सत्य और समरसता का पूर्णरूप से संचालन हो रहा है। ईश्वरीय मन में सब एक-दूसरे को पहचानते हैं और प्रेम का नियम अपना काम करता है।"

इस प्रार्थना ने विंसेंट के मन की सारी कड़वाहट, दुश्मनी और विरोध को दूर कर दिया, जिसके बाद ईश्वरीय व्यवस्था से एक समझौता उभरकर सामने आ गया। कुछ सप्ताह बाद केस करनेवाला व्यक्ति एक दूसरे विवाद में गिरफ्तार हो गया। पूछताछ में उसने स्वीकार किया कि उसने जो जाली कागजात बनवाए हैं, उसमें विंसेंट के केसवाले कागज भी शामिल हैं। उसके तुरंत बाद उस आदमी के वकील ने केस को खत्म कर दिया।

प्रेम की अद्‌भुत रक्षक शक्ति का प्रभाव

हॉवर्ड आर. एक मनोचिकित्सक हैं, जिनका कार्यालय उसी भवन में है, जहाँ मैं बैठता हूँ। हाल ही में वे मुझे कॉरीडोर में मिल गए। उनके मुँह पर हवाइयाँ उड़ रही थीं। वे घबराए थे और मुझे देखते ही आगे बढ़ आए।

"कैसा दिन है आज?" वे हाँफते हुए बोले, "आज सवेरे मेरा एक मरीज ऑफिस में घुस आया और उसने मेरे माथे पर पिस्तौल लगा दी। कहने लगा कि उसके पास मुझे मारने के लिए ईश्वर का आदेश है।"

मैंने भय-मिश्रित नजरों से उन्हें देखा और पूछा, "तो आपने क्या किया?"

"कुछ नहीं। मैं चुपचाप शांत खड़ा रहा। मैंने उससे कहा, 'ईश्वर ने अपना मन बदल दिया, क्योंकि उसने आज सुबह तुम्हें ठीक करने के लिए एक नया नुस्खा दिया है।' जब मैंने देखा कि वह असमंजस में है, तो मैंने कहा, 'ईश्वर तुम्हारे अंदर है और ईश्वर मेरे अंदर है। ईश्वर अपनी बात को काट नहीं सकता और वह अब तुम्हें पूर्ण स्वस्थ देखना चाहता है।' उसके बाद तो उसने पिस्तौल मेरे सामने फेंक दी और फूट-फूटकर रोने लगा। उसे मानसिक चिकित्सालय भेजा जा रहा है, जहाँ उसे स्वस्थ करने के लिए मैं मानसिक उपचार दे पाऊँगा। मुझे उम्मीद है कि यह केस मेरे लिए सही दिशा में एक टर्निंग पॉइंट हो सकता है।"

डॉ. हॉवर्ड आर. एक आध्यात्मिक व्यक्ति होने के नाते भलीभाँति जानते थे कि रोगी

को यदि सही रूप में प्रेम से बताया जाए कि ईश्वर का वास उसमें है, तो उसे इसका अहसास हो सकता है। 'सच्चा प्रेम भय को बाहर कर देता है।' (I जान 4:18)

प्रेम दो हृदयों को जोड़ता है, गलतफहमियों को मिटाता है

आपके परिवार के सदस्य और दूसरे व्यक्ति, जो आपके नजदीक रहते हैं, वे प्रेम चाहते हैं, प्रशंसा चाहते हैं, महत्त्व माँगते हैं। हाल ही में एक प्रसिद्ध वकील मार्क एल. मेरे पास सलाह के लिए आया। उसने स्वीकार किया कि पिछले एक वर्ष से उसी की एक सहयोगी से उसका अफेयर चल रहा है।

"अजीब लगता है, क्योंकि मैं अपनी पत्नी व बच्चों से प्रेम करता हूँ और मैं अब ऐसे मझधार में हूँ, जिसमें मुझे डर है कि मैं कहीं उन्हें गँवा न बैठूँ।"

"क्यों?" मैंने पूछा, "ऐसा क्या आकर्षण है तुम्हारे अफेयर में?"

"कैटलिन मुझे अपनी बातों से हमेशा महत्त्वपूर्ण बना देती है। वह खुद बहुत योग्य और सफल वकील है; लेकिन वह हमेशा मेरा गुणगान करती है, मेरे हरेक प्रदर्शन की तारीफ करती है। मैं कितना योग्य हूँ, कितने बढ़िया तर्क देता हूँ! मैं जानता हूँ कि यह सब खुशामद है, लेकिन मन को अच्छा लगता है। वह जब प्रशंसा करती है तो लगता है, मैं कोई राजा हूँ।"

मैंने पूछा, "और तुम्हारी पत्नी? उसका व्यवहार कैसा है?"

"वह बहुत ही अच्छी है।" उसने कहा, "पूरी तरह ईमानदार है, मुझे मानती है और एक निष्ठावान् पत्नी और माँ है। लेकिन जब मैं घर जाता हूँ तो उसको कोई फर्क नहीं पड़ता। वह केवल शिकायतें करती है—देर से आए हो, क्या करते रहते हो? वगैरह-वगैरह।"

मैंने उसे समझाया कि अनेक लोग शिकवा-शिकायत में लगे रहते हैं, क्योंकि उनकी कोई प्रशंसा नहीं करता, उन पर कोई ध्यान नहीं देता। दूसरे, पति या पत्नी अपनी अंतरात्मा के जरिए तुम्हारी वफादारी पर शक करने लगते हैं। उन्हें लगता है कि उनकी सबसे कीमती वस्तु को कोई चोरी से ले जाने वाला है। तब वे उसे पकड़े रहना चाहते हैं।

मार्क मन से तलाक नहीं चाहता था। मैंने उसे और उसकी पत्नी को बुलाकर चर्चा की। एक लंबी बातचीत के बाद दोनों ने यह स्वीकार किया कि दोनों के बीच में जो प्रेम है, वह बरकरार है; किंतु सुषुप्तावस्था में पहुँच गया है, दब गया है। उसकी अभिव्यक्ति नहीं हो पा रही है। वर्षों से वे प्रेम करते रहे हैं, लेकिन उस प्रेम का कभी प्रदर्शन नहीं हुआ। किसी ने अभिव्यक्त नहीं किया। दोनों को मन में विश्वास है कि वे प्रेम करते हैं। बस, लेकिन उसे शब्दों में उजागर नहीं किया है।

अपने वैवाहिक रिश्ते को बनाए रखने के लिए दोनों ने अलग-अलग प्रार्थना करनी शुरू की। साथ में प्रत्येक दिन रात में 91वें साम को पढ़ना शुरू किया और उसकी पत्नी प्रत्येक दिन सुबह को 27वें साम को पढ़ने लगी। दोनों ने वचन दिया कि वे नियमित रूप से आपस में प्रेम और सौहार्द का इजहार करेंगे। दोनों पाँच मिनट के लिए यह प्रतिज्ञा लेंगे—'ईश्वर तुम्हारी आत्मा को भरता है। मैं तुम्हें प्रेम करता हूँ।'

ईश्वरीय प्रेम ने दोनों को दोबारा गले लगा लिया, क्योंकि प्रेम संसार का सर्वश्रेष्ठ समाधान है। मानवता के जख्मों को केवल प्रेम ही भर सकता है।

प्रार्थना : प्रेम और शुभकामना मुझे समृद्ध बनाएँ

"पिता, तुम हम सब भाइयों में ही रहते हो।" (मैथ्यू 23 : 8-9)

मैं सभी परिस्थितियों और अपने सभी व्यक्तिगत संबंधों में सद्भाव, शांति और आनंद से रहता हूँ। मैं पूरी जानकारी, विश्वास और दावे के साथ कह सकता हूँ कि मेरे घर एवं बिजनेस के सभी लोगों के मन व हृदय में ईश्वर की शांति का वास है। मैं किसी भी समस्या में हमेशा शांत, स्थिर, धैर्य और विवेक बनाए रखता हूँ। किसी भी व्यक्ति ने चाहे जो भी किया हो या कहा हो, मैं उसे पूर्णरूप से क्षमा कर देता हूँ। मैं सारी जिम्मेदारियाँ अपने अंदर मौजूद ईश्वर पर छोड़ देता हूँ और निश्चिंत रहता हूँ। यह अद्भुत अहसास है। मुझे मालूम है, क्षमा करने पर मुझे आशीर्वाद प्राप्त होता है।

मैं प्रत्येक समस्या में या कठिन स्थिति में ईश्वर के फरिश्ते को देखता हूँ। मैं जानता हूँ कि उसका समाधान है और सबकुछ ईश्वरीय व्यवस्था में हो रहा है। मुझे ईश्वर की उपस्थिति में पूर्ण निष्ठा है। उसे मालूम है कि क्या और कैसे किया जाना है! सर्वोच्च व्यवस्था और विवेक अब और हमेशा मेरे जरिए काम कर रही है। मुझे मालूम है, यह व्यवस्था ईश्वरीय कानून है।

इस संपूर्ण समरसता पर मेरा मन अब आशा और आनंद के साथ टिक गया है। मुझे मालूम है कि परिणाम अवश्यंभावी है और वह है पूर्ण समाधान। मेरा उत्तर ईश्वर का उत्तर है, क्योंकि वह ईश्वरीय है।

स्मरणीय बिंदु

1. प्रेम हमेशा बाहर आता है। वह स्वतंत्र करता है। वह देता है। वह ईश्वर का रूप है। प्रेम का प्रयोजन होना चाहिए। आपको संगीत, कला, विज्ञान, गणित अथवा ईश्वर के सत्यों से प्रेम हो सकता है। आप अपने श्रेष्ठ व्यक्तित्व को पहचानकर उसके प्रेम में भी डूब सकते हो। वह आपके अंदर ही मौजूद है।

2. आप अपनी धारणा, विचारों, छवियों की प्रतिक्रियाओं के एकमेव अधिपति और राजा हो। आप अपने विचारों को आदेश दे सकते हो, जिस तरह एक मालिक कर्मचारी को आदेश देता है। जिस तरह से आप कार चलाते हो, उसी तरह से विचारों को चला सकते हो।
3. अपने श्रेष्ठ व्यक्तित्व या ईश्वर से प्रेम के मायने हैं कि आपको अपने अंदर मौजूद दिव्यता के लिए पूर्ण सम्मान है, जो सर्वशक्तिमान, विवेकशील है और जो सब जानता है, सब देखता है। आप अपने अंदर मौजूद आत्मा को, जो ईश्वर का यश है, पूर्ण निष्ठा देते हो और अन्य किसी निर्मित वस्तु को किसी प्रकार की शक्ति देने से इनकार करते हो।
4. यह सोचकर कि आप अपने मन की इच्छा पूरी कर रहे हो, आप किसी भव्य, महान् और श्रेष्ठ विचारधारा के प्रेम में डूब सकते हो। अपने मानसिक चित्र में डूबे हो तो आप अपने लक्ष्य को प्राप्त करोगे। अपने आदर्श का प्रेम सभी प्रकार के भयों को बाहर कर देता है।
5. संकट के समय प्रतिज्ञा करो : ईश्वर मेरा प्रकाश और मुक्ति है; मुझे किससे भय है! ईश्वर मेरे जीवन की शक्ति है; मुझे किसी से क्या डर है! आपको प्रतिक्रिया के साथ-साथ सुरक्षा भी मिलेगी।
6. जब एक व्यक्ति उधार चुकाने के लिए अपशब्द कहता है और ऋण चुकाने से इनकार कर देता है, तब उस व्यक्ति को प्रकाश और प्रेम में बाँध लो। यह अहसास करो और जान लो कि ईश्वर का प्रेम उस व्यक्ति में प्रवाहित होता है और समरसता का नियम लागू है। सद्भावपूर्ण समाधान आपके सामने आ जाएगा।
7. अपने चारों ओर सभी लोगों में अपने प्रेम, शांति और शुभकामना को प्रसारित करो। उन्हें स्वास्थ्य, प्रसन्नता, शांति, प्रचुरता और हर प्रकार के वैभव की शुभकामनाएँ दो। जैसे ही आप इसकी आदत बना लोगे, आपके पास शुभकामनाओं का ताँता लग जाएगा। दुनिया में 90 फीसदी लोग इसलिए असफल रहे हैं, क्योंकि वे दूसरे के साथ गलत व्यवहार करते हैं। इसका उत्तर प्रेम और शुभकामना है।
8. प्रेम जीवन को भरपूर बनाता है। जीवन में स्वास्थ्य, खुशियाँ, धन और सफलता प्राप्त होती हैं। प्रेम सब के लिए शुभकामना है और जो आप दूसरों को देते हो, वह आपको भी मिलता है।
9. यदि मन में दूसरों की दौलत और सफलता को लेकर विरोध हो तो प्रत्येक व्यक्ति से मिलते समय यह प्रतिज्ञा करो—"तुम्हारी आत्मा ईश्वर के प्रेम से भरी

है और ईश्वर का वैभव अब तुम्हारा है।" आश्चर्यजनक परिणाम आपके जीवन में मिलेंगे। आपकी ईर्ष्या और कड़वाहट, विरोध—सब दूर हो जाएगा और आप खुशहाल बनोगे।

10. यदि विवाहित हो तो अपनी पत्नी या पति से कहो, "मैं तुम्हें प्रेम करता हूँ। ईश्वर तुम्हें प्रेम करता है।" इसका अहसास करो। इसे घोषित करो। प्रेम तुम्हारे विवाह को जोड़ता है और जोड़े रखता है।
11. यदि तुम्हें त्वचा रोग है तो प्रतिज्ञा करो, "मेरी त्वचा ईश्वर के प्रेम का एक लिफाफा है और उसमें कोई छाला या धब्बा नहीं है।" यह जान लो कि ईश्वरीय प्रेम अपने से अलग किसी भी चीज को समाप्त कर देता है और आपकी त्वचा फिर से सुंदर व चिकनी हो जाएगी।
12. यदि आप किसी कानूनी विवाद के दाँव-पेच में फँस गए हो तो जान लो कि आपके झगड़े में फँसे सभी लोगों के मन व हृदय में ईश्वर का प्रेम प्रवाहित होता है और ईश्वर के प्रेम और सद्भाव के माध्यम से ईश्वरीय समाधान मौजूद है। ईश्वरीय समाधान से कानूनी विवाद की सुखमय समाप्ति की कल्पना करो। जीत आपकी होगी।
13. आप अपनी रक्षा यह सोचकर कर सकते हो कि दूसरे व्यक्ति में भी ईश्वर का प्रेम मौजूद है और आप उसी के प्रेम में सुरक्षित हो। आपको लगेगा, जैसे आपके अंदर का ईश्वर उसके ईश्वर से बात कर रहा है! आप सुरक्षित रहकर आजाद रहोगे।
14. विवाह को बनाए रखने के लिए दोनों को एक-दूसरे में ईश्वर की छवि देखकर एक-दूसरे की प्रशंसा करनी चाहिए। विवाह सुरक्षित रहेगा। प्रेम जोड़ता है, जख्मों को भरता है, आत्मा को जीवंत रखता है।
15. जीवन में सभी प्रकार के वैभव प्राप्त करने के लिए अध्याय के अंत में दी गई प्रार्थना का उपयोग करो।

□

15

धन कमाने के लिए स्वयं को कैसे तैयार किया जाए

राल्फ वाल्डो एमर्सन ने कहा है, "सिद्धांतों पर विजय ही आपको शांति दिला सकती है।" अपने मन को जब आप अपने विवेक के अनुसार चलाना सीख जाओगे, तब आपको शांति और खुशहाली मिलेगी। आपका जीवन सौहार्दपूर्ण और सुरक्षित बनेगा।

एक इंजीनियर पुल के निर्माण में गणित के सिद्धांतों का प्रयोग करता है। वह निर्माण सामग्री के तनावों, कठिनाइयों और उसकी प्रकृति को भली प्रकार से जानता है; क्योंकि सामग्री में ये कठिनाइयाँ और दिक्कतें स्थायी रूप से होती हैं। वे बदलतीं नहीं, हमेशा एक जैसी रहती हैं।

इसी प्रकार से मन के नियम-कानून स्थायी हैं, बदलते नहीं। उनके बारे में आपने 'बाइबिल' में पढ़ा होगा, जिसमें कहा गया है, 'तुम्हारा जो विश्वास है, वह सही है।' *(मैथ्यू 8:15)

हजारों-हजार कामकाजी लोगों के जीवन में अत्यधिक तनाव निराशा का काम करता है, कई तरह की मानसिक परेशानियाँ पैदा करता है, जीवन को अस्त-व्यस्त कर देता है। एक सीमा तक तनाव का रहना सामान्य और जरूरी भी है। उदाहरण के लिए, जब एक गायिका स्टेज पर जाने तक तनाव में रहती है, यह समझ में आता है, क्योंकि इसमें वह अपने आत्मविश्वास को जगाने के लिए मानसिक शक्ति को जाग्रत् करती है, जिससे उसमें बैठा स्टेज का भय दूर हो जाता है। लेकिन यही तनाव तब खतरनाक हो जाता है, जब वह निरंतर बना रहता है। गायिका जैसे-जैसे अपने गायन में सुर व लय को लाती है, वैसे-वैसे उसका तनाव दूर होता जाता है और उसकी जगह आत्मविश्वास लेने लगता है। ठीक जैसे घड़ी अपनी टिक-टिक से आगे बढ़ती है जाती है, लेकिन यदि घड़ी के स्प्रिंग को ज्यादा कस दिया जाए तो स्प्रिंग टूट भी सकता है और उसकी टिक-टिक स्वयं बंद हो जाती है।

जब आप अपनी इच्छा-शक्ति को ईश्वर की शक्ति से जोड़ दोगे तो आप अपने जीवन में सफलता प्राप्त करते जाओगे।

कैसे एक उद्योगपति ने उद्यम के तनाव एवं चिंता से स्वयं को मुक्त कर लिया

हाल ही में लास वेगास जाने के दौरान फ्लाइट में मेरी मुलाकात मारिया एस. से हुई, जो इंटरनेट संबंधी एक इलेक्ट्रिकल मॉल की मालिक तथा चीफ एक्जीक्यूटिव ऑफिसर है। उसने बताया कि कंपनी की शुरुआत के कुछ समय बाद ही कंपनी में नकदी का संकट हो गया। मॉल की बुकिंग और ऑर्डर सब सही थे, किंतु हाथ में पैसा नहीं था। परिणाम यह हुआ कि उसके आपूर्तिकर्ताओं ने भुगतान के लिए हल्ला मचाना शुरू कर दिया। धमकी देने लगे कि आपूर्ति रोक देंगे। मुझे लगा कि जैसे मेरी कंपनी अब बंद होने वाली है।

एक रात जब उसे लगा कि संकट का भयानक चेहरा उपस्थित होने वाला है तो उसने कहा, "मैंने बाइबिल का सहारा लिया। मेरे सामने जो पृष्ठ था, उसमें 23वाँ साम लिखा हुआ था। उसे पढ़कर मेरे मन में एक विचार आया। मैंने उन लोगों की एक सूची बनाई, जिन्हें मुझे भुगतान करना था। मैंने प्रत्येक देनदार का नाम लिखा और उसके सामने भुगतान की राशि लिख दी। तब मैंने कल्पना की कि मैं प्रत्येक देनदार से मिल रही हूँ और उसे भुगतान का चेक दे रही हूँ। मैंने मन की आँख से यह भी देखा कि प्रत्येक व्यक्ति मुझे धन्यवाद दे रहा है और कह रहा है कि आपने समय पर भुगतान करके हमारी बड़ी सहायता की।"

उसने कहा कि यह कल्पना उसने हर रात को करनी शुरू कर दी और इतने मनोयोग से करने लगी, जैसे कि यह सब वास्तव में हो रहा है। प्रत्येक अभ्यास के बाद उसे एक प्रकार की ईश्वरीय शांति का अहसास होता था। इसके करीब दो सप्ताह बाद एक रात उसे सपना दिखाई दिया, जिसमें एक हाथ उसे पकड़कर एक खास कैसीनो की राउलेट टेबल की ओर ले जा रहा है। वहाँ पहुँचकर उस हाथ ने व्हील के एक नंबर पर निशान लगा दिया। सुबह सोकर उठने के बाद उसने नंबर को याद करके लिख लिया। उसी दिन शाम को वह कैसीनो गई और जैसा कि उसने सपने में देखा था, उसी नंबर पर उसने पैसा लगा दिया। आश्चर्य की बात यह देखिए कि उसे इतना धन मिल गया कि उसने अपने सभी आपूर्तिकर्ताओं को पूरा भुगतान कर दिया। उसके बाद उसने कभी जुआ नहीं खेला। उसके अवचेतन के विवेक ने आश्चर्यजनक रूप से उसकी सहायता की।

उधार की चिंता से कैसे मुक्ति मिले

वर्षों पहले मैंने ऐसे अनेक व्यक्तियों को एक प्रार्थना दी थी, जो उधार के बोझ से और उसके बढ़ते हुए आर्थिक खर्च से बेहाल थे। उन्हें चिंता-मुक्त करने के लिए मैंने जो प्रार्थना दी थी, वह इस प्रकार है—

> "मेरी आपूर्ति का स्रोत ईश्वर है। मैं जानता हूँ कि मैं कर्ज से परेशान हूँ। इसके मायने हैं कि मैं ईश्वर पर भरोसा नहीं करता। मैं जानता हूँ कि अब मेरे पास जो धन है, वह हजार गुना बढ़ गया है। मैं स्वीकार करता हूँ कि मेरे पास जो धन है, वह ईश्वर के अनंत वैभव का प्रतीक है। मैं जब अपने अंदर मौजूद अनंत उपस्थिति का ध्यान करता हूँ, यह जानकर कि वह मेरे ऋण चुकाने और मेरे पास पर्याप्त जमा धन छोड़ने का मार्ग प्रशस्त करेगा। मैं परम पिता परमेश्वर को इन सभी ऋणों की सूची देता हूँ और धन्यवाद देता हूँ कि इनका भुगतान ईश्वरीय व्यवस्था में हो। मेरे जीवन में ईश्वर का संचार हो रहा है। मैं आनंदित हूँ और खुश हो रहा हूँ कि प्रत्येक ऋण का अब भुगतान हो गया है और ईश्वर मुझे खुशहाल बनाए हुए है। मैं विश्वास करता हूँ कि मुझे फल मिल गया और मैं जानता हूँ कि मेरे विश्वास के अनुकूल मुझे दिया गया है। मैं जानता हूँ कि ईश्वर अब मुझ पर आशीर्वादों की वर्षा करेगा।

मैं उधार लेनेवाले लोगों से कहता हूँ कि वे प्रेम से खुश होकर इन सत्यों का ध्यान करें और मन में विश्वास बनाए रखें कि उनकी प्रार्थना का अनुकूल फल उन्हें अवश्य मिलेगा। जब आप परेशानी और चिंता में घिरे हों तो कभी ऋण या धन के अभाव या बिलों के बारे में न सोचें, बल्कि मुसकराते हुए ईश्वर के वैभव के लिए धन्यवाद दें और खुशियाँ मनाएँ कि उनकी देनदारी अब चुका दी गई है। इस तकनीक को यदि निष्ठा से अपनाया जाए तो धन के प्रति मन पुनर्गठित होता है और मैंने इसके अभूतपूर्व परिणाम होते देखे हैं। आप इस प्रार्थना-प्रक्रिया का प्रयोग करके अपने जीवन में आश्चर्यजनक परिवर्तन ला सकते हैं।

अपने चारों ओर फैले वैभव का आनंद लेने के लिए 'आराम से' और 'जाने दो' का सिद्धांत अपनाओ

प्रकृति में पूर्ति करने का अदृश्य स्रोत है, यह एक साधारण विश्वास है। आपके

शरीर की पाँच इंद्रियाँ आपको अपने चारों ओर की दुनिया तीनों आयामों में दिखाती हैं। आपके कान भले ही संगीत सुनते हों, किंतु आपका रेडियो और टेलीविजन आपको यही बताता है कि आप संगीत, हँसी-मजाक, गीत-नाटक, भाषण और सभी कार्यक्रमों में रमे रहते हो।

आपकी आँखें केवल भौतिक वस्तुओं को देख पाती हैं, जबकि वातावरण विभिन्न कलाकारों, ऐतिहासिक घटनाओं, हास्य फिल्मों, दुःखांत फिल्मों और कभी न हटनेवाले विज्ञापनों की छवियों से भरा पड़ा है, जो वे नहीं देख पातीं। आप गामा किरणों, बीटा किरणों को, अल्फा तरंगों को, रेडियो की तरंगों और कॉस्मिक किरणों को नहीं देख पाते; किंतु वातावरण में ये हमेशा गतिशील रहती हैं। धन-दौलत या संपत्ति, जिसे आप देख नहीं पाते, वह आपकी मानसिक छवि को बनने से पहले ही मौजूद है। इस सत्य को स्वीकार कर उसकी असलियत का अहसास करो, आपकी मानसिक छवि धन, वैभव और जो आप चाहो, उसमें बदल जाएगी। विचारों में शक्ति होती है।

कैसे एक महिला सेक्रेटरी ने दफ्तर के तनाव और परेशानी से पीछा छुड़ाया

"मैं ऑफिस जाने से डरने लगी हूँ।" लिसा ए. ने चर्चा के दौरान बताया। उसने बताया था कि वह एक प्रमुख कानूनी फर्म में एक्जीक्यूटिव सेक्रेटरी है। "दफ्तर में झगड़ेबाजी, एक-दूसरे से तकरार, शिकायत, चुगलियों ने वातावरण को नकारात्मक बना दिया है। मैं कोशिश करती हूँ कि इन सबसे बची रहूँ। लेकिन लगता है, षड्यंत्र मेरे ही खिलाफ हो रहा है। सिर्फ मैं ही नहीं, सभी के खिलाफ कुछ-न-कुछ हो रहा है। यह सब बहुत भयानक हो गया है।"

"ऐसे वातावरण में तो काम करना बहुत मुश्किल है।" मैंने स्वीकार किया, "लेकिन तुम्हें यह समझना होगा कि तुम्हें खुद के अलावा कोई परेशान नहीं कर सकता। तुम्हारे दफ्तर में जो हो रहा है, उसके प्रति तुम्हारी प्रतिक्रिया तुम्हें परेशान कर रही है। जो हो रहा है, उस पर तुम्हारे विचार तुम्हें चिंता में डाल रहे हैं। इसमें किसी दूसरे का हाथ नहीं है। तुम चाहो तो इससे बच सकती हो। तुम्हारी स्थिरता और आत्मिक छत्रच्छाया इन नकारात्मक ऊर्जाओं से तुम्हें सुरक्षा दिला सकती है।

मैंने उसे विस्तार से समझाते हुए कहा कि "दूसरों के सुझावों व वक्तव्यों और कार्यों के पास तुम्हें परेशान करने या नाराज करने का कोई अधिकार तब तक नहीं है, जब तक तुम यह अधिकार उन्हें न सौंप दो और फिर अपने से ही कहो, 'मैंने उसे मुझे नाराज करने का अधिकार दे दिया है'। यदि तुम ऐसा करते हो तो तुम अपने मन में एक

झूठ और फरेब को स्थान दे रहे हो। तुम्हारी समरसता, शांति, स्वास्थ्य या समृद्धि दूसरों पर निर्भर नहीं है। अपने मन में ईश्वर को स्थान दो और उस पर सबकुछ छोड़ दो। तुम यह मान लो कि वही तुम्हारा नियोक्ता, तुम्हारा बॉस, तुम्हारा दाता, व्यवस्थापक और चिंताओं से मुक्ति दिलानेवाला है।

मैंने लिसा को सुझाव दिया कि वह निम्नलिखित आध्यात्मिक फॉर्मूले का नियमित रूप से प्रयोग करे—

> "मेरे काम को ईश्वर का प्रेम प्रायोजित करता है। मुझे दूसरों के बारे में कोई ज्ञान नहीं है। लिहाजा, न्याय संभव नहीं है। ईश्वर की शांति एवं समरसता मुझे और उन सबको, जो मैं करती हूँ, उसे अनुशासित करती है। व्याकुल करनेवाला प्रत्येक विचार पूर्णतः निरर्थक है, क्योंकि मैं ईश्वर का काम करती हूँ और मेरी आत्मा उसकी शांति से भरपूर है। ईश्वर के आनंद का विश्वास हर समय मेरी रक्षा करता है। कार्यालय में काम करनेवाले सभी लोग ईश्वर के बेटे और बेटियाँ हैं और इस कार्यालय की शांति, समरसता, खुशहाली एवं सफलता के लिए अपना योगदान देते हैं। ईश्वरीय प्रेम कार्यालय के दरवाजे के अंदर आता है, ईश्वरीय प्रेम कार्यालय के सभी लोगों के मन और हृदयों को संचालित करता है और ईश्वरीय दरवाजे से बाहर जाता है। ईश्वर मेरा बॉस, मेरा वेतनदाता है, मेरा मार्गदर्शक है और सलाहकार है। मैं और किसी को नहीं जानती। मैं सभी शक्तियाँ और मान्यताएँ ईश्वर को सौंपती हूँ और उसके प्रकाश में स्थिरता व शांति से चलती हूँ। मैं हँसती हूँ, गीत गाती हूँ और खुशी मनाती हूँ। ईश्वर मेरा जीवन आश्चर्यों से भर देता है।"

लिसा ने कार्यालय जाने से पहले इस प्रार्थना को दोहराना शुरू किया। रात में, सोने से पहले भी वह उसे दोहराने लगी। बहुत जल्दी उसने इन तमाम नकारात्मक विचारों के विरोध में एक मानसिक रक्षा कवच को धारण कर लिया। जब कोई ताना देता या आक्षेप लगाता तो वह चुपचाप मन-ही-मन कहती, 'मैं तुम्हारे अंदर मौजूद दिव्यता को प्रणाम करती हूँ। ईश्वर तुम्हारे जरिए सोचता है, बोलता है और काम करता है। उस पर कोई प्रभाव नहीं पड़ता। उसे कोई परेशानी नहीं होती। न ही कोई डर या चिंता होती है।' सब नकारात्मक विचार जैसे लुप्त हो गए। उसने अपने अंदर ईश्वर को पा लिया और यह उसके लिए पर्याप्त था। प्रार्थना करने से उसे अनगिनत लाभ हुए। आप चाहें तो आप भी ये लाभ प्राप्त कर सकते हैं।

एक छात्र ने परीक्षा में फेल होने की चिंता से कैसे मुक्ति पाई

कॉलेज का एक सीनियर छात्र जैक आर. मेरे कार्यालय में मुट्ठियाँ बाँधे बैठा था। "मैं फिर फेल होने जा रहा हूँ।" उसने कहा, "रोज रात में मैं किताबें लेकर बैठता हूँ, लेकिन दूसरे दिन मुझे कुछ भी याद नहीं रहता। आप सोच भी नहीं सकते कि मैं कितनी लगन से पढ़ता हूँ और हर बार फेल हो जाता हूँ! मैंने कितनी बार बाइबिल भी पढ़ी, पर सब बेकार गया। मैं क्या करूँ? यदि इस बार भी मैं फेल हुआ तो मेरे माता-पिता खुदकुशी कर लेंगे।"

मैंने जैक को बताया कि वास्तविक कठिनाई कहाँ है? उसकी निरंतर चिंता और तनाव इसका मुख्य कारण है। वह अपनी क्लास में डरा हुआ जाता है कि उसे कुछ याद नहीं रहता है। परीक्षा में जाते समय उसके मन में फेल होने का डर बना रहता है। परिणाम यह होता है कि उसके दिमाग में एक बड़ी बाधा पैदा हो जाती है। जो वह पढ़ता है, वह अवचेतन मन में जमा हो जाता है; लेकिन यह तनाव बाधा बनकर उसे रोक देता है। वह बाहर निकल नहीं पाता और उसका दिमाग खाली बना रहता है।

मैंने उसे एक आध्यात्मिक फॉर्मूला दिया और सलाह दी कि रात में पढ़ने से पहले वह उसे दोहराए। यह फॉर्मूला इस प्रकार है—'अब तुम अपने को उससे मिला दो और शांत रहो, ईश्वर तुम्हारे पास आएगा।' (जॉब 22:21) जब वह शांति देता है तो परेशानी कौन पैदा कर सकता है? (जॉब 34:30) या वह कहता है, जो इजरॉयल की पवित्र आत्मा है; शांत रहो, तुम सुरक्षित रहोगे; शांति और विश्वास से तुम्हें शक्ति मिलेगी। (ईसाह 30:15) ईश्वर उलझन नहीं पैदा करता, वह शांति देता है (I कॉरिंथिएंस 14:33) जो उसके कानून से प्रेम करते हैं, वे स्थायी शांति में रहते हैं। उनका अपमान कोई नहीं करेगा। (साम 119:165)

वह प्रत्येक रात को यह प्रार्थना करने लगा। ये सत्य उसके मानस में जमने लगे। उसने कल्पना की कि वे सत्य उसके अवचेतन मन में बीज की तरह जमते जा रहे हैं और उसका अंग बनते जा रहे हैं। उसने अपने मन को ईश्वर के प्रेम की नदी, उसकी शक्ति पर फोकस करना शुरू कर दिया और अपनी पुरानी समस्याओं से मुक्ति पा गया।

उसका मन अब ईश्वर पर केंद्रित हो गया है। सोने से पहले उसने प्रतिज्ञा की, "मेरे पास हर उस चीज की पूर्ण स्मृति है, जिसे मैं जानना चाहता हूँ। मैं सभी परीक्षाएँ ईश्वरीय व्यवस्था में उत्तीर्ण करूँगा और मैं धन्यवाद देता हूँ।" उसने अब सभी समस्याओं का समाधान कर लिया है और मानसिक, आध्यात्मिक एवं शारीरिक रूप से सुख-चैन में है। उसकी परेशानियाँ दूर हो गईं और स्मृति तथा योग्यताओं ने उसके मस्तिष्क में अपना स्थान ग्रहण कर लिया है। जैसे ही उसने इन ऐतिहासिक तथ्यों से अपने आपको परिपक्व

किया है, उसके अवचेतन मन की सभी नकारात्मक शक्तियाँ कमजोर पड़ गई हैं। उसका मन परिवर्तित हो गया है।

एक अधिकारी ने कैसे अपनी व्यावसायिक परेशानी से मुक्ति पाई

हाल ही में मेरी मुलाकात मनोरंजन उद्योग के एक अधिकारी रॉन डब्ल्यू. से हुई। उसने बताया कि उसके डॉक्टर ने अपने परीक्षण में उसे 'तनाव की बीमारी' से पीड़ित बताया है। उसने बताया कि वह तनाव में रहता है। व्याकुलता से उसे नींद नहीं आती है। वह हमेशा धन और भविष्य की दुश्चिंता में डूबा रहता है।

मैंने उसे बताया कि एक सीमा तक तनाव का होना अच्छा है। उदाहरण के लिए, इस्पात में यदि तनाव न हो तो उसे अच्छा किस्म का इस्पात नहीं माना जाएगा। मैंने बताया कि उसके डॉक्टर ने जो परीक्षणों में पाया है, वह असामान्य और गलत दिशा में जानेवाला तनाव या ऊर्जा है। इसको दूर करने के लिए उसे डॉक्टर की सलाह माननी चाहिए। लेकिन मैंने उसे सुझाव दिया कि वह डॉक्टरी उपचार के साथ-साथ शब्दों की थेरैपी भी शुरू करे तो उसे फायदा होगा।

जिस विधि से रॉन ने अपनी तनाव की बीमारी पर काबू पाया, वह नीचे दी गई है। उसने दिन में तीन या चार बार ध्यान करना शुरू किया, जिसमें वह बड़े प्रेम से यह प्रार्थना करने लगा—

> "मेरे पाँव आराम में हैं। मेरे पाँव के टखने आराम में हैं। मेरे पाँव की पिंडलियाँ आराम में हैं। मेरे पेट की मांसपेशियाँ आराम में हैं। मेरा हृदय और फेफड़े आराम में हैं। मेरी रीढ़ की हड्डी, मेरी गरदन, मेरे कंधे आराम में हैं। मेरा मस्तिष्क, मेरी आँखें आराम में हैं। मेरे हाथ और बाजू आराम में हैं। मैं महसूस कर रहा हूँ कि ईश्वर के प्रेम की नदी मुझमें जीवन, प्रेम, सत्य और सौहार्द की स्वर्णिम नदी की तरह बह रही है। सर्वशक्तिमान की आत्मा और प्रेरणा मुझमें बहकर मुझे शक्तिशाली, स्वस्थ और पुनर्निर्मित कर रही है। सर्वशक्तिमान का विवेक और शक्ति मुझे सभी लक्ष्यों को ईश्वरीय व्यवस्था और ईश्वरीय प्रेम में पूरा करने के लिए रक्षक बना रहा है। मैं सदैव आराम में, शांति में, स्थिरता में और संतुलन में रहता हूँ और मेरी आस्था व विश्वास ईश्वर और सभी शुभ वस्तुओं में है। मैं ईश्वर की शक्ति से सभी कार्यों को पूरा कर सकता हूँ। मैं सर्वशक्तिमान के सुरक्षित स्थान में रहता हूँ और मेरे सभी विचार समरसता, शांति और शुभकामना के अनुकूल हैं। ईश्वर ने हमें भय नहीं दिया है, बल्कि शक्ति और प्रेम तथा एक संपूर्ण मन दिया है

(टिमोथी 1:7)। मैं प्रेम में सोता हूँ और आनंद में उठता हूँ। ईश्वर मेरी सारी जरूरतों को पूरा करता है। उसका वैभव मेरे सभी अनुभवों में संचालित होता है। मेरी सुरक्षा ईश्वर और उसके प्रेम में है।"

रॉन इन सत्यों को विजय-घोष की तरह दिन में कई बार कहता रहा और इन अद्‌भुत आध्यात्मिक तरंगों ने उसके अवचेतन मन में बैठी व्याकुलता एवं तनाव को दूर कर दिया। उसके दो शब्द उसे प्रिय लगने लगे—'स्थिरता' और 'निस्तब्धता' उसने आविष्कार किया कि उसके पास एक विशिष्ट खजाना है, जिससे वह अपनी चिंता और तनाव को समाप्त कर सकता है। उसे अब सब अच्छी चीजों से प्रेम है। उसे मालूम हो गया है कि शांति ईश्वर की शक्ति है। 'ईश्वर की शांति को अपने हृदय में राज करने दो।' (कोलोसियंस 3:15)

अनंत वैभव तक पहुँचने के लिए प्रार्थना

वैभवपूर्ण जीवन और खुशहाली को बनाए रखने के लिए निम्नलिखित प्रार्थना ने अद्‌भुत चमत्कार दिखाए हैं—

"मेरा आज आध्यात्मिक रूप से पुनर्जन्म हुआ है। मैं पुराने विचारों को पूर्ण रूप से त्यागता हूँ और निश्चित रूप से अपने जीवन में ईश्वरीय प्रेम, प्रकाश और सत्य को लाता हूँ। मैं जिससे मिलता हूँ, उससे हृदय से प्रेम करता हूँ। जब मैं मिलता हूँ, तब मैं हृदय में कहता हूँ, 'मैं तुम में ईश्वर का रूप देखता हूँ। मैं जानता हूँ कि तुम मुझमें ईश्वर को देखते हो।' मैं प्रत्येक व्यक्ति के गुणों की प्रशंसा करता हूँ। मैं यह अभ्यास सुबह, दोपहर और रात को करता हूँ।

"मेरा आध्यात्मिक रूप से अब पुनर्जन्म हो गया है, क्योंकि दिन भर मैं ईश्वर की उपस्थिति का अभ्यास करता हूँ। मैं कुछ भी करता हूँ—सड़क पर चलता हूँ, खरीदारी करता हूँ या फिर अपने दैनिक कर्म में व्यस्त रहता हूँ अथवा जब भी मेरे विचार ईश्वर से दूर भटक जाते हैं, मैं पवित्र आत्मा का ध्यान लगाकर उन्हें वापस लाता हूँ। मैं श्रेष्ठ का अहसास करता हूँ, सम्मानित और ईश्वर जैसा महसूस करता हूँ। मैं ईश्वर की एकता के मानस में विचरण करता हूँ। उसकी शांति मेरी आत्मा को परिपूर्ण बनाती है।

स्मरणीय बिंदु

1. विजय के सिद्धांत को छोड़कर आपको कोई शांति प्रदान नहीं कर सकता। अपने मन को ईश्वरीय विचारों से भरकर उसे सही दिशा दो, आपको स्थिरता व निस्तब्धता का पहली बार अहसास होगा। सही काम करो, सही सोचो और सही प्रार्थना करो।
2. एक सीमा तक तनाव अच्छा है। अधिक तनाव विध्वंसक है। यदि आप घड़ी के स्प्रिंग को टाइट करते जाओगे तो वह टूट जाएगा। नौकरी या प्रदर्शन के लिए जो ऊर्जा आप एकत्रित करते हो, वह ईश्वर की शक्ति है। वह आपको एक अद्‌भुत प्रदर्शन करने की क्षमता देता है और आप लयबद्ध होकर, समरसता के साथ अपना सफल प्रदर्शन करते हो। भय और अत्यधिक व्याकुलता तनाव पैदा करती है। ध्यान लगाओ कि ईश्वर की शांति और सर्वशक्तिमान की शक्ति आपको मजबूत कर रही है। आपकी व्याकुलता, परेशानी और भय दूर हो जाएगा।
3. जब आपके बिल बड़ी संख्या में भुगतान न हो सकें तो आप अपनी देनदारी पर मत सोचें। अधिकारपूर्वक कहो कि ईश्वर आपकी पूर्ति करनेवाला है। वह अब इसी वक्त आपकी देनदारियों को पूरा करेगा। ऋण देनेवालों के नाम लिखो। प्रत्येक नाम के सामने उसकी रकम लिखो और धन्यवाद दो कि उन्हें भुगतान हो गया है। कल्पना करो कि आप प्रत्येक ऋणदाता को चेक दे रहे हो और वे मुसकराकर आपको धन्यवाद दे रहे हैं। यह अभ्यास बार-बार करो। आपको असलियत का अहसास होगा।
4. मन में खुशियाँ मनाओ कि आपके सभी ऋणदाताओं का भुगतान हो चुका है और ईश्वरीय समृद्धि आपके जीवन में प्रवाहित हो रही है; आपकी खुशहाली बढ़ रही है। विश्वास करो, खुशी मनाओ, धन्यवाद दो; क्योंकि वह कभी विफल नहीं होता।
5. यह जान लो कि ब्रह्मांड में जो भी दिखाई देता है, वह ईश्वर का व्यक्ति के अदृश्य मन से ही निकला है। आपकी दौलत की मानसिक छवि दौलत पैदा करती है। ठीक उसी प्रकार, जिस प्रकार इंजीनियर की मानसिक छवि से कार बनती है, कंप्यूटर बनता है।
6. आपको कोई परेशान नहीं कर सकता। अगर कोई करता है तो आप खुद करते हो। लोग आपके बारे में जो कहते हैं, आपको उससे तनाव नहीं होता, बल्कि उस पर आपकी जो प्रतिक्रिया होती है, वह तनाव पैदा करती है।

विचार नहीं हैं तो चिंता भी नहीं है। अपने अंदर मौजूद ईश्वर की उपस्थिति का ध्यान करो और उस पर श्रद्धा, विश्वास एवं निष्ठा बनाए रखो। झूठे विश्वासों को मानना बंद करो। आपकी श्रद्धा ईश्वर पर रहेगी तो मार्ग में कोई बाधा नहीं आएगी। ईश्वर आपका बॉस है, आपको देनेवाला है, आपका मार्गदर्शक है, आपका सलाहकार है। उसकी प्रतिष्ठा का सम्मान करो।

7. अत्यधिक तनाव और व्याकुलता आपकी स्मृति और योग्यता में अनेक प्रकार की बाधाएँ उत्पन्न करती है। शांत और स्थिर मन के लिए आदर्श उपाय यह है कि धार्मिक पुस्तकों के अमर सत्य के प्रति आस्था जमाकर आध्यात्मिक विवेक का अनुसरण करना चाहिए। वे सत्य आपके अवचेतन मन में प्रेषित हो जाएँगे और आपका जीवन शांत व स्थिर हो जाएगा। इनमें से एक सत्य है—'जिसका मन उससे जुड़ा है और जो उस पर विश्वास करता है, उसे वह पूर्ण शांति प्रदान करता है।' (ईसाह 26:3)
8. जब आप तनाव में हों, व्याकुल हों, हैरानी में या परेशानी में हों, तब इस सत्य पर ध्यान लगाओ—ईश्वर ने हमें भय नहीं दिया है बल्कि शक्ति, प्रेम और एक समृद्ध एवं पुष्ट मन दिया है (II टिमोथी 1:7)। यदि आपको नींद न आने की शिकायत है तो सोने से पहले यह प्रतिज्ञा करो—मैं शांति में सोता हूँ, आनंद में उठता हूँ और मैं ईश्वर में रहता हूँ।' जब आप लेट जाओ तो डरो मत; क्योंकि आप लेट जाओगे, तब मधुर नींद आपको अपने आगोश में ले लेगी। (प्रोवर्ब्स 3:24)
9. तनाव व व्याकुलता दूर करने और सब में ईश्वर का रूप देखने के लिए अध्याय के अंत में दी गई प्रार्थना का उपयोग करो।

□

16

वह कौन सा मंत्र है, जिसके जपने से आपकी दौलत स्वयमेव बढ़ती जाए

जैसा कि मैंने पहले भी कहा है कि प्रसिद्ध लेखक और चिंतक एमर्सन ने अपनी पुस्तक 'स्वावलंबन' में अपने पर आस्था को आत्मविश्वास के रहस्य की संज्ञा दी है। उनका कहना है—स्वयं पर भरोसा करो। मन का प्रत्येक तार आस्था की डोर से बँधा है। दुनिया के महान् लोगों ने यही किया है।...'यह मानने से इनकार किया है कि मन में बैठा ईश्वर उन्हें प्रेरणा देता है और उनके जरिए सब काम करता है।'

अनेक स्त्री-पुरुष स्वयं पर विश्वास नहीं करते। वे स्वयं को हीन बनाकर निम्न स्तर पर ले जाते हैं। प्रत्येक व्यक्ति का असली व्यक्तित्व ईश्वर है, जिसे एमर्सन सर्वोच्च आस्थावान् का नाम देते हैं और जो आपके हृदय में बैठा है। यह ईश्वरीय उपस्थिति आपके अवचेतन मन में मौजूद है, जो आपके संपूर्ण शरीर को संचालित करती है, आपकी देखभाल करती है, यहाँ तक कि जब आप सो रहे होते हो, तब वह आपके शरीर का खयाल रखती है। यह अदृश्य ताकत है, जिसके जरिए आप शरीर के अंगों को चलाते हो, भागते हो, बात करते हो। वह आपको सबकुछ बताती है, जिसे आपको जानने की जरूरत होती है। इसके बदले में वह केवल यह चाहती है कि आप उस पर अपनी आस्था बनाए रखो। आपको उसके परिणाम मिलते जाएँगे। यह सब प्रक्रिया आपके भीतर ही सीमित है। बाहर कोई नहीं जानता।

आत्मविश्वास कैसे जगाएँ

आत्मविश्वास तब मिलता है, जब आप ईश्वर को स्वीकार करते हो। ईश्वर, जिसे एमर्सन सर्वोच्च आस्थावान् कहते हैं, वह आपके अवचेतन मन में मौजूद है। बार-बार प्रतिज्ञा करो—

"ईश्वर मुझमें बसता है। वह मेरे साथ चलता है, मुझसे बात करता है।

ईश्वर अब मेरा मार्गदर्शन कर रहा है। मैं ईश्वर की शक्ति से सभी काम कर सकता हूँ। वह मुझे शक्ति प्रदान करता है। मेरे साथ जब ईश्वर है तो मेरा विरोध कौन कर सकता है? ईश्वर को कोई चुनौती नहीं दे सकता। वह सभी रूपों में मेरा खयाल रखता है। मुझे मालूम है कि दैवी शक्ति के सामने कोई समस्या टिक नहीं सकती, इसलिए प्रत्येक काम को पूर्ण साहस के साथ पूरा करता हूँ। मुझे मालूम है कि फल ईश्वर देता है। वह मुझे प्रेम करता है और मेरी परवाह करता है।"

प्रतिदिन सुबह व शाम को इन सत्यों के सौंदर्य और ज्ञान को आत्मसात् करो। धीरे-धीरे ये सत्य तुम्हें अपना बना लेंगे और उन्हें आपके अवचेतन मन में प्रेषित कर देंगे। आप अपने जीवन को आस्था व विश्वास के साथ सफलता की ऊँचाइयों पर ले जाओगे।

आत्मविश्वास ने कैसे उस युवक के जीवन में समृद्धि ला दी

हाल ही में एक प्रिसक्रिप्शन को भरते समय मेरी बातचीत एक युवा फार्मासिस्ट से हुई। मैंने देखा कि उसके लाइसेंस में अंतिम नाम किसी ड्रग स्टोर के नाम जैसा है।

"क्या यह तुम्हारा पारिवारिक व्यवसाय है?" मैंने पूछा।

"नहीं तो।" उसने जवाब दिया, "दो साल पहले तक मैं एक बड़े स्टोर की शाखा में फार्मासिस्ट की नौकरी करता था। लेकिन मैनेजर से बनी नहीं। वह कुछ अनैतिक काम मुझसे करवाना चाहता था। जब मैंने इनकार किया तो मुझे अयोग्यता के आधार पर नौकरी से निकाल दिया गया।"

"यह तो बड़ी अजीब बात है!" मैंने कहा।

वह मुस्कराया, "लेकिन मेरे लिए तो वह सौभाग्यशाली दिन साबित हुआ। मैंने तभी सोच लिया कि जो हुआ, वह अच्छे के लिए ही हुआ है; क्योंकि अनंत विवेक ही रास्ता दिखाता है कि अगला कदम क्या होने वाला है! मेरे मन में आया कि क्यों न मैं इस घटना की जानकारी एक बार अपने ससुर को देकर देखूँ! वह गुस्से में लाल-पीला हुए। बोले कि उन्हें मेरी योग्यता पर इतना विश्वास था कि वह मुझे एक नई फार्मेसी खरीदने के लिए पैसा देने के बारे में सोच रहे थे।"

"वाह, तब तो तुम्हारा काम हो गया!"

"ठीक ऐसा तो नहीं हुआ।" उसने फिर कहा, "मेरी फार्मेसी ने इतना बढ़िया बिजनेस किया कि मैंने अपने ससुर से लिया सारा पैसा उन्हें वापस कर दिया और एक

नए स्टोर को खरीदने के लिए कुछ आरंभिक भुगतान भी कर दिया।"

उस युवा फार्मासिस्ट को अपने आत्मविश्वास और अपनी सफलता की क्षमता पर गहरा विश्वास है। उसके आत्मविश्वास ने जो लाभ दिए, उसमें उसे न केवल धन मिला, बल्कि एक प्रकार की स्थिरता और व्यावहारिक ज्ञान भी प्राप्त हुआ। याद रखो, आत्मविश्वास एक संक्रमण की तरह फैलता है और अपने लपेटे में ऐसे व्यक्तियों को भी लेता है, जो आपको अपने मन की इच्छाओं की पूर्ति करने में योगदान देते हैं।

उसके आत्मविश्वास ने धन के अभाव को दूर कर दिया

स्वर्गीय डॉ. ओलिव गेज मेरी सहयोगी रही हैं। उन्होंने मुझे एक व्यक्ति के बारे में बताया था, जो अपने दो भाइयों की शिकायत लेकर उनके पास आया था। उन दोनों भाइयों ने उसे धोखा दिया था और उससे एक बड़ी रकम हड़प ली थी। अब वह आर्थिक अभाव में जूझ रहा था और घबराया हुआ था कि आगे चलकर उसका क्या होगा?

डॉ. गेज ने उसे परामर्श दिया कि वह अपने विश्वास को ईश्वर के भरोसे पर छोड़ दे और अपने मन में भाइयों के लिए नफरत को त्याग दे। इसके लिए वह निम्नलिखित प्रार्थना करे—

> "मैं अपने भाइयों को पूर्णतः ईश्वर को सौंपता हूँ। मुझे विश्वास है कि ईश्वर मेरी पूर्ति का अनंत स्रोत है। मेरी आत्मा ईश्वर के प्रेम से परिपूर्ण है। मुझे ईश्वर के मार्गदर्शन और निर्देशन पर सर्वोच्च विश्वास है। मैं उसकी शक्ति में मजबूत हूँ। ईश्वर की दौलत मेरी ओर मुक्त रूप से और निरंतर गति से प्रवाहित है। मैं अब ईश्वर के वैभव के लिए धन्यवाद देता हूँ।"

जैसे ही उसने प्रेम और विश्वास के बीजों को अपने मन में बोना शुरू किया, उसकी नफरत और मन की कड़वाहट दूर हो गई। वह अपनी दादी की देखभाल में लग गया। उसकी दादी की उम्र काफी हो गई थी और वह वृद्धाश्रम में नहीं जाना चाहती थीं। सुबह और शाम को वह उनके पास जाता और खयाल रखता कि उन्हें किसी चीज की कमी न होने पाए। उसके लिए सारी खरीदारी वही करता। हर रविवार को वह उन्हें चर्च ले जाता था। हमेशा उनके बारे में सोचा करता था, क्योंकि उसकी दादी को पेंशन के नाम पर एक छोटी सी रकम मिलती थी। वह चाहता था कि वह उनकी सेवा करता रहे।

एक दिन शाम को उसकी दादी चल बसीं। वह उनके दु:ख में डूबा हुआ था कि दूसरे दिन एक वकील का फोन आया। उसने बताया कि उसकी दादी अपनी वसीयत में अपनी सारी संपत्ति को उसके नाम कर गई हैं, जिसका मूल्य लाखों डॉलर में था। उससे

कहीं ज्यादा था, जितना उसके भाइयों ने हड़पा था। सारे वैभव का मूल स्रोत उसका आत्मविश्वास और सद्भाव की शक्ति थी, जिसके बल पर उसने अपने दोनों भाइयों को क्षमा कर दिया।

आत्मविश्वास सोते समय जागता है

आत्मविश्वास को जगाने या संपुष्ट करने के लिए सबसे अच्छा समय सोने से पहले का है। यह वह समय होता है, जब आप नींद के झोंके में और बिल्कुल आरामदेह स्थिति में होते हैं। ऐसे समय में आपके अवचेतन मन की सीमाओं को आसानी से पार किया जा सकता है, जो आपके अवचेतन को नए विचार प्रेषित करने का आदर्श समय होता है। सो जाने के बाद ये अवचेतन के अंधकार में पुष्ट होते हैं और आपका अवचेतन आपके समृद्धि, खुशहाली और सफलता लाने के मार्गों को तय करता है।

एक बिजनेस एक्जीक्यूटिव रोजर पी. ने स्वीकार किया कि असफलता और दिवालिएपन का भय उसे हमेशा सताता रहता है। वह अपने ऋणदाताओं को कर्ज चुकाने का भरसक प्रयत्न करता रहता है; लेकिन लगता है कि वह अब ज्यादा दिनों तक उन्हें नहीं सँभाल पाएगा। मैंने उसे आत्मविश्वास, दौलत और सफलता के निम्नलिखित विचार लिखकर दिए और उससे कहा कि वह रात में सोते समय आहिस्ता से, धीमी आवाज में, पूरी भावना के साथ उन्हें अधिकारपूर्वक पढ़े—

> "मैं प्रत्येक रात को शांति से सोता हूँ और सुबह आनंद में, आत्मविश्वास के साथ उठता हूँ, यह जानते हुए कि ईश्वर मेरा मार्गदर्शन कर रहा है और वह मेरी इच्छाओं को पूरी करने के लिए संपूर्ण योजना बनाएगा। मेरा व्यवसाय ईश्वर का व्यवसाय है और ईश्वर का व्यवसाय सदा खुशहाल रहता है। ईश्वर का वैभव मेरे जीवन में संचरित है और हमेशा जरूरत से ज्यादा रहता है। मैं लगातार ज्यादा-से-ज्यादा ग्राहकों को आकृष्ट कर रहा हूँ और दिन-प्रतिदिन अधिक सेवा प्रदान कर रहा हूँ। मेरे सभी कर्मचारी सुखी व खुशहाल हैं और उन सबके मन व हृदयों में ईश्वर के वैभव का प्रताप है। मैं आत्मविश्वास से भरपूर हूँ। मेरे मन में अपने वरिष्ठ सहयोगी के प्रति पूर्ण आस्था है।"

रोजर ने इस प्रार्थना थेरैपी को प्रत्येक रात को करना शुरू किया। जैसे ही उसने जीवनदायी विचारों को अपने अवचेतन मन में प्रेषित करना शुरू किया, उसके जीवन और व्यवसाय में आश्चर्यजनक परिवर्तन होने लगे। उसके व्यवसाय से संबंधित एक

मल्टीनेशनल कॉरपोरेशन ने उसे नकद सहित स्टॉक खरीदने का लाभदायक ऑफर दिया, जिसे उसने तुरंत स्वीकार कर लिया। इस सौदे में उसकी कमाई उसकी कल्पना से कहीं ज्यादा हुई। उसने अपने ऋणदाताओं का कर्ज चुका दिया और काम से छुट्टी लेकर हवाई चला गया।

अवचेतन मन की शक्तियाँ अपरंपार हैं। रोजर की तरह आप भी यह साबित कर सकते हो कि आपका अवचेतन आपकी जमा को कितनी सीमा तक बढ़ाकर आपको देता है।

नए सिरे से अपना आकलन करो और उसका लाभ उठाओ

अपना आकलन करो, अनुमोदन करो और उसे स्वीकार करो। यह जान लो कि आप अपने जैसे एक ही व्यक्ति हो। आपके जैसा दूसरा कोई नहीं है। आप ईश्वर की वैयक्तिक अभिव्यक्ति हो। आप ईश्वर के बेटे या बेटी हो। आपका नए सिरे से आकलन का आधार सर्वोच्च विवेक पर आपकी दृढ़ श्रद्धा है, जो हमेशा आपके विचारों का उत्तर देती है। अपनी आस्था उसके प्रति जमाओ, जो कभी बदलता नहीं है; जो कल था, आज है और हमेशा स्थायी रहेगा। धर्म, सरकारें, दर्शन और राजनीतिक प्रणालियाँ समय की बाढ़ में हवा हो जाती हैं। सैलाब आते हैं, चले जाते हैं। इस संसार में सबकुछ बदलता है, आता है, चला जाता है; लेकिन जब आप अपनी आस्था अपने अंदर मौजूद जीवन-नियम पर जमाते हो, तब आपको किसी भी अच्छी वस्तु की कभी कमी नहीं होगी। आपकी सभी जरूरतों के लिए आपके पास सदा ईश्वरीय संपदा जरूरत से ज्यादा रहेगी।

इन महान् सत्यों को याद रखो—'मुझे किसी अशुभ का भय नहीं है, क्योंकि तुम मेरे साथ हो।' (साम 23:4) तथा 'वह अपने दूत के जरिए तुम्हारी हर समय परवाह करेगा।' (साम 91:11)

उसके आत्मविश्वास ने उसकी हीन भावना को दूर कर दिया

एक डिपार्टमेंटल स्टोर में अपनी शर्ट खरीदते समय मैंने उस युवा महिला से, जो मुझे शर्ट दिखा रही थी, पूछा कि उसकी दृष्टि में कौन से रंग और पैटर्न की शर्ट मेरे लिए ठीक रहेगी?

वह जैसे चौंककर बोली, "माफ कीजिए, मैं इसके बारे में कुछ नहीं बता सकती। मैं अपने सुपरवाइजर को बुलाती हूँ, वही बता पाएँगे।"

आश्चर्य में मैंने उसके बैज पर लिखे नाम को पढ़कर कहा, "सैली! इसके लिए

किसी के बुलाने की जरूरत नहीं। मैं तो सिर्फ तुम्हारी राय जानना चाहता हूँ। इसके लिए तुम्हें एक्सपर्ट होने की जरूरत नहीं है।"

"मुझे माफ करें, मैं कुछ भी नहीं जानती। मैंने कॉलेज तक भी पढ़ाई नहीं की है। मैं जाती हूँ और किसी ऐसे व्यक्ति को लेकर आती हूँ, जो वाकई आपकी मदद कर सकता है।"

"तुम कॉलेज नहीं गईं तो इतनी दु:खी क्यों हो?" मैंने कहा, "हमारे पास सबकुछ है, सब ज्ञान है, लेकिन हम उसका इस्तेमाल नहीं करते; क्योंकि हमें पता ही नहीं कि वह हमारे पास है! तुमने अभी जो कहा, कॉलेज नहीं गई, वगैरह-वगैरह, यह सब अपने बारे में तुम्हारे अज्ञान का परिणाम है। अगर तुम अपने विचारों को बदलोगी तो तुम देखोगी कि तुम भी बदल रही हो।"

"ये बातें सुनने में अच्छी लग रही हैं। लेकिन क्या सच में ऐसा होता है? मुझे तो कुछ पता नहीं कि यह सब कैसे होता है!"

हमने फैसला किया कि वह छुट्टी के बाद मेरे कार्यालय आएगी, और फिर मैंने शर्ट खरीद ली। बाद में चर्चा के पश्चात् मैंने सैली से कहा कि वह बार-बार यह प्रार्थना दोहराती रहे—

> "मैं ईश्वर की बेटी हूँ। मैं अपने में एक ही हूँ। दुनिया में मेरे जैसा और कोई नहीं है; क्योंकि ईश्वर अपने में कभी ठहराता नहीं। ईश्वर मेरा पिता है और मैं उसकी संतान हूँ। ईश्वर मुझसे प्रेम करता है और मेरी परवाह करता है। जब कभी मैं आलोचना करना चाहूँ या अपनी कमी निकालना चाहूँ तो मैं यह प्रतिज्ञा करूँगी, 'मैं अपने ईश्वर की महिमा को महसूस कर रही हूँ। ईश्वर अब मेरे जरिए अपने को अनेक रूपों में अभिव्यक्त कर रहा है। मैं प्रेम, शांति और सभी के लिए शुभकामना व्यक्त करती हूँ। मैं अपने पिता के साथ हूँ और मेरा पिता ईश्वर है। मैं जानती हूँ कि मेरा वास्तविक व्यक्तित्व ईश्वर है और इस ज्ञान से मुझमें अपने अंदर मौजूद दिव्यता के प्रति एक स्वस्थ और श्रद्धापूर्ण सम्मान है, जिसने मुझे बनाया है और मुझे जीवन के साथ-साथ सभी कुछ दिया है।"

जैसे ही उसने इस प्रार्थना को करना शुरू किया, उसमें असुरक्षा और हीनता की भावना लुप्त हो गई। उसने अपने कॅरियर के बारे में सोचना शुरू कर दिया। उसने मैनेजमेंट कोर्स की सायंकालीन क्लासों में पढ़ाई शुरू कर दी और जल्दी ही उसे स्टोर के मैनेजर के पद पर पदोन्नति मिल गई। इसी दौरान उसकी पहचान अपने एक सहयोगी से हुई। संयोग से वह भी हीन-भावना से पीड़ित था। सैली उसके आत्मविश्वास को

विकसित करने में उसकी मदद करने लगी। धीरे-धीरे उनकी जान-पहचान प्रेम में बदल गई। आज वे दोनों खुशहाल वैवाहिक जीवन बिता रहे हैं। सैली ने अपने अंदर मौजूद वैभव को पहचान लिया, अपने आत्मविश्वास का विकास किया और एक सुखमय वैवाहिक जीवन प्राप्त किया।

प्रशंसा सोए हुए आत्मविश्वास को जगा देती है

रॉबी एम. मेरे एक पुराने मित्र का बेटा है। एक दिन वह मेरे पास आया और कहने लगा कि उसके प्रोफेसर उसे कैलकुलस (गणना) की क्लास ज्वॉइन करने को कह रहे हैं; लेकिन उसकी हिम्मत नहीं हो रही है। उसे डर लग रहा है।

"मुझे मालूम है, मुझसे नहीं होगा। मैं इस बारे में कुछ जानता नहीं। बेकार बदनामी होगी।"

"रॉबी, मैं तुम्हारी बात नहीं मानता।" मैंने जवाब दिया, "मैं कैसे कल्पना कर सकता हूँ कि तुम्हारे प्रोफेसर ने तुम्हारी योग्यता को देखे बिना यह सुझाव दिया है? उन्हें तुम्हारी क्षमता पर विश्वास होगा, तभी उन्होंने इस क्लास को ज्वॉइन करने के लिए कहा है। इससे भी महत्त्व की बात यह है कि अनंत विवेक तुम्हारे अंदर मौजूद है। तुम्हें मालूम होना चाहिए कि वह हमेशा तुम्हारी मदद के लिए तैयार रहता है। तुम्हारे पास वह सब है, जो तुम्हें चाहिए। तुम्हें सिर्फ उस पर भरोसा करना है—ईश्वर और उसके नियमों को मन में रखकर। मुझे पूरा विश्वास है कि तुम यह कर सकते हो, और मैं चाहता हूँ कि उनके सुझावों को तुम फौरन स्वीकार करो। ईश्वर तुम्हारी पढ़ाई में मार्गदर्शन देगा और तुम्हें वह सबकुछ बताएगा, जो तुम्हारे लिए जरूरी होगा।"

मेरे विश्वास और प्रशंसा से रॉबी के चेहरे पर रौनक आ गई। उसकी आँखों में आत्मविश्वास की झलक दिखाई दी। आज वह कैलकुलस क्लास का सफल विद्यार्थी है और इस विषय में ग्रेजुएशन करने की सोच रहा है।

रॉबी को दरअसल यह चाहिए था कि कोई उसके आत्मविश्वास को जगा दे, उसकी क्षमता की प्रशंसा करे। याद रखो, दूसरों में तुम्हारा विश्वास उनके जीवन में आश्चर्यजनक परिवर्तन लाता है।

एक पति ने अपनी पत्नी के आत्मविश्वास को कैसे जगाया

"मेरी पत्नी बहुत प्रतिभाशाली है, लेकिन उसका शैक्षिक कॅरियर बढ़ नहीं पा रहा है।" एडम डब्ल्यू. ने अपनी पत्नी के बारे में बताया।

मैं एडम को जानता हूँ। वह एक सफल और प्रख्यात एटॉर्नी है और उसकी पत्नी

ऐनी एक सुप्रसिद्ध कॉलेज में इतिहास पढ़ाती है।

"तुम क्या समझते हो, इसका कारण क्या है?" मैंने उससे पूछा।

"कुछ नहीं, बस, उसकी कोई महत्त्वाकांक्षा, कोई एंबीशन नहीं है।" उसने जवाब दिया, "मुझे यह देखकर गुस्सा आता है, जब उससे कम पढ़े-लिखे लोगों को प्रमोशन मिल रहा है, उन्हें सम्मानित किया जा रहा है और उसे कोई पूछता तक नहीं। कमी उसी में है। वह अपने को उस लायक समझती ही नहीं। मैंने उसे समझाया, झगड़ा तक किया; लेकिन उस पर कोई प्रभाव नहीं पड़ा। वह वैसी ही बनी हुई है।"

"लगता है, तुम्हें एक नई पहल की जरूरत है।" मैंने कहा और सुझाव दिया कि वह उससे बात करने के बजाय एक शांत तरीका अपनाए। मैंने समझाया कि दिन में तीन-चार बार पाँच मिनट के लिए उसे अपनी पत्नी की सोई हुई योग्यताओं के लिए एक विश्वस्त और सच्ची प्रार्थना करनी होगी।

"जब तुम यह प्रार्थना करोगे," मैंने कहा, "तुम्हारी पत्नी तुम्हारी प्रार्थना को वास्तविक रूप में ग्रहण करेगी। उसका अवचेतन मन उसे अपनी योग्य शक्तियों को प्रदर्शित करने के लिए मजबूर करेगा।"

एडम तैयार हो गया। उसने उसी दिन से निम्नलिखित प्रार्थना करनी शुरू कर दी—

> "मेरी पत्नी बहुत सफल है। वह पूर्णतः उत्कृष्ट और विशिष्ट है। उसके अंदर मौजूद अनंत पूर्णतः विवेकशील, पूर्णतः शक्तिवान् है। मेरी पत्नी सफलता और ख्याति की ऊँचाइयों को छू रही है। वह सफलता और पदोन्नति की सीढ़ियों पर चढ़ती जा रही है। उसकी असली योग्यताओं का पता लग चुका है। उसकी प्रशंसा हो रही है। उसे ईश्वरीय मार्गदर्शन मिल रहा है और भविष्य में उसकी सफलताओं में आनेवाली बाधाएँ खत्म हो चुकी हैं। मैं धन्यवाद देता हूँ, क्योंकि मैं जानता हूँ कि मेरी प्रार्थना उसके अंदर मौजूद ईश्वरीय शक्ति को जाग्रत् कर रही है।"

तीन महीने बाद ऐनी का एक शोध प्रकाशन के लिए चुन लिया गया और उसे अस्थायी रूप से प्रमोशन मिल गया। उसे इटली जाकर ऐतिहासिक पुनर्जागरण के एक प्रसिद्ध चित्रकार की कला पर शोध करने के लिए एक बड़ा आर्थिक अनुदान मिल गया। वह अपने पति के, उसकी योग्यता में, विश्वास को बड़ी शान से प्रदर्शित कर रही है।

आत्मविश्वास को विकसित करने के लिए ध्यान

> "मैं जानता हूँ कि मेरी समस्याओं का समाधान मेरे अंदर मौजूद ईश्वर के पास है। मैं अब शांत, स्थिर और आराम से जाता हूँ। मैं शांति में हूँ। मैं

जानता हूँ कि ईश्वर शांति में बोलता है, भ्रम पैदा नहीं करता। मैं अब अनंत के संपर्क में हूँ और निश्चित रूप से विश्वास करता हूँ कि अनंत विवेक संपूर्ण उत्तर मुझे दे रहा है। मैं अपनी समस्याओं के समाधान के बारे में सोचता हूँ। मैं अब कार्य-सिद्धि की मनःस्थिति में रह रहा हूँ। मैं अब कार्य-सिद्ध इस आस्था और विश्वास को अपने अंदर चलायमान ईश्वर मानता हूँ। यह प्रेरणा सर्वव्यापी है। यह अपने को प्रदीप्त कर रही है। कार्य-सिद्धि से मेरा पूरा व्यक्तित्व हर्षित है। मैं प्रसन्न हूँ। मैं इस भावना में जी रहा हूँ और धन्यवाद देता हूँ।

"मैं जानता हूँ कि उत्तर ईश्वर के पास मौजूद है। ईश्वर के लिए सबकुछ संभव है। ईश्वर जीवंत आत्मा है, जो मुझमें मौजूद है। वह ज्ञान और प्रकाश का स्रोत है।

"मेरी शांति और स्थिरता मेरे अंदर के ईश्वर की उपस्थिति का संकेत है। मैं अब सभी तरह के तनावों और उलझनों को समाप्त करता हूँ। मैं पूरी निष्ठा से ईश्वरीय शक्ति पर आस्था रखता हूँ। मैं जानता हूँ कि एक सुखी और शानदार जीवन की जरूरतों को पूरा करने के लिए सारा ज्ञान और शक्ति मेरे अंदर मौजूद है। मैं अपने पूरे शरीर को आराम देता हूँ। मेरी आस्था उसके ज्ञान में है। मैं आजाद हूँ कि ईश्वर की शांति मेरे मन, हृदय और संपूर्ण व्यक्तित्व में आच्छादित हो रही है। मैं जानता हूँ कि शांत मन अपनी समस्याओं का समाधान कर लेता है, यह जानते हुए कि ईश्वर के पास इसका समाधान है। मैं समस्या को उसे सौंपता हूँ। मैं शांति में हूँ।"

स्मरणीय बिंदु

1. एमर्सन ने कहा था, "स्वयं पर भरोसा करो। प्रत्येक हृदय उस डोर से बँधा है। सर्वोच्च सर्वशक्तिमान तुम्हारे अपने हृदय में मौजूद है।" यह जानना जरूरी है कि ईश्वर आपके अंदर मौजूद है। वह आपके साथ चलता है, बात करता है और आपके विचारों का उत्तर देता है, आप में विश्वास व आस्था पैदा करता है और यह कभी विफल नहीं होता।
2. यह ज्ञान कि आपके भीतर जो ईश्वर की शक्ति है, वह सर्वशक्तिमान है, आपके अंदर आत्मविश्वास पैदा करता है।
3. यदि आपको नौकरी से निकाल दिया गया है तो निराश या क्रोधित न हो, बल्कि यह समझ लो कि ईश्वर की शक्ति, जो आपके अंदर मौजूद है, ईश्वरीय व्यवस्था में अभिव्यक्ति के नए द्वार खालेगी और आप अपनी प्रार्थना

का उत्तर प्राप्त करके जीवन का आनंद लोगे।

4. अपना विश्वास ईश्वर में जमाओ, जो आशीर्वाद का स्रोत है। जैसे ही आप पुकारोगे, आपको उत्तर मिलेगा। अधिकारपूर्वक कहो, 'ईश्वर का वैभव मेरे जीवन में प्रवाहित हो रहा है। ईश्वर मेरा मार्गदर्शन कर रहा है।' यदि किसी के प्रति विरोध या ईर्ष्या हो तो उसकी शुभकामना करके क्रोध को भूल जाओ। जैसे ही आप अपना मन व हृदय ईश्वरीय प्रेम से भरोगे, विरोध एवं कड़वापन अपने आप समाप्त हो जाएँगे और आपका लाभ आपको मिलेगा।
5. सोने से पहले अपने अवचेतन मन में सुख, सफलता और समृद्धि के विचारों को प्रेषित करो। जैसे ही आपको इसका अभ्यास हो जाएगा, आप धन व सफलता के तरीकों को अपने जीवन में स्थापित करोगे और आपकी अवचेतन की शक्तियाँ चूँकि विवश होती हैं, आप अपने सभी क्षेत्रों में ईश्वरीय वैभव को अभिव्यक्त करने के लिए विवश हो जाओगे। आप देखोगे कि अदृश्य शक्तियाँ आपकी इच्छाओं को पूरी करने में लग जाएँगी।
6. स्वयं का अनुमोदन करो। आप अनंत की संतान हो और इसके वैभव के उत्तराधिकारी हो। आपका व्यक्तित्व ईश्वर है। उसका सम्मान करो। यह जान लो, विश्वास करो और मानसिक रूप से अपने अंदर मौजूद ईश्वर से खुद को जोड़ने के लिए अभ्यास करो। यह जान लो कि जीवन भर वह आपकी जरूरतों को पूरा करेगा। आपका जीवन आश्चर्यजनक रूप से बदल जाएगा।
7. जैसे ही आप यह विश्वास करोगे कि ईश्वर आपका रक्षक है, आपकी सारी हीनता की भावनाएँ लुप्त हो जाएँगी। जब भी निराशा में अपनी निंदा या आलोचना करने की नकारात्मक इच्छा आप में जन्म ले, आप प्रतिज्ञा करो, 'मैं अपने ईश्वर का सम्मान करता हूँ।' आपका यह अभ्यास आपकी निराश और हीन भावना को समाप्त कर देगा। ईश्वर आपकी जिंदगी को खुशियों से भर देगा।
8. दूसरों के गुणों, योग्यताओं और क्षमताओं की प्रशंसा से आप उनके आत्मविश्वास को विकसित करोगे। प्रशंसा में आश्चर्यजनक शक्तियाँ हैं। इसका अभ्यास करो।
9. आप अपने पति या पत्नी अथवा किसी भी नजदीकी व्यक्ति के जीवन में शांति प्रार्थना के माध्यम से सफलता और खुशियों की दौलत भर सकते हो। मन के लिए समय या स्थान कोई मायने नहीं रखता। जैसे ही आप निष्ठा के साथ यह प्रतिज्ञा करते हो कि आपकी पत्नी या पति अथवा कोई नजदीकी व्यक्ति पूर्णत: सफल है, ईश्वरीय रूप से मार्गदर्शन ले रहा है, ईश्वरीय

रूप से अभिव्यक्त कर रहा है और ईश्वरीय रूप से खुशहाल है, आपकी निष्ठा आपके सहयोगी के अवचेतन मन में प्रेषित हो जाएगी और आपका सहयोगी उसके प्रति आपकी निष्ठा को पूरा करने में जुट जाएगा। जो आप अधिकारपूर्वक आज्ञा देते हो, वह पूरा होता है। पॉल कहता है, 'इसलिए, मैं तुममें विश्वास जमाता हूँ कि तुम अपने अंदर मौजूद ईश्वर की शक्ति को जाग्रत् करो।'

10. अपने आत्मविश्वास की शांति और निस्तब्धता को प्राप्त करने के लिए अध्याय के अंत में दी गई प्रार्थना का उपयोग करें।

□

17

आकांक्षाओं को पूरा करनेवाली उपचार-शक्ति को कैसे प्राप्त करें?

प्राचीन मंदिरों के ऊपर लिखा होता था—'चिकित्सक घावों पर मलहम लगाता है, ईश्वर रोगी का उपचार करता है।' दुनिया में केवल एक ही उपचार-शक्ति है। यह सितारों में है; सूर्य, चंद्रमा, नदी-नालों में है; मिट्टी में, कुत्ते व बिल्ली में है, हाथी में है; कीड़े-मकोड़ों में है। लोग इसे ईश्वर, अल्लाह, आत्मा, परमेश्वर, प्रकृति या ब्रह्मांड जैसे अनेक नामों से जानते हैं; लेकिन प्रत्येक नाम केवल शब्द है, जो उस अनंत उपचार-शक्ति का बोध करते हैं, जो सर्वशक्तिमान और सर्वव्यापी है।

आश्चर्य यह है कि यह अद्‍भुत उपचार-शक्ति आपके अपने अवचेतन मन में मौजूद है, जो आपके व्यक्तित्व को बनानेवाली और आपको सँभालनेवाली है। यह उपचार-शक्ति रोगग्रस्त शरीर को, आर्थिक स्थिति को, एक टूटे हुए घर-परिवार को, वैवाहिक मन-मुटाव को, मानसिक चिंताओं और सभी प्रकार की समस्याओं का भी निदान करती है। जब आप बच्चे थे और जब खेल-कूद में हाथ या पैर में चोट लग जाती थी या छोटी-मोटी खरोंच पड़ जाती थी, तब आप उसकी परवाह नहीं करते थे। आप सोचते थे कि यह अपने आप ठीक हो जाएगी और वह हो जाती थी। यह आपका विश्वास था। लेकिन जैसे-जैसे हम बड़े होते जाते हैं, हम इस विश्वास को भूलते जाते हैं। हमारा विश्वास शरीर के ज्ञान और विवेक पर था, जिसे हम अब भूल गए हैं। लेकिन याद रखनेवाली बात यह है कि यह उपचार-शक्ति हमारे अंदर आज भी मौजूद है, केवल हमारे जानने की जरूरत है।

कैसे एक विवाह ने उपचार-शक्ति के महत्त्व को जाग्रत् कर दिया

डेन सी. बहुत दुःखी अवस्था में मेरे पास आई। उसकी उम्र लगभग पच्चीस-छब्बीस वर्ष रही होगी। वह एक फार्मास्युटिकल कंपनी में एक अच्छी नौकरी कर

रही थी। हाल ही में मैनेजर के पद पर उसका प्रमोशन हुआ था। वहाँ वह एक योग्य बायोकेमिस्ट के प्रेम में पड़ गई। दोनों एक-दूसरे से प्रेम करते थे और सम्मान करते थे। शीघ्र ही उनकी इंगेजमेंट भी हो गई।

"मेरी शुभकामनाएँ लो!" मैंने कहा, किंतु उसके चेहरे को देखकर पूछा, "लेकिन तुम्हारे चेहरे पर प्रेम की रौनक क्यों नहीं है, डेन?"

"इसका कारण माँ है।" उसका गला भर आया, "मैंने आपको यह नहीं बताया कि मिगुएल अर्जेंटाइना का रहनेवाला है। न केवल वह, बल्कि उसका परिवार यहूदी है और मेरी माँ...जो भी है, संक्षेप में यह कि मेरी माँ पुराने खयालों की हैं।"

"तुम्हारा मतलब, वह इस बात को लेकर विरोध कर रही हैं?" मैंने उससे पूछा।

डेन रोने लगी। शांत होने में कुछ समय लगा। मैंने उसे अपना रूमाल दिया। कुछ देर बाद वह बोली, "मैं नहीं जानती थी कि वह इतनी नफरत कर सकती हैं! वह उसे गालियाँ दे रही हैं। उनका कहना है कि वह मेरे लायक आदमी नहीं है और एक बेहूदा विदेशी है।"

"तुम क्या सोचती हो, वह ऐसा क्यों कर रही हैं?" मैंने पूछा।

"हाँ, अब मैं जान गई हूँ। मेरी माँ का मेरे पिता से वर्षों पहले अलगाव हो गया था और अब वह उस आदमी डॉन से 'डेटिंग' कर रही हैं, जो धर्म के बारे में पूरा कठमुल्ला है। मेरी माँ यह जानती हैं कि यदि मैंने मिगुएल से शादी कर ली तो वह मेरी माँ को छोड़ देगा। दूसरे, डॉन का वह आवारा भानजा है, जिसे मेरी माँ मुझ पर थोपना चाहती हैं। मैं क्या करूँ? मैं तो बुरी तरह फँस गई हूँ, क्योंकि मेरी माँ मेरी जिंदगी चौपट करने पर तुली हुई है। मैं बहुत परेशान हो गई हूँ।"

चिंतित होकर मैंने पूछा, "तुम्हारा यह सब कहने का मतलब क्या है?"

उसने दूसरी ओर देखते हुए कहा, "मेरे मन में अजीब से विचार आने लगे हैं, जैसे सब छोड़-छाड़कर दुनिया से अलविदा कह दूँ। एक बार सो जाऊँ तो उठूँ ही नहीं। मैं जानती हूँ, ये विचार कितने खतरनाक हैं; लेकिन मुझे कोई मार्ग दिखाई नहीं देता। जैसे-जैसे दिन बीत रहे हैं, ऐसे विचार घुमड़ते आ रहे हैं।"

"डेन!" मैंने कहा, "जब तुम नहाती हो, तब साबुन को हाथ में उठाते वक्त क्या यह महसूस करती हो कि वह तुम्हारे हाथ से फिसलकर दूर गिर सकता है?"

"क्यों?" उसने चौंककर पूछा।

"अकसर क्या होता है? होता यह है," उसने मुसकराते हुए कहा, "मैं उसे और जोर से पकड़ूँगी, ताकि वह मेरी मुट्ठी से निकलकर फर्श पर गिर न पाए।"

"यही, ठीक यही स्थिति है और तुम समझ लो कि तुम साबुन टिकी टिकिया हो। तुम्हारी माँ सोच रही हैं कि तुम फिसलने वाली हो, इसलिए वह जोर से पकड़ने की

कोशिश कर रही हैं। लेकिन तुम अपने मन की गहराइयों में जानती हो कि तुम्हें भाग जाना है। तुम्हारी यह भावना एकदम सही है और ईश्वरीय रूप से प्रेरित है। लेकिन भागने की जो तकनीक तुमने सोची है, वह सही नहीं है। तुम यहाँ इस जीवन में विकसित होने, आगे बढ़ने और एक सुखमय व शानदार जीवन बिताने के लिए आई हो, उसको अकाल मृत्यु में बदलने के लिए नहीं आई हो।"

"आपकी बातें मैं समझती हूँ।" उसने अपने हाथों को कसकर पकड़ते हुए कहा, "लेकिन माँ का क्या करूँ ? मैं मिगुएल से प्रेम करती हूँ। मुझे कोई फर्क नहीं पड़ता कि वह किस देश का है या उसका धर्म क्या है! मैं उससे प्रेम करती हूँ और शादी करना चाहती हूँ।"

"तुम वयस्क हो।" मैंने उसे समझाया, "अपने बारे में निर्णय लेने का तुम्हें पूरा अधिकार है कि तुम किसको अपना जीवन साथी चुनती हो। और जैसा कि तुम अपने हृदय की गहराइयों में जानती हो कि प्रेम कोई जात-पाँत, रूप-रंग और देश-विदेश नहीं देखता। वह इन सब कृत्रिम बाधाओं को दूर कर देता है। जिस घड़ी तुम अपने प्रेमे व्यक्ति से शादी करने का निर्णय लोगी, उस घड़ी से तुम्हारे वैवाहिक जीवन के लिए उपचार शुरू हो जाएगा। ये तमाम परेशान करनेवाले विचार हमेशा के लिए गायब हो जाएँगे।"

तीन सप्ताह बाद मुझे डेन और मिगुएल की शादी कराने का सुअवसर प्राप्त हुआ। उसके बाद उसने अपनी माँ को फोन पर बताया कि उसने शादी कर ली है और वह हनीमून के लिए दक्षिण अमेरिका जा रही है। उसकी माँ क्रोध में झल्लाई। लेकिन डेन ने कहा, "मैंने तुम्हें ईश्वर पर छोड़ दिया है। तुम्हें अब कुछ कहने का अधिकार नहीं है और न ही मुझे कुछ जवाब देना है। आज के बाद से मैं ईश्वर पर भरोसा करूँगी और उसी के मार्गदर्शन में चलूँगी।"

हाल ही में मुझे डेन का पत्र प्राप्त हुआ। वह अपने पति के साथ ब्यूनस आयर्स में रह रही है। दोनों बहुत खुश हैं और उसी फार्मास्यूटिकल कंपनी में काम कर रहे हैं। जहाँ तक उसकी माँ का प्रश्न है, उसकी माँ ने अपनी गलती स्वीकार कर ली है और अब दोनों में सुलह हो गई है। प्रेम जीवन को वैभव से भर देता है।

आजादी की उपचार-शक्ति का प्रयोग कैसे करें

"मैं अपने बेटे आर्थर के बारे में बहुत चिंतित हूँ।" मायर्ना बी. ने बताया कि वह और उसकी पत्नी हमेशा आपस में लड़ते रहते हैं। मैं यह नहीं चाहती। उनके बच्चे बढ़ रहे हैं। उन पर बुरा असर पड़ रहा है। वे जंगली होते जा रहे हैं।"

"तुम्हारे बेटे की उम्र क्या है ?" मैंने पूछा।

"चौवन वर्ष, पिछली मई में चौवन वर्ष का हो गया।" उसने जवाब दिया।

"और तुम इसका हल ईश्वरीय व्यवस्था में ढूँढ़ रही हो?"

"हाँ भई, हाँ। अन्यथा मैं आपके पास क्यों आती?"

"तो पहली बात यह कि तुम्हें यह बात समझनी होगी कि तुम्हें अपने बेटे की वैवाहिक समस्याओं में घुसने की कोई जरूरत नहीं है।" मैंने दृढ़ता से कहा, "तुम्हारे बेटे और उनकी पत्नी में ईश्वरीय विवेक है, जिसके माध्यम से वे अपनी उलझनें सुलझा लेंगे। अपनी भलाई के लिए तुम यह सोचना बंद कर दो कि उनके लिए क्या अच्छा और क्या बुरा है! उन्हें उनके विश्वास पर छोड़ दो। वे क्या सोचें, क्या करें—इन सब बातों से तुम दूर रहो। यह उनकी समस्या है। उन पर छोड़ दो। उन्हें आजाद कर दो और अपने मन की शांति को बनाए रखो।"

चर्चा के बाद मैंने उसके लिए एक प्रार्थना लिखकर दी—

> "मैं अपने बेटे को, उसकी पत्नी को और पूरे परिवार को पूर्ण रूप से ईश्वर को सौंपती हूँ। मैं उन्हें आजाद करती हूँ। मैं उसे अपना जीवन जीने की स्वतंत्रता देती हूँ, यह जानकर कि ईश्वर उसे और उसके परिवार को प्रेम करता है, उनकी परवाह करता है। मैं उसे आध्यात्मिक, मानसिक और भावनात्मक आजादी देती हूँ। जब कभी वह, उसकी पत्नी, उसके परिवार का विचार मेरे मन में आएगा तो मैं तुरंत प्रतिज्ञा करूँगी, 'मैंने तुम्हें आजाद कर दिया है। ईश्वर तुम्हारी देखभाल करेगा। मैं आजाद हूँ और तुम भी आजाद हो।' मेरे जीवन में ईश्वर का प्रताप है, जिसका अर्थ है—समरसता, शांति और सही कर्म।"

उसने यह प्रार्थना थेरैपी ईमानदारी से की। दो-तीन सप्ताह बाद उसके मन में शांति का साम्राज्य हो गया। इससे पहले उसे ऐसी अनुभूति कभी नहीं हुई। उसने इस सत्य को पा लिया—'जब हम दूसरों को मन से निकालकर ईश्वर के मार्गदर्शन और निर्देशन पर छोड़ देते हैं तो हम अपने को भी आजाद कर लेते हैं।'

जिन्हें आप प्रेम करते हो, उनकी दिव्यता का सम्मान करो, जो उनके जीवन को बनाती है। उन्हें कभी भी अपनी धारणाओं और विचारों को मानने के लिए मजबूर मत करो। उन्हें खुद अपनी सफलता या विफलता पाने दो। अगर वे विफल होते हैं तो संभव है कि वह उनके जीवन के परिवर्तन का पड़ाव हो, जहाँ वे अपनी आंतरिक शक्ति और आत्मविश्वास को जाग्रत् करने में सफल हो जाएँ, जो अब तक उनके अंदर छिपा बैठा है और फिर वह उन्नति के द्वारों को खोलता चला जाए! इस प्रकार, आप और वह—दोनों अपनी आजादी का वैभव प्राप्त करेंगे।

कैसे एक उद्योगपति ने आत्मसमर्पण के वैभव को पहचाना

"मैं चाहता हूँ कि आप मुझे एक प्रार्थना दें, जो मेरी पत्नी को वापस बुला सके।" जॉर्ज डब्ल्यू. ने मुझसे कहा। वह एक बैंक का वाइस प्रेसीडेंट था, लेकिन इस समय वह अशांत था और अपने काम से आया लगता था।

"वह कहाँ चली गई?" मैंने पूछा।

"मुझे नहीं मालूम, कहाँ गई!" उसने कहा, "बीस साल हो गए। क्या आप विश्वास कर सकते हैं? बीस साल सुखी वैवाहिक जीवन के बाद एक दिन मुझे पता चलता है कि वह चली गई। मैं क्लीवलैंड में एक कॉन्फ्रेंस में गया था। वापस आया तो उसका लिखा एक पत्र मिला, जिसमें उसने लिखा था कि वह तलाक लेने जा रही है। विश्वास नहीं होता!"

"मेरी प्रार्थना से तुम क्या चाहते हो?"

"मैंने कहा न, आप मुझे मेरी पत्नी से वापस मिलवा दीजिए। उसका दिमाग शायद भटक गया है, और कुछ नहीं। आप मुझे सिर्फ रास्ता दिखा दें, जिससे मैं उसे वापस ला सकूँ। मैं उसके दिमाग को ठीक कर दूँगा।"

जैसे-जैसे बातचीत आगे बढ़ने लगी, मैंने नोट किया कि वह प्रकृति से दूसरों पर हावी रहनेवाला व्यक्ति है। पति के रूप में भी शायद वह अपनी पत्नी को अपने काबू में रखता होगा। हो सकता है, उसे पत्नी की आजादी पसंद न हो! इसलिए मैंने उसे समझाने का प्रयास किया कि दूसरों पर अपने विचारों को लादना, उसकी स्वतंत्रता पर बंदिश लगाना कभी उचित नहीं होता। उसे अपनी पत्नी को स्वतंत्रता देनी चाहिए। स्वतंत्रता उसका अधिकार है। अपने बारे में निर्णय लेने का उसे पूरा अधिकार है। यदि तुम स्वतंत्रता में रहना पसंद करते हो तो दूसरे को भी अधिकार दो कि वह स्वतंत्रता में रहे।

"तुम्हारा कहना है कि बिना किसी कारण के वह एकाएक चली गई।" मैंने अपनी बात जारी रखते हुए कहा, "यह संभव नहीं लगता। वह पहले से सोच रही होगी कि वह भाग जाएगी और वह करेगी, जो आज कर रही है। उसका वह निर्णय एकाएक नहीं रहा होगा, बल्कि सोची-समझी योजना हो सकती है। वह पहले से सोच रही होगी। चूँकि अवचेतन मन की प्रकृति विवशता है, इसलिए वह चले जाने के लिए विवश थी और वह चली गई। जब तुम्हारा शरीर एक जगह और तुम्हारी कल्पना कहीं और है तो अंत में तुम वही करोगे, जो तुम चाहते रहे हो।"

"एक बात और," मैंने अपनी बात बढ़ाई, "प्रेम बंधन नहीं है, प्रेम ईर्ष्या नहीं है, प्रेम किसी आत्मा का हनन नहीं करता, किसी के मन को दबाता नहीं है। वह जुल्म नहीं

करता। जब तुम किसी से प्रेम करते हो तो तुम उसे सुखी, आनंद में और स्वतंत्र देखना चाहते हो।"

जॉर्ज मेरी बातों को ध्यान से सुन रहा था। अंत में वह बोला, "मैं फिर भी प्रार्थना चाहता हूँ। लेकिन मैं चाहता हूँ, जिससे इस परिस्थिति में जो भी श्रेष्ठ हो, वह परिणाम सामने आ जाए।"

उसकी माँग के अनुसार मैंने एक खास तरीके से प्रार्थना को लिखा और उसे देकर उसके अनुसार प्रार्थना करने का सुझाव दिया—

> "मैं अपनी पत्नी को ईश्वर को समर्पित करता हूँ। मैं जानता हूँ, अनंत विवेक उसका मार्गदर्शन और निर्देशन कर रहा है। ईश्वरीय सत्कर्म का शासन सर्वश्रेष्ठ है। मैं जानता हूँ कि जो उसके लिए सही कर्म है, वह मेरे लिए भी सही कर्म है। मैं उसे पूर्ण स्वतंत्रता देता हूँ, क्योंकि मैं जानता हूँ कि प्रेम मुक्ति देता है। वह ईश्वर की आत्मा है। हमारे बीच में सद्‌भाव, शांति और आपसी समझ है। मैं उसके सुखमय जीवन की कामना करता हूँ। मैं उसे छोड़ता हूँ और जाने देता हूँ।"

उसने इस प्रार्थना का पूरे मनोयोग से अभ्यास किया। कुछ सप्ताह बाद उसे उसकी पत्नी का फोन मिला। उसने बताया कि उसने तलाक का सूट फाइल कर दिया है और तलाक के कारणों को समझाते हुए कहा कि वह बड़े प्रेम और काफी समझ-बूझ के साथ उसे छोड़ रही है। उसके बाद दोनों ने अपनी नई शादियाँ कर लीं। लेकिन दोनों संपर्क बनाए हुए हैं।

अनंत विवेक सर्वज्ञानी है। आप जब मार्गदर्शन और सही कर्म के लिए प्रार्थना करते हो तो आप विवेक को अपना प्रयोजन नहीं बताते। जॉर्ज ने अपने संकट को बुद्धिमानी से हल किया और प्रेम के नियम ने उसे शांतिपूर्ण एवं सुखमय जीवन दिया। प्रेम व्यक्ति को स्वास्थ्य, प्रसन्नता, खुशहाली और मन की शांति से भर देता है।

एक नर्स को कैसे उपचार-शक्ति से धन का पिटारा मिल गया

मेक्सिको जानेवाली फ्लाइट में मेरे बगल की सीट पर बैठी एक महिला ने अपना परिचय देते हुए बताया कि उसका नाम नैंसी है। वह एक रजिस्टर्ड नर्स है और मेक्सिको के सबसे बड़े बच्चों के अस्पताल में पढ़ाने की नौकरी ज्वॉइन करने जा रही है

"जब मैं शादीशुदा थी, तब शायद वह नौकरी नहीं कर पाती।" उसने कहा, "अब

एक चुनौती के रूप में मैं नौकरी पर जा रही हूँ। शायद अब मैं किसी के लिए कुछ कर पाऊँ!"

"तुम्हारा तलाक हो चुका है?" मैंने पूछा।

"जी।" उसने उत्तर दिया, "माइक और मैं पाँच साल से एक साथ थे। वह मनोविकृति नर्स है। एक दिन उसने तलाक की बात कही। उसने कहा कि वह अपनी एक साथी से प्रेम करने लगा है और उससे शादी करना चाहता है।"

"तुम्हारे लिए तो यह एक सदमा जैसा रहा होगा?" मैंने पूछा।

> "हाँ, था तो सही।" नैंसी ने कहा, "वह सदमा था। लेकिन मैंने माइक से कहा कि वह आजाद है और मैं चाहती हूँ कि वह सुखी रहे। मैं न्यूयॉर्क के मेटाफिजिकल चर्च की शिष्या हूँ और जानती हूँ कि प्रेम कोई बंधन नहीं रखता। वह आजादी देता है। माइक आश्चर्यचकित था कि मैं नाराज नहीं हुई। मेरे मन में कोई कड़वाहट नहीं है। मैंने उसे बताया कि सच्चा प्रेम कभी बंदिश में नहीं रखता। तुम्हें आजाद करके मैं भी आजाद महसूस करूँगी। मैं नहीं समझती कि वह मेरी बातों को समझ पाया, लेकिन उसने प्रशंसा जरूर की।"

"मैं समझ सकता हूँ।" मैंने कहा, "और मैं यह भी देख सकता हूँ कि तुम्हारे लिए यह सब आसान नहीं रहा होगा। उसके लिए भी।"

"मैं नहीं समझती।" उसने दुःखी होकर कहा, "उसकी नई शादी सफल नहीं हो पाई। कुछ दिन ठीक चला, फिर गड़बड़ शुरू हो गई। फिर पिछले साल उसे दिल का दौरा पड़ा। तभी मुझे पता चला कि मुझे एक बीमा कंपनी से बहुत बड़ी रकम मिली है। मैं तो आश्चर्यचकित थी। मुझे उसकी कोई उम्मीद नहीं थी। उस रकम के मिलने पर ही मैंने मेक्सिको जाने की योजना बनाई, क्योंकि मुझे मालूम था कि मेरी नई नौकरी अधिक वेतन नहीं दे पाएगी।"

अपने पति को आजाद कर और उसकी जिंदगी में खुशियों की कामना करके नैंसी ने अपने को आजाद कर लिया और बदले में उसे खुशियों का खजाना मिल गया।

कैसे उपचार-शक्ति ने कार्यालय का वातावरण बदल दिया

सैन डिएगो के 'रॉयल इन होटल' में मेरे व्याख्यानों की श्रृंखला थी। होटल से बहुत सुहावना दृश्य दिखाई देता था। बंदरगाह में लंगर लगाए दुनिया भर के जहाज अपनी अलग-अलग छवियों से दृश्य को और भी आकर्षक बना देते थे। एक दिन मैंने व्याख्यान से समय निकालकर उन लोगों के लिए समय रखा, जो मुझसे मिलने के लिए

आतुर थे। उन साक्षात्कारों में पहला साक्षात्कार एक युवती जूडी एल. से था। वह अभी कॉलेज से पढ़ाई करके आई थी और एक फर्म में ट्रेनी के रूप में नौकरी कर रही थी।

"मुझे अपना काम बहुत पसंद है। काम बहुत आकर्षक भी है। आगे भविष्य भी उज्ज्वल है। वेतन भी उम्मीद से ज्यादा है। और क्या चाहिए!" वह हँसी।

मैंने भी मुसकराकर कहा, "क्या तुम इसी समस्या को लेकर मेरे पास आई हो?" मैंने पूछा।

"नहीं, नहीं।" शर्म से उसका चेहरा लाल दिखने लगा, "समस्या दूसरे ट्रेनी हैं। मेरा व्यवहार सबसे बहुत अच्छा है, लेकिन इन लोगों का रवैया बिल्कुल नकारात्मक है। उन्हें काम पसंद नहीं है। उन्हें वेतन कम लगता है। उन्हें बॉस से समस्या है। कसम से, अगर उन्हें लाखों की लॉटरी भी मिल जाए तो भी उन्हें टैक्सों को लेकर समस्या होगी। कुल जमा में वे नकारात्मक ऊर्जा की फैक्टरी की तरह हैं। दिल पर नकारात्मक विचारों को पाले रखते हैं। शाम होते ही मैं इतनी संतप्त हो जाती हूँ कि घर जाते समय चलने में भी लगता है, बोझ ढो रही हूँ।"

"मेरा सुझाव है कि···" मैंने कहा, "तुम वह सारे ट्रेनीज के नाम एक कागज पर लिख लो। प्रत्येक सुबह ऑफिस जाने से पहले और शाम को दफ्तर छोड़ने से पहले तुम्हें निम्नलिखित प्रार्थना दोहरानी होगी—

> "मेरे सारे सहयोगी ईश्वरीय मन में एक-दूसरे को जानते हैं। वे अपनी सही जगहों पर हैं और मन के मुताबिक प्रेम से काम कर रहे हैं। वे ईश्वरीय रूप से खुशहाल हैं। ईश्वर उनके माध्यम से बोलता है, सोचता है और काम करता है। वे अपनी सच्ची क्षमता को जानते हैं और वे अब आध्यात्मिक, मानसिक एवं भौतिक वैभव का आनंद ले रहे हैं। मैं उन्हें छोड़ रही हूँ, जाने दे रही हूँ और जब कभी मैं उनसे किसी के लिए नकारात्मक वक्तव्य सुनूँगी, मैं तुरंत प्रतिज्ञा करूँगी—'ईश्वर तुम्हें प्रेम करता है और तुम्हारी परवाह करता है'।"

एक महीने बाद, जो ट्रेनी सबसे ज्यादा असंतुष्ट थे, वे काम छोड़कर चले गए। जो रह गए, उन्हें अपने काम में अब संतोष मिलने लगा। उनका दृष्टिकोण बदल गया। जब कोर्स खत्म हुआ तो नया बैच आया। जूडी को उनके स्वागत में भाषण देने का काम सौंपा गया। उसे यह जानकर खुशी हुई कि सभी नए ट्रेनी अपने नए काम को बड़े चाव से कर रहे हैं। जूडी ने जो शुभकामनाएँ दूसरों को दी थीं, वे लौटकर पूरी खुशियों के साथ उसके पास आ गईं।

अपनी बेटी को आजाद करके कैसे उसकी जिंदगी बना दी

सैन डिएगो में मेरी मुलाकात एक दंपती फ्रैंक एवं डोरिस वी. से भी हुई। वे दोनों परेशान और घबराए हुए थे, क्योंकि उनकी बेटी एलेन ने कॉलेज की पढ़ाई छोड़ दी और अपने प्रेमी के साथ हवाई चली गई थी।

"वे हवाई क्यों गए हैं?" मैंने पूछा।

"क्यों गए मायने? गए हैं बीच पर मस्ती करने, और क्या!" फ्रैंक ने क्रोध में कहा।

डोरिस ने बात काटकर कहा, "एलेन अपने दोस्त को हाई स्कूल से जानती है। वह बहुत अच्छा तैराक है और कमाल की सर्फिंग करता है।"

"यह भी कोई कमाल की चीज है!" फ्रैंक ने बात काटकर कहा।

"इस बीच क्या एलेन ने आप दोनों से कोई संपर्क किया है?" मैंने पूछा।

"हाँ, क्यों नहीं! उसने फोन किया था।" डोरिस ने कहा, "उसकी आवाज सुनी तो मुझे चैन मिला।"

"वह पैसे चाहती है।" फ्रैंक बोला, "मुझे मनीऑर्डर से पैसा भेजना होगा।"

"अब फ्रैंक, तुमने तो वायदा भी किया था कि पैसा भेजोगे!"

मैंने दोनों के वाद-विवाद को विराम देते हुए कहा, "देखो, तुम्हारी बेटी अब वयस्क हो गई है। उसे यह अधिकार है कि वह अपने माता-पिता की आज्ञा के बिना भी अपनी पसंद का जीवन बिताए। लेकिन इसके बाद किसी भी व्यक्ति के आलस्य को, उसके काहिलपन और नकारात्मक रवैए को बढ़ावा देना नैतिक रूप से व्यावहारिक व आध्यात्मिक रूप से गलत है। यह व्यक्ति को निठल्ला और मक्कार बना देता है। अगर तुम्हें आएदिन आसानी से आर्थिक मदद मिलती रहे तो वह तुम्हारे काम करने की रुचि और क्षमता को दुर्बल कर देगी।"

काफी सलाह-मशविरे के बाद डोरिस और फ्रैंक अपनी बेटी को पूर्णत: आजाद करने के लिए राजी हो गए। उन्हें विश्वास हो गया कि अनंत उपचार-शक्ति सही रूप से उनकी बेटी की देखभाल करेगी, बशर्ते वे दोनों अपने मन का उपयोग सही रूप से करें।

उनके लिए मैंने जो प्रार्थना थेरैपी तैयार की, वह इस प्रकार है—

> "मैं अपनी बेटी को पूर्णत: ईश्वर पर छोड़ता हूँ। बे ईश्वर की बेटी है और ईश्वर उसे प्रेम करता है तथा उसकी परवाह करता है। ईश्वर उसका मार्गदर्शन कर रहा है और ईश्वरीय नियम एवं व्यवस्था उसके जीवन को संचालित कर रहे हैं। जब कभी हम उसके बारे में सोचेंगे तो यह प्रार्थना करेंगे, 'ईश्वर तुम्हें देख रहा है। वह तुम्हारी परवाह करता है'।"

अगले छह सप्ताह तक उनके पास एलेन का कोई समाचार नहीं आया। उन्होंने उसे मनीऑर्डर नहीं किया, लेकिन सुबह और रात में उसके लिए प्रार्थना की। सातवें सप्ताह के मंगलवार को उन्हें एलेन का पत्र मिला। वह एक बड़े रिसोर्ट होटल में काम कर रही है और हवाई यूनिवर्सिटी के अगले सेमेस्टर में दाखिला लेकर डिग्री कोर्स पूरा करने जा रही है। उसने अपने काम और व्यवहार से उन्हें दुःखी करने के लिए क्षमा माँगी।

उसी दिन डोरिस ने मुझे फोन पर बताया कि वह और उसका पति अपनी बेटी से मिलने हवाई जा रहे हैं। बाद में एक पोस्ट कार्ड आया कि उन्हें उनकी बेटी दुबारा मिल गई है और इससे वे दोनों बहुत खुश हैं। उन्हें अपनी बेटी को अनंत विवेक के भरोसे पर आजाद करने का वैभव मिल गया।

उपचार के सिद्धांत का उपयोग करने के लिए ध्यान

ईश्वर ने कहा, "मैं तुम्हें स्वस्थ करूँगा और तुम्हारे जख्मों को भर दूँगा।" (जेरेमियाह 30:17) मेरे अंदर मौजूद ईश्वर के पास असीमित संभावनाएँ हैं। मैं जानता हूँ कि ईश्वर के लिए सबकुछ संभव है। मैं अब इसमें पूरी तरह से विश्वास करता हूँ और स्वीकार करता हूँ कि मेरे अंदर मौजूद ईश्वर की शक्ति अंधकार को प्रकाश में बदल देती है और गलत चीजों को सही कर देती है। यह सोचकर कि मेरे अंदर ईश्वर है, मैं अब आत्मज्ञान के चिंतन में मग्न हो गया हूँ।

"मैं अब मन, शरीर और संबंधित मामलों के उपचार के लिए शब्दों में बोलता हूँ। मैं जानता हूँ कि यह सिद्धांत, जो मुझमें मौजूद है, मेरी आस्था और विश्वास का प्रतिफल देगा, 'पिता सभी कर्म पूरा करता है।' मैं अब अपने जीवन, प्रेम, सत्य और सौंदर्य के सान्निध्य में हूँ। मैं अब अपने को, अपने अंदर मौजूद प्रेम और जीवन के अनंत सिद्धांतों से आत्मसात् करता हूँ। मैं जानता हूँ कि अब मेरे शरीर में समरसता, स्वास्थ्य और शांति संचारित हो रही है।

"पूर्ण स्वास्थ्य की आशा में जिस प्रकार मैं रह रहा हूँ, चल रहा हूँ और काम कर रहा हूँ, वह साकार रूप ले लेगी। मैं अब अपने स्वस्थ शरीर की वास्तविकता को महसूस कर रहा हूँ। मैं सुख और चैन का अहसास कर रहा हूँ। हे पिता, धन्यवाद!"

स्मरणीय बिंदु

1. अनंत उपचार-शक्ति सब जगह मौजूद है। यह आपकी उँगली में कट लगने से लेकर छोटी-मोटी चोटों और घावों को बिना किसी श्रम के ठीक कर देती है। कई बार आपको उसमें मलहम लगाने की भी जरूरत नहीं पड़ती, चोट अपने आप ठीक हो जाती है। यही उपचार-शक्ति है, जो सब जगह मौजूद रहती है। यही शक्ति आपकी बड़ी समस्याओं को, आपकी वैवाहिक और आर्थिक कठिनाइयों को भी दूर कर देती है। यह सभी समस्याओं का एकमात्र समाधान है।
2. माता-पिता को अपने बेटे या बेटी के जीवन साथी के चुनाव में कभी दखल नहीं देना चाहिए। वयस्क हो जाने पर उन्हें अपना निर्णय लेने के लिए ईश्वर के भरोसे पर आजाद छोड़ देना चाहिए और विश्वास करना चाहिए कि अनंत विवेक उनका मार्गदर्शन करेगा, उन्हें सही कदम उठाने के निर्देश देगा।
3. यह सोचना कि आपकी विवाहित संतान आपके कायदे-कानून या आपके विचारों का पालन करेगी, बेवकूफी है। उन्हें ईश्वर को सौंप दो और अपनी शुभकामनाएँ दो कि वे सुखी रहें। जब कोई विचार नहीं होता तो कष्ट भी नहीं होता। जब कभी आप उनके बारे में सोचो तो प्रतिज्ञा करो, 'मैंने तुम्हें आजाद किया। ईश्वर तुम्हारा भला करेगा।' जब आप यह कहते हो तो जान लो, आप भी आजाद हो जाते हो। सारी चिंताओं से मुक्ति मिल जाती है।
4. अगर आपकी पत्नी या पति आपको छोड़कर चला जाए तो यह उसका निजी निर्णय है। उस पर वापस आने के लिए दबाव बनाना या उसे मजबूर करना गलत है। अनंत विवेक पर विश्वास करो। आध्यात्मिक नियम के अनुसार अनंत विवेक हर प्रकार से उसका मार्गदर्शन और निर्देशन करेगा। यह भी भली प्रकार समझ लो कि जो ईश्वरीय मार्गदर्शन दूसरों के लिए है, वही आपके लिए भी है। पति या पत्नी को ईश्वरीय स्वतंत्रता दो। यह जान लो कि ईश्वरीय सही कर्म ही स्थायित्व होता है। अत: जो भी होता है, वह सबकी भलाई के लिए होता है। प्रेम बंधन नहीं है। वह मुक्ति है। वह देता है। वह परम आत्मा है।
5. प्रेम सदा मुक्ति देता है। प्रेम बंधन नहीं है। जब आप किसी से प्रेम करते हो, चाहे आप पत्नी हो या पति, आप उसे खुश देखना चाहते हो, उसे आजाद और आनंद में देखना चाहते हो। आप दूसरे को वैसे रूप में देखना चाहते हो, जो उसे होना चाहिए। अगर आपकी पत्नी या पति किसी दूसरे के प्रेम में

मतवाली हो गई है, तो उसे जाने दो, आजाद कर दो और उसके भविष्य के जीवन की शुभकामना करो। प्रेम आजादी देता है।

6. आपके कार्यालय में जब आपके अन्य सहयोगी नकारात्मक चर्चा करते हैं तो उन सब को ईश्वर के हवाले कर दो, यह सोचकर कि ईश्वर उनके माध्यम से बोलता है, सोचता है एवं कर्म करता है और ईश्वरीय मार्गदर्शन में वे अपने सही मार्ग पर आ जाएँगे। उन्हें अपना प्रेम, शांति और शुभकामना दो। आप देखोगे कि आपकी प्रार्थना के क्या अद्भुत परिणाम मिलने लगते हैं! उनका भला होगा और साथ में आपका भी भला होगा। आपको पता चलेगा कि दूसरों में ईश्वर की प्रतिष्ठा बढ़ाने से आपकी जिंदगी में क्या उपहार आते हैं!
7. आपके बच्चे जब वयस्क हो जाएँ तो उन्हें आजादी दो। विश्वास करो कि ईश्वर उनका मार्गदर्शन कर रहा है। वे उसकी कृपा में हैं और जैसे-जैसे आप प्रार्थना पर अपनी आस्था जमाते जाओगे, आपका संदेश आपके बच्चों को सही रूप में मिलेगा और ईश्वरीय व्यवस्था में वे आगे बढ़ते जाएँगे, धैर्य रखो, अपने अंदर मौजूद विवेक पर भरोसा रखो। अपने मन में केवल आपके उस पर आस्था बनाए रखने की जरूरत है।
8. दैनिक जीवन में उपचार-शक्ति के आश्चर्यजनक परिणामों के लिए अध्याय के अंत में दी गई प्रार्थना का उपयोग करो।

□

18

शांत मन के वैभव को कैसे प्राप्त करें

मैंने वाशिंगटन डी.सी. के निकट एयरलाइ में एक धार्मिक सम्मेलन में भाग लिया। सम्मेलन में मेरे भाषण का विषय था—'वह नियम, जो कभी नहीं बदलता'। पाँच दिन के सम्मेलन के दौरान मुझे एक बहुत ही सफल और धनी व्यक्ति पीटर एल. से काफी लंबी चर्चा करने का अवसर प्राप्त हुआ। उसने बताया कि उसके अच्छे स्वास्थ्य, संपत्ति, सफलता और मान-मर्यादा की पृष्ठभूमि में केवल एक चीज है और वह है 'शांत मन'। उसने अपनी जेब से एक कार्ड निकाला, जिस पर निम्नलिखित सत्य अंकित थे—'श्रेष्ठ पुरुष सदैव शांत व स्थिर होता है।' (कन्फ्यूशियस) शांत मन और विश्वास में तुम्हारी शक्ति होगी। (ईसाह 30:15) जिसके क्रोध की रफ्तार धीमी होगी, वह बलवान् से अच्छा है और जो अपने मन पर नियंत्रण रखता है, वह विजयी होता है। (प्रोवर्ब्स 127:1) तुम्हारे विकास में, तुम्हारे सब कामों में ईश्वर का आशीर्वाद है, इसलिए तुम्हें खुशियाँ मनानी चाहिए। (ड्यूटोरोनॉमी 16:15) ईश्वर के मकान बनाने का अर्थ यह नहीं कि जिन्होंने घर बनाया, उनका श्रम व्यर्थ गया। (साम 127:1)

इन सभी कथनों का सार तत्त्व यह है कि आपकी शक्ति, सफलता, ऊर्जा और वैभव स्थिरता से आते हैं; स्तब्धता की गहरी शांति एवं जीवन के नियमों पर विश्वास से और आपके अवचेतन मन की प्रतिक्रिया से आते हैं।

उस धनी व्यक्ति ने इन सत्यों का कैसे प्रयोग किया

पीटर एल. ने बताया कि अपने जीवन में वह रोजाना सुबह मन को इन सत्यों पर केंद्रित करता है। उन्हें धीरे-धीरे, प्रेम से तथा शांत मन से दोहराता है। वह जानता है कि जैसे ही वे उसके अवचेतन मन में अंकित होंगे, वह उन्हें सफलता, स्वास्थ्य, शक्ति और नए सृजनात्मक विचारों के माध्यम से अभिव्यक्त करने के लिए विवश हो जाएगा। वह एक बड़े कॉरपोरेशन का अधिष्ठाता है और आधे दर्जन कॉरपोरेशनों के बोर्ड मेंबर्स के

मैंने मार्क को समझाया कि जीवन में सच्ची प्रतियोगिता अपने मन में सफलता और असफलता के बीच होती है। वह जीतने के लिए पैदा हुआ है, हारने के लिए नहीं; क्योंकि अनंत शक्ति कभी हारती नहीं है। एक बार वह अपना ध्यान सफलता पर केंद्रित करती है तो उसके अवचेतन की सारी शक्तियाँ उसकी सहायता में लग जाती हैं और उसे सफल होने के लिए विवश कर देती हैं; क्योंकि अवचेतन मन का नियम ही विवशता है।

मार्क अब समझ गया कि उसका अतीत अब जा चुका है और जो कुछ भी है वह वर्तमान है। ईर्ष्या के विचार रखकर वह वास्तव में अपने आपको ही हीन कर रहा है। यह दृष्टिकोण बहुत ही गलत है, बल्कि खतरनाक भी है, क्योंकि उसके नकारात्मक विचार और साथ में हीनता की भावना और ईर्ष्या उसको कहीं का नहीं छोड़ेगी। वह उसे मानसिक और भावनात्मक रूप से बरबाद कर देगी और आगे भविष्य के मार्ग को भी अवरुद्ध कर देगी।

आसान उपचार

इस नकारात्मक परिस्थिति का निवारण आसान था। मार्क ने अपने पुराने सहपाठी का लेकर सकारात्मक दृष्टिकोण अपनाया, जिसकी सफलता ने उसके मन में ईर्ष्या और विरोध पैदा कर दिया था। उसने अपने सहपाठी की भलाई के लिए, उसकी तरक्की और सफलता के लिए हृदय से शुभकामना देनी शुरू कर दी। उसने निम्नलिखित प्रार्थना को दोहराना शुरू कर दिया—

> "मैं जानता हूँ कि ईश्वर मेरी जरूरतों की पूर्ति फौरन और हमेशा के लिए करता है। ईश्वरीय व्यवस्था में पदोन्नति मेरी है। ईश्वरीय व्यवस्था में सफलता मेरी है। ईश्वर का वैभव प्रचुरता की बौछारों की तरह मेरे पास आता है और मैं ईश्वरीय मार्गदर्शन में प्रतिदिन बेहतर सेवा प्रदान कर रहा हूँ। मैं जानता हूँ, विश्वास करता हूँ और खुश हूँ कि ईश्वर मेरे पूर्व सहपाठी को खुशहाल बना रहा है। जब भी मेरे मन में उसका खयाल आएगा, मैं शुभकामना करूँगा, 'ईश्वर तुम्हें उन्नति दे'।"

कुछ ही सप्ताह में उसने महसूस किया कि उसके ईर्ष्या भरे विचार लुप्त हो गए। उसे यह भी पता चल गया कि उसकी दुश्चिंता और तनाव का कारण उसका मन था। मार्क को हाल ही में तरक्की मिली है। उसे कंपनी का एक्जीक्यूटिव वाइस प्रेसीडेंट बनाया गया है और यह भी तय हो गया है कि वह अंततः कंपनी के सर्वोच्च पद पर पहुँच जाएगा। बाइबिल कहती है, 'लौटकर सर्वशक्तिमान की शरण में जाओ, वह तुम्हें फल देगा।' (जॉब 22:23)

जिन लोगों की तरक्की, सफलता और दौलत से हमें ईर्ष्या होती है, हम चिढ़ते हैं, दुश्मनी महसूस करते हैं, उनकी और भी खुशहाली व सफलता की शुभकामना करने से हम अपने मन का उपचार करते हैं और अपने लिए अनंत वैभव का द्वार खोलते हैं। अपने मन की विशालता से आप प्रशंसा, प्रेम, आनंद और आह्लाद के उपहार दे सकते हो। आप अपने चारों ओर रहनेवाले लोगों को अपने शब्दों से प्रेरणा, साहस, आस्था और विश्वास बाँट सकते हो और फिर आप देखोगे कि दूसरों के प्रति आपकी शुभकामनाएँ लौटकर आपके लिए कौन-कौन से उपहार लाती हैं! आपके तनाव, दुश्चिंताएँ, हीन भावनाएँ लुप्त हो जाएँगी और आपका जीवन सुखमय और उज्ज्वल हो पाएगा।

एक मेडिकल छात्रा ने शांत मन के गुणों को पहचाना

मेडिकल के फाइनल वर्ष की एक छात्रा एलिस आर. ने मुझसे कहा, "मैं दिन भर एक प्रकार की छाया से डरती रहती हूँ, जो जब-तब मेरे मन में उभरकर मुझे डरा देती है। एहसास दिलाती है, जैसे कि मैं फेल हो जाऊँगी, मेरा भविष्य अंधकारमय है। दुश्चिंता बराबर बनी रहती है।" उसने कहा कि एक परीक्षा में उसका दिमाग एकदम खाली हो गया। केवल एक-दो प्रश्नों को ही हल कर पाई। उसकी परेशानी का कारण दुश्चिंता, तनाव और घबराहट थी। वह मौखिक व लिखित परीक्षाओं से डरने लगी थी और यही संदेश वह बराबर अपने अवचेतन मन को दे रही थी, जिससे तनाव जन्म ले रहा था और मन में अवरोध पैदा कर रहा था।

मैंने उसे सुझाव दिया कि रोजाना रात में सोने से पहले उसे शांत मन से धीरे-धीरे यह प्रार्थना करनी चाहिए—

> "मैं आराम से हूँ; शांत, स्थिर और निस्तब्ध हूँ। मेरी स्मृति उन सभी बातों के लिए संपूर्ण है, जिन्हें मैं हर वक्त, हरेक स्थान पर जानना चाहती हूँ। मैं अपनी पढ़ाई ईश्वरीय मार्गदर्शन में करती हूँ और सभी परीक्षाओं में शांत रहती हूँ। मैं सभी परीक्षाएँ ईश्वरीय व्यवस्था में उत्तीर्ण करती हूँ। मैं शांति से सोती हूँ और आनंद में जागती हूँ।"

मैंने उसे समझाया कि ये सभी विचार उसके अवचेतन मन में गहराई में उतर जाएँगे और उसका भाग बन जाएँगे और वह मौखिक या लिखित परीक्षाओं में खूब अच्छा परिणाम ला सकेगी।

पिछली खबर के मुताबिक एलिस खूब अच्छे ढंग से पढ़ाई कर रही है। उसकी

दुश्चिंता समाप्त हो गई है। स्मृति की क्षमता में उत्पन्न सभी बाधाएँ दूर हो गई हैं। शांत मन और विश्वास में तुम्हारी शक्ति होगी। (ईसाह 30:15)

स्थिर व शांत मन के लिए ध्यान

निम्नलिखित प्रार्थना को अकसर करते रहने से आपके मन की इच्छाएँ अनजान रूपों में पूरी हो सकती हैं—

> "जो उसके हृदय में बस गया है, वह जीवन में वैभव से खुशहाल रहेगा। (साम 92:13) मैं अब स्थिर और शांत हूँ। मेरा हृदय और मन शुभकामना, सत्य एवं सौंदर्य की भावना में रम चुका है। मेरा विचार मुझमें मौजूद ईश्वर के समक्ष है। इससे मेरा मन स्थिर है।
>
> "मैं जानती हूँ कि रचना का मार्ग जाग्रत् हो चुका है। मेरा वास्तविक अस्तित्व अब प्रवेश करके मेरे शरीर में और सभी मामलों में शांति, समरसता एवं स्वास्थ्य की रचना कर रहा है। मैं अपने भीतर से दिव्य हूँ। मैं जानती हूँ कि मैं ईश्वर की संतान हूँ। मैं उसी प्रकार रचना करती हूँ, जिस प्रकार ईश्वर आत्मा की सर्व-सिद्धि से रचना करता है। मैं जानती हूँ कि मेरा शरीर स्वयं नहीं चलता, मेरे विचार और भावनाएँ इसे चलाती हैं।
>
> "मैं अपने शरीर से कहती हूँ—स्थिर और शांत रहो। उसे यह मानना होगा। मैं यह समझती हूँ और जानती हूँ कि यह ईश्वरीय नियम है। यह मेरा ध्यान भौतिक दुनिया से हटाता है; मैं अपने मन में मौजूद ईश्वर के घर में सुखी हूँ। मैं समरसता, स्वास्थ्य और शांति का ध्यान करती हूँ। यह मेरे अंदर मौजूद ईश्वर के तत्त्व में उपलब्ध है; मैं शांत हूँ। मेरा शरीर ईश्वर का मंदिर है। ईश्वर पवित्र मंदिर में है, समस्त संसार को शांत रहना है।" (हबक्कुक 2:20)

स्मरणीय बिंदु

1. कन्फ्यूशियस ने कहा था, "श्रेष्ठ पुरुष सदैव शांत और स्थिर होता है।" बाइबिल कहती है, 'शांत मन और विश्वास में तुम्हारी शक्ति है।' (ईसाह 30:15) वैभव और अभूतपूर्व सफलताओं का रहस्य शांत मन को विकसित करने में है। 'बाइबिल' के कुछ उपदेशात्मक शब्दों पर चलने से, जो ईश्वर और उसके सत्यों की व्याख्या करते हैं, आपका मन सर्वोच्च शक्ति पर केंद्रित होगा, जो आपकी आवाज सुनता है और आप शांत मन के वैभव का आनंद उठा सकते हो।
2. कार्लाइल ने कहा था, "शांत मन ही वह तत्त्व है, जिसमें दुनिया की बड़ी

घटनाओं ने अपने स्वरूप को तराशा है।" एमर्सन ने कहा, "शांत मन में ही ईश्वर की धीमी आवाज सुनी जा सकती है।" शांति में प्रतिज्ञा करो कि ईश्वर तुम्हारा मार्गदर्शन कर रहा है, ईश्वरीय विवेक तुम्हारी दिन भर की गतिविधियों को संचालित करेगा और प्रत्येक दिन ईश्वर तुम्हारे माध्यम से सोचता है, बात करता है और काम करता है। अधिकार से माँगो कि तुम्हारे सारे काम सही होंगे। यह सोचकर अभ्यास करो कि ईश्वर की शांति और उसके प्रेम की नदी तुम्हारे अस्तित्व में प्रवाहित हो रही है। जैसे ही तुम अहसास करोगे, तुम्हें अपने सभी प्रश्नों के उत्तर अपने आप ही मिलने लग जाएँगे और तुम्हारा जीवन सुखमय हो जाएगा।

3. तुम जब मन को शांत करते हो और ध्यान को केंद्रित करते हो तो स्वीकार करो कि सारे उत्तर ईश्वर के पास ही हैं। उत्तर और समाधान को पहले ही सोच लो, यह जानते हुए कि इससे पहले कि तुम प्रार्थना करोगे, वे उत्तर और समाधान तुम्हारे श्रेष्ठ मंदिर में पहुँच जाएँगे। तुम्हें पता लगेगा कि तुम्हारे अवचेतन में रचनात्मक उत्तर मौजूद हैं, जो तुम्हारी दुनिया को बदल देंगे।
4. जब वह 'शांत मन' देता है तो उसमें बाधा कौन पहुँचा सकता है? (जॉब 34:29) दूसरों के सुझाव, वक्तव्य और काम तुम्हें नुकसान नहीं पहुँचा सकते। रचनात्मक शक्ति तुम्हारे पास है। यह तुम्हारे अपने विचार की प्रक्रिया है। क्या दूसरे किसी का विचार तुम्हें संचालित करता है, या तुम स्वयं उसे संचालित करते हो? यह सोचने की बात है। जब तुम्हारे विचार ईश्वर के विचार हैं तो तुम्हारे शुभ विचारों के साथ ईश्वर की शक्ति है।
5. यदि तुम्हें सोने में बाधा होती हो तो अपने शरीर से बात करो। उससे कहो कि 'छोड़ो, जाने दो, आराम करो, सो जाओ।' तुम्हारा शरीर आदेश मानेगा। तब धीरे से कहो, "मैं शांत होकर सोता हूँ और सुबह आनंद में उठूँगा। वह मेरी परवाह करता है।"
6. तुम निम्नलिखित आध्यात्मिक सत्यों को दिन में तीन-चार बार दोहराकर अपने तनाव और दुश्चिंता को दूर कर सकते हो—

   'वह उसे शांत रखेगा, जो मन से उसके साथ है; क्योंकि वह उस पर विश्वास करता है।' (ईसाह 26:3) शांत मन और विश्वास में तुम्हारी शक्ति है। (ईसाह 30:15) अब उसे जानो और शांत रहो, तुम्हें फल मिलेगा। (जॉब 22:21) जैसे-जैसे तुम 'बाइबिल' के महान् सत्यों पर आस्था रखने लगोगे, तुम्हारे संपूर्ण शरीर में उपचार की लहर प्रवाहित होने लगेगी। यह आध्यात्मिक संचार तुम्हारे अवचेतन मन के सभी भयों और दुश्चिंताओं को दूर कर देंगे

और तुम्हारे मन में शांति व निस्तब्धता का साम्राज्य स्थापित हो जाएगा।

7. एक विक्रय प्रतिनिधि ने, जिसकी बिक्री घटती जा रही थी, काल्पनिक चित्र में यह देखना शुरू कर दिया कि उसका सेल्स मैनेजर उसके अद्वितीय प्रदर्शन के लिए उसे बधाई दे रहा है। इस चित्र को बार–बार दोहराकर उसने अपने मन में अपने प्रमोशन के विचार को पहुँचा दिया और सच में वेतन–वृद्धि के साथ उसका प्रमोशन हो गया।
8. प्रतियोगिता केवल तुम्हारे मन में होती है, जहाँ सफलता और असफलता के बीच द्वंद्व होता है। तुम सफल होने के लिए जनमे हो, हारने के लिए नहीं। तुम्हारे अंदर मौजूद अनंत कभी विफल नहीं हो सकता। अपनी सफलता के विश्वास पर ध्यान लगाओ, तुम्हारे अवचेतन मन की सभी शक्तियाँ तुम्हारा साथ देंगी। प्रार्थना हमेशा खुशहाली देती है।
9. एक मेडिकल छात्रा अपनी परीक्षाओं से परेशान थी। उसके मन में डर बैठ गया था कि वह फेल हो जाएगी। इससे उसके मन में तनाव पैदा हो गया, जिसने उसके मन में अवरोध पैदा कर दिए थे। उसने सोने से पहले प्रार्थना की—'मैं शांत हूँ, स्थिर और निस्तब्ध हूँ। मेरे पास सभी बातों की पूर्ण स्मृति है। मैं सभी परीक्षाएँ ईश्वरीय व्यवस्था में उत्तीर्ण करती हूँ। मैं शांति में सोती हूँ और आनंद में सोकर उठती हूँ।' ये सभी सत्य उसके अवचेतन मन की गहराई में उतर गए और अब वह खूब अच्छी पढ़ाई कर रही है। उसने सत्य का वैभव पा लिया।
10. अध्याय के अंत में दी गई प्रार्थना का उपयोग करके तुम मन को शांत रखने के अनुभव प्राप्त कर सकते हो।

□

19

एक ही रात में राजा कैसे बनें

'बाइबिल' कहती है—"मैं इसलिए आया कि उन्हें जीवन मिले और प्रचुरता से मिले।" (जॉन 10:10) जोहान गोएद ने कहा, "जीवन एक खुली खदान है, जिसमें से हमें गढ़कर और तराशकर चरित्र बनाना है।"

आप यहाँ हर प्रकार से एक भरपूर, खुश, सफल और धन-दौलत से भरा जीवन बिताने के लिए आए हो। आपका जन्म सफल होने के लिए, जीतने के लिए और सभी बाधाओं पर विजय हासिल करने के लिए हुआ है। आप यहाँ अपनी छिपी हुई अद्‍भुत क्षमता को उजागर करने के लिए, मानवता का भला करने और अपने को उच्चतम शिखर पर पहुँचाने के लिए आए हो। अपने अंदर मौजूद अनंत विवेक को जाग्रत् करो और जीवन में अपना उचित स्थान ग्रहण करो। अपने चेतन और तार्किक मन के स्पष्ट व विशिष्ट संकेतों का अनुसरण करो। जीवन में सच्ची अभिव्यक्ति मिल जाने पर आपका जीवन पूर्ण रूप से सुखमय हो जाएगा। स्वास्थ्य, समृद्धि और जीवन की अन्य खुशियाँ आपके जीवन में भर जाएँगी।

एक अभूतपूर्व और शानदार जीवन की कला में सफलता और खुशहाली, आपकी धारणा तथा आपके जीवन में आमूल-चूल परिवर्तन करनेवाली आपकी इच्छा पर निर्भर करती है। याद रखो, आप वहीं जाते हो, जहाँ आपका लक्ष्य होता है। आपका लक्ष्य क्या है? यह वही है, जो आप सोचते हो, जिस पर आप अपना ध्यान केंद्रित करते हो, जो आपका केंद्रबिंदु है, जिसे आपका अवचेतन मन विकसित करके विशाल रूप में आपके सामने प्रस्तुत करता है।

दौलत और खुशियों को अभी अपनाओ

समय अभी है। मैं अनेक लोगों से बात करता हूँ, जो हमेशा सोचते हैं कि अच्छे दिन आगे कभी आएँगे। अनेक लोग सोचते हैं कि एक दिन खुशियाँ आएँगी। वे खुशहाल

होंगे, जीवन में सफल होंगे। कुछ लोग इंतजार में हैं कि उनके बच्चे बड़े हो जाएँ, तब वे यूरोप और एशिया घूमने जाएँगे, दूर-दूर के विचित्र स्थानों का भ्रमण करेंगे। कुछ लोग अपने रिटायरमेंट के जीवन के बारे में सोचते हैं और आशा करते हैं कि वह सुख से बीतेगा।

सभी लोग कुछ होने का इंतजार कर रहे हैं। यह नहीं सोचते कि ईश्वर अगर आज है, उनकी भलाई आज में है, इसी क्षण में है और यह क्षण आपका इंतजार कर रहा है। जैसा आपने इस पुस्तक में पढ़ा होगा कि आप आज, इसी वक्त एक खुशहाल जीवन को पाने की शुरुआत कर सकते हो।

एक व्यक्ति ने कहा कि किसी दिन लॉटरी का जैकपॉट पाकर वह दुनिया में नाम कमा लेगा। उसकी पत्नी ने कहा, वह आशा करती है कि वह अंततः अपने त्वचा रोग से मुक्ति पा लेगी। मैंने उन दोनों को समझाया कि ईश्वर की शक्ति दोनों में मौजूद है। शांति अभी है। तुम चाहो तो ईश्वर की शांत नदी तुम में अभी बहना शुरू हो सकती है। अनंत उपचार-शक्ति उपलब्ध है और तुम चाहो तो यह उपचार शक्ति अभी तुम में प्रवाहित हो सकती है, जो तुम्हें संपूर्ण रूप से परिष्कृत कर देगी।

दोनों पति-पत्नी को यह समझ में आया कि समृद्धि और उपचार अब उपलब्ध हैं। पत्नी ने रात को और सुबह यह प्रार्थना करनी शुरू की, "ईश्वर की उपचार-शक्ति मेरे पूरे व्यक्तित्व में भर रही है और ईश्वरीय प्रेम मेरे संपूर्ण शरीर में प्रवाहित हो रहा है। मेरी त्वचा ईश्वर के प्रेम के लिफाफे में है और पूर्ण स्वच्छ व परिष्कृत रूप में है। किसी प्रकार के दाग या झाईं से पूर्णतः मुक्त है।"

एक सप्ताह में उसे यह पता लग गया कि अनंत उपचार-शक्ति उपलब्ध है और अपना काम कर रही है। उसकी त्वचा पूरी तरह से परिष्कृत हो गई।

मैंने उसके पति को समझाया कि दौलत अब उपलब्ध है, कि दौलत मन की वैचारिक छवि है। उसने साहस के साथ प्रार्थना शुरू की—

> "ईश्वर की दौलत अब मेरी जिंदगी में संचारित हो रही है। मैं इस विचार को अपने अवचेतन मन में अंकित करता हूँ। मैं जानता हूँ कि मैं जो भी विचार अपने अवचेतन मन में अंकित करता हूँ, वह सफल होता है। मैं यह समझता हूँ कि जैसे ही मैं इसे जारी रखूँगा, मेरे अवचेतन मन की प्रतिक्रिया, चूँकि विवशता होगी, इसलिए मैं उसे व्यक्त करने के लिए विवश हो जाऊँगा।"

जैसे ही उसने यह प्रार्थना करनी शुरू की, एक सृजनात्मक विचार ने उसके मन में जन्म लिया। उसने एक तेल कंपनी के देशी और विदेशी स्टॉक में एक छोटी सी रकम

लगा दी और कुछ ही महीनों में उसने एक अच्छी-खासी धनराशि कमा ली। स्टॉक में पैसा लगाने के लिए उसकी अंतरात्मा की आवाज ने संकेत दिया था। इस घटना से उसके मन में विश्वास पैदा हो गया कि दौलत हर समय उपलब्ध है।

अपने आध्यात्मिक, मानसिक और भौतिक सुखों पर आज ही कब्जा जमाओ

शांति और ताकत आज उपलब्ध है। अपने अंदर मौजूद ईश्वर की अनंत शक्ति को पुकारो। यह शक्ति आपको ऊर्जा देगी, शक्ति देगी और आपकी काया को बदल देगी। प्रेम अभी उपलब्ध है। अधिकारपूर्वक माँगो और ईश्वर का प्रेम तुम्हारे मन व शरीर को प्लावित कर देगा। यह समझो और जान लो कि ईश्वरीय प्रेम आप में प्रवाहित होकर आपके जीवन के हर पहलू में प्रदर्शित हो रहा है। मार्ग-निर्देशन अभी उपलब्ध है। अनंत विवेक आपकी माँग को पूरी करता है। केवल वही उत्तर जानता है और उन्हें अभी उजागर कर देगा। अपनी भलाई की माँग अभी करो। आप कुछ भी सृजन नहीं करते। आप उसी को अभिव्यक्त करते हो, जो हमेशा था, अब है और हमेशा रहेगा।

वैभवपूर्ण भविष्य की योजना अभी बनाओ

याद रखो, यदि आप भविष्य की कोई योजना बना रहे हो तो आप आज बना रहे हो। यदि आप भविष्य के बारे में चिंतित हो तो वह चिंता आज कर रहे हो। यदि आप अतीत के बारे में सोच रहे हो तो आप उसके बारे में आज सोच रहे हो। आपका नियंत्रण वर्तमान के विचारों पर है। आपको आज के विचारों को बदलना है और उन्हें बदले ही रखना है। आप आज के विचारों के बारे में जानते हो, आपको केवल यह समझना है कि आपको बाहर की धारणा को वर्तमान क्षण में बदलना है।

चोरों से सावधान रहो

अतीत और भविष्य दो बड़े चोर हैं। यदि आप बीते कल के कष्टों और आत्मनिंदा में लगे हुए हो तो जो मानसिक कष्ट और अनुभव आपको हो रहा है, वह आपके वर्तमान विचारों को लेकर हो रहा है। यदि आप भविष्य से भयभीत हो तो जान लो कि आप अपने सुख, स्वास्थ्य एवं खुशी तथा मन की शांति को चुरा रहे हो, डकैती कर रहे हो। अपने कल्याण को सँभालना शुरू करो और इन दो चोरों से मुक्ति पाओ।

खुशी भरे दिनों की याद वर्तमान में सुख पहुँचाती है। अतीत की घटनाएँ— अच्छी या बुरी—आज के विचारों का प्रतिनिधित्व करती हैं। अपने मन में शांति, समरसता, आनंद, खुशहाली और शुभकामना को अधिष्ठापित करो। इन विचारों पर ध्यान केंद्रित करो और उन्हें अपनाओ। शेष सब बातें भूल जाओ।

'अंततः मित्रो! जो कुछ भी सच है, जो कुछ निष्कपट है, जो कुछ न्यायसंगत है, जो कुछ शुद्ध है, जो कुछ मनोहर है, जो कुछ अच्छा है; यदि कोई गुण, यदि कोई प्रशंसा है तो इन्हीं बातों पर ध्यान केंद्रित करो।' (फिलीपियंस 4:8)

यह आध्यात्मिक दवा सिलसिलेवार नियमित रूप से लो और आप एक शानदार भविष्य का निर्माण करोगे।

वैभवपूर्ण जीवन और आर्थिक सफलता के लिए ध्यान

यदि आप इस प्रार्थना को जितनी बार हो सके, करोगे तो जीवन में आपको अभूतपूर्व लाभ होंगे।

> "मैं जानता हूँ कि मेरा व्यापार, व्यवसाय या गतिविधियाँ ईश्वर का व्यवसाय हैं। ईश्वर का व्यवसाय हमेशा बुनियादी रूप से सफल होता है। मैं दिन- प्रतिदिन विवेकपूर्ण और बुद्धिमान हो रहा हूँ। मैं जानता हूँ, विश्वास करता हूँ और स्वीकार करता हूँ कि ईश्वर की प्रचुरता का नियम हमेशा मेरे लिए और मेरे चारों ओर काम कर रहा है।
>
> "मेरा व्यापार और व्यवसाय पूर्ण रूप से सही और उचित अभिव्यक्ति है। मुझे जिन विचारों की, धन व संपत्ति और संपर्क की जो भी जरूरत थी, वह अब और हमेशा के लिए मेरे पास रहेंगे। विश्वव्यापी आकर्षण के नियम के अंतर्गत ये सभी चीजें मुझ पर आकर्षित हैं। ईश्वर मेरे व्यवसाय का जीवन है। मैं हर प्रकार से ईश्वरीय मार्गदर्शन और प्रेरणा में हूँ। हर रोज मेरे सामने आगे बढ़ने, उन्नति करने और विकसित होने के अवसर आ रहे हैं। मैं शुभकामना को पुष्ट कर रहा हूँ। मैं पूर्ण रूप से सफल हूँ, क्योंकि मैं दूसरे के साथ व्यवहार उसी रूप में करता हूँ, जैसा मैं उनसे चाहता हूँ कि वे मेरे साथ करें।

स्मरणीय बिंदु

1. आप यहाँ वैभवपूर्ण जीवन जीने के लिए आए हो। वह जीवन खुशियों और धन-धान्य से भरा-पूरा हो। अपने अंदर मौजूद खजाने के वैभव को अब बाहर लाना शुरू करो।

2. आप वहीं जाते हो, जहाँ आपका लक्ष्य है। आप जिस पर ध्यान केंद्रित करोगे, आपका अवचेतन उसे बढ़ाकर आपके सामने अनुभव के रूप में प्रस्तुत कर देगा।
3. अपनी दौलत, अपने स्वास्थ्य और सफलता को अभी स्वीकार करो। इसका अर्थ यह है कि आपका समय अभी शुरू होता है। अपनी शांति की माँग करो। अधिकारपूर्वक कहो कि अभी, इसी क्षण ईश्वर आपकी आत्मा को भरपूर करेगा। दौलत आपके मन का विचार है। अधिकारपूर्वक कहो कि ईश्वर की दौलत अभी आपके जीवन में प्रवाहित होगी। जैसे ही आप इसकी आदत डालोगे, आपका अवचेतन आपको यह अभिव्यक्त करने के लिए विवश कर देगा।
4. अपने सभी सुखों को आज ही माँगो। याद रखो, आप वास्तव में किसी वस्तु का निर्माण नहीं करते। आप केवल उसकी अभिव्यक्ति को स्वरूप देते हो, जो हमेशा मौजूद थी, आज है और हमेशा मौजूद रहेगी।
5. एक वैभवपूर्ण और शानदार भविष्य की कल्पना करो। यदि आप कल की योजना बना रहे हो तो आपको यह योजना आज बनानी है। यदि आप अतीत के बारे में सोच रहे हो तो उसके बारे में आज सोच रहे हो। आज के क्षण को आप नियंत्रित कर सकते हो। अपने स्वास्थ्य, अपनी दौलत और अपनी सफलता के लिए अपनी धारणा बदलो, सोचने का तरीका बदलो। आपका भविष्य निश्चित और उज्ज्वल होगा। आपकी आज की धारणा के स्वरूप के अनुकूल ही आपका भविष्य होने वाला है।
6. दो चोरों से सावधान रहो। यदि आप अतीत की गलतियों या कष्टों के लिए पछता रहे हो या भविष्य के लिए चिंतित हो तो खबरदार रहो, ये दोनों चोर आपका अतीत, भविष्य और वर्तमान को चुराकर आपको शक्तिहीन कर देंगे, आपके विवेक और मन की शांति को हर लेंगे।
7. वैभवपूर्ण और सफल जीवन प्राप्त करनेवाले चमत्कारी कदमों के मार्गदर्शन के लिए अध्याय के अंत में दी गई प्रार्थना का उपयोग करो।